LES FANTÔMES DE BELFAST

STUART NEVILLE

LES FANTÔMES DE BELFAST

Traduit de l'anglais (Irlande)
par Fabienne Duvigneau

RIVAGES/THRILLER
Collection dirigée par François Guérif

RIVAGES

Retrouvez l'ensemble des parutions
des Éditions Payot & Rivages sur

www.payot-rivages.fr

Titre original : *The Ghosts of Belfast*

106, boulevard Saint-Germain – 75006 Paris

ISBN : 978-2-7436-2251-0

À Ellen Emerald Neville

Les lieux que ne hantent pas les fantômes du passé
sont des déserts.

JOHN HEWITT

Toutes les notes sont de la traductrice.

DOUZE

1

S'il buvait encore un verre, peut-être qu'ils le laisseraient tranquille. Ainsi Gerry Fegan se mentait-il à lui-même à chaque gorgée. Après avoir chassé la brûlure du whisky avec une longue rasade de Guinness, il reposa le verre sur la table. *Lève les yeux et ils seront partis*, se dit-il.

Mais non. Ils n'avaient pas bougé et le fixaient toujours. Douze, ils étaient, en comptant le bébé dans les bras de sa mère.

Voilà qu'il était fin saoul maintenant. Quand son estomac ne pourrait absorber une goutte de plus, Fegan accepterait de se laisser raccompagner à la porte par Tom, le barman. Les douze Suiveurs, comme il les appelait, le talonneraient dans les rues de Belfast, jusque chez lui, puis grimperaient l'escalier à sa suite et entreraient dans sa chambre. Avec un peu de chance, et s'il était suffisamment assommé par l'alcool, il sombrerait avant que leurs cris ne deviennent insupportables. Ils n'émettaient jamais aucun son, sauf à ce moment-là, quand Fegan se retrouvait seul dans son lit et que le sommeil alors s'enfuyait. Le pire, c'était lorsque le bébé se mettait à pleurer.

Il leva son verre vide pour attirer l'attention de Tom.

« Tu ne crois pas que ça suffit, Gerry ? demanda Tom. Il vaudrait peut-être mieux que tu rentres chez toi, maintenant... Tout le monde est parti.

– Un dernier », dit Fegan en essayant de ne pas bafouiller. Il savait que Tom ne refuserait pas. Fegan était encore un homme qu'on respectait dans West Belfast, malgré sa consommation d'alcool.

Tom soupira. Il remplit un verre au doseur de whisky, l'apporta à Fegan et ramassa la monnaie sur la vieille table en bois. La bière imprégnée dans le sol crasseux collait à ses semelles quand il repartit.

Fegan brandit son verre pour porter un toast à ses douze compagnons. L'un des cinq soldats lui répondit par un sourire et hocha la tête. Les autres restèrent immobiles, sans cesser de le dévisager.

« Allez vous faire foutre, dit Fegan. Allez tous vous faire foutre. »

Aucun ne réagit parmi le groupe, mais Tom jeta un regard par-dessus son épaule et regagna le comptoir avec un air accablé.

Fegan considéra tour à tour ces fantômes qui ne le lâchaient pas. Sur les cinq soldats, trois appartenaient à l'armée britannique, et deux, à l'Ulster Defence Regiment[1]. Il y avait aussi un policier impeccable dans son uniforme de la Royal Ulster Constabulary[2], et deux loyalistes, membres des Ulster Freedom Fighters[3]. Restaient ensuite quatre civils qui avaient eu le

1. UDR (régiment pour la défense de l'Ulster) : force militaire de sécurité intérieure mise en place en Irlande du Nord par le gouvernement britannique à partir de 1970.

2. RUC (police royale d'Ulster) : police nord-irlandaise de 1922 à 2001, à qui on a souvent reproché son recrutement essentiellement protestant ou unioniste.

3. UFF (combattants pour la liberté de l'Ulster) : organisation paramilitaire unioniste, née en 1973, qui s'est signalée très tôt par sa violence anti-catholique.

malheur de se trouver au mauvais endroit, au mauvais moment. Fegan se rappelait les avoir tués tous les douze, mais c'étaient ceux-là qui hurlaient le plus fort dans sa mémoire.

Puis le boucher, avec son visage rondouillard et son tablier taché de sang. Fegan avait déposé le paquet dans la boutique et tenu la porte pour la femme qui entrait en poussant son bébé dans un landau. Il lui avait même rendu son sourire. Mais à l'instant où il sautait dans la voiture qui démarrait déjà, il avait senti le souffle de l'explosion dans son dos, cinq minutes plus tôt que prévu.

Et enfin le garçon. Fegan se souvenait encore de ses yeux quand il avait aperçu l'arme. Maintenant, assis en face de lui, il le fixait avec la même expression.

Incapable de soutenir ce regard, Fegan contempla la table. Des larmes formaient de grosses gouttes sur le bois. Il porta les doigts à son visage et s'aperçut qu'il pleurait.

« Bon sang », dit-il.

Il essuya la table avec sa manche et ravala ses larmes d'un reniflement. L'air vicié du pub, aussi épais que la peinture d'un brun grisâtre sur les murs, lui irritait l'arrière-gorge. Il se sermonna : la pitié ne servait à rien et il ne la méritait pas, surtout pas la sienne à son propre égard. Des hommes plus faibles que lui réussissaient bien à s'arranger avec leur conscience. Il n'avait qu'à en faire autant.

Une main posée sur son épaule le fit sursauter.

« Il faut que tu y ailles maintenant, Gerry », dit Michael McKenna.

Tom s'éclipsa dans la réserve, derrière le bar. McKenna le payait, en échange de quoi il ne voyait ni n'entendait rien.

Fegan savait que le politicien viendrait à sa recherche. Très élégant, avec son veston de marque et ses lunettes à fine monture qui lui donnaient l'apparence d'un homme de bonne éducation. Nulle trace de l'adolescent avec qui Fegan courait les rues trente ans auparavant. L'opulence lui allait bien.

« Je finis mon verre.

– Alors, dépêche-toi, je te ramène », dit McKenna en souriant. Dents blanches, parfaitement alignées. Il les avait fait rectifier pour être présentable devant les caméras, à l'instigation du parti qui lui proposait un siège à l'Assemblée. Autrefois, à une époque pas si lointaine, ce même parti refusait tout mandat politique. Mais les temps changent, même si les gens, eux, ne changent pas.

« Je vais rentrer à pied, dit Fegan. Ce n'est qu'à deux minutes.

– Non, j'insiste, répliqua McKenna. De toute façon, je voulais te parler. »

Fegan hocha la tête et but une gorgée de bière. Tandis qu'il la gardait en bouche, il remarqua que le garçon en face de lui s'était levé. Il mit un moment à le repérer, maigre et torse nu comme le jour de sa mort, debout derrière McKenna.

Le garçon braqua la tête du politicien de l'index et du majeur et fit mine de tirer, la main projetée en l'air par le recul de l'arme. Sa bouche mima un bruit d'explosion, mais aucun son n'en sortit.

Fegan avala la Guinness sans le quitter des yeux. Les souvenirs se bousculaient dans son esprit en effervescence, tandis qu'un grand froid se répandait en lui et battait dans ses veines.

« Tu te souviens du gamin ? demanda-t-il.

– Arrête, Gerry. » Il y avait une menace dans la voix de McKenna.

« J'ai croisé sa mère aujourd'hui. Au cimetière. Elle est venue me voir.

– Je sais. » McKenna lui prit son verre.

« Elle a dit qu'elle savait qui j'étais. Ce que j'avais fait. Et aussi que…

– Je ne veux pas savoir ce qu'elle pense, Gerry. Ce qui m'intéresse, c'est ce que, toi, tu lui as dit. Il faut qu'on discute, tous les deux. Mais pas ici. » McKenna pressa plus fort l'épaule de Fegan. « Allez, viens.

– Il n'avait rien fait. Enfin, presque rien. Ce qu'il a raconté, les flics le savaient déjà. Il ne méritait pas ça. Bon sang, il avait dix-sept ans. On n'était pas obligés de… »

Une main lui attrapa brutalement le visage, l'autre le saisit par ses cheveux qui commençaient à se dégarnir, et la bête tapie en McKenna sortit au grand jour.

« Ferme-la, connard, siffla-t-il. N'oublie pas à qui tu parles ! »

Fegan ne s'en souvenait que trop. Il se rappelait chaque détail, renvoyé à présent par la lueur sauvage de ces yeux bleus fixés sur lui. C'était ce visage-là qu'il connaissait, non pas tel qu'on le voyait à la télévison, mais échauffé par le plaisir pendant que McKenna s'attaquait au garçon avec un marteau arrache-clou, puis marbré de rouge lorsqu'il avait tendu le pistolet à Fegan pour en finir.

Agrippant McKenna par les poignets, Fegan l'obligea à lâcher prise. Il ravala sa colère. La repoussa tout au fond.

Le sourire revint sur les lèvres de McKenna mais se figea aussitôt.

« Viens, dit-il. J'ai ma voiture dehors. Je te raccompagne. »

Quand ils sortirent dans la rue, les Suiveurs leur emboîtèrent le pas. Le garçon marchait juste derrière McKenna. Bien que celui-ci eût grimpé les échelons du parti, il n'était pas devenu une figure importante au point de nécessiter un garde du corps, mais Fegan savait que sa Mercedes luisant dans la lumière orangée des lampadaires était blindée afin de lui assurer une protection contre les balles — et contre les bombes. Sans doute McKenna se sentait-il en sécurité lorsqu'il s'asseyait au volant, comme maintenant.

« C'était un grand jour aujourd'hui, dit-il en démarrant, sous les yeux des Suiveurs demeurés sur le trottoir. Je me suis installé à Stormont[1], avec mon bureau personnel et tout… Qui aurait imaginé ça, hein ? Des types comme nous, logés comme des rois. J'ai même dégoté un boulot de secrétaire pour ma femme. Les Anglais nous donnent tellement de pognon que je me suis presque senti coupable de le prendre. Presque. »

McKenna se fendit d'un bref sourire. Fegan n'y répondit pas. Dans la mesure du possible, il évitait de lire la presse ou de regarder les informations, mais tant de choses avaient changé au cours des deux derniers mois qu'on ne pouvait s'abriter d'un tel ouragan. À peine cinq mois auparavant, au tournant de l'année, la situation semblait désespérée ; on disait le processus politique irréparable. Puis des montagnes avaient été déplacées, des accords conclus, une nouvelle élection validée, tandis qu'autour de lui, les ombres se resserraient. Des ombres qui, peu à peu, étaient devenues visages, corps, bras et jambes, jusqu'à s'installer en une présence constante, de sorte qu'il ne se souvenait plus du temps où il pouvait encore s'endormir sans les avoir d'abord noyées dans le whisky.

Ces ombres, elles lui étaient apparues pendant les dernières semaines de son séjour à la prison de Maze, il y avait un peu plus de sept ans. On venait de lui communiquer sa date de sortie et, ce jour-là, il avait la bouche sèche en ouvrant l'enveloppe cachetée qui contenait l'imprimé. À l'extérieur, les politiciens luttaient pour obtenir la libération de centaines d'hommes et de femmes comme lui qu'ils appelaient « prison-

1. Château de Belfast qui accueille le siège de l'Assemblée nord-irlandaise depuis le 10 avril 1998, ainsi qu'un cabinet gouvernemental dirigé par un Premier ministre d'Irlande du Nord. Nationalistes et unionistes s'y partagent le pouvoir.

niers politiques ». Pas meurtriers, escrocs ou maîtres chanteurs, non… Ce n'étaient pas des criminels, mais seulement les victimes des circonstances. Quand Fegan avait terminé de lire la lettre et relevé les yeux, les Suiveurs le regardaient.

Il en avait parlé à l'un des psychologues de la prison. Une « manifestation » de la culpabilité, avait répondu le docteur Brady. Fegan se demandait pourquoi les gens refusaient si souvent de désigner les choses par leur nom.

McKenna gara la Mercedes le long du trottoir, devant la petite maison que Fegan occupait dans Calcutta Street. Une boîte en brique rouge au milieu des autres, toutes identiques, ternes et proprettes. Les Suiveurs attendaient près de la porte.

« Je peux entrer une minute ? » demanda McKenna, les dents étincelantes, plissant les paupières en une expression affable. « On sera mieux pour parler, pas vrai ? »

Fegan haussa les épaules et descendit de voiture.

Les douze silhouettes s'écartèrent sur son passage. Il déverrouilla la porte et pénétra dans la maison, ainsi que McKenna et les ombres furtives qui se pressaient entre eux. Une fois entré, il se dirigea droit vers un buffet où l'attendaient une bouteille de Jameson et un pichet d'eau. Il attrapa la bouteille qu'il leva à l'intention de McKenna.

« Non, merci, dit McKenna. Toi aussi, d'ailleurs, tu ferais mieux de t'abstenir. »

Sans prêter attention à la remarque, Fegan se versa deux doigts de whisky dans un verre et ajouta la même quantité d'eau. Il but une grande gorgée, puis indiqua un fauteuil d'un geste de la main.

« Je n'ai pas besoin de m'asseoir », répondit McKenna. Il était bien coiffé, bronzé, rasé de près ; seule une cicatrice sous l'œil rappelait l'homme d'antan.

Les douze ombres erraient dans la pièce sobrement meublée, sans quitter les deux hommes des yeux. Flanqué du garçon, McKenna s'approcha d'une guitare dépourvue de cordes, posée dans un coin de la pièce. Il la prit et l'examina à la lumière.

« Depuis quand tu joues de la guitare ? demanda-t-il.

– Je ne joue pas, répondit Fegan. Repose-la. »

McKenna lut l'étiquette collée à l'intérieur de la caisse.

« C'est une Martin. Et elle ne date pas d'hier... D'où est-ce que tu tiens ça ?

– Elle appartenait à un ami. Pose-la.

– Quel ami ?

– Quelqu'un que j'ai connu en taule. Pose-la, s'il te plaît. »

McKenna replaça la guitare contre le mur. « C'est bien d'avoir des amis, Gerry. Les amis sont précieux. Écoute-les.

– De quoi veux-tu me parler ? » demanda Fegan en se laissant tomber dans un fauteuil.

Du menton, McKenna indiqua le verre qu'il tenait à la main. « De ça, entre autres choses. Il faut que tu arrêtes, Gerry. »

Fegan soutint le regard du politicien et vida son verre.

« Les gens ici t'admirent. Tu es un héros républicain. Les jeunes ont besoin d'avoir un modèle, une figure qu'ils respectent.

– Qu'ils respectent ? Qu'est-ce que tu racontes ? »

Fegan posa le verre sur la table basse. La condensation lui avait rafraîchi la paume. Il fit glisser ses mains l'une contre l'autre pour étendre la sensation à ses doigts, autour des articulations. « Ce que j'ai fait n'a rien de respectable. »

McKenna devint rouge de colère. « Tu as tiré ta peine. Tu es resté douze ans en prison pour raisons politiques. Douze années de ta vie données à la cause. N'importe quel républicain doit respecter ça. » Puis, se radoucissant : « Mais tu te laisses aller, Gerry. On commence à jaser sur toi. Tous les soirs, tu te bourres la gueule au pub et tu parles tout seul.

– Je ne parle pas tout seul. » Fegan faillit montrer du doigt les Suiveurs mais se ravisa.

« Alors, *à qui* tu parles ? demanda McKenna avec un rire exaspéré.

– À ceux que j'ai tués. Que *nous* avons tués.

– Attention à ce que tu dis, Gerry. Je n'ai jamais tué personne. »

Fegan plongea son regard dans les yeux bleus de McKenna. « Non. Toi et McGinty, vous étiez bien trop malins pour ça. Vous preniez des crétins comme moi pour faire le boulot à votre place. »

McKenna croisa les bras sur sa forte poitrine. « Personne n'a les mains propres.

– De quoi d'autre veux-tu me parler ? demanda Fegan. Tu as dit "entre autres choses"... »

McKenna fit le tour de la pièce, le garçon dans son sillage, et Fegan dut pivoter sur son assise pour le regarder. « Je veux savoir ce que tu as raconté à cette femme, dit McKenna.

– Rien. Je ne suis pas très causant, tu le sais.

– C'est vrai. Mais je me fie à ma source, et il paraît que les flics vont fouiller les tourbières du côté de Dungannon dans les jours qui viennent. Tout près de là où on a enterré le gamin. Sa mère leur a indiqué l'endroit. » McKenna revint se positionner devant le fauteuil d'un air menaçant. « Comment elle l'a su, Gerry ?

– Qu'est-ce que ça peut faire ? Bon sang, il n'en reste plus rien. C'était il y a plus de vingt ans.

– Et alors ? Si tu parles, tu es quand même une balance. Et tu sais ce qui arrive aux balances. »

Fegan crispa les doigts sur les accoudoirs du fauteuil.

McKenna se pencha en avant, les mains sur les cuisses. « Pourquoi, Gerry ? Pourquoi tu lui as dit ? Quel bien pouvait en ressortir, à ton avis ? »

Fegan chercha un mensonge, n'importe lequel, mais ne trouva rien. « Je me suis dit qu'il me laisserait peut-être tranquille, répondit-il enfin.

– Pardon ? » McKenna se redressa.

« J'ai pensé qu'il s'en irait. » Fegan regarda le garçon qui visait la tête de McKenna avec ses doigts. « Qu'il me lâcherait... Qu'il me laisserait en paix. »

McKenna recula d'un pas. « Qui ? Le garçon ?

– Mais ce n'est pas ce qu'il voulait.

– Bon sang, Gerry, fit McKenna, accablé. Qu'est-ce qui t'arrive ? Tu devrais peut-être voir un médecin. Tu sais, pour te remettre les idées en place. Partir quelque part. »

Tête basse, Fegan contemplait ses mains. « Peut-être.

– Écoute... » McKenna le saisit par l'épaule. « Ma source ne rend de comptes qu'à moi, à personne d'autre. Tu es resté mon ami pendant toutes ces années, c'est la seule raison pour laquelle je n'ai pas mentionné l'affaire à McGinty. S'il savait que tu as cafté à cette bonne femme, c'est ton cadavre que les flics chercheraient. »

Fegan avait envie de s'arracher à la main de McKenna posée sur son épaule. Il demeura assis, sans bouger.

« Évidemment, reprit McKenna, je te demanderai peut-être de me renvoyer l'ascenseur. Je pourrais te mettre sur un ou deux coups qui ne regardent pas McGinty. Si tu arrêtais de boire et que tu repartais d'un bon pied, tu serais sûrement en mesure de m'aider. Et personne n'irait informer McGinty de ce que tu as raconté à la mère du gamin. »

Fegan regarda le garçon, son visage douloureusement tordu, pendant que les autres ombres se rassemblaient autour de lui.

« Tu me comprends, Gerry ?

– Oui.

– Bien ! » McKenna sourit.

Fegan se leva. « Il faut que j'aille pisser.

– Fais vite », dit McKenna en reculant d'un pas.

Fegan monta l'escalier et entra dans la salle de bains. Il ferma la porte à clé, mais comme toujours, les Suiveurs le rejoignirent. Sauf le garçon. Il ne s'en soucia pas, tout à ses efforts pour rester debout sans vaciller pendant qu'il vidait sa vessie. Depuis le temps, il s'était résigné à se montrer dans ses activités les plus intimes.

Fegan tira la chasse, se rinça les mains au robinet et ouvrit la porte. Le jeune garçon l'attendait sur le palier. Il tourna les yeux vers la chambre plongée dans l'obscurité.

Fegan demeura immobile, perplexe, les tempes bourdonnantes. Un sang glacé battait dans ses veines.

L'adolescent désigna la chambre du doigt.

« Quoi ? » demanda Fegan.

Le garçon fit une grimace et tendit un bras maigre en direction de la porte.

« D'accord », dit Fegan. Il franchit le seuil de la chambre en jetant un regard en arrière.

Le garçon le suivit dans la pénombre et s'agenouilla au pied du lit. Il indiqua l'espace sous le sommier.

Fegan se mit à quatre pattes. Dans la faible lueur qui filtrait du palier, il aperçut la vieille boîte à chaussures.

Il se redressa d'un air interrogateur. Le jeune garçon hocha la tête.

Fegan n'avait qu'à tendre le bras pour atteindre la boîte. Elle était lourde. Son cœur s'accéléra. Dès qu'il ôta le couvercle, il sentit l'odeur grasse de l'argent. Les billets étaient répartis en rouleaux de vingt, cinquante et cent livres. Fegan ignorait le montant exact de la somme. Il n'avait jamais compté.

Mais la boîte contenait autre chose, un objet froid et noir à demi dissimulé entre les billets. Un objet que Fegan ne voulait pas tenir à la main. Dans l'ombre, ses yeux cherchèrent ceux du garçon.

« Non », dit-il.

L'adolescent pointa l'index sur l'objet avec insistance.

« Non », répéta Fegan, d'une voix déjà plus faible.

La bouche du garçon s'ouvrit tout grand et il se prit les cheveux à deux mains. Avant que le cri ne sorte, Fegan saisit le Walther P 99.

Un sourire grimaçant s'épanouit sur le visage du jeune garçon. Ses dents brillaient dans l'obscurité. Il fit mine d'armer le pistolet pour introduire la première cartouche.

Fegan baissa les yeux sur l'arme, regarda à nouveau son compagnon. Celui-ci hocha la tête. Quand Fegan fit glisser la culasse, il éprouva le contact du pistolet, ferme et solide, comme la poignée de main d'un vieil ami.

Le garçon sourit, se releva et regagna le palier.

Fegan contemplait toujours le Walther. Il l'avait acheté quelques semaines après sa sortie de Maze, uniquement dans le but de se protéger, et ne le sortait jamais de sa boîte sauf pour le nettoyer. Ses doigts trouvèrent la détente au centre de la garde.

Le jeune garçon attendait à la porte.

Fegan se releva à son tour et le suivit. Mince et gracile, l'adolescent s'engagea dans l'escalier, filant vers la lumière au bas des marches.

Fegan amorça la descente à son tour, lentement. Pris d'une poussée d'adrénaline, il retrouva de lugubres souvenirs, des voix depuis longtemps réduites au silence, des visages sanguinolents. Les onze autres fantômes venaient derrière en échangeant des regards éloquents. Une fois parvenu au pied de l'escalier, il vit McKenna qui lui tournait le dos. Le politicien examinait une photo de la mère de Fegan, du temps où elle était jeune et jolie, debout sur le seuil d'une porte.

Le garçon traversa la pièce et mima l'exécution de l'homme qui l'avait démoli avec un marteau, plus de vingt ans auparavant.

Le cœur de Fegan cognait dans sa poitrine, il respirait avec force. McKenna allait sûrement l'entendre.

Le garçon le regarda et sourit.

« Tu me laisseras tranquille après ? » demanda Fegan.

Le garçon hocha la tête.

« Pardon ? » McKenna posa la photo, se retourna, et demeura figé en voyant l'arme pointée sur son front.

« Ce n'est pas possible ici », dit Fegan.

Le sourire du garçon s'évanouit.

« Pas chez moi. Ailleurs. »

Le sourire réapparut.

« Bon sang, Gerry. » McKenna eut un petit rire nerveux en levant les mains. « Qu'est-ce qui te prend ?

– Désolé, Michael. Je suis obligé. »

McKenna ne riait plus. « Je ne comprends pas, Gerry. Toi et moi, on est amis.

– On va monter dans ta voiture. » Une clarté nouvelle s'installait dans l'esprit de Fegan. Pour la première fois depuis des mois, sa main ne tremblait pas.

McKenna grimaça. « Attends, tu plaisantes ?

– On va monter dans ta voiture, répéta Fegan. Toi à l'avant, moi à l'arrière.

– Gerry, tu n'as plus ta tête. Pose ce flingue avant de faire quelque chose que tu regretterais. »

Fegan s'approcha. « Dans la voiture. »

McKenna tendit une main. « Arrête, Gerry. On se calme un peu, d'accord ? Donne-moi ce pistolet, je vais le ranger. Et ensuite on boira un coup.

– Je ne te le redirai pas.

– Sans rire, Gerry, dit McKenna en s'avançant pour prendre l'arme. Donne-moi ça. »

Fegan braqua le canon sur son front.

« Tu as toujours été barge ! » McKenna se dirigea vers la porte sans le quitter des yeux. Il ouvrit le battant et sortit dans la rue. Là, il regarda de gauche à droite, de droite à gauche, avec l'espoir de trouver un témoin. En voyant ses épaules s'affaisser, Fegan comprit qu'il n'y avait personne.

Ce n'était pas le genre de rue où les gens vous épient derrière un rideau.

Le déverrouillage automatique de la Mercedes se fit entendre.

« Ouvre la portière arrière », ordonna Fegan.

McKenna obéit.

« Assieds-toi à l'avant et laisse la portière ouverte jusqu'à ce que je monte. » Fegan maintint le Walther collé contre la tête de McKenna tandis que celui-ci prenait place au volant.

Puis il s'installa à l'arrière en veillant à ne pas poser les mains sur le cuir de la banquette. Il se servit d'un mouchoir pour refermer la portière. Inutile d'effacer les empreintes sur le siège avant, puisque Tom l'avait vu partir avec McKenna. Celui-ci ne bougeait pas, cramponné au volant.

« Ferme la portière et démarre. »

Le gros moteur de la Mercedes ronronna et la voiture s'écarta du trottoir. Par la lunette arrière, Fegan vit les Suiveurs qui observaient la scène. Le garçon s'avança sur la chaussée en agitant la main.

Aplati à l'arrière parmi les ombres mouvantes, Fegan pressa le canon de l'arme contre le siège du conducteur, à l'endroit précis où se situait le cœur de McKenna, si tant est qu'il en eût un.

2

Fegan savait que les rues autour des quais seraient désertes. Une fois la Mercedes arrêtée, on n'entendit plus que le cliquetis du moteur qui refroidissait, avec pour toile de fond la faible rumeur de la bretelle d'autoroute à l'endroit où la Motorway 3 devenait la M2. Devant eux, la River Lagan se jetait dans le Belfast Lough, et les lumières du complexe de loisirs Odyssey, en face, miroitaient à la surface de l'eau. Une jeunesse dorée se pressait dans les boîtes de nuit ; assez jeune pour n'avoir aucun souvenir d'hommes comme Fegan, assez aisée pour ne pas s'en soucier.

Au-delà de l'Odyssey s'élevaient Samson et Goliath, les immenses grues sur portiques qui gardaient l'ancien chantier naval. Derrière Queen's Island, un petit avion contournait le City Airport, à présent rebaptisé le George Best, en l'honneur du footballeur qui sombra dans l'alcool. Fegan percevait le bruit de l'appareil, lointain et régulier. Les épaules de McKenna se soulevaient et s'abaissaient à chaque respiration.

Fegan se redressa sur la banquette arrière, appuyant toujours l'arme contre le dossier du siège. Sa chemise mouillée de sueur lui collait aux omoplates. Il examina le terrain vague tout autour. Pas de vidéosurveillance, personne. Seuls les rats étaient là pour témoigner.

Et les Suiveurs.

Ils attendaient entre les ombres en observant la scène. Tous, sauf le garçon. Lui était penché sur la vitre du conducteur, les mains en visière au-dessus de ses yeux. Il fixait McKenna.

« Regarde-moi ça, dit McKenna en montrant l'espace dominé par les grues. Le "quartier du Titanic", on l'appelle. Tu le crois, toi ? »

Fegan ne répondit pas.

« Il y en a qui s'en mettent plein les poches ici, Gerry. Les affaires marchent. On signe des contrats, on touche des subventions, on construit, et tout le monde espère avoir sa part du gâteau. Mais bon sang, ils te choisissent le nom d'un putain de bateau qui a coulé à sa première sortie. C'est quand même fou, non ? La pire catastrophe maritime de tous les temps a été construite ici, et nous, on en est fiers. Y a qu'à Belfast qu'on peut voir ça, hein ? »

Après s'être tu pendant un moment, McKenna reprit :

« Qu'est-ce que tu veux, Gerry ?

– Passe un coup de fil.

– À qui ?

– À Tom. Dis-lui de fermer le pub. Raconte-lui que tu m'as déposé chez moi et que tu es allé voir quelqu'un sur les quais. S'il te demande qui, réponds que tu es sur un coup. »

McKenna partit d'un rire qui trahissait sa peur. « Pour quoi faire ? Pourquoi j'irais téléphoner à quelqu'un ?

– Parce que sinon, je te tue.

– Tu me tueras de toute façon. »

Fegan distinguait les yeux de McKenna dans le rétroviseur, ses lunettes design sur lesquelles brillaient les lumières renvoyées par le plan d'eau.

« Il y a mourir et mourir, Michael. Ce sont deux choses très différentes. Tu le sais. »

Les épaules de McKenna se mirent à trembler. « Putain, Gerry. Je peux pas. »

Fegan lui pressa le canon du Walther contre la nuque. « Téléphone. »

McKenna inclina la tête en avant et soupira. L'écran de son portable répandit une clarté bleuâtre dans la voiture. L'appareil émit un bip, suivi d'un grésillement quand il le porta à son oreille d'une main hésitante.

« Oui… Tom, écoute. Ferme tout et emporte la caisse chez toi… Ça va, je l'ai mis au lit. Je suis sur les quais… J'ai rendez-vous avec quelqu'un… Une affaire à régler. Bon, je te laisse. Je récupérerai l'argent demain… D'accord… Allez, salut. »

Le téléphone bipa à nouveau, et la lueur s'éteignit dans l'habitacle.

McKenna tourna la tête. « Tu te souviens quand on était gosses, Gerry ? »

Fegan sentit l'odeur de la sueur, de la peur ; celle de MacKenna et la sienne. Il y avait déjà assez de souvenirs. Inutile d'en rajouter.

« Tu te rappelles quand on a lancé des briques aux Anglais et qu'on s'est fait choper ? poursuivit McKenna. Quel âge on avait ? Seize, dix-sept ans ? Tu te souviens, j'ai jeté la première et je me suis taillé en courant. Le petit Patsy Toner avait trop la frousse, il s'est enfui tout de suite. »

Il se dévissait le cou pour essayer de voir Fegan. Fegan lui appliqua durement l'arme contre la tête, l'obligeant à regarder droit devant. Où les Suiveurs attendaient. Sauf le garçon, qui pressait toujours son visage contre la vitre du conducteur.

McKenna eut un rire bref. « Mais pas toi. Toi, tu n'avais jamais peur de personne. Tu n'as pas reculé d'un pouce. Tu as attendu jusqu'à la dernière minute pour lancer ta brique. Tu te rappelles comment tu en as touché un ? Ils avaient sorti la tête par le toit de la Land Rover et il s'est pris la brique en plein dans le nez. Ça pissait le sang partout.

– Arrête, coupa Fegan en maudissant sa mémoire.

– Après, ils nous ont coursés dans Falls Road. Tu te souviens ? Toi et moi, on rigolait, et le petit Patsy hurlait en appelant sa maman. »

Fegan appuya l'arme plus fort contre le crâne de McKenna.

« *Arrête*, j'ai dit.

– Ils nous ont rattrapés dans Brighton Street. Bon sang, quelle raclée ils nous ont mise. Ça, c'était une dérouillée, pas vrai ? Et tu te rappelles... » Le rire faisait tressauter les épaules de McKenna. « Tu te souviens comment ils ont gaulé le petit Patsy ? Il s'est tellement pissé dessus que celui qui le tenait était trempé. »

Un sourire se fraya un chemin sur les lèvres de Fegan. Il l'effaça de sa main libre. « Ils lui ont cassé le bras.

– Oui..., dit McKenna dont le rire s'éteignit brusquement. Et on s'est engagés le lendemain. Ta mère en a eu le cœur brisé, hein ?

– Ça suffit », interrompit Fegan, les yeux brûlants.

La voix de McKenna se fit grinçante. « C'est moi qui t'ai fait rentrer, Gerry. Moi. Je t'ai présenté à McGinty et aux autres. Ils ne t'auraient pas accepté sinon. N'oublie jamais ça. Sans moi, tu ne serais rien devenu. Tu serais juste resté un petit catholique de plus au chômage.

– C'est vrai, répondit Fegan. Je ne serais rien devenu. Je n'aurais *rien fait*. Et ces gens seraient encore en vie. Ce garçon serait en vie. Il aurait une femme, des enfants, une maison. Tout ça, on le lui a pris. Toi et moi.

– Putain, c'était une balance ! tonna McKenna. Il a cafté aux flics. À la seconde même où il a ouvert la bouche, il était mort.

– Ça suffit, répéta Fegan, le ventre serré.

– Réfléchis, Gerry. Les gars ne laisseront pas passer ça, malgré le cessez-le-feu. Malgré Stormont. Ils te tomberont dessus. »

Une larme chaude roula sur la joue de Fegan. Il sentit le goût du sel dans sa bouche. « Bon sang, je m'étais promis de ne plus jamais faire ça.

– Alors, ne le fais pas, Gerry. Ce n'est pas trop tard. Tu es saoul, tu es déprimé. Je le sais. Tu n'es plus toi-même. Il n'y aura aucune conséquence si tu t'arrêtes là. »

Fegan secoua la tête. « Désolé.

– Trente ans, Gerry. On se connaît depuis trente…

La détonation jaillit de la gueule noire du Walther, éclaboussant le pare-brise de fragments rouges et gris. McKenna s'affaissa sur le volant et le klaxon de la Mercedes déchira la nuit. Le temps que Fegan se penche en avant pour le redresser, le silence s'était refermé.

Il descendit de voiture et ouvrit la portière du conducteur, la main enveloppée dans son mouchoir. Dans le faible rayonnement qui montait de l'eau, il vit les yeux ternes de McKenna fixés sur lui, ses lunettes brisées, suspendues à une oreille. Il lui tira une autre balle dans le cœur, par prudence. Le jappement rauque du pistolet roula à la surface de la rivière jusqu'à rejoindre les lumières scintillantes au fond.

Après avoir essuyé ses yeux humides et brûlants, Fegan jeta un regard tout autour. Les Suiveurs émergeaient de l'ombre et se disputaient la meilleure place près de la portière ouverte pour observer tour à tour Fegan et le corps inerte. Il les détailla un par un, s'arrêtant sur chaque silhouette avant de passer à sa voisine. À mesure qu'ils reculaient dans l'obscurité, il les compta.

Le garçon avait disparu.

Un de moins.

Ce qui en laissait onze.

ONZE

3

« C'est lui », dit McSorley en montrant sur la table une vieille feuille de papier tachée. On y voyait l'image d'un homme âgé en train de déverrouiller la porte d'un bureau de poste.

Davy Campbell tourna la feuille vers lui pour l'examiner de plus près. *Cible facile*, pensa-t-il. *Typique*.

McSorley avala bruyamment une gorgée de bière et s'essuya la bouche. Il portait un jean qui aurait mieux convenu à un homme d'une bonne quinzaine d'années de moins. Hughes et Comiskey étaient affalés sur la banquette opposée dans le box, les yeux déjà rougis par l'alcool alors qu'il était à peine l'heure du déjeuner.

« Vous n'aurez qu'à vous charger de sa femme, vous autres, déclara McSorley. Pendant ce temps, Davy et moi, on s'occupera de lui. »

Par la fenêtre, Campbell contempla le parking inondé de soleil où stationnaient deux voitures déglinguées, et au-delà, les montagnes. Il n'y avait aucune circulation sur la grand-route aux abords de Dundalk. À cause des échangeurs d'accès à la nouvelle autoroute, le Player's Inn perdait peu à peu sa fréquentation, au point qu'Eugene McSorley pouvait énoncer son plan à voix haute sans crainte d'être entendu par des oreilles indiscrètes. Dans quelques mois, la voie rapide relierait le cœur de Dublin à Newry, juste de l'autre côté de la frontière avec le Nord, et de là à Belfast, en évitant complètement le port de Dundalk — et le Player's Inn.

Autrefois, les trophées du football gaélique accrochés aux murs faisaient l'admiration des touristes débarquant par cars entiers, en route vers Dublin. Ils ne se doutaient pas que l'établissement servait une cuisine infâme, dans des assiettes ébréchées, jusqu'à ce qu'on leur apporte leur commande qui baignait dans la graisse. Les médailles, les coupes et les maillots exposés au-dessus du comptoir avaient triste allure, maintenant qu'un ramassis de minables constituait l'unique clientèle.

Le père du propriétaire, Joe Gribben senior, avait appartenu à l'équipe de Louth, qui remporta la coupe Sam Maguire en 1957, et Joe Gribben junior en entretenait soigneusement la mémoire. Originaire de Glasgow, Campbell était parfaitement insensible au football gaélique. Quant à Joe Gribben junior, il se cantonnait à l'extrémité du bar où il n'entendait rien. De toute façon, il ne s'intéressait pas à la discussion en cours, ce en quoi il faisait preuve de sagesse.

Comiskey se pencha en avant et pointa un doigt à l'adresse de Campbell. « Pourquoi il y va, lui ? Et pourquoi, moi, je dois rester avec la vieille ? »

Campbell lui attrapa le doigt. « Arrête, si tu ne veux pas que je te l'arrache.

– Stop, gronda McSorley en leur séparant les mains. Davy vient avec moi parce qu'il a de l'expérience. Toi, tout ce que tu sais faire, c'est rester assis sur ton cul en bavassant. Alors, ferme-la et obéis aux ordres.

– C'est n'importe quoi », dit Comiskey. Il se recula contre la banquette en croisant les bras.

Campbell soutint son regard jusqu'à l'obliger à détourner les yeux. Ces deux-là étaient-ils ce que McSorley pouvait trouver de mieux ? Un casse dans un bureau de poste rapporterait peut-être assez de pognon pour acheter des armes, mais à quoi bon les mettre ensuite entre les mains de gars comme Comiskey ? Il ne réussirait sans doute qu'à dégommer son propre orteil.

Une fois de plus, Campbell se demanda ce qu'il foutait avec des minables pareils. Ils se disaient républicains, restés fidèles à la cause alors que les autres baissaient les bras au nord de la frontière. En fait, ils n'étaient bons qu'à commander des tournées de bière. Neuf ans auparavant, les factions rebelles s'étaient gravement discréditées à cause d'un acte de folie. Le terrible attentat à la voiture piégée, en plein centre d'Omagh, avait tué vingt-neuf civils et deux jumeaux dans le ventre de leur mère un après-midi de l'été 1998, quelques mois à peine après la signature de l'accord du Vendredi saint[1]. En une nuit, le peu de soutien qui restait acquis aux républicains dissidents s'était évaporé. Mais l'évolution de la situation au nord poussait dans leurs rangs un nombre croissant de fantassins, qui craignaient de redevenir des traîne-misère maintenant que le mouvement n'avait plus besoin d'eux. Le processus de paix laissait de nombreux oisifs sur le carreau, tandis que le diable, lui, ne comptait plus les inscriptions au chômage.

Parmi les membres des groupes, certains voyaient d'un mauvais œil l'arrivée de Campbell, qui n'était même pas irlandais, mais écossais. Cependant, tout le monde connaissait la réputation qu'il s'était forgée à Belfast, et lorsqu'il traversa la frontière pour gagner Dundalk, McSorley décida d'en faire son bras droit. Les dissidents se répartissaient en

---

1. L'accord du Vendredi saint, ou accord de Belfast, officiellement Accord de paix pour l'Irlande du Nord, fut signé le 10 avril 1998 par les principales forces politiques d'Irlande du Nord acceptant une solution politique pour mettre fin à trente années d'un conflit sanglant (aussi appelé « Les Troubles »), de 1969 à 1998.

bandes comme celle de McSorley, de taille variable, toutes vaguement attachées à la défense d'une cause commune. Bientôt, d'ici un an ou deux peut-être, ils se regrouperaient et constitueraient à nouveau une réelle menace. En attendant, ils continueraient à braquer des bureaux de poste dans des villages et à se chamailler entre eux.

Un boulot en vaut un autre, se répéta Campbell en réprimant un soupir, pendant que McSorley résumait le plan pour la dixième fois. Son regard se posa sur l'écran muet de la télévision, au-dessus du bar. À la photo d'un visage familier succédèrent des images d'hommes en combinaisons blanches et masques chirurgicaux qui procédaient à l'examen d'une Mercedes.

« Regarde », dit-il.

Comme McSorley, trop absorbé par l'élaboration de son attaque, n'avait rien remarqué, Campbell lui asséna un coup sur l'épaule.

« Quoi ?

– Regarde. » Campbell indiqua la télévision d'un geste brusque du menton. « Hé, Joe ! Monte le son ! »

Le propriétaire s'exécuta obligeamment, et on entendit les intonations raffinées d'un journaliste de RTÉ[1] : « D'après un porte-parole de la police, on ne peut encore désigner aucun suspect dans le meurtre de Michael McKenna, mais les services de sécurité semblent privilégier la piste loyaliste ou républicaine dissidente. »

« Putain. En tout cas, c'est pas moi », dit McSorley.

Comiskey et Hughes s'esclaffèrent. Campbell ne rit pas. Il déglutit pour contenir l'excitation qui le prenait au ventre.

Le journaliste poursuivit : « Malgré les rumeurs selon lesquelles McKenna se serait opposé à certaines positions de sa

1. La plus ancienne et la plus populaire chaîne de télévision d'Irlande.

hiérarchie, il ne s'agirait pas d'un règlement de comptes au sein du parti républicain. Néanmoins, on s'interroge sur les éventuelles répercussions politiques de cet assassinat. La mort de McKenna, membre républicain du gouvernement nord-irlandais à Stormont, pourrait déstabiliser l'équilibre fragile obtenu dans le Nord au terme de nombreux efforts, alors que le nouvel exécutif vient à peine de prendre ses marques. »

« Y a enfin quelqu'un qui a buté McKenna, dit McSorley. C'est pas trop tôt. On ne verra plus sa sale tronche à la télé. »

À l'écran, des images montraient McKenna interviewé à Belfast dans Springfield Road, devant son cabinet. Hughes et Comiskey ricanèrent lorsque la caméra fit un zoom sur le logo du parti. « Les techniciens de la police scientifique sont toujours présents sur les lieux », conclut le journaliste.

« Ils ne trouveront que dalle, dit Campbell. Les scientifiques sont nuls. C'est déjà étonnant qu'ils aient localisé la voiture. » Il porta une main à sa poche pour chercher son téléphone en se demandant s'il avait raté un appel.

McSorley eut un petit rire. « En tout cas, je paierais bien une bière à celui qui a fait ça. Dis donc, Davy… Tu le connaissais, McKenna, hein ?

– Je l'ai souvent croisé, oui, répondit Campbell. Il n'a pas trop apprécié que je vienne ici. Il a promis de me massacrer les genoux si je me repointais à Belfast.

– Alors, ça tombe plutôt bien pour toi. »

Campbell demeurait pensif. « Peut-être. Mais il va y avoir du grabuge. Les gars de Belfast ne laisseront pas passer ça. Quelqu'un va devoir payer, croyez-moi. »

McSorley partit d'un rire qui creusait de profonds sillons dans ses joues de paysan.

« On dirait que ça t'amuse, dit Campbell.

– Moi ? » Sans cacher son hilarité, McSorley repoussa en arrière ses cheveux grisonnants. « Je suis aussi heureux qu'un chien qui a deux bites et deux lampadaires pour pisser. Tu connais le dicton, Davy. *Tiocfaidh ár lá.* Notre jour viendra. »

Il passa un bras sur l'épaule de Campbell et se pencha vers lui, si près que son souffle fit trembler la barbe grossièrement taillée de l'Écossais. « Ces salopards de Belfast mènent la danse depuis trop longtemps. Ils se remplissent les fouilles, alors que nous, on continue à tirer la langue. Hé ben, on va fêter ça ! J'offre la tournée et on boit à la santé de celui qui a zigouillé McKenna. »

Campbell se leva pour le laisser sortir du box, soulagé d'échapper à son étreinte. Avant d'arriver au comptoir, McSorley s'arrêta et revint sur ses pas. Il tendit la main à Campbell, qui la prit.

« On a besoin de types comme toi, Davy, dit-il en lui pressant les doigts. Je suis content de t'avoir parmi nous. »

Quand McSorley le lâcha, Campbell s'essuya la main sur son jean et reprit place sur la banquette. Hughes et Comiskey l'observaient.

« Quoi ? » fit-il.

Comiskey sourit d'un air méchant. « Lui, tu peux le gruger, Davy, mais pas moi. Je t'ai à l'œil.

– Sans blague ? » Haussant les sourcils, Campbell sourit à son tour.

« Oui. T'as pas intérêt à jouer au con, parce que je ne te raterai pas. » Comiskey posa les coudes sur la table, mima un pistolet avec sa main et fit semblant de l'armer. « Pan, pan, Davy.

– C'est quand tu veux », dit Campbell. Il fixa Comiskey dans les yeux, juste le temps nécessaire pour faire passer le message, puis tourna son regard vers les fenêtres et les montagnes au loin. À la pensée du cadavre de McKenna gisant dans une voiture à Belfast, il éprouva une délicieuse impatience mêlée d'une inquiétude qui lui glaçait les tripes.

4

Deux policiers étaient assis à la table en face de Fegan. Patsy Toner avait pris place à sa droite. La pièce du commissariat de Lisburn Road où se déroulaient les interrogatoires, blanche et aseptisée, évoquait une chambre d'hôpital.

« Donc, Mr. McKenna est parti après vous avoir mis au lit ? demanda le plus âgé des policiers. Vous ne l'avez pas raccompagné à la porte ?

– Mr. Fegan a déjà répondu à cette question », dit Toner. Il portait un costume froissé bleu marine qui semblait avoir été enfilé à la hâte sur sa maigre silhouette.

« J'aimerais qu'il réponde à nouveau. Pour ne laisser aucune incertitude… » Le policier sourit.

« Je ne l'ai pas raccompagné à la porte, confirma Fegan. J'étais saoul. J'ai sombré immédiatement. »

En vérité, il avait très peu dormi la veille. Il lui fallut une heure et demie pour rentrer à pied en évitant les caméras de vidéosurveillance. À deux rues de son domicile, il escalada un mur donnant sur l'arrière-cour d'une maison décrépite et enterra l'arme au fond du jardin, sous un tas de bois rangé dans une vieille remise, puis se glissa sans bruit chez lui et monta droit à l'étage. Pour la première fois depuis des mois, il se coucha, l'esprit apaisé, mais resta longtemps éveillé à fixer le plafond, les oreilles bourdonnantes. L'image du jeune garçon, la joie sauvage de son sourire, l'empêchaient de trouver le sommeil. Quand il s'endormit, le jour filtrait par les interstices des rideaux.

« Très bien, dit le policier. On va s'arrêter là pour l'instant. »

En regagnant la voiture de Toner, Fegan demanda : « Tu étais déjà là quand je suis arrivé. Comment tu l'as su ? »

Toner sourit. « On a quelqu'un dans la place. Depuis des années. Il m'a appelé dès qu'il a appris que la brigade criminelle allait t'interroger. On n'a pas eu tellement recours à ses services ces derniers temps, mais il reste quand même utile. »

Toner avait fait une belle carrière d'avocat. Petit et mince, il ressemblait encore au garçon qui traînait autrefois avec Fegan, malgré son épaisse moustache. Bien qu'il se présentât comme un défenseur des droits de l'homme auprès de la presse, Fegan savait exactement pour qui il se battait. Et, au vu de sa Jaguar, les droits de ces gens-là rapportaient gros.

Toner s'éclaircit la gorge en mettant le contact. « Il faut que je t'emmène voir quelqu'un avant de te déposer chez toi.

– Qui ? » Fegan gardait la main posée juste à côté de la poignée, prêt à ouvrir la portière pour s'enfuir.

« Un vieil ami. » Toner lui fit un sourire rassurant, puis démarra.

Fegan retira sa main et se prépara mentalement à ce qui allait suivre. Il était reconnaissant à Toner de garder le silence, tandis que la Jaguar remontait Lisburn Road en direction du nord, s'arrêtant aux passages pour piétons qui se succédaient tous les quarante ou cinquante mètres. Boutiques de luxe, restaurants et bars à vin défilaient de chaque côté. Quand le feu était rouge aux intersections, une foule d'étudiants et de jeunes cadres s'engageait sur la chaussée.

Ils se croient les maîtres de la ville maintenant, pensa Fegan. Si le processus de paix signifiait qu'ils pouvaient acheter sans crainte leur café à des prix exorbitants, alors, oui, ils avaient raison. Une jeune femme en tailleur traversa devant la Jaguar, un téléphone portable à l'oreille. Était-elle déjà née, se demanda-t-il, à l'époque où, dans ces mêmes rues, on déblayait à la pelle les restes de corps démembrés ?

Il chassa l'image de son esprit, exaspéré par cette amertume qui lui venait. Le silence en lui-même, après tant de clameurs, le troublait. Maintenant que les Suiveurs le laissaient tranquille, qu'il était libéré de ce froid glacé dans ses veines et des douleurs qui lui tordaient le ventre, la clarté de ses pensées le déroutait. Mais sept années d'ombres et de silhouettes fuyantes ne disparaîtraient pas simplement parce que Michael McKenna était mort. Les onze autres se cachaient quelque part, pas très loin, invisibles pour l'instant. Ils attendaient. Fegan en était certain.

Toner tourna à gauche dans Tate's Avenue et fila vers l'ouest de la ville. Vers les quartiers de leur jeunesse.

La façade du vieux Celtic Supporters Club avait connu des jours meilleurs. L'enseigne au-dessus de la porte s'ornait de drapeaux tricolores irlandais et de ballons de foot, mais partout, la peinture écaillée laissait apparaître des pans de bois pourri. Avec ses fenêtres obturées derrière les grilles de métal, le bâtiment semblait avoir perdu la vue.

Toner entraîna Fegan à sa suite. Quand ils entrèrent, l'homme qui buvait seul à cette heure de l'après-midi ne leva pas les yeux de son journal. L'odeur de la bière et du tabac froid flottait dans la pénombre du bar ; malgré la loi, jamais on ne pourrait interdire aux gens de fumer dans de tels endroits.

À l'arrière du club, ils empruntèrent un étroit couloir qui sentait le renfermé, dans lequel s'ouvraient les portes des toilettes et, au fond, une autre porte indiquant « entrée réservée ». Fegan sentit une douleur fulgurante lui transpercer la tête en irradiant d'une tempe à l'autre. Il s'immobilisa et s'appuya contre le mur, les membres glacés, pris d'un frisson qui l'emprisonnait tout entier comme une toile d'araignée.

Toner se retourna. « Qu'est-ce qui ne va pas, Gerry ? »

Fegan inspira profondément. « Rien, dit-il. Je suis fatigué, c'est tout. »

Onze fantômes se glissèrent furtivement derrière Toner en se mêlant à la pénombre du couloir. Toner revint vers Fegan et lui posa une main rassurante sur l'épaule.

« Il veut juste te parler, dit-il. Ne t'inquiète pas. »

Fegan se dégagea. « Je ne suis pas inquiet. J'ai la gueule de bois. Allons-y. »

Bousculant Toner, il gagna la porte et l'ouvrit. Son cœur tressaillit quand il découvrit l'homme qui attendait à l'intérieur.

La lumière d'une ampoule nue au plafond se réfléchissait sur le crâne chauve de Vincie Caffola. Cartons et tonneaux avaient été repoussés contre les murs, et une chaise en bois occupait le centre de la pièce. Une bâche en plastique recouvrait le sol. Caffola portait un bleu de travail tout neuf dans lequel se logeaient difficilement ses épaules massives.

« Comment va, Gerry ? dit-il avec un sourire qui donna la nausée à Fegan.

– Ça va.

– Je t'attends dans la voiture, déclara Toner en s'éclipsant après avoir encouragé Fegan d'une tape dans le dos.

– Assieds-toi », ordonna Caffola.

Fegan prit place sur la chaise, mains posées sur les genoux, luttant contre l'envie de se protéger le visage. Dans le courant d'air provoqué par la porte qui se refermait sur Toner, l'ampoule électrique se balança au bout du fil et projeta l'ombre de Caffola sur les murs. D'autres formes la rejoignirent, les unes après les autres, peu à peu regroupées en une masse compacte. Fegan se crispa et battit des paupières. Ses yeux lui faisaient mal.

« Dommage pour Michael, hein ? » dit Caffola en se renfrognant.

Deux silhouettes s'avancèrent dans la lumière. Deux hommes morts depuis longtemps, aux uniformes maculés de sang et de terre, leurs mains imitant la forme d'un pistolet. Fegan maintenait son regard sur Caffola.

« Oui, répondit-il. Je croyais que c'était fini.

– Ça ne sera jamais fini. » Caffola se mit à arpenter la pièce. Les deux soldats de l'UDR lui emboîtaient le pas. « Tant que les Anglais ne partiront pas. Je n'aime pas ce qui se passe en ce moment et je ne l'ai pas caché à McGinty et aux autres. Le renforcement de la police, la représentation à Stormont, tout ça... Mais je respecte la ligne du parti, quoi qu'il arrive.

– Tu as toujours été loyal, dit Fegan.

– C'est ça, loyal », répéta Caffola à qui le mot semblait plaire. Il frappa une fois dans ses mains. L'entrée en matière avait assez duré. « Bon. Je veux savoir ce qui est arrivé à Michael. Il est parti de chez toi hier soir. À quelle heure ?

– Minuit et quart, minuit et demie. Dans ces eaux-là.

– Il a dit où il allait ?

– Non. On n'a pas tellement parlé. J'étais bourré. » À une époque, Caffola obéissait à ses ordres, songea Fegan, et à présent qu'il se trouvait en position de faiblesse, il eut honte.

« Il a parlé des types avec qui il était en affaires ? »

Fegan leva les yeux. Caffola le dominait de toute sa hauteur. « Quels types ?

– Une bande de *Lituaniens*, dit Caffola en grimaçant comme si prononcer ce mot lui répugnait. Des salopards... Je te jure, on a tellement d'étrangers ici que bientôt ça vaudra même plus la peine de virer les Anglais. Des Lituaniens, des

Polonais, des nègres, des Pakistanais, des chinetoques. Quand tu te balades en ville, t'entends presque plus l'accent irlandais. Y a que des étrangers. Et à Dublin, c'est pire. Tu y es allé récemment ?

– Non.

– Ça grouille d'étrangers ! Même les serveurs dans les restaus. Moi, je ne peux plus manger nulle part à cause de tous ces nègres qui fourrent leurs mains partout dans la bouffe. »

Caffola frissonna.

Fegan plongea dans sa mémoire tandis que les deux soldats de l'UDR visaient la tête rasée de Caffola, comme le garçon avec McKenna. Brusquement, le souffle lui manqua. Les images revenaient. La scène s'était passée dans une pièce comme celle-ci, à Lurgan, à trente kilomètres au sud-ouest de la ville.

L'Ulster Defence Regiment se composait autrefois de soldats recrutés dans la population locale, presque tous protestants, comme les policiers. Dans ses rangs, on comptait aussi des loyalistes profitant de leur fonction pour s'en prendre aux catholiques qu'ils croisaient lors de patrouilles dans les villages ou au détour de chemins de campagne. Une unité de six hommes s'était trouvée prise dans une attaque à la grenade près de Magheralin. Deux périrent sur le coup, deux autres tombèrent sur le bord de la route, blessés mais encore vivants, et les deux derniers s'enfuirent à travers champs. Des gars du coin chargés de ramasser les survivants les rattrapèrent moins de dix minutes plus tard et les amenèrent dans un bar sordide, à la lisière de Lurgan. Caffola et Fegan arrivèrent sur les lieux une heure après.

Au sein du groupe, Vincie Caffola réussissait mieux que quiconque à obtenir une information. C'était un homme de stature imposante, mais lent. Et s'il excellait dans l'art d'infliger la douleur, il ne montrait guère de talent à la bagarre. Voilà pourquoi Fegan l'accompagnait en renfort.

Les deux soldats de l'UDR saignaient abondamment et pleuraient de douleur, terrorisés, la bouche mutilée, les gencives béantes après avoir craché leurs dents. Depuis une heure déjà, ils avaient révélé le peu qu'ils savaient, mais Caffola continuait. À genoux, il était en train d'arracher l'ongle d'un orteil avec des tenailles quand, soudain, le pied torturé se détendit et le déstabilisa. Il tomba à la renverse pendant que le prisonnier hurlait, debout, libéré de ses liens. Fegan lui tira une balle dans la tête. L'autre soldat, toujours ligoté à la chaise, poussa un cri en voyant son collègue s'écrouler. Fegan le fit taire d'une balle dans la tempe… Ensuite, il avait ordonné à Caffola de se relever et de nettoyer ce bordel.

À présent, Fegan considérait les possibilités qui s'offraient à lui. Malgré la menace physique de Caffola, il était presque certain de l'emporter si l'interrogatoire se muait en agression. Mais les autres le prendraient en chasse, il ne leur échapperait pas. Il décida de ne pas bouger.

« Je ne connais pas d'étrangers, dit-il.

– Alors, tu ne connais pas ce petit con ? » Caffola alla ouvrir la porte d'un placard. Un homme grand et mince se tenait recroquevillé à l'intérieur, pieds et poings liés, bâillonné. Il les regarda en tremblant. Son costume gris était taché de rouge.

Les deux UDR reculèrent. Fegan les perdit de vue parmi les ombres, et il lui sembla que la douleur refluait derrière ses yeux brûlants.

« Non, dit-il. Je ne l'ai jamais vu. »

Caffola se pencha sur l'homme et lui ôta son bâillon. Il désigna Fegan. « Tu le connais ? »

L'homme regarda Fegan, puis Caffola. Il fit non de la tête.

« Tu es sûr ? »

Levant ses poignets ligotés, l'homme se mit à supplier dans une langue slave. Caffola prit appui des deux mains sur le chambranle et envoya son pied chaussé d'une lourde botte contre le prisonnier. Il assénait les coups tout en parlant. « Parle… anglais… espèce de… sale… connard, ou… je… t'explose… la tête.

– Arrêtez ! gémit l'homme. S'il vous plaît !

– Sors de là. » Caffola l'attrapa par ses cheveux blonds et le tira brutalement. L'homme se leva en hurlant.

« Laisse-moi la chaise, Gerry », dit Caffola.

Fegan se leva et partit au fond de la pièce.

Caffola poussa l'homme sur la chaise. Il désigna Fegan. « Tu le connais ? »

L'homme secoua la tête.

« Il ne me connaît pas, et je ne le connais pas », dit Fegan.

Caffola leva la main pour intimer le silence à son ancien camarade. « D'accord. Je voulais juste être sûr. Maintenant, on va voir ce qu'il sait d'autre. »

Les yeux de l'homme s'affolèrent en passant de Caffola à Fegan. Il respirait par saccades. Une odeur âcre emplit la pièce.

« Qui est-ce ? demanda Fegan.

– Il s'appelle Petras Adamkus… Dis bonjour, Petras. »

Petras les regarda tour à tour.

Caffola le gifla avec violence. « Je t'ai demandé de dire bonjour.

– Bonjour, fit Petras d'une petite voix fluette.

– C'est mieux, dit Caffola. Bon, allons-y… Pourquoi tu as tué Michael McKenna ? »

Petras le dévisagea sans comprendre, bouche ouverte.

Caffola le gifla à nouveau, plus fort. « Pourquoi tu as tué Michael McKenna ? »

Petras leva ses mains ligotées. « Non, non. Michael et moi, amis… Travail ensemble… Avec filles, belles, jeunes. Je fais pas de mal à lui. »

Caffola recula son énorme poing et le lui envoya dans le menton. Sous la force du coup, la tête de Petras partit en arrière, la chaise se renversa, et il tomba en heurtant durement le sol. Du sang coulait de sa lèvre enflée.

Caffola sourit à Fegan.

« Ça rappelle des souvenirs, hein ? »

Lorsqu'il sortit des tenailles de sa poche, Fegan demanda : « Je peux partir ?

– T'es plus capable d'encaisser ?

– Non.

– D'accord, dit Caffola. Si tu me dis que tu n'avais rien à voir là-dedans, ça me va. »

Au moment où Fegan ouvrait la porte du couloir, un éclair lui déchira la tempe et il se retourna. Les deux UDR pointèrent du doigt le crâne chauve de Caffola.

« J'ai compris, dit Fegan.

– Tant mieux, grogna Caffola en relevant le Lituanien pour l'asseoir de nouveau sur la chaise. À plus tard, Gerry. »

Fegan ferma la porte derrière lui. Il emprunta le couloir, traversa le bar et sortit dans la rue où Patsy Toner l'attendait au volant de sa Jaguar.

5

Le ministre d'État pour l'Irlande du Nord, Edward Hargreaves, joua son coup de départ sur le terrain de golf du Old Course à St Andrews, en Écosse. Dans la lumière éclatante de l'après-midi, il s'abrita les yeux pour suivre la trajectoire de la balle qui s'éleva dans le ciel, puis dévia sur la gauche et retomba lentement. Après trois rebonds, elle disparut dans les hautes herbes.

« Saloperie, grogna-t-il, et il tendit le club au caddie sans le regarder.

– Pas de chance, Monsieur le ministre », dit Compton, le troisième homme du groupe, en se penchant pour placer sa propre balle sur le tertre de départ. Sous sa veste, une protubérance trahissait le pistolet qu'il portait à la ceinture.

Hargreaves se réjouissait qu'on lui eût attribué quelqu'un de plutôt aimable pour nouveau garde du corps, à la différence du précédent, qui s'était distingué par une nature particulièrement revêche. Mais fallait-il aussi qu'il fût si bon golfeur ? Le swing irréprochable de Compton envoya la balle droit entre deux obstacles de sable, non loin du green, en parfaite position pour le coup suivant.

La journée avait mal commencé, et ça ne ferait sans doute qu'empirer. Sur la table de chevet de son hôtel, le téléphone avait réveillé Hargreaves à huit heures du matin avec une mauvaise nouvelle. Ayant jugé Michael McKenna fort antipathique lors de leurs occasionnelles rencontres, il n'éprouvait aucune tristesse ; seulement, les conséquences de ce meurtre risquaient de remettre en question le résultat de plusieurs années d'un travail acharné.

Le travail de Hargreaves, et surtout, des prédécesseurs du secrétaire d'État, mais peu importait.

Mon Dieu. Dire qu'il lui faudrait peut-être se rendre à nouveau dans cet endroit maudit. Il venait à peine de rentrer après y avoir passé toute une semaine, n'était-ce pas suffisant ? S'il n'avait tenu qu'à lui, il l'aurait lâché depuis des années, ce territoire qui ne produisait que des calamités. Mais puisqu'il y avait des gens au gouvernement et parmi la royauté qui s'accrochaient encore à un absurde sens du devoir envers les six comtés d'outre-mer, c'était à lui d'en porter le fardeau.

À présent que les factions nord-irlandaises avaient enfin accepté de se répartir un pouvoir gouvernemental, le rôle de Hargreaves se limitait principalement à transmettre les documents au secrétaire d'État pour signature. Ce n'était donc pas un désastre total. Enfin, du moment que les autochtones se tenaient tranquilles.

Son portable vibra dans sa poche. L'appel qu'il redoutait. Il répondit à contrecœur.

« Monsieur le ministre, annonça une voix de femme. Le chef de la police est prêt à vous parler. C'est une ligne sécurisée. Allez-y.

– Bonjour, Geoff, dit Hargreaves. Quoi de neuf ?

– Pas grand-chose », répondit Pilkington.

Hargreaves n'aimait pas le chef de la police, mais il le respectait. Geoff Pilkington avait fait ses armes dans la rue, à

Manchester, avant de grimper les échelons. C'était l'un des rares occupants de la fonction dont la carrière reposait sur une réelle expérience du travail policier, et qui n'était pas passé par une école privée, Oxford ou Cambridge, pour pouvoir ensuite graisser des pattes. Insensible aux reproches ou aux manœuvres d'intimidation, il montrait une finesse politique que démentait son apparente rudesse. Il savait quand donner de la voix, ou bien chuchoter. De l'avis de Hargreaves, si Pilkington avait visé le Parlement au lieu de la haute hiérarchie policière, il serait sûrement membre du Cabinet à l'heure actuelle. Il avait pris la tête du Service de police d'Irlande du Nord au moment où celui-ci se formait à partir de l'ancienne Royal Ulster Constabulary, un défi dont il ressortait gagnant après avoir accompli l'impossible, à savoir s'attirer le respect de toute la société nord-irlandaise malgré la réticence de certains de ses membres.

« Qui était-ce ? demanda Hargreaves. Des loyalistes ? Des dissidents ?

– Ni l'un ni l'autre, d'après l'enquête. Il a été tué à bout portant, sans aucune trace de lutte. Sûrement par quelqu'un qu'il connaissait.

– Quelqu'un de son propre groupe ? » Hargreaves partit chercher sa balle. Compton et le caddie le suivirent.

« C'est peu probable, dit Pilkington. Rien n'indique qu'il y ait eu scission. Et quand bien même ce serait le cas, ils ne voudraient pas faire couler le bateau. Pas maintenant qu'ils sont confortablement installés à Stormont.

– Alors, qui ? Il faut que j'aie quelque chose à raconter au secrétaire d'État.

– On sait qu'il traficotait avec une bande de Lituaniens pour faire passer la frontière à des clandestins de Dublin. Essentiellement des filles destinées au marché du sexe.

– Je ne pensais pas que les gars de McKenna donnaient làdedans. C'est plutôt le domaine des loyalistes.

– Le parti interdit officiellement toute activité criminelle, mais il n'a pas la maîtrise des individus. Or les personnalités comme McKenna, justement, bénéficient d'une grande marge de manœuvre. S'il y a de l'argent à gagner, on ne les retiendra pas. Pouvoir et argent marchent encore main dans la main, quoi qu'en dise le parti. »

Hargreaves ne cesserait jamais de s'en étonner : les gens votaient pour des criminels en pleine connaissance de cause. L'électorat d'Irlande du Nord était sûrement l'un des plus cyniques au monde. L'homme du peuple savait lire entre les lignes d'un discours mieux que n'importe quel analyste politique, sans en croire un traître mot. Et pourtant, les suffrages s'exprimaient à l'identique, élection après élection. Finalement, songeait Hargreaves, on ferait aussi bien de compter les voix par appartenance religieuse, ce serait plus simple.

Il avait désespérément convoité un poste au Cabinet lors du dernier remaniement ministériel. Pour finir, il n'avait même pas obtenu le Secrétariat d'État pour l'Irlande du Nord. Déjà que c'était un boulot pourri dont personne ne voulait, et en plus, il n'était que ministre, c'est-à-dire *sous-fifre* ! Il serra les dents en marchant sur le terrain à la recherche de sa balle perdue.

« Vous avez de quoi incriminer les Lituaniens ? demanda-t-il.

– Pas vraiment. Les indices sont encore très minces pour l'instant.

– Alors, vous n'avez *aucune* piste ? » Hargreaves s'arrêta pour attendre Compton et le caddie. Demain, il irait faire un jogging avec Compton, histoire de le mettre en forme.

« On sait seulement ce qu'il a fait juste avant. Il possédait un pub dans Springfield Road. La licence a été établie au nom de son frère, mais c'est lui le propriétaire. Il y est passé et a raccompagné un ivrogne chez lui. Trente ou quarante-cinq minutes plus tard, il a appelé le barman en annonçant qu'il avait déposé l'ivrogne et qu'il devait voir quelqu'un sur les quais. On n'a pas encore visionné toutes les archives de la vidéosurveillance, mais jusqu'à présent, les images prises sur le trajet montrent qu'il était seul. La surveillance s'arrête dans York Street, où il a tourné sous l'échangeur de la M3 en direction des quais. On présume que le coupable l'a rejoint à cet endroit. La police scientifique n'a pas fini d'examiner la voiture, mais je doute qu'on découvre quoi que ce soit. C'est du bon boulot. Propre, méticuleux. Le travail d'un professionnel. »

Hargreaves éprouva un soupçon de soulagement. « Il ne s'agirait donc pas d'un acte politique. Sinon, vous comprenez ce que l'affaire aurait d'alarmant, n'est-ce pas ?

– Oui, Monsieur le ministre. Je comprends. Pour l'instant, tout semble indiquer une transaction qui aurait mal tourné. Nous avons interrogé l'ivrogne mais il ne savait rien, bien qu'il soit connu de nos services. »

Repris par l'inquiétude, Hargreaves se mit en marche pour chercher sa balle. « Que voulez-vous dire ? Qui est-ce ?

– Gerald Fegan. Auteur présumé de douze meurtres, dont deux ont été commis alors qu'il bénéficiait d'une sortie de prison exceptionnelle pour assister à l'enterrement de sa mère. Il a été condamné pour l'attentat à la bombe de la boucherie de Shankill Road en 1988 qui a fait trois morts, dont une mère et son bébé. C'était l'un des meilleurs éléments du groupe, ou l'un des pires, selon le point de vue d'où on se place. En deux mots, un tueur.

– Et il n'est pas soupçonné ?

– Pas pour l'instant. Il est resté très discret depuis sa libération anticipée en… »

Hargreaves entendit le bruit de documents qu'on déplaçait.

– « … au début de l'année 2000. D'après ce que je comprends, il souffrait de troubles psychologiques avant sa mise en liberté, et depuis peu, il s'est mis à boire. »

Soulagement à nouveau. « Je vois, dit Hargreaves en approchant des hautes herbes qui avaient englouti sa balle. Donc, ce n'est pas politique. Voilà qui me paraît infiniment préférable, n'est-ce pas votre avis ?

– Absolument, Monsieur le ministre. Il faut s'attendre à toutes sortes de tentatives de récupération, mais ne vous inquiétez pas. Nous gardons le contrôle.

– Parfait. » Hargreaves raccrocha, rangea le téléphone dans sa poche, et sonda l'herbe du pied. « Où est passée cette foutue balle ? »

6

La pierre à huile glissait lentement sur le manche de la guitare pour affûter les frettes. Fegan adorait la sensation qui se communiquait à sa main, à son poignet, et lui remontait de l'avant-bras jusqu'à l'épaule. Tandis que le petit bloc de forme oblongue passait d'une extrémité à l'autre de la touche, il lissait des années d'usure. Trop de pression endommagerait les frettes ; mais une finition inégale rendrait l'instrument inutilisable. C'était une question d'équilibre. Calme et patience.

Voilà ce que lui avait appris Ronnie Lennox.

Fegan avait passé des heures à regarder le vieil homme travailler dans l'atelier de la prison de Maze. Parce que Ronnie ne supportait pas la compagnie des autres loyalistes, les gardiens lui permettaient de se maintenir à l'écart, dans le coin menuiserie. Les prisonniers républicains, le jugeant inoffensif, toléraient sa présence lors de leurs séances et, même, consentaient à apprendre quelques-unes de ses astuces. Fegan observait chacun de ses gestes avec attention. Les fines mains de Ronnie s'ornaient d'une myriade de cicatrices, de coupures et d'éraflures que lui avaient values des décennies de travail sur le chantier naval. Il était charpentier de marine avant de commettre l'acte atroce pour lequel on l'avait envoyé en prison. Comme tant de ses collègues, il garderait à vie la respiration sifflante de l'asbestose au fond de ses poumons.

C'étaient surtout ses mains que Fegan se rappelait, et il savait pourquoi. Elles ressemblaient à celles de son père, charpentier lui aussi, quand il trouvait du travail. Mais parce qu'il était catholique, le chantier ne faisait jamais appel à ses services.

Lorsqu'il ne rentrait pas ivre et puant l'alcool, ils avaient connu de bons moments. Comme le jour où il emprunta une voiture pour emmener Fegan, encore très jeune, et sa mère à Portaferry, au bord du Strangford Lough. Ils traversèrent trois fois la baie, aller-retour, juste pour le plaisir de prendre le ferry. Puis son père partit au pub, tandis que Fegan et sa mère éplorée rentraient à Belfast en car. Il resta absent trois jours.

Ce que Fegan revoyait avant tout de ces bons moments, aussi rares fussent-ils, c'étaient les mains de son père. Noueuses et rudes au toucher, fermes et chaudes, avec de longs doigts tachés de nicotine.

Il avait neuf ans la dernière fois qu'il les toucha. La scène se déroula dans la petite chambre de ses parents, par une matinée froide. Aux murs, l'humidité formait des cloques et décollait le papier peint par lambeaux. Il se rappelait l'odeur du moisi, mêlée au parfum fleuri de sa mère quand elle entra. Elle s'assit sur le lit, attrapa une brosse et la lui passa dans les cheveux.

Après un long moment, elle demanda : « À qui parlais-tu quand je suis arrivée, chéri ?

– À personne. »

Les poils de sanglier lui grattaient le cuir chevelu comme des ongles et sa peau le démangeait, sous la poigne oppressante du col de la chemise. Il se tenait debout devant la coiffeuse en acajou de sa mère, seul meuble de valeur dans la pièce, les mains posées à plat sur le bois frais. Dans le miroir, il vit qu'elle avait les yeux rougis par les larmes.

« Tu parlais à quelqu'un. À tes amis ? Ceux que tu t'inventes ?

– Non. »

Elle le frappa d'un coup de brosse dans le dos. La douleur cuisante le fit se dresser sur la pointe des pieds en serrant les fesses.

Sa mère continua à le coiffer. « Ne mens pas, mon fils. Surtout pas *aujourd'hui*. À qui parlais-tu ? »

Il renifla et lui lança un regard noir dans le miroir. « À papa », répondit-il.

Les piques de la brosse s'immobilisèrent au sommet de son crâne. Sa mère battit des paupières, et une perle de cristal s'échappa de son œil gauche. « Arrête, dit-elle.

– C'était papa.

– Ton papa est enterré aujourd'hui. » Elle posa la brosse sur le lit et le prit sévèrement par les épaules. Il sentait son souffle brûlant sur sa nuque. « Ils vont bientôt refermer le cercueil, mais le couvercle est encore ouvert. Je ne t'ai pas obligé à le voir parce que je savais que tu ne voulais pas. Mais si tu me racontes encore des bêtises pareilles, je t'emmène tout de suite. Tu veux que je t'oblige à le voir ? »

Malgré son envie de faire plaisir à sa mère en répondant par la négative, Fegan désirait plus encore qu'elle sache. « Il me donnait la main », dit-il.

Sa mère le tourna pour l'obliger à lui faire face. Un éclair s'alluma dans sa tête au moment où elle le gifla. Il vacilla, mais elle le retint fermement.

« Écoute-moi bien, Gerry, dit-elle en crispant ses lèvres pâles avec une expression farouche. Je ne veux plus entendre ces… ces horreurs. Tu arrêtes ! C'est compris. »

Comme il ouvrait la bouche pour protester, il reçut une autre décharge sur la joue.

« C'est terminé. Tu ne vois personne. Tu ne parles à personne. Tu ne les entends plus ! Tu veux qu'on te prenne pour un fou ? Tu as envie de finir avec tous ces vieillards au cerveau ramolli qu'on laisse croupir à l'hôpital ? » Elle le secoua durement. « Hein ? C'est ça que tu veux ? »

Aveuglé par les larmes, Fegan fit non de la tête. Il avait envie de pleurer, mais la détresse au fond de sa poitrine refusait de sortir. Son chagrin enfla, lui remonta dans les oreilles où il resta comprimé jusqu'à ce que, enfin, ses poumons douloureux se remplissent d'air et expulsent des sanglots déchirants. Il s'effondra contre sa mère qui l'enveloppa de ses bras.

« Oh, mon tout petit. Pardon… Chut… Là, c'est fini. Si tu ne dis rien, ces vilaines choses te laisseront tranquille. Ne leur parle plus jamais. »

Elle prit son visage baigné de larmes dans ses mains et sourit. « Ne les écoute pas, ne dis rien. Le diable ne peut pas entrer quand on lui ferme la porte. Tu comprends ? »

Il hocha la tête en reniflant.

« C'est bien. Allez, va cirer tes chaussures maintenant. »

C'était il y a trente-six ans. Fegan n'aimait pas penser au temps qui passe et qu'il est impossible de retenir. Mais parfois, on ne pouvait échapper au compte des années. Emprisonné à vingt-six ans, libéré à trente-huit, et depuis, sept ans encore avaient filé sans qu'il s'en aperçoive. Presque la moitié d'une vie gâchée. Il chassa cette idée et ramena son esprit à la tâche qui l'occupait.

Il était assis à sa table sous la fenêtre, les manches de sa chemise relevées. Le jour, il travaillait en pleine lumière, et la nuit, une lampe de bureau éclairait les outils qu'il disposait soigneusement tout autour. Dans le cas présent, ruban adhésif, limes, laine d'acier et huile d'olive. Il posa la pierre sur du papier journal et essuya avec un chiffon doux les copeaux et les fines particules de métal qu'il venait d'abraser entre les parties masquées de la touche.

Sur l'étagère près de lui, la radio diffusait de lancinants accents de blues. Fegan ne comprenait pas les paroles psalmodiées sur les accords, mais il avait envie d'apprendre à jouer de la C.F. Martin quand il aurait terminé de la restaurer. C'était un modèle de collection, avait expliqué Ronnie. Mais les guitares n'étaient pas faites pour qu'on les collectionne, disait-il. Elles étaient faites pour qu'on en joue. C'est pourquoi Fegan écoutait la radio tout en travaillant, avec l'espoir que la musique pénétrerait en lui.

Quand il entendit le jingle annonçant les informations, il arrêta le poste. Tous ne parlaient que de McKenna — hommes politiques, policiers, spécialistes de la sécurité —, même les journalistes qui s'interviewaient les uns les autres pour exploiter l'événement en le pressant jusqu'à la dernière goutte.

Fegan reprit la pierre à affûter et la passa à nouveau sur la touche, d'une extrémité à l'autre ; le rythme de son geste l'apaisait. Neuf heures du soir. Il n'avait pas encore bu et comme tous les autres soirs, il se promit de rester sobre tout en reconnaissant, quelque part au fond de lui, qu'il ne tiendrait pas sa promesse. Il savait que cette nuit, ils reviendraient, même s'il avait donné McKenna au garçon. Ils exigeraient davantage.

Ils voulaient Caffola.

Fegan continua à manier la pierre, doucement, gardant le bras souple. « *Ne dis rien*, pensa-t-il. *N'écoute pas et ne dis rien.* »

Calme et patience.

Un picotement le saisit aux tempes, comme lorsque l'air est chargé d'électricité avant un orage. Fermant les yeux, il laissa aller sa main dont le rythme s'accordait avec les battements de son cœur.

Calme et patience.

Des flèches de lumière jaillirent derrière ses yeux.

Fegan rangea la pierre et posa la guitare sur la table, couverte d'une feutrine pour protéger la finition du bois. Il se leva, s'approcha du buffet, se versa deux doigts de Jameson et la même quantité d'eau. La chaleur du whisky se répandit dans ses veines tandis que les ombres progressaient sur les murs.

Calme et patience.

7

« Qui a buté McKenna, à ton avis ? » demanda McSorley en braquant le volant du lourd véhicule sur la gauche.

Campbell jeta un regard par-dessus son épaule. Étendu sur le dur plateau arrière de la camionnette, le vieil homme gémissait à l'intérieur de la taie d'oreiller qui lui recouvrait la tête.

« Ne t'occupe pas de lui », dit McSorley.

Campbell reporta son attention sur les virages de la route. Il freinait instinctivement à la place du conducteur, le pied au plancher. Toute la journée, il avait attendu que son portable sonne et il se retenait de vérifier à chaque instant ses éventuels appels manqués en se rongeant d'impatience.

« Alors ? insista McSorley. Qu'est-ce que tu en penses ?

– J'en sais rien, répondit Campbell, mais il faut être complètement malade pour faire ça. Ou très con. Les gars ne laisseront pas les coupables s'en tirer. Ils iront jusqu'à rompre le cessez-le-feu pour les avoir. »

La camionnette cahota sur une ornière et Campbell dut s'agripper au tableau de bord. À l'arrière, ballotté d'un côté à l'autre sur le plateau, le vieux poussa un cri. Comiskey et Hughes détenaient sa femme, le temps que Campbell et

McSorley effectuent le court trajet de la petite maison jusqu'au village et reviennent avec la recette du bureau de poste.

« Tu serais peut-être bien avec ceux qui l'ont descendu, hein ? » interrogea McSorley.

Campbell essaya de déchiffrer l'expression de McSorley, mais dans l'obscurité, il ne distinguait que l'éclat liquide de ses yeux. « Peut-être, dit-il.

– N'aie pas peur de me parler, Davy. On est collègues, pas vrai ? Tu ne racontes pas beaucoup ce que tu as fait à Belfast...

– Il n'y a pas grand-chose à en dire. »

McSorley émit un rire gras. « C'est ça. Je vais te croire ! »

Son visage prit une teinte jaunâtre à la lueur des lampadaires qui marquaient l'entrée du village. « À ce qu'il paraît, toi et un autre gars, vous avez essayé de coincer Paul McGinty et vous l'avez tabassé à mort.

– Ah bon ?

– C'est ce que j'ai entendu.

– Les gens racontent beaucoup de choses. Crois ce que tu veux. »

L'enseigne verte *An Post* apparut dans le faisceau des phares. La camionnette ralentit dans un crissement de freins, le moteur toussota avant de s'arrêter. McSorley jeta un bref coup d'œil au vieil homme à l'arrière et se tourna à nouveau vers Campbell.

« Il y a des gars ici qui ne te font pas confiance, dit-il en le fixant dans les yeux.

– Comiskey, tu veux dire ?

– Lui et quelques autres. Ils trouvent bizarre que tu te sois barré d'un coup pour venir avec nous. Vu que tu étais proche de McGinty et tout ça. Ils sont inquiets. »

Campbell posa nonchalamment une main sur sa cuisse, juste au-dessous du renflement de la poche où il gardait son couteau. « Et *toi* ? Tu es inquiet ? »

McSorley se cala la langue contre sa joue ; sa barbe mal rasée se hérissait sur la peau distendue. « Je ne sais pas. Il se pourrait que McGinty t'ait envoyé pour nous tenir à l'œil, histoire de garder le contrôle. Ou bien, c'est ce que tu as raconté : que tu avais envie d'un peu d'action. »

Campbell ne cilla pas. « Je t'ai déjà répondu. Crois ce que tu veux. »

McSorley hocha la tête en grimaçant un sourire. « Tu m'as l'air d'être un type fiable, Davy, mais je vais te dire une chose. » Il leva un doigt à l'adresse de l'Écossais. « Si tu me donnes tort, tu as intérêt à te barrer en courant, parce que sinon je te ferai la peau. »

McSorley effeuilla les billets entre ses doigts. Malgré la cagoule qui lui couvrait le visage, on voyait qu'il était furieux. « Trois cent vingt euros ? C'est quoi, cette merde ? »

Campbell serra les dents pour contenir le rire qui lui montait dans la gorge. Sa barbe le grattait sous le masque de laine.

À genoux devant le coffre ouvert, le vieil homme se recroquevilla sur lui-même. McSorley l'attrapa par le col de son pyjama.

« Trois cent vingt euros ? Espèce d'enfoiré ! Je n'ai pas fait tout ça pour ramasser de la petite monnaie. Où est le reste ? »

Le vieux leva ses mains qui tremblaient. « Il n'y a que ça, je le jure devant Dieu, tout est là. »

McSorley le secoua plusieurs fois. « Arrête tes conneries et dis-moi où est le pognon.

– Je le jure, c'est tout ce qu'il y a. On n'est ouvert que le matin. Il y a quelques pièces dans la caisse… Prenez-les.

– Putain ! » McSorley lâcha le postier, empocha les billets et désigna le guichet. « Vide la caisse, Davy. Et rafle aussi les clopes. Y a rien d'autre ici. Merde ! »

En ouvrant le tiroir de la caisse, Campbell ramassa les maigres espèces préparées pour le lendemain, pas plus de quarante ou cinquante euros au total, et les jeta dans son sac de sport. Les paquets de cigarettes s'entassaient sur une étagère au-dessus du guichet. Il les balança aussi dans le sac, avec l'impression de n'être rien d'autre qu'un petit cambrioleur à la sauvette.

L'impression ?

Non, c'est exactement ce que je suis, pensa-t-il en récupérant les paquets tombés à côté du sac. *Comme un junkie en manque qui vole sa came.*

Il jura entre ses dents.

« Allez, viens », cria McSorley. Il tira le vieil homme par le poignet, sans même prendre la peine de lui remettre ses liens ni son bâillon.

« J'arrive », dit Campbell en fourrant les dernières cigarettes dans le sac.

McSorley s'arrêta à la porte. « Putain ! Viens, je t'ai dit !

– C'est bon. » Campbell ferma le sac, le hissa sur son épaule, et rejoignit McSorley et le postier dehors.

McSorley traîna son prisonnier qui gémissait vers la camionnette et ouvrit la portière arrière. De l'autre côté de la rue, quelque chose attira l'attention du vieil homme : une lumière à une fenêtre.

« Au secours », cria-t-il d'une voix faible. Puis plus fort : « Au secours ! »

McSorley lui plaqua une main sur la bouche, mais le vieux trouva la force de se dégager. « Au secours ! Aidez-moi ! »

Campbell s'approcha.

« Ferme-la ou je t'en colle une », dit McSorley au postier qui se débattait pour lui échapper.

Campbell laissa tomber le sac et ôta sa cagoule.

« Au secours ! À l'aide ! »

La rage de Campbell explosa en une gerbe de coups qui s'abattirent sur la tête du vieil homme, et McSorley partit en arrière sous la violence de l'assaut. À mesure qu'il frappait, sa colère s'embrasait encore, jusqu'à ce que sa cible ne fût plus qu'une forme inerte se balançant à l'arrière de la camionnette.

« Davy ! »

Campbell enfonça son poing dans le ventre du vieil homme…

« Bon sang, Davy. Arrête ! »

… suivi d'un coup de pied dans le genou.

McSorley l'attrapa par la taille et le tira en arrière.

« Ça suffit, Davy. On s'en va. »

Campbell se dégagea et fit volte-face. « Tu me prends pour quoi ? »

McSorley recula en levant les mains.

« Hein ? Tu me prends pour quoi ? Un petit klepto de merde !

– Calme-toi, Davy. » McSorley ôta sa cagoule.

« Un junkie en manque de came ? Tu crois que je suis venu ici pour piquer des clopes à des vieillards ? »

McSorley ouvrit la bouche sans émettre aucun son, les yeux écarquillés.

« Bande de minables ! » Campbell tourna les talons, empoigna le sac posé au sol et le lança dans la camionnette. Il poussa le vieil homme sur le plateau arrière en lui repliant brutalement les jambes avant de claquer la portière. « Magne-toi, connard. »

S'installant d'autorité au volant, il mit le contact. McSorley se hissa à la place du passager sans le quitter une seule fois des yeux.

Ils roulèrent en silence. McSorley surveillait l'Écossais du coin de l'œil. Campbell, lui, pensait au trou dans la tête de Michael McKenna, et au tueur dont la mort aussi était maintenant assurée.

8

Comme la vaste demeure de McKenna, à la lisière d'une banlieue aisée, ne s'accordait guère avec les orientations socialistes du parti, Fegan ne s'étonna pas que la veillée funèbre fût organisée chez la mère du défunt. Les gens vinrent rendre un dernier hommage à McKenna dans une petite maison en brique rouge à un étage, coincée au milieu d'une rangée d'habitations identiques de Fallswater Parade, en bordure de la portion sud de Falls Road, veine jugulaire du mouvement républicain à Belfast. À l'époque des Troubles, on avait comparé cette partie de la ville à Beyrouth. Pour Fegan, c'était depuis toujours le chemin qui le ramenait chez lui, dans le quartier des Falls délimité par Springfield Road où habitait autrefois sa mère.

En approchant de la maison, il essaya de compter les hommes rassemblés dans la minuscule courette, ainsi que les autres, sur le trottoir, qui fumaient, riaient, bavardaient. Il renonça après en avoir dénombré une vingtaine et se faufila parmi l'attroupement, répondant aux hochements de têtes polis et marmonnant des formules de salutation. Il les connaissait pour la plupart, sans en apprécier aucun. De rudes gaillards qui venaient de partout à Belfast : Andersonstown,

Poleglass, Turf Lodge, et certains aussi qui vivaient dans les enclaves républicaines du nord de la ville et de Lower Ormeau. Il reconnut quelques visages qu'il avait croisés en dehors de Belfast, à Derry ou dans le sud du comté d'Armagh. Mis à part un petit nombre qui arboraient chemise et cravate pour l'occasion, les autres se présentaient en veste de cuir ou dans leurs habits de tous les jours.

Fegan surprit le regard furibond d'un jeune homme posté à la fenêtre de la maison voisine. C'était sans doute le propriétaire de la Volvo familiale contre laquelle plusieurs gars s'appuyaient. Mais il ne viendrait sûrement pas se plaindre. S'apercevant qu'on l'avait repéré, il laissa aussitôt retomber le rideau. Fegan se douta que les nouveaux habitants de la rue surveillaient l'événement d'un œil craintif. À cause de la hausse de l'immobilier, les jeunes des classes moyennes s'étaient déplacés vers des quartiers de la ville où il leur eût semblé inconcevable de s'installer autrefois. Et des retraités qui, de toute leur vie, n'avaient jamais vu la couleur de l'argent se trouvaient à présent assis sur des biens d'une valeur démultipliée.

Fegan entra dans le vestibule. Les gens se pressaient au coude à coude et il dut lutter contre une impression d'étouffement, comme un homme au bord de la noyade, pour s'engager plus avant dans la maison.

« Gerry ! » Une frêle vieille dame agita la main, au milieu d'une forêt de cuir noir et des chemises à rayures vertes et blanches du Celtic Football Club.

Fegan se fraya un chemin entre la foule compacte pour la rejoindre. « Mrs. McKenna, dit-il. Toutes mes condoléances. »

Elle se hissa sur la pointe des pieds pour le serrer dans ses bras. « Oui, mon pauvre fils est mort, Gerry. Ceux qui ont fait ça sont des salopards. Il se battait pour la paix, et ils l'ont tué. » Elle leva vers lui des yeux pleins de larmes de colère.

« Que Dieu leur pardonne. Parce que moi, je ne leur pardonnerai jamais.

– Où est-il ? demanda Fegan.

– En haut, dans son ancienne chambre. Tu sauras bien la trouver, hein ? Vous y avez passé tellement de temps ensemble, quand vous étiez gosses. Le cercueil est fermé. » Sa voix se brisa, et elle ne put réprimer le tremblement de sa lèvre. « Je n'ai pas eu le cœur de le voir comme ça. Mon petit garçon…

– Je vais monter », dit Fegan après avoir encore serré la mère de McKenna dans ses bras.

Il joua des épaules pour atteindre le bas de l'escalier et gravit lentement les marches. À mesure qu'il montait, l'odeur de la chaleur humaine se faisait plus oppressante.

Bien que l'ancienne chambre de McKenna donnât sur la rue, un silence respectueux s'était installé entre ses quatre murs. Fegan apprécia la relative tranquillité qui régnait dans la pièce, où les personnes présentes se parlaient en chuchotant. Il sentit la sueur refroidir sur lui. Se trouver à proximité de la dépouille de Michael McKenna, après tout, n'était pas la pire chose qui pouvait lui arriver.

Il se signa en s'approchant. Le cercueil était modeste et bien en deçà de ce que McKenna pouvait s'offrir comme dernière demeure pour y pourrir, mais un tel choix n'était pas le fruit du hasard. Demain, drapé d'un drapeau tricolore irlandais, il remonterait Falls Road à la tête d'un cortège auquel Fegan prendrait part ; peut-être même figurerait-il parmi les porteurs. Bien qu'il ne fût pas homme à s'attacher aux paroles, il connaissait le sens du mot hypocrisie. Et l'hypocrisie était largement répandue parmi ses anciens camarades, ou au sein du parti, mais il pouvait s'en accommoder.

La première fois qu'il avait rencontré Michael McKenna, dans la cour de l'école des Frères chrétiens, ils étaient assis ensemble sur le banc de pierre devant le bureau du directeur.

Tous deux attendaient d'être fouettés, par un bel après-midi de juin, une semaine à peine avant la fin du trimestre. Fegan ne se rappelait pas la cause de sa punition, mais il se souvenait en revanche que McKenna s'était battu. D'un an plus âgé, aussi robuste que Fegan était maigre, il portait des traces de sang sur ses phalanges. Ni l'un ni l'autre n'avait parlé ce jour-là, jusqu'à ce que le frère Doran vienne les chercher.

Fegan reçut sa correction en silence, clignant seulement des yeux chaque fois que s'abattait la canne de bambou dont le claquement résonnait entre les murs du bureau. Pour mettre la douleur à distance, il se concentra sur l'image de la Vierge suspendue au-dessus du fauteuil du frère Doran. *N'écoute pas, ne dis rien*, pensait-il. Le visage du frère Doran s'empourprait sous l'effort. Après le cinquième coup, il posa la canne sur la main de Fegan, à la jointure du pouce.

« Tu es un dur à cuire, hein, Fegan ? » dit-il.

La canne fendit l'air et s'écrasa sur l'articulation. Fegan lâcha la table, lutta pour ne pas perdre l'équilibre. Dans sa main explosait un soleil, mais il écarta la douleur. Il reprit la position pour attendre un autre coup, son pouce déjà enflé et bleuissant.

Le frère Doran se pencha pour le regarder dans les yeux ; ses mâchoires tremblaient. « Va te mettre au coin, sale petite vermine. »

Les larmes roulèrent sur les joues de McKenna dès le troisième coup. Le quatrième tomba moins fort ; le frère Doran semblait se fatiguer. Il renvoya les deux garçons en les poursuivant de sa fureur.

Dans le couloir, McKenna lança à Fegan qui le précédait : « Si tu racontes que j'ai pleuré, je t'éclate la tête. »

Fegan s'arrêta net et pivota. « Va te faire foutre », répondit-il.

McKenna approcha d'un air menaçant en s'essuyant le nez sur sa manche. « Qu'est-ce que tu as dit ?

– Va te faire foutre. » Fegan se détourna.

Deux poings massifs le frappèrent dans le dos. Il trébucha, réussit à se rattraper et fit face à McKenna en préparant son poing droit.

McKenna recula d'un pas et lui pointa son doigt crasseux sur la poitrine. « T'as intérêt à faire gaffe », dit-il. Puis il partit en courant dans la direction opposée.

Le lendemain, McKenna intercepta Fegan dans la cour et voulut voir sa main. Fegan lui montra les meurtrissures mauves et brunâtres qui s'étaient étendues à toute la paume.

« Merde, alors, dit McKenna. Ça fait mal ?

– À ton avis ?

– Je dirais que oui. Tu veux qu'on se retrouve plus tard ?

– Pour quoi faire ? » demanda Fegan.

McKenna plissa le front en se balançant d'un pied sur l'autre. « Ben, pour traîner. Pour rigoler, quoi… »

Fegan réfléchit. Ce n'était pas dans ses habitudes, mais après tout, quel mal y avait-il à essayer ? « D'accord », répondit-il.

Il se fit beaucoup d'amis cet été-là. Sa mère ne les voyait pas d'un bon œil. Elle lui rappela que le frère aîné de Michael McKenna était en prison à Long Kesh pour possession d'arme. Fegan s'en fichait. Il était heureux d'avoir des copains.

La plupart d'entre eux étaient rassemblés aujourd'hui chez la mère de McKenna, échangeant des histoires du bon vieux temps que Fegan redoutait de devoir écouter. Il s'écarta du cercueil et se signa à nouveau.

Le calme qui emplissait la pièce fit place à un silence total. En même temps que sa propre respiration, Fegan prit conscience d'une présence derrière lui. Il se retourna et vit une femme, blonde et pâle, grande, fine, qui se tenait sur le seuil. Elle était vêtue avec une élégance toute simple, pantalon noir et chemisier blanc. Fegan s'effaça quand elle s'approcha du cercueil.

Elle tendit la main, presque à en toucher le bois lustré, puis arrêta son geste. Ses yeux gris bleu se fixèrent sur quelque chose que Fegan ne voyait pas, loin, très loin. Il sentit son cœur se serrer à l'idée qu'elle allait peut-être pleurer le souvenir de l'homme qui reposait dans le cercueil. Après une profonde inspiration, elle se ressaisit, battit des paupières, et articula silencieusement quelques mots. Le pincement qu'éprouvait Fegan se mua en une sourde noirceur quand il lut sur ses lèvres :

Tu l'as bien mérité.

Au moment de se détourner, elle croisa le regard de Fegan et se figea, comprenant qu'il avait déchiffré ses paroles.

Vous avez raison, avait-il envie de dire. *Il a eu ce qu'il méritait.* Mais il se contenta d'incliner la tête imperceptiblement.

Rougissante, elle partit vers la porte. L'une des trois sœurs de McKenna, debout sur le seuil, l'observait. En voyant la haine dans les yeux de Bernie McKenna, Fegan comprit qui était la femme blonde.

Marie McKenna, fille de Patrick et Bridget McKenna, nièce de feu Michael McKenna. Sept ans auparavant, alors que Fegan commençait à faire la connaissance de ses fantômes, Marie McKenna avait scandalisé sa famille en sortant avec un membre de la police royale d'Ulster, espèce détestée entre toutes. Pire, c'était un catholique, à une époque où s'engager dans la police constituait encore un acte de trahison. Elle n'avait déjà guère la faveur des milieux républicains parce qu'elle écrivait pour un journal unioniste, le *Telegraph*, ou le *Newsletter* — Fegan ne se souvenait plus —, et se retrouva bannie par toute sa famille, à l'exception de sa mère, du fait de son aventure amoureuse avec un flic.

Médisances, mise à l'écart, voire menaces de mort, ne réussirent pas à séparer le couple. Mais la grossesse, si. Quand le ventre de Marie commença à s'arrondir, au bout d'une relation qui durait depuis deux ans, le policier tira sa révérence. Par respect pour Bridget McKenna, la famille accepta à contrecœur de reprendre Marie. Eût-elle accepté l'aimable proposition qu'on lui faisait de supprimer le père absent, l'ensemble de la communauté lui aurait peut-être ouvert davantage les bras. Mais à présent, c'était une paria.

Fegan éprouvait comme dans sa propre chair la solitude de cette femme, rejetée de tous. Son cœur se serra.

Marie sortit, les yeux baissés. Sa tante lui lança un air mauvais et Fegan l'entendit marmonner : « Salope ! » Les têtes de ceux qui s'amassaient dans le couloir se tournèrent sur son passage, tandis que des murmures montaient dans l'air chaud et moite.

Fegan éprouva un besoin inexplicable, irrésistible, de la suivre. Il essaya de lutter, mais le désir était si fort qu'il se faufila aussitôt dans le couloir. Il avait du mal à la distinguer par-dessus l'attroupement, malgré sa haute taille. Entre deux crânes rasés, il repéra des cheveux blonds qui s'engageaient dans l'escalier. Le temps qu'il parvienne en haut des marches, elle avait déjà atteint le rez-de-chaussée. Il la vit embrasser la mère de McKenna, dont le sourire se changea en grimace dès que la jeune femme partit vers la porte.

Elle avait déjà disparu dans la lumière du dehors quand il parvint au bas de l'escalier. Une main s'abattit sur son avant-bras. Fegan sursauta et se campa sur ses deux jambes, prêt à en découdre. Une douleur fulgurante le prit à la tempe.

« Bon sang, Gerry ! dit Vincie Caffola en riant. Je pourrais croire que tu cherches à m'éviter. »

Onze formes mouvantes et impalpables s'insinuèrent entre les invités. Deux des fantômes vinrent se positionner derrière

Caffola et, dans un geste flou, visèrent son crâne rasé. *N'écoute pas et ne dis rien*, pensa Fegan.

Il regarda Caffola droit dans les yeux. « Qu'est-ce que tu veux ? »

Caffola sourit et lui posa une main sur l'épaule. « On va au pub après, avec les gars. Ça te dit ? »

Les deux soldats de l'UDR dessinèrent des pistolets avec leurs mains. Fegan s'efforça de ne pas les voir.

« D'accord, répondit-il. Je vous retrouve tout à l'heure. Il y a trop de monde ici pour moi.

– Tu devrais rester encore un peu, reprit Caffola. McGinty arrive. Il dit qu'il ne t'a pas vu depuis des siècles.

– Non, j'y vais. » Fegan se détourna. « Je le verrai sûrement demain. À l'enterrement.

– Comme tu veux. » Caffola lui envoya une claque dans le dos. « À plus tard. »

Dehors, Fegan avala une grande goulée d'air, soulagé d'échapper à ces épaules et à ces torses pressés les uns contre les autres. Après avoir encore répondu aux hochements de tête respectueux des hommes qui fumaient et bavardaient devant la maison, et marmonné quelques formules de salut, il put enfin s'éclipser. Il essuya son front trempé de sueur, se rafraîchit en agitant les pans de sa veste, et rentra chez lui à pied.

Les onze silhouettes lui emboîtèrent le pas.

« Vous n'êtes jamais fatigués ? » demanda-t-il en se tournant vers eux. Onze morts, là, sur le trottoir, de taille réelle, accrochés à ses basques et qui le regardaient. Il laissa échapper un rire, saisi d'un bref accès d'hilarité. Vu que personne ne répondait à sa question, il en posa une autre tout en reprenant sa marche.

« Qu'est-ce qui m'est arrivé ? Pourquoi ai-je essayé de la rattraper ? Et qu'est-ce que je lui aurais dit, hein ? »

La femme qui tenait son bébé sur un bras le dépassa et lui fit face. Elle posa un doigt sur ses lèvres. Chut. Puis, de ce même doigt, elle montra un point derrière lui. Fegan entendit une voiture qui ralentissait en parvenant à sa hauteur. Une Renault Clio, neuve. La vitre du passager s'abaissa.

« Je peux vous déposer quelque part ? » demanda Marie McKenna en inclinant sa tête blonde vers la fenêtre.

Fegan regarda la maison qu'il venait de quitter, puis, de l'autre côté, la direction qu'il s'apprêtait à prendre. Il lança un coup d'œil aux Suiveurs. La femme avec le bébé hocha simplement la tête.

« Je veux bien, oui », dit-il.

Fegan garda les mains croisées sur ses jambes et se tut pendant tout le trajet. Ses genoux touchaient le tableau de bord de la Clio, mais plus que l'inconfort de la position, c'était le silence qui lui pesait. Il en vint presque à regretter l'absence des Suiveurs. Marie avait visiblement envie de dire quelque chose depuis qu'il était monté, mais elle semblait incapable de se jeter à l'eau. Une fois garée devant chez Fegan dans Calcutta Street, elle luttait encore pour prononcer les paroles qui lui tenaient à cœur.

Au moment où il allait la remercier et descendre de voiture, elle se décida enfin : « Je ne pensais pas ce que j'ai dit.

– Qu'est-ce que vous avez dit ? demanda-t-il, bien qu'il sût à quoi elle faisait allusion.

– Tout à l'heure, devant le cercueil. » Elle regardait droit devant elle.

« Je n'ai rien entendu.

– Parce que je n'ai pas parlé à voix haute, mais vous avez compris.

– Oui, reconnut-il, jugeant inutile de mentir.

– Eh bien, je ne le pensais pas. S'il vous plaît, ne le racontez à personne. » Elle se tourna vers lui. Il s'attendait à lire une supplique dans ses yeux. Mais non, ils étaient calmes et froids, trahissant son émotion seulement par d'infimes tressaillements.

« Pourquoi irais-je le raconter ?

– Je sais qui vous êtes. Je sais que vous étiez son ami. Cela a dû vous offenser, et je le regrette. S'il vous plaît, n'en parlez pas. »

Sa voix tremblait et un voile passa devant ses yeux. Avait-elle peur de lui ? songea Fegan, soudain horrifié. Autrefois, il aurait pu en tirer du plaisir, mais à présent, cette idée le ravageait.

« Je ne dirai rien à personne, répondit-il. Je ne suis pas… je ne suis plus avec eux. Je ne suis plus… »

Elle vit qu'il cherchait ses mots. « Des leurs ? » suggéra-t-elle.

Fegan posa la main sur la poignée de la porte, partagé entre l'envie de rester ou de prendre la fuite. « Exactement.

– Je comprends », dit-elle. Un timide sourire s'esquissa sur ses lèvres. « On ne choisit pas ceux qui sont les nôtres et ceux qui ne le sont pas. Mais que fait-on si ceux qui ne sont pas les nôtres sont les seuls qui nous restent ? »

Attendait-elle une réponse ? Elle le sondait du regard, comme les psychologues en prison. Fegan considéra la question. « On continue, répondit-il. Ou bien on part. »

Le sourire de Marie s'épanouit et elle rougit. « Ça, c'est tout moi. Des questions, toujours des questions. En tout cas, merci pour votre indulgence. Je regrette… Je ne le pensais vraiment pas.

– Si, vous le pensiez. » Fegan s'aperçut qu'il avait parlé avant même que les mots prennent forme dans son esprit.

Elle pâlit, tout le sang refluant de son visage. Le sourire disparut. « Pardon ?

– Vous le pensiez, dit-il en ouvrant la portière. Et vous avez raison. »

Il descendit de voiture, se pencha vers la vitre baissée pour la regarder. « Il le méritait », ajouta-t-il avant de refermer la portière.

Elle le dévisagea longuement, interdite. Puis démarra en trombe et s'engagea sur la chaussée en coupant la route à un taxi. Le chauffeur protesta par un furieux coup de klaxon tandis que la Clio s'éloignait.

Fegan fit un tour sur lui-même. Où étaient les ombres ? « Qu'est-ce qui m'arrive ? » demanda-t-il tout haut.

9

Dans la pénombre et les recoins du pub envahis par la fumée, on pouvait boire sans être vu. Fegan se fondit parmi les autres consommateurs en évitant de croiser leurs regards ou d'échanger la moindre parole. Il avait commandé une Guinness, pas de whisky, afin de garder l'esprit clair pour la tâche qui l'attendait.

Un boulot. Voilà comment il avait toujours considéré le fait de tuer quelqu'un. C'était un travail, rien de plus, qu'on accomplissait sans état d'âme ni émotion. À la différence de ces assassins qui se voulaient artistes, lui se voyait comme un simple exécutant, même pas un artisan, juste un ouvrier qui connaît bien son métier. Il fallait être doté d'une solide carapace, de la faculté de laisser sortir la brutalité tapie en soi, et accepter d'agir à la place de ceux qui en étaient incapables. Un talent qu'il possédait, comme Caffola qui excellait à faire souffrir, et pour cela, on le respectait.

Mais était-ce du respect, ou de la peur ? Tous ces gens qui inclinaient la tête devant lui depuis des années… Agissaient-ils par déférence, ou dans la crainte qu'il pût s'attaquer à eux ? Les douze fantômes — onze maintenant — qui le hantaient depuis sept ans étaient ceux à qui il avait ôté la vie. Mais il en avait meurtri tant d'autres.

Trois morts dans l'attentat de la boucherie, bien que ce ne fût pas son intention. Il savait qu'au cours de la même opération d'autres hommes, d'autres femmes, avaient perdu un bras, une jambe, un œil, et basculé dans le sang et la souffrance. Pendant des années, il n'avait pu trouver le sommeil parce qu'il ne cessait de prendre la mesure de cette *réalité*, d'en éprouver le poids. Les ombres des morts ne lui avaient apporté aucune révélation supplémentaire.

Debout dans le pub bondé, il tenta de fermer la porte au passé, mais les souvenirs malgré lui s'emparaient de son esprit. Il se revit avec la femme dans le cimetière, la mère du douzième Suiveur…

« Vous êtes Gerry Fegan », dit-elle.

Elle était petite, toute grise. Fegan sentit la force de sa colère comme une brûlure.

« Vous êtes Gerry Fegan, et vous avez tué mon petit garçon. »

Il se releva. Debout devant la tombe de sa propre mère sur laquelle il venait de déposer un misérable bouquet de jonquilles, il chercha quelque chose à dire. N'importe quoi. Mais il ne trouva pas, parce que tout ce qu'il voyait, c'était l'horreur qui avait privé cette femme de son fils.

« Où l'avez-vous mis ? demanda-t-elle. Je viens ici tous les dimanches. Je lis les noms sur les tombes. Parfois, je perds la tête et je cherche le sien. Je sais que je ne le trouverai pas, mais je cherche quand même. Il m'arrive d'oublier comment il s'appelait… C'est comme s'il n'avait jamais existé. »

Elle s'approcha de Fegan et tendit vers lui une main tremblante. « Dites-moi où vous l'avez mis. Je vous en prie. Dites-moi juste où il est. »

Il se rappelait le sang du garçon livré aux mains de McKenna.

Son sang qui coulait, rouge vif.

« Gerry, comment va ? »

Fegan sortit brusquement du souvenir et se tourna vers l'homme qui venait de lui taper sur l'épaule.

Patsy Toner lui souriait, la bouche barrée par sa moustache. « McGinty t'a cherché aujourd'hui. Chez la mère de McKenna. Tu aurais dû rester.

– Qu'est-ce qu'il me veut ? » Fegan but une gorgée de Guinness.

« Il pense que tu n'exploites pas assez tes capacités. Tu es tranquille avec le boulot qu'il t'a trouvé aux services municipaux, et grâce à ses contacts, il peut te garder en place pendant des années sans que tu aies à lever le petit doigt. Tu touches ta paye à la fin du mois, ça ne gêne personne. » Toner soupira et posa une main sur l'épaule de Fegan. « Tu as tiré ta peine et le parti a une dette envers toi, mais il faut que tu donnes quelque chose en retour. Des broutilles... Un petit boulot de temps en temps. Tu seras payé, d'ailleurs.

– Ça ne m'intéresse pas », dit Fegan en se détournant.

Toner le retint par le bras. « Ce n'est pas si simple, Gerry. Tu as sûrement entendu la rumeur. McGinty est un peu en bisbille avec la hiérarchie en ce moment. Il a besoin de savoir qui sont ses amis. Écoute ce qu'il a à te dire, et fais ce qu'il te demande. »

Fegan se dégagea. « Tu es quoi, toi ? Son larbin ? »

Toner sourit et leva les mains dans un geste d'impuissance.

« Je te mets au courant, Gerry. C'est tout. Tu le verras demain.

– Oui, c'est ça », dit Fegan en le plantant là, les mains toujours levées comme un homme qui capitule.

Il se retira dans un coin sombre derrière le bar, à côté d'une console de jeu sur laquelle personne ne jouait. De là, il avait vue sur l'ensemble du pub et sur les clients gagnés par l'ivresse qui circulaient dans la semi-obscurité.

Un petit boulot de temps en temps, avait dit Toner. Fegan savait parfaitement de quoi il s'agissait. McGinty était un homme très occupé. Certes, les politiques avaient récupéré le mouvement et dénonçaient le racket, les extorsions et toutes les formes d'escroquerie, mais il fallait quand même maintenir un certain ordre des choses. Bloquer la libre compétition des bars et des compagnies de taxis. Empêcher les dealers de vendre dans certains quartiers — sauf s'ils payaient un droit d'accès, bien sûr. Escorter les électeurs hésitants aux bureaux de vote en leur indiquant les noms des futurs élus. Et tous ces gens, par centaines, qui n'avaient d'importance que le jour des élections.

À peine deux mois auparavant, pour la première fois, on avait voté pour élire un véritable gouvernement. Enfin. C'était fini. *Fini pour qui ?* se demandait Fegan. C'est à ce moment-là que les maux de tête avaient commencé. Les ombres, les visages s'étaient précisés. Il ne voulait pas les voir, il se taisait, mais ils étaient venus malgré tout.

Et puis, les hurlements.

Fegan ne dormait plus depuis une semaine quand Toner lui fourra un paquet de bulletins de vote dans les mains. Il ne vota qu'une seule fois — pour un inconnu qui faisait campagne en faveur d'une taxe sur l'essence — et jeta le reste des bulletins dans une poubelle. Les gars rivalisaient à qui déposerait le plus de bulletins dans les urnes. Eddie Coyle avait gagné en votant vingt-huit fois, dans onze bureaux différents. Cette prouesse lui rapporta cinq cents livres, somme sur laquelle sa femme fit aussitôt main basse. McGinty lui donna cinq cents livres de plus, et cette fois, Coyle eut la sagesse de n'en parler à personne. C'était peu cher payé pour assurer son siège à McGinty. Le bruit courait que le parti cherchait à l'évincer. Malgré tous ses efforts pour se présenter en politicien, il incarnait une époque révolue, mais s'il maintenait son électorat, on ne pourrait le mettre sur la touche comme tant d'autres qui visaient aussi une promotion au gouvernement.

Une douleur que Fegan connaissait bien lui vrilla la tempe, le froid glacé se répandit dans ses veines. À la porte du pub, une bousculade annonça l'arrivée de Caffola. Fegan l'attendait depuis une heure et se serait bien passé de cet éprouvant bain de foule, mais il décida de ne pas bouger pour l'instant. Il était encore tôt. Rien ne pressait.

De son recoin obscur, il voyait tout. Ses yeux le brûlaient.

La crâne de Caffola et sa boucle d'oreille, captant la faible lumière, le rendaient facilement repérable dans le pub. Avec son cou épais, soudé à ses larges épaules, il était l'image de la puissance physique. Fegan connaissait sa force. Sa brutalité, aussi. Ce ne serait pas facile, mais il pouvait l'avoir.

Quand ? Où ? Ce soir, si possible. Loin d'ici, et de préférence chez Caffola. Il était déjà ivre et vacillait. Peut-être ne tarderait-il pas à partir. À moins qu'on ne l'invite quelque part pour finir la nuit à boire. Si Fegan le suivait, il pourrait entrer par une fenêtre et le descendre en le surprenant dans l'hébétude de l'alcool.

Calme et patience, pensa-t-il dans sa forteresse d'ombres. *Calme et patience.*

Caffola coinça Fegan dans les toilettes et le fit reculer contre le mur. Devant les urinoirs, des hommes ivres mouillaient leurs pantalons. Son haleine sentait l'alcool. Saisi aussi par l'odeur viciée qui régnait dans la pièce, Fegan retint un haut-le-cœur quand il lui postillonna au visage.

« Tu sais combien je t'admire, Gerry », bafouilla Caffola. Dans son état d'ébriété, il parvenait à peine à maintenir les yeux ouverts. « Je te le jure. Toi et moi. On est potes. Pas vrai ?

– Oui », répondit Fegan. Le sang cognait derrière ses yeux douloureux.

« Je te le dis parce que je te respecte, tu comprends ? » Caffola posa sa main gauche sur la poitrine de Fegan, tandis qu'il s'appuyait de l'autre contre le carrelage.

Fegan le regarda droit dans les yeux. « Je comprends.

– McGinty s'inquiète pour toi. C'est vrai, quoi. T'étais notre meilleur gars. Tout le monde le sait.

– C'est vrai, dit Fegan, les tripes nouées mais s'efforçant de ne rien laisser paraître.

– Sauf que tu t'es mis à l'écart. Tu bois, tu racontes des conneries… C'est pas bon, Gerry. » Caffola posa sa paume sur la joue de Fegan. « Je te préviens juste comme ça. Moi, je m'en fous, c'est McGinty qui veut te parler. Pour mettre les choses à plat. Il n'est pas tranquille. "T'inquiète pas, Paul, je lui ai dit, ne te fais pas de souci pour Gerry Fegan, il va bien." Pas vrai ?

– Oui.

– T'es le meilleur, pas vrai ?

– Oui.

– Mais il m'a dit que t'étais aussi le dernier à avoir vu Michael. » Les yeux de Caffola se firent menaçants. « Et l'autre connard de Lituanien… J'ai mis la dose, pourtant. Il a dit qu'il ne savait rien. Même quand je lui ai fait cracher toutes ses dents, il ne savait rien. »

Fegan tenta de s'esquiver. Caffola le repoussa contre le mur.

« Tu comprends mon problème, Gerry ? »

Il n'y avait plus personne dans les toilettes maintenant. Seulement onze silhouettes qui prenaient forme derrière Caffola. Deux ombres se détachèrent des autres et le mirent en joue. Était-ce possible, ici ? Non. Il n'y aurait aucun moyen de s'échapper.

« Tu me dis que tu n'as rien à voir avec ça, je te crois. C'est ce que j'ai raconté à McGinty. Je me suis mouillé pour toi, Gerry, alors ne me fous pas dans la merde. Demain, tu parles à McGinty. Et tu fais ce qu'il te demande, hein ?

– Oui. » Fegan se souvenait du temps où Caffola le craignait. Bien sûr qu'il pouvait l'avoir, ici, maintenant. Il s'enfuirait et personne ne se rendrait compte de rien. Il partirait. Il quitterait tout. La gorge de Caffola était là devant lui, à portée de main, si vulnérable à l'endroit où sa pomme d'Adam pointait par-dessus le col de sa chemise.

La porte s'ouvrit brusquement. Fegan détourna les yeux du cou de Caffola. « Ça chauffe, annonça Patsy Toner, le visage réjoui. Il y a des flics partout et des gamins qui dressent une barricade. C'est du sérieux. Une vraie baston qui se prépare. »

Caffola regarda tour à tour Toner, puis Fegan. « Putain, ça va faire du bien », dit-il.

« Comment ça a commencé ? demanda Caffola, incrédule, en avisant le tas fumant de matelas, de palettes et de détritus entassés au milieu de Springfield Road, à quelques mètres du croisement avec la rue du pub. Une trentaine de jeunes, essentiellement des enfants, faisaient cercle tout autour en scandant des slogans.

Plusieurs Land Rover de la PSNI[1] attendaient à une trentaine de mètres, moteurs ronflants. Les véhicules étaient moins intimidants qu'autrefois, avec leur nouvelle peinture à rayures blanches qui remplaçait le gris uniforme de la guerre. Les flics ne portaient pas l'attirail militaire, pas encore, mais bientôt, d'autres viendraient en renfort.

Devant ce spectacle, Fegan se sentit pris d'un trouble étrange, une accélération de tous ses sens. Les Suiveurs

1. PSNI : Police Service of Northern Ireland. Service de police qui a remplacé la RUC (Royal Ulster Constabulary) en 2001, tout en conservant les mêmes véhicules blindés.

l'avaient quitté ; leurs ombres s'effaçaient. Il demeura en retrait contre le mur, pendant que Caffola et Toner arpentaient le trottoir.

« À cause de l'enterrement qui a lieu demain, il y a davantage de patrouilles, dit Toner. Les gamins en ont profité pour lancer des pierres. Les flics en ont pincé plusieurs. Du coup, d'autres s'y sont mis aussi, ils se sont fait ramasser, et ainsi de suite. »

Caffola souriait de toutes ses dents. « Bon sang. Ça fait des siècles qu'on n'a pas eu une vraie bagarre. On pourrait peut-être fabriquer des cocktails, vite fait.

– Pas le temps, dit Toner. On aurait juste de quoi en faire quelques-uns, mais pas assez pour tenir. Les gens ne sont plus dans le mode action maintenant. »

Caffola soupira. « Oui… Faut croire que c'est mieux comme ça.

– On peut quand même envoyer les plus grands remplir des poubelles de briques, reprit Toner. Derrière le pub de Tom, il y a une benne pleine de bouteilles en verre qu'ils n'auraient pas de mal à piquer.

– Ça me paraît un bon plan », approuva Caffola, qui semblait dessoûler sous l'effet de l'adrénaline. « Il vaut mieux prévenir McGinty. Tu l'appelles ?

– D'accord », dit Toner en sortant un portable de la poche intérieure de sa veste.

Caffola se frottait les mains, le visage éclairé d'un sourire dans l'obscurité croissante. « Qu'est-ce que t'en dis, Gerry ? demanda-t-il. T'es partant ?

– Ça dépend, répondit Gerry. Je vais rester un peu, pour voir.

– Bravo », dit Caffola en lui tapotant l'épaule.

Des adolescents et des garçons plus âgés vinrent grossir la troupe. Les flics différaient le moment d'intervenir en espérant que l'événement se résorberait de lui-même, comme la plupart du temps, auquel cas il n'en resterait le lendemain qu'un tas de détritus noircis à nettoyer par les services de voirie. Mais ce soir, Fegan sentait que ce serait différent. L'atmosphère était chargée d'une électricité qui annonçait l'orage.

Il examina le ciel. Tout avait commencé trop vite… Aucun hélicoptère en vue. Autrefois, les Anglais en auraient fait décoller deux ou trois de leurs bases à Holywood, ou à Lisburn, et auraient couvert la zone en quelques minutes. Demain, ils survoleraient la foule rassemblée à l'occasion de l'enterrement, mais pour l'instant, le ciel était vide.

Un garçonnet d'une douzaine d'années à peine, roux et maigrichon, attrapa un bout de bois enflammé dans la pile de détritus fumants, s'avança de quelques pas et le lança de toutes ses forces. Le projectile retomba en projetant des braises rougeoyantes, à mi-chemin entre la barricade et les policiers qui ne bougeaient pas. Les autres garçons poussèrent une acclamation de triomphe.

« C'est pas vrai ! grogna Caffola. Hé, là ! »

N'obtenant pas de réponse, il cria encore : « Hé ! Toi ! »

Le petit rouquin se retourna.

« Oui, toi ! Viens ici. »

Le garçon s'approcha lentement.

« T'es con ou quoi ? demanda Caffola.

– Non, répondit le gamin.

– Ben, on ne dirait pas. Mets-toi quelque chose sur le visage, sinon tu vas te faire repérer par les caméras.

– O.K. » Le gamin sortit un mouchoir froissé de sa poche, le noua derrière sa tête pour se masquer le nez et la bouche, puis rejoignit ses camarades derrière la barricade.

« Les gosses d'aujourd'hui n'y connaissent rien, dit Caffola d'un air accablé. Cocktails Molotov, parpaings, catapultes… À notre époque, on aurait déjà mis la rue en vrac. » Il désigna les Land Rover en grimaçant un sourire. « Et ces connards, là, ils auraient riposté avec des balles en plastique. Les temps ont bien changé, Gerry. »

Fegan acquiesça. « Oui, les temps ont changé. »

Le quartier alentour avait en effet connu plus d'émeutes que tout autre endroit au monde. D'abord, les manifestations pour les droits civiques des années soixante, quand Fegan était encore trop jeune pour comprendre, puis la colère qu'avaient déclenchée les mesures de l'*internment*[1], au début des années soixante-dix. Les journalistes payaient les gamins pour les inciter à lancer des pierres et des bouteilles sur les Anglais, afin de filmer ainsi une échauffourée supplémentaire. Ensuite vinrent les grèves de la faim. Les rues s'embrasèrent à nouveau au début des années quatre-vingt, après la mort de dix détenus dans la prison de Maze. Là, plus besoin de payer ; la rage tenaillait la ville entière, la moindre étincelle mettait le feu aux poudres. Violents affrontements, enfants utilisés comme armes de guerre : telles étaient les tactiques. La photo d'un enfant blessé, quelles que soient les circonstances, frappait plus fort qu'une dizaine de bombes. Les militants enragés comme Paul McGinty avaient très vite compris la stratégie. Fegan la connaissait bien, cette colère extrême qui débordait dans la violence. Et malgré la lassitude qu'il éprouvait d'en être témoin, il ne pouvait nier l'excitation qui s'emparait de lui dans ces instants-là.

Quelques clients du pub sortirent dans la rue. Les autres demeuraient à l'intérieur, préférant boire en paix plutôt que se mêler à l'agitation.

Patsy Toner referma son portable.

« Alors ? demanda Caffola.

---

1. À partir de 1971, la loi sur l'*internment* permet à l'armée britannique d'arrêter les suspects et de les interner dans des camps sans procès. Le recours à l'emprisonnement de façon abusive suscitera de nombreux conflits.

– On a le feu vert. Mais pas de dérapage. Pas de vandalisme. La seule cible, c'est la police. Vu que les journalistes sont déjà prêts pour couvrir l'enterrement, ils vont arriver très vite. McGinty sera là dans une heure, et tout doit se calmer pour qu'on voie qu'il contrôle la situation.

– Il est malin, comme d'habitude », dit Caffola. Puis, frappant ses paumes l'une contre l'autre : « Allez, on y va. »

10

Une émeute, c'est un peu comme un incendie. Le feu se nourrit de lui-même et devient très vite son propre maître. Mais on peut souffler sur les flammes, ou bien les étouffer. Si la police et les gamins tenaient lieu de papier et de petit-bois, les hommes de la trempe de Caffola étaient l'étincelle qui venait tout embraser. D'autres, comme le père Coulter, apportaient de l'eau pour éteindre le brasier. Mais comme le prêtre n'était pas présent ce soir, Caffola allumait et attisait sans restriction. Fegan, pris d'une fascination morbide, l'observa à l'œuvre.

Caffola se déplaçait entre les différents groupes de gamins et de jeunes, distribuant force claques dans le dos en même temps que ses directives. On lui obéissait sans discuter.

Aussitôt, les garçons les plus âgés partirent en quête de munitions. Ils revinrent sans tarder avec de grosses poubelles en plastique, chargées des projectiles qu'ils avaient rassemblés en fouillant les maisons à l'abandon et les terrains vagues des environs. Briques, bouteilles, fragments de béton, métaux au rebut. Tout ce qui leur était nécessaire. À l'insu de la police, deux adolescents d'une quinzaine d'années les rejoignirent au coin de la rue, roulant la poubelle du pub dont le contenu vibrait en produisant un bruit de verre entrechoqué.

Sur le qui-vive à présent, les flics s'étaient regroupés et échangeaient des mots d'ordre. Ils savaient que, cette fois, on n'échapperait pas à l'affrontement. Certains d'entre eux enfilaient casques et gilets de protection.

Dix minutes plus tard, Caffola reçut un appel l'informant que six bidons d'essence étaient disponibles au fond d'une ruelle. Il y envoya les adolescents avec la poubelle remplie de bouteilles. « Prenez tout le linge que vous trouverez sur les cordes, ordonna-t-il. Pour faire des chiffons. » Il sortit un billet de dix livres de sa poche et le fourra dans la main de l'un des garçons. « Achetez du sucre, aussi. Vous vous rappelez ? On en met dans l'essence, ça colle mieux... Et demandez à Tom de vous donner des cartons pour rapporter les bouteilles. »

Le garçon disparut avec son ami en traînant la poubelle.

Les premières pierres volèrent bientôt. Peu nombreuses au début, puis en tir plus soutenu. À l'abri derrière les Land Rover, les flics laissaient les esprits s'échauffer en attendant du renfort pour intervenir.

La camionnette d'une équipe de télévision s'arrêta derrière les policiers. L'alerte avait été donnée. Autour du tas de débris fumants qui grossissait à vue d'œil, l'attroupement se fit plus dense. Caffola surveillait l'évolution de la situation, mains sur les hanches, narines palpitantes comme s'il flairait la violence dans l'air.

Fegan aussi se retrouvait en terrain connu, dans l'odeur de ses souvenirs. « Ça va mal tourner ? demanda-t-il.

– Non, répondit Caffola. Ils vont juste mettre un peu le bazar. Il n'y aura pas de morts. »

Fegan regarda son compagnon à hauteur de la gorge. « Tu es sûr ?

– Mais oui… C'est plus les années quatre-vingt. Merde, même dans les années quatre-vingt-dix, on a fait mieux que ça. Ils s'en sortiront avec des points de suture par-ci par-là. » La bedaine de Caffola tressauta quand il se mit à rire. Il désigna les Land Rover. « Tu la vois ? »

Fegan suivit la direction indiquée par son doigt. Il aperçut une femme policier, accroupie avec ses camarades, le dos tourné. En voyant les mèches blondes qui s'échappaient de sa casquette, il pensa à Marie McKenna et chassa aussitôt l'image de son esprit.

Caffola le poussait du coude. « Derrière la Land Rover. Tu la vois ? »

Fegan faillit confirmer mais se retint. S'il ne disait rien, peut-être Caffola choisirait-il une autre cible. Vain espoir.

« Regarde », dit Caffola en attrapant une bouteille vide sur le rebord de la fenêtre du pub. Il prit son élan en quelques pas, tenant la bouteille dans sa main droite, et déploya le bras pour lancer son projectile.

La bouteille s'éleva dans les airs, décrivit un lent arc de cercle en direction de la femme policier. Fegan ferma les yeux et souhaita de toutes ses forces, *pourvu qu'il la rate…* Il ne rouvrit les yeux qu'après avoir entendu la bouteille exploser sur l'asphalte.

Les flics resserraient leurs rangs derrière les Land Rover.

« Merde, grommela Caffola en adressant un clin d'œil à Fegan. Mais c'est pas tombé loin. »

Fegan inspira profondément. C'était la dernière nuit que Vincent Francis Caffola passait sur cette terre, se promit-il.

À cette pensée, il fut pris d'une douleur fulgurante aux tempes et un grand froid le saisit. Les ombres s'allongeaient dans le crépuscule. Des formes en émergeaient, compactes, venant vers lui. Les deux soldats de l'UDR se postèrent derrière Caffola, bras levés, doigts sur la détente. Les autres faisaient cercle autour de Fegan. La femme serrait dans ses bras le bébé qui s'agitait. Elle lui sourit.

Hurlements de moteurs, coups de frein… Six autres Land Rover venaient de rejoindre les forces de police. Des hommes en jaillirent, portant casques à visière, masques anti-feu et équipement pare-balles, armés de boucliers et de matraques.

Ils étaient prêts. Les émeutiers étaient prêts. Fegan était prêt.

Caffola se tourna vers lui en souriant. « Putain, ça va faire du bien », dit-il.

Dans un premier temps, les policiers se contentèrent de lever leurs boucliers pour se protéger des jets de pierres. Un officier gradé, reconnaissable à sa démarche, faisait les cent pas à l'arrière en aboyant des ordres. Fegan était trop loin pour entendre ses paroles, mais il devinait.

Tenez bon. On reste en place.

Tout bascula quand arrivèrent les premiers cocktails Molotov. Un gamin qui vacillait sous le poids d'un carton s'arrêta au débouché d'une rue, sans être repéré par la police. Dos au mur, il attira l'attention de Caffola. Les plus grosses bouteilles avaient été remplies d'essence et de sucre, enveloppées dans des chiffons imbibés.

Fegan ouvrait et fermait les poings, luttant pour maîtriser sa montée d'adrénaline. Les Suiveurs rassemblés autour de lui attendaient.

Au signal de Caffola, les garçons se précipitèrent pour s'emparer des bouteilles. La fumée qui montait du bois et des matelas entassés sur la barricade obscurcissait leurs préparatifs. Mais chacun connaissait la suite. Les cocktails Molotov étaient toujours l'arme de premier choix dans la rue.

Fegan n'aurait pu dire qui lança le premier. Il ne vit que la flamme et son sillage de fumée. Quand le verre explosa, le liquide prit feu à quelques mètres des flics qui reculèrent, réprimandés par leur chef. Les émeutiers hurlaient de joie.

Le deuxième fut envoyé par le garçon roux et maigrelet à qui Caffola avait rappelé de se dissimuler le visage. Il y mit toute sa force, mais le projectile retomba trop loin des policiers. L'essence se répandit et ne s'enflamma pas. Déçu, le gamin trépigna.

Le troisième marqua un point. Derrière la barricade, un adolescent de quinze ou seize ans alluma le torchon qui entourait sa bouteille. La flamme jaillit pendant qu'il s'avançait. Il fit cinq pas en courant, lança son missile, puis se figea pour en observer la trajectoire. Tout le monde retint son souffle en suivant des yeux la bouteille qui s'élevait dans les airs et retombait en laissant échapper une traînée de fumée, tandis que les policiers menacés faisaient retraite. L'essence s'embrasa sous leurs pieds, saluée par un tonnerre d'acclamations.

Pendant que Caffola riait et lui tapait sur l'épaule, Fegan regarda les quatre flics touchés par l'explosion rouler à terre. Leurs collègues étouffaient les flammes en les frappant de leurs mains gantées.

D'autres Molotov atteignirent leur cible et détonèrent contre les Land Rover ou aux pieds des policiers. Chaque lancer réussi déclenchait une ovation parmi les jeunes attaquants. Les onze Suiveurs se serraient autour de Fegan, fascinés par le spectacle.

« Ils vont bientôt donner l'assaut », dit Fegan. Le sang battait à ses tempes, les martèlements de son cœur s'accélérèrent. « Avec les Land Rover, pour essayer de nous disperser.

– Je sais, répondit Caffola en lui adressant un clin d'œil complice. J'ai connu ça, t'as oublié ?

– Non, je n'ai pas oublié. » Fegan se rappelait tout, en effet. La charge de la police, les jeunes qui s'enfuiraient dans les rues avoisinantes… À ce moment-là, il tiendrait l'occasion d'entraîner Caffola à l'écart.

Ce n'était plus qu'une question de minutes, songea-t-il. Les Land Rover se plaçaient en position. Les véhicules attaqueraient en premier, les policiers suivraient. Le calme se fit parmi les émeutiers ; chacun se préparait à résister. Caffola laissa échapper un gloussement réjoui en entendant la voix du commandant portée par la brise. Les moteurs des Land Rover rugirent et les flics levèrent leurs matraques.

« C'est parti », dit Fegan.

11

Aussitôt que la charge fut donnée, les gamins détalèrent en riant. Les garçons plus âgés ne reculaient pas. Ils continuèrent à lancer quolibets, briques et bouteilles, même lorsque les Land Rover atteignirent la barricade. Les véhicules blindés pulvérisèrent le tas de débris fumants, au milieu des flammes et des projectiles embrasés qui volaient en tous sens. Puis les policiers s'élancèrent en vociférant et en brandissant leurs matraques.

« Allez, on se taille », dit Caffola en attrapant Fegan par la manche.

Ils partirent dans une course effrénée et empruntèrent une ruelle déserte, bousculant sur leur passage poubelles et vieilles bicyclettes, pendant que les chiens aboyaient au fond des cours. Le rire de Caffola résonnait dans l'étroit boyau.

À la sortie de la ruelle, ils traversèrent un terrain vague pour gagner les rues de l'autre côté. Caffola partit dans une direction, mais Fegan le retint et l'attira vers un passage entre deux pâtés de maisons. « Non, par là », suggéra-t-il.

Caffola le suivit. Une fois parvenus au fond de l'impasse, ils s'arrêtèrent. Caffola se pencha en avant et lâcha un long gémissement.

« J'ai plus la forme, dit-il en tentant désespérément de reprendre son souffle.

– Moi non plus », haleta Fegan. Une brûlure atroce lui déchirait les côtes et il s'appuya contre le mur, saisi d'un étourdissement. Il lui sembla que son crâne allait éclater, tant la pression était forte derrière ses yeux. Paumes appuyées contre ses tempes, il respira en serrant les dents.

Caffola se tint le ventre d'une main, s'accrochant de l'autre à une poubelle.

« Nom de Dieu. » Sa bouche s'ouvrit tout grand et Fegan entendit le jet de son vomissement. Dans l'odeur nauséabonde qui le rattrapait, il se couvrit le nez et la bouche.

Il ferma très fort les yeux. La douleur lui martelait le front. Même s'il ne les voyait pas, il les sentait tous les onze. Ils essayaient de pénétrer sa conscience. Sans savoir pourquoi, il inspira profondément et les laissa entrer. Un dernier éclair s'alluma dans sa tête, et la souffrance disparut. Il s'abandonna un moment au vertige que lui procurait ce brusque soulagement, puis ouvrit les yeux en se demandant ce qu'il allait découvrir.

Les Suiveurs rassemblés dans la ruelle obscure se tenaient à distance, observant la scène. Les soldats de l'UDR s'avancèrent. La haine flambait sur leurs visages, doublée d'un plaisir sauvage.

Fegan regarda Caffola qui vomissait toujours. Les premières gouttes de pluie lui rafraîchirent le front. Il se tourna de nouveau vers les deux UDR. Leurs yeux luisaient dans la nuit tombante. Ils souriaient de leurs bouches édentées, aux chairs mises à vif, tandis que derrière eux, les autres glissaient entre les ombres.

Fegan referma les yeux. Si seulement il pouvait y avoir un autre moyen. Une autre vie, loin de tout ça. Un sommeil paisible et des mains qui ne seraient pas tachées de sang.

Si seulement.

Il soupira, ouvrit les yeux, et sortit une paire de gants en latex de sa poche. Tout en les enfilant, il demanda : « Tu te souviens des deux soldats de l'UDR, à Lurgan ?

– Hein ? » Caffola se redressa en s'essuyant la bouche du revers de la main.

« À Lurgan. Ce devait être en 87 ou en 88. Tu te rappelles ? Pendant que tu les torturais, il y en a un qui s'est levé. Tu es tombé sur le cul et c'est moi qui ai dû les achever à ta place.

– Oui, je me rappelle », dit Caffola en esquissant un sourire, le souffle court. Il toussa et cracha. « Ils beuglaient comme des porcs. » Puis il fronça les sourcils en avisant les mains de Fegan. « C'est pour quoi faire, ça ? »

La pluie tombait plus fort à présent. Les deux UDR s'approchèrent, épargnés par les gouttes.

« Ils veulent ta peau, dit Fegan.

– Qu'est-ce que tu racontes, Gerry ? » Caffola s'appuya contre le mur.

« Les soldats de l'UDR. » Dans l'obscurité, Fegan s'accroupit et promena sa main à tâtons sur le sol mouillé. « Ils veulent ta peau. »

Caffola s'avança d'un pas. « Qu'est-ce qui se passe ? »

Fegan trouva ce qu'il cherchait et se releva. « Désolé », dit-il en se demandant s'il présentait ses excuses aux deux UDR ou à Caffola. Peut-être aux deux… Il s'approcha.

Caffola recula, mains levées. « Qu'est-ce que tu fais, Gerry ?

– Ce qui aurait dû être fait depuis longtemps. »

Ayant reculé tout au fond de l'impasse, Caffola ne pouvait aller plus loin. « C'est *toi* qui as descendu McKenna.

– Oui », répondit Fegan en levant la brique. Dans les dernières lueurs du crépuscule, il vit aux yeux de Caffola que celui-ci avait compris. Il n'eut pas le temps d'abattre la brique. Caffola se projeta en avant et le heurta en pleine poitrine.

Les deux hommes roulèrent à terre, Caffola sur Fegan qui en eut le souffle coupé. La brique lui échappa. Malgré leurs jambes emmêlées, Caffola tenta de se relever mais s'écroula, cette fois sur le côté. Fegan le saisit par sa veste pour l'immobiliser. Il entendit le tissu se déchirer. Caffola lui envoya son coude dans la joue et réussit à se dégager. Il était déjà debout quand Fegan l'attrapa par les chevilles.

En essayant d'amortir sa chute, Caffola retomba sur le poignet. On entendit le claquement sec de l'os qui se brisait. Il poussa un hurlement qui se répercuta dans l'étroite ruelle. Fegan le retourna à plat ventre, s'assit sur lui à califourchon, retrouva la brique et la brandit à nouveau. Caffola cria une dernière fois avant que le coup ne s'abatte sur sa tempe.

À présent que Caffola ne bougeait plus entre ses jambes, Fegan jeta la brique vers les Suiveurs. Ils s'écartèrent pour la laisser rouler plus loin. Les deux soldats de l'UDR vinrent se pencher sur Caffola, à la hauteur de Fegan, et le visèrent à la tête. Caffola avait les yeux vitreux. Un filet de sang s'échappait de sa blessure à la tempe. Il gémit.

« J'ai compris », dit Fegan. Pinçant le nez de Caffola entre ses doigts, il lui couvrit la bouche et pesa sur lui tout le temps que durèrent les soubresauts. Dans sa main gantée se répandit un liquide chaud. Il maintint la pression tandis que Caffola vomissait encore. Enfin, il sentit que la vie s'échappait du corps emprisonné sous le sien.

Il ferma les yeux et palpa le cœur de sa victime, cherchant en même temps un sens à ce qu'il venait de faire. Il ne trouva qu'un vide glacé, seule réponse à ses espoirs.

Ôtant sa main, qui couvrait la bouche de Caffola, il laissa le vomi se répandre sur le sol. L'odeur acide et la chaleur qu'il percevait sur sa paume lui retournaient l'estomac. *N'écoute pas, ne dis rien.* Il se tourna vers les Suiveurs. La femme s'avança vers lui, son bébé dans les bras, vêtue de sa jolie robe à fleurs qu'on distinguait encore dans l'obscurité. Elle hocha la tête et sourit à Fegan, de son sourire las et triste.

Les deux soldats de l'UDR avaient disparu. Il restait neuf Suiveurs.

« À qui le tour ? » demanda Fegan.

NEUF

12

Les yeux au plafond, le cœur battant à tout rompre, Campbell se demanda ce qui l'avait réveillé. Il avait le sommeil léger — par nécessité — et réagissait au moindre mouvement. En entendant la sonnerie de son portable, il comprit ce qui l'avait alerté. Il tendit le bras vers la table de nuit, attrapa l'appareil et scruta le cadran. Numéro masqué. Son cœur cognait dans sa poitrine.

Il appuya sur la touche verte et approcha le téléphone de son oreille. « Oui ?

– Ramène-toi, dit un homme qui parlait avec un accent anglais.

– Tout de suite ? demanda Campbell sans laisser percer l'espoir dans sa voix. Je viens à peine d'arriver.

– Changement de programme. C'est urgent… Top priorité.

– Où je vais ?

– À Armagh. Il y a un parking devant une église, en face de la mairie. Tu vois ?

– Oui, je connais. » Campbell s'assit sur le bord du lit en frottant ses joues à la barbe rugueuse. « C'est bourré de caméras, là-bas.

– Elles seront détournées.

– Y a intérêt. Quand ?

– Dans une heure.

– Je suis à Dundalk. Faut que je fasse mes bagages, que je récupère ma bagnole, et il y a des travaux partout sur les routes…

– Dans une heure. » La communication fut coupée.

« Merde », dit Campbell.

Ses vêtements étaient éparpillés par terre, à l'endroit où il les avait laissés la veille. Il s'habilla rapidement, sans faire de bruit. Dans l'armoire dont les portes déglinguées restaient à demi ouvertes, il prit un sac fourre-tout et y jeta ses maigres effets personnels. Sauf son portable et ses clés, qu'il glissa dans sa poche avant de sortir sur le palier.

Des ronflements sonores lui parvenaient de la chambre voisine. Il poussa la porte et regarda à l'intérieur. Eugene McSorley était étendu sur son lit, tout habillé, tenant encore une cannette de bière à la main.

Campbell se demanda s'il reviendrait un jour finir ce qu'il avait commencé ici. Il lui avait fallu des mois de ruses et de manigances pour se faire accepter dans le gang. Rien à signaler, jusqu'à présent. Mais McSorley pourrait bien devenir un problème si on ne le tenait pas à l'œil.

L'idée lui vint qu'il serait facile de l'éliminer. Il suffisait d'entrer, de poser un genou sur sa poitrine et de lui appliquer une pression suffisante sur la gorge. Campbell prit quelques secondes pour réfléchir.

« Et merde », dit-il en se détournant. Il descendit l'escalier et sortit dans la rue. Le soleil s'élevait à peine au-dessus des maisons quand il s'assit au volant de la Ford Fiesta, dont le moteur fatigué démarra en toussotant. Il prit la direction du port, où sa propre voiture, la vraie, était garée en sécurité.

Cinquante-deux minutes après avoir reçu l'appel, Campbell entrait dans le parking de l'église au volant de sa BMW Z4

Coupé. Il éteignit le moteur en s'arrêtant à côté d'une Ford Mondeo dont les passagers, comme lui, s'abritaient des regards indiscrets derrière des vitres teintées. Il distingua vaguement les silhouettes de deux hommes, assis à l'avant. Son ombre projetée par le soleil s'étirait sur le sol quand il descendit de voiture, et en levant les yeux, il aperçut la cathédrale qui dominait la ville. Le conducteur de la Mondeo se retourna pour ouvrir la portière arrière.

Campbell prit place sur la banquette. « C'est à propos de McKenna, hein ? »

Après avoir échangé un coup d'œil avec son collègue, le conducteur — l'agent — lui tendit un ordinateur de poche affichant une photo de deux hommes, debout au coin d'une rue. Campbell les identifia malgré la qualité médiocre de l'image.

« Tu les connais ? demanda l'agent.

– Oui. » Campbell examina la photo sans trahir aucune émotion. « Gerry Fegan et Vincie Caffola.

– Qu'est-ce que tu peux nous en dire ? »

Campbell réfléchit avant de donner sa réponse. « Gerry Fegan est un héros d'une autre époque, mais tout le monde parlait de lui quand j'étais à Belfast. C'est un sale type. Il a fait douze ans de taule. À ce qu'on raconte, il s'est mis à picoler et parle tout seul quand il est bourré. »

L'agent jeta un regard par-dessus son épaule. « Et Caffola ?

– C'est une brute. Con comme une bite, mais dangereux.

– Plus maintenant. Il est mort. On l'a retrouvé au fond d'une impasse hier soir. Il avait le poignet cassé et une blessure à la tempe, mais ce n'est pas ça qui l'a tué. Apparemment, il se serait étouffé dans son propre vomi. On attend les résultats de l'autopsie aujourd'hui.

– Putain. » Campbell sentit que son calme apparent risquait de se fissurer. Il se ressaisit, respira en pressant ses lèvres l'une contre l'autre.

« Donc, tu es au courant pour Michael McKenna. »

Campbell sourit. « Un si brave gars, c'est terrible. »

L'homme assis à la place du passager prit enfin la parole. « Ce n'est pas à traiter à la légère, dit-il. Nous pourrions en subir les conséquences. »

Un diplômé d'une grande école, pensa Campbell. Représentant du gouvernement, sans doute membre du cabinet ministériel (à la différence de l'agent, qui lui, était un militaire, peut-être même un ancien SAS[1], à en juger par sa coupe de cheveux et par les cicatrices qu'il portait au visage). Un bureaucrate mis là en guise de gestionnaire parce que les autres étaient trop occupés à se battre pour se gérer eux-mêmes. Tous ces fonctionnaires minables, tenant la barre d'un pays qui se noyait dans son propre sang… *Mais il n'y en a plus pour longtemps*, songea Campbell.

« Inutile de vous dire que nous sommes dans une situation délicate, continua le Diplômé. Le processus politique suit son cours mais il est encore extrêmement fragile. Compte tenu de l'investissement considérable en matière de temps et d'argent, nous ne pouvons tolérer le moindre dérapage. Les relations entre les factions de McGinty et la direction du parti sont déjà très tendues, il faut absolument éviter le conflit. Vous avez regardé les infos ce matin ?

– Non. » Campbell n'avait même pas allumé la radio sur la route, en traversant la frontière.

« Ce n'est pas très encourageant. Dès l'annonce de la mort de Caffola, ce qui avait commencé comme une simple bagarre de rue est devenu une véritable émeute. Les choses se sont calmées il y a quelques heures à peine. La direction

1. Special Air Service. Unité de forces spéciales de l'armée britannique, engagées contre les indépendantistes irlandais à partir des années 1970.

souhaite minimiser l'événement, mais McGinty veut dénoncer une action volontaire de la police, même s'il est prouvé que c'était un accident. Il va en faire toute une histoire à l'enterrement de McKenna aujourd'hui, en racontant que Caffola a été battu à mort par des policiers, et il menace de retirer son soutien à la PSNI contre l'avis du parti. Tout cela pour renforcer son image dans la presse et montrer qu'on ne peut pas le maintenir à l'écart. Le problème, c'est que ce genre de discours risque d'effrayer les unionistes. S'ils craignent que le parti se désolidarise de la police, ils pourraient rappeler leurs représentants à Stormont et il faudra dissoudre l'assemblée. Une fois de plus.

– Et vous êtes sûrs que les flics ne sont pas responsables ? demanda Campbell, qui jugeait la question pertinente.

– Nous ne sommes sûrs de rien, répondit le Diplômé.

– Qu'est-ce que Gerry Fegan a à voir là-dedans ? » Campbell revit en esprit l'homme grand et mince qu'il avait rencontré, une seule fois, dans un quartier industriel au nord-ouest de Belfast, au cours d'un épisode sanglant auquel il essayait de penser le moins possible.

« C'est ce que vous allez chercher, répondit l'agent. Fegan est le dernier à avoir vu McKenna en vie. Il semblerait aussi qu'il était avec Caffola juste avant sa mort. Un peu bizarre comme coïncidence, non ?

– Vous n'avez qu'à le cueillir pour savoir.

– Il a été interrogé hier soir. Il a expliqué que Caffola était parti de son côté pendant que tous deux s'enfuyaient devant la police.

– Et il ne ment jamais ? ricana Campbell.

– D'après notre contact, McGinty le croit. Fegan fait profil bas depuis des années. Pourquoi se retournerait-il contre ses amis maintenant ? D'ailleurs, rien ne permet de l'accuser du meurtre de McKenna. Il était chez lui à ce moment-là, soûl comme une bourrique.

– Alors, qui a tué McKenna ? » Campbell se pencha en avant, tel un chien flairant l'odeur du sang.

« McKenna se livrait à un trafic de prostituées avec un Lituanien. Petras Adamkus. Un gars du milieu… La direction du parti l'a appris et a chargé McGinty d'y mettre le holà. Juste avant qu'on lui explose la cervelle sur le pare-brise de sa voiture, McKenna a téléphoné à un barman pour expliquer qu'il avait rendez-vous avec quelqu'un sur les quais, et depuis, Mr. Adamkus est introuvable.

– Mais ça ne vous suffit pas, dit Campbell.

– Non. Parce qu'au vu des apparences, on pourrait croire que le parti a fait le ménage en ce qui concerne McKenna et Adamkus, et qu'il est tout à son avantage de tenir la police pour responsable de la mort de Caffola. On sait que Caffola n'était pas partisan de l'option politique, surtout à cause du soutien accordé à la police. Le parti ne tolère pas les dissidents, et il lui est déjà arrivé d'éliminer un des siens en rejetant la faute sur les forces de sécurité ou sur les loyalistes. Donc, c'est une hypothèse envisageable. Mais il y a quelque chose qui cloche.

– Et vous voulez que je mette un peu de lumière dans tout ça ? » Campbell se laissa aller en arrière contre le dossier de la banquette en s'efforçant de contenir la joyeuse impatience qu'il sentait monter en lui.

Le Diplômé se tourna vers l'agent avec un sourire condescendant et déclara d'une voix onctueuse : « Vous disiez qu'il était intelligent… » Il pivota contre l'appuie-tête pour regarder Campbell. « Retournez à Belfast. Vous raconterez que vous avez quitté les dissidents et que vous voulez réintégrer le mouvement. Renseignez-vous sur Fegan. S'il est derrière tout ça, réglez l'affaire. Ou bien donnez le tuyau au parti et laissez-lui l'honneur.

– Je vais me faire jeter, dit Campbell. Ils savent que je me suis rapproché de McSorley, à Dundalk. Ça ne plaira pas à McGinty. Vous ne pouvez pas trouver quelqu'un d'autre ? »

Il connaissait déjà la réponse.

« Nous n'avons personne qui soit aussi proche que vous de McGinty. Notre contact vous ouvrira la voie. Du reste, si je ne me trompe pas, McGinty vous doit un sacré renvoi d'ascenseur. Vous serez accueilli les bras ouverts. Faites-moi confiance.

– Sûrement pas », dit Campbell.

Le Diplômé le regarda sans ciller. « Vous serez largement récompensé, bien sûr. Quinze mille à l'acceptation. Et quinze mille supplémentaires si vous parvenez à une issue satisfaisante. »

Campbell regarda tour à tour l'agent et le Diplômé. « Vingt-cinq mille d'avance, vingt-cinq mille de solde. Plus ce qu'on me doit pour Dundalk. Ce n'est pas moi qui ai choisi d'y aller. »

Le Diplômé sourit. « Vous ne pensez qu'à l'argent, hein ? Très bien. Je ne doute pas que vous agirez à la hauteur de votre salaire.

– Au penny près », répondit Campbell. Il chassa de son esprit le visage de Gerry Fegan, le sang, et les cadavres à ses pieds.

13

Debout entre les tombes, Fegan sentait les coulées de sa sueur qui lui rafraîchissaient le dos. Il ne se rappelait pas avoir connu un mois de mai aussi chaud. Les flancs rocheux de la Black Mountain se découpaient dans la lumière éclatante. Outre les paroles que le père Coulter marmonnait devant la fosse, on entendait des toussotements polis et quelques pleurs étouffés.

Fegan examina la foule rassemblée dans le cimetière. Une centaine de personnes. Suffisamment pour rendre un hommage approprié au défunt, mais il s'était attendu à trouver plus de monde. Certains avaient préféré s'abstenir, provoquant murmures et chuchotements parmi ceux qui prenaient leur défection comme une insulte. Les politiciens n'étaient pas venus présenter leurs visages solennels auprès du cercueil, et cette absence ravivait les blessures.

Fegan chercha une chevelure blonde, une silhouette longue et mince. Elle était là, quelque part, mais se tenait à l'écart. Et qu'en avait-il donc à faire ?

« Va savoir », murmura-t-il.

Il sortit un mouchoir de sa poche pour s'essuyer le front et la nuque. Il avait les yeux secs, les paupières lourdes. La tête comme emplie de coton. Les flics l'avaient retenu jusqu'à neuf heures du matin et il n'avait dormi que deux heures. En paix. Mais ce soulagement fut de courte durée.

Déjà, la douleur s'accrochait à ses tempes. Des ombres passèrent dans le brouillard qui lui envahissait les yeux. Il les chassa. Bien sûr, parmi tous les vivants regroupés ici, les spectres viendraient désigner quelqu'un. Combien de temps réussirait-il à les refouler ?

Jusque-là, il avait eu de la chance. Comme toujours, d'ailleurs, quand il s'agissait de tuer. C'était un talent naturel chez lui. L'émeute de la veille lui avait fourni une occasion en or, au point qu'on pourrait même croire à un accident. Après avoir caché la brique au fond d'une poubelle, à quelques rues de là, il tomba sur le stock de cocktails Molotov et vida une bouteille pour brûler ses gants.

Puis il regagna Springfield Road. Il voulait être vu, loin du corps de Caffola. McGinty entamait déjà les pourparlers avec un officier de police, devant les caméras, en se présentant une fois de plus comme l'homme qui ramenait la paix. Mais pas pour longtemps. Quand les flics qui cherchaient la réserve de munitions eurent retrouvé le cadavre de Caffola, ce fut la panique.

Fegan passa le reste de la nuit au commissariat. On le soumit à un interrogatoire de pure forme, sans excès de zèle. La mort de Caffola ne dérangeait personne et l'enquête serait sans doute menée au plus vite. Il partit le matin, lavé de tout soupçon.

À cet instant, dans le cimetière balayé par le vent, il se couvrit la bouche pour réprimer un bâillement. Sa tête lui faisait de plus en plus mal. Sentant son équilibre instable, il se déplaça d'un pied sur l'autre et serra les bras sur son ventre.

Une fois les oraisons du père Coulter terminées, vint l'heure de la politique. Sur une estrade dressée à côté de la tombe, deux hommes brandirent une bannière sur laquelle était écrit *Construire la paix, Construire l'avenir.* Quelqu'un d'autre apporta un ampli relié à un micro. Devinant ce qui allait suivre, Fegan fut pris d'une nausée.

Paul McGinty, cinquante-cinq ans, grand et séduisant, monta sur le podium. Des chuchotements se répandirent dans la foule endeuillée ; pourquoi n'y avait-il aucun chef du parti pour faire l'éloge du défunt ? McGinty se tint face à l'assemblée, arborant une mine sombre, les cheveux ébouriffés par la brise tandis qu'il attendait la fin des applaudissements. On approcha un micro.

Il parla en irlandais, comme le voulait la coutume. Certains le comprenaient, d'autres non. Fegan, lui, n'attachait guère d'importance aux mots, qu'ils fussent en irlandais ou en anglais.

Après une introduction en bonne et due forme, McGinty commença son discours.

« Camarades, dit-il, en adoptant volontairement l'accent des quartiers ouest de Belfast. En ce jour de tristesse, nous sommes d'autant plus accablés par la nouvelle qui nous est parvenue hier soir. Vincent Caffola, fervent défenseur de la cause et membre du parti, est mort. Mais malgré tout ce que j'aimerais lui exprimer, je me dois d'abord de rendre hommage à l'homme que nous enterrons aujourd'hui.

« Michael McKenna était un homme remarquable. » McGinty marqua une pause en parcourant de ses yeux bleus les gens qui applaudissaient et lâchaient quelques acclamations çà et là. « Parce qu'il croyait à la lutte pour la justice et pour l'égalité sur notre île, et parce qu'il se battait chaque jour pour la justice et pour l'égalité. Tous ceux qui le connaissaient éprouvent durement cette tragédie, sachant qu'il était près d'atteindre son but quand on lui a ôté la vie. »

Une douleur fulgurante explosa sous le crâne de Fegan. « Non », lâcha-t-il entre ses dents.

Des têtes se tournèrent vers lui. Il n'y prêta pas attention.

Les ombres envahissaient son champ de vision. À nouveau, la douleur, plus intense encore.

« Non. Pas maintenant. »

Un robuste gaillard d'une trentaine d'années à peine se tourna vers lui en manifestant sa désapprobation. Fegan le dévisagea sans ciller et l'obligea à détourner le regard.

Il ferma les yeux, prit une profonde inspiration pour repousser la douleur et les formes mouvantes. Quand il rouvrit les yeux, il faillit laisser échapper une exclamation en surprenant un éclair de cheveux blonds. Il scruta la foule. Là… Elle lui apparut enfin, au milieu de tous ces costumes sombres. Son visage si clair dans la lumière éclatante du printemps, ses cheveux soulevés par la brise qu'elle retenait d'une main fine et délicate. À ce moment-là, remarquant que Fegan l'observait, elle se figea.

Le cœur de Fegan fit un bond dans sa poitrine lorsqu'il croisa le regard de Marie McKenna. Il eut envie de lui adresser un signe, mais impossible de lever la main. Son bras demeurait inerte. Le temps s'arrêta, réduit à une notion abstraite, impossible à mesurer, puis reprit son cours quand elle détourna les yeux et se perdit à nouveau dans la foule.

C'est seulement lorsqu'elle eut disparu que Fegan se rendit compte de la présence des neuf Suiveurs autour de lui. La douleur s'évanouit, laissant place derrière ses paupières à une sensation de fraîcheur et de légèreté. La femme berçait son bébé dans ses bras et lui souriait.

« Qu'est-ce qui m'arrive ? » lui demanda-t-il.

L'homme qui l'avait déjà réprimandé du regard se tourna vers lui. « Taisez-vous, et écoutez le discours. »

Son compagnon le prit par le coude et lui chuchota à l'oreille : « C'est Gerry Fegan. »

L'homme pâlit. « Pardon », dit-il. Et il reporta son attention sur l'estrade.

Les Suiveurs se déplaçaient parmi les vivants, les examinant, les touchant parfois comme des créatures sorties d'un zoo. La femme demeurait auprès de Fegan. La lumière qui inondait le cimetière ne lui éclairait pas la peau, la brise ne jouait pas dans ses cheveux. Elle lui sourit encore, sans que son beau visage ne trahisse la haine qu'elle devait sûrement éprouver.

N'écoute pas, ne dis rien, songea Fegan en évitant de la regarder. Il se concentra sur le discours de McGinty.

« Vincent Caffola a été assassiné, lança McGinty d'une voix chargée de menaces. Car il s'agit bien de cela. Ce meurtre nous renvoie en arrière, à l'époque où nous vivions dans la peur de la RUC. Une époque d'intolérance. Une époque de fanatisme, de terreur, pour les nationalistes et pour les républicains. »

Un murmure d'approbations se répandit parmi les fidèles. McGinty attendit que le silence revienne.

La femme le fixa de ses yeux noirs. Dans ses bras, le bébé s'agitait.

« Mais je n'en dirai pas plus, continua McGinty. Sinon que nous ne pouvons tolérer d'être encore victimes de telles brutalités. Hier soir, un honnête homme, ardent défenseur de la cause, a été agressé par les forces soi-disant chargées de maintenir l'ordre et de faire régner la loi. Il a été battu jusqu'à perdre connaissance, blessé à la tête, avec une fracture du poignet. On l'a laissé s'étouffer pendant qu'il vomissait. Et malgré cela, on nous demande de soutenir un système qui s'enracine dans cette tradition d'oppression et de fascisme. »

À nouveau, un brouhaha parcourut l'assemblée, plus fort cette fois. McGinty se taisait, le regard pénétrant.

« Mais je n'en dirai pas plus, reprit-il. Je ne serai pas en paix, ni mon parti, ni vous tous ici, tant que les responsables n'auront pas comparu devant la justice. C'est ce que nous exigeons, camarades. Quand les témoins à qui j'ai parlé ce matin, des témoins qui ont vu les prétendues forces de l'ordre entraîner Vincent Caffola au fond de cette impasse… Quand ils iront rapporter ce qu'ils savent aux services de l'Ombudsman[1], est-ce que justice sera faite ? »

La foule retint son souffle. McGinty gardait le menton levé. Il mentait avec une telle audace que Fegan en fut surpris malgré lui.

« Et si nous n'obtenons pas satisfaction… » McGinty inspira en gonflant la poitrine. « JE N'EN DIRAI PAS PLUS ! »

Des exclamations de colère fusèrent. Quelques hommes brandirent le poing.

« Je n'en dirai pas plus. Si nous sommes déçus, je n'hésiterai pas à demander que le parti retire son soutien à la PSNI. Nous n'ignorons pas les conséquences qu'entraînerait une telle action, et croyez-moi, camarades, la décision sera mûrement réfléchie. Mais tel est le choix que nous devons soumettre aux autorités britanniques, à l'Ombudsman et aux services de police qui prétendent représenter nos intérêts à tous. »

Fegan n'en revenait pas de voir l'esprit manipulateur de McGinty à l'œuvre sous ses yeux, la témérité avec laquelle il proférait ses menaces. La direction du parti n'aurait jamais soutenu un tel discours, il en était certain. Mais il ne se sentait pas concerné par la politique. Plus maintenant. La cause pour laquelle il avait tué autrefois n'existait plus depuis longtemps, depuis qu'elle était récupérée par des hommes comme McGinty et leur soif de pouvoir.

Il lui arrivait parfois de se demander s'il y avait vraiment cru. Enfant, il voyait les cicatrices des blessures infligées

---

1. Branche médiatrice qui enquête sur les plaintes déposées contre les agents de police.

autour de lui. Il se rappelait les raids, la police et les Anglais qui enfonçaient les portes des maisons, arrachant à leur lit des hommes qu'ils jetaient sans s'embarrasser de procès à Long Kesh, dans l'ancienne base de la RAF qui deviendrait plus tard le centre de détention de Maze, ou bien dans le navire-prison amarré sur les quais de Belfast. Il se souvenait de la colère, de la haine, de la pauvreté et du chômage. On n'obtiendrait rien, sinon en se battant. En chassant les Anglais, en prenant le pouvoir aux unionistes, en se libérant par la force. Voilà ce qu'on racontait tout autour de lui, et il y adhérait.

Sauf que l'histoire avait commencé autrement. Fegan était un enfant solitaire, prompt à utiliser ses poings, mais timide et peu bavard. L'amitié de McKenna, trente ans auparavant, lui ouvrit la porte d'un univers plus vaste. Un monde dans lequel il pouvait jouer un rôle. McKenna réussit à le faire accepter par le groupe de gamins qui partait camper de l'autre côté de la frontière, dans les bois et les lacs de Castleblaney, où ils se prenaient pour des soldats et tiraient sur des cibles en papier avec des fusils à air comprimé.

« Un club de jeunes », disait McKenna. « De l'endoctrinement », répondait la mère de Fegan.

La première fois, c'est McGinty qui ramassa tout le monde, au volant de son vieux camping-car Volkswagen. Il avait à peine vingt-cinq ans, mais chacun connaissait son nom. Incarcéré quelques années auparavant, ce n'était qu'un petit morveux quand il entra à Long Kesh, et à sa sortie, six mois plus tard, il citait Karl Marx et Che Guevara. Autour du feu de camp, il lisait à voix haute des passages du *Capital* pendant que les autres mangeaient des haricots en boîte et faisaient tourner les cigarettes.

À présent, dans son élégant costume, McGinty n'avait plus rien du jeune révolutionnaire que Fegan conservait dans sa mémoire.

Au cours des douze années qu'il passa en prison, condamné pour le meurtre de trois innocents dans la boucherie de Shankill, le monde avait changé. Au sud de la frontière, dans la République d'Irlande, les modes de vie évoluaient à mesure que l'accès à la prospérité devenait possible et que le pays se forgeait une nouvelle identité. La lutte pour la réunification avait perdu son sens, le Nord incarnant maintenant le parent pauvre, les enfants bâtards qu'on n'avait pas le cœur de renvoyer.

Mais l'autre Irlande ne voulait plus d'eux.

C'est pourquoi le désir de liberté, si l'on pouvait appeler ça ainsi, avait fait place à la cupidité et à la recherche du pouvoir. Formations paramilitaires, républicains et loyalistes maintenaient en façade leurs idéaux politiques, mais Fegan n'était pas dupe. Peut-être même avait-il toujours soupçonné dans le secret de sa conscience les véritables motifs qui animaient des hommes comme Michael McKenna et Paul McGinty.

Fegan considéra les neufs Suiveurs qui erraient autour de lui. Les trois Anglais, les deux loyalistes, le flic, le boucher, la femme avec son bébé. À quoi cela servirait-il ? À remplir les poches de McGinty ?

La femme et le boucher, qui avaient trouvé la mort en même temps, ne détachaient pas leurs yeux du politicien. Lentement, ils levèrent une main comme pour braquer un pistolet. La femme se tourna vers Fegan. Le doux sourire qui lui étirait les lèvres ressemblait à une blessure, l'entaille d'un couteau.

Elle fit un signe affirmatif.

Fegan secoua la tête, haletant, la bouche ouverte.

La femme insista. Fegan avait envie de s'enfuir. Il ferma très fort les yeux et tenta de repousser les Suiveurs aux limites de sa conscience. Un éblouissement le saisit entre les tempes. Résistant encore, il serra les dents, mais les ombres ne reculaient pas. Il exhala l'air qu'il retenait dans ses poumons et ouvrit les yeux, résigné à accepter leur présence.

Mais ils avaient encore autre chose à lui dire.

Le père Coulter s'approcha.

Les trois Anglais le regardèrent serrer des mains et se frayer un chemin à travers la foule. C'était un petit homme corpulent, avec d'épais cheveux grisonnants. Fegan le savait originaire de Sligo. Les Anglais le mirent en joue. Mais pourquoi donc voulaient-ils sa peau ?

Fegan plongea dans ses souvenirs. Le soleil lui brûlait la nuque. Il ferma les yeux et comprit soudain, en revoyant les images.

Les trois filles et leurs parents poussèrent un cri unanime quand l'explosion fit vibrer les fenêtres de la maison. Ils étaient tous rassemblés à l'étage, à l'abri des éclats de verre. Fegan et Coyle avaient veillé à les mettre en sécurité. L'écho de la détonation s'éloigna par-dessus les toits, puis le silence retomba. On entendit alors des gémissements dans la rue. Des gémissements qui se muèrent en pleurs, suivis de hurlements.

Fegan entrouvrit la porte pour regarder au-dehors. Il se tourna vers Coyle. « Tu ne les as pas tous eus.

– Merde, dit Coyle. Qu'est-ce qu'on fait ?

– Je te pose la question. C'est toi qui as placé la charge et qui l'as allumée.

– On doit les achever ? » demanda Coyle, pris de panique.

Fegan sortit un pistolet de sa poche et le lui tendit en présentant l'arme par la crosse.

« Putain, non ! dit Coyle. Je ne peux pas. Vas-y, toi.

– C'est ça. À vingt mètres, tu crânes, mais il n'y a plus personne quand il faut s'approcher.

– J'ai assuré mon boulot.

– Pas vraiment. » Du menton, Fegan indiqua la porte. « Écoute-les.

– Ils ne se sont pas pointés tous ensemble. Comment je pouvais le savoir ?

– Ils vont toujours par trois. Tu aurais dû attendre que les trois premiers passent. Vu que les autres arrivent juste derrière, tu les aurais eus en même temps.

– Qu'est-ce qu'on fait ? » répéta Coyle, une supplique dans la voix.

Fegan soupira, rabattit sur son visage la cagoule qui ne laissait entrevoir que ses yeux et sa bouche. Coyle l'imita et lui emboîta le pas. Ils s'approchèrent furtivement du coin de la rue encore envahie par la fumée. Les débris d'une poubelle gisaient sur la chaussée, la vitrine du magasin avait explosé. À la lumière des lampadaires, on distinguait à l'intérieur des éclats de verre et des papiers de bonbons.

Indifférent aux dégâts matériels, Fegan considéra les six cadavres couchés par terre. Trois des soldats anglais étaient morts, mais les trois autres s'agitaient encore. Deux des survivants s'en tiraient même avec les membres indemnes. Ils auraient eu de la chance, sans Fegan… Le troisième avait perdu son bras droit — c'est lui qui hurlait — mais il se taisait maintenant, en état de choc. La bombe, de faible puissance, était conçue pour faire le maximum de victimes dans un périmètre restreint tout en épargnant les maisons tout autour.

Pourtant, une voisine accourut en désignant les fenêtres soufflées de son salon. « Regardez-moi ça ! J'en ai pour combien de temps à passer l'aspirateur, hein ? » À ce moment-là, elle remarqua les hommes étendus à terre et se signa. « Pauvres garçons… Que Dieu les garde. »

Fegan la visa au front. « Rentrez chez vous », ordonna-t-il.

La femme obéit sans demander son reste. Alors qu'il se préparait à accomplir le plus dur, Fegan entendit des pas précipités qui passaient la porte. Il fit volte-face en même temps que Coyle.

« Oh mon Dieu », murmura le père Coulter. Il s'immobilisa. « Oh non, non… Mon Dieu.

– On n'a pas terminé, mon père, dit Fegan en repoussant du pied les armes des soldats.

– Laissez-moi leur administrer les derniers sacrements, pour l'amour du Ciel.

– Vous ferez ça après. »

Le père Coulter s'avança. Ses yeux s'emplirent de terreur. « Ces hommes sont vivants, dit-il.

– Partez, mon père. Revenez dans quelques minutes.

– Non. Ils ont encore une chance de s'en sortir. Quelle que soit leur identité, je ne peux pas les laisser mourir.

– Allons donc, dit Coyle. Vous aussi, mon père, vous détestez les Anglais. Vous avez caché des gars et vous leur fournissiez des alibis… »

Le père Coulter ouvrit la bouche, mais aucun son n'en sortit. « Non, parvint-il à articuler enfin. Ce n'est pas vrai. »

Fegan fit taire Coyle d'un coup d'œil. Puis il se tourna vers le prêtre. « Nous pouvons leur laisser la vie sauve, mon père, si c'est ce que vous voulez. Ils n'ont pas vu nos visages… Mais vous serez obligé de donner vos raisons, quand on vous interrogera. »

Il s'approcha pour ajouter à voix basse. « Vous devrez vous expliquer avec McGinty quand il vous posera la question. Et croyez-moi, il vous la posera. Vous êtes un homme courageux, père Coulter. Mais êtes-vous courageux à ce point-là ?

– Je… je… » bredouilla le père Coulter. Il se tut, le regard rivé au sol. « Oh, mon Dieu.

– S'il vous plaît », gémit l'un des Anglais en tirant le prêtre par la jambe de son pantalon. Il avait perdu son casque, du sang lui coulait des oreilles. Un mumure s'échappa de ses lèvres exsangues : « Aidez-moi. »

Le père Coulter recula vivement. Fegan arma le pistolet et appuya le canon contre la tête du soldat. « À vous de décider, mon père.

– Gerry…, souffla Coyle. Arrête.

– Tais-toi ! Quand on juge les autres, il faut être prêt à assumer les conséquences. »

Fegan se tourna de nouveau vers le prêtre. « Pas vrai, mon père ? Tous les samedis soir, tous les dimanches matin, à l'église, vous nous recommandez de ne pas tomber dans le péché. Entre-temps, vous êtes payé par McGinty pour ne rien voir, ne rien entendre et la boucler. Et le samedi suivant, le dimanche suivant, vous nous conseillez de choisir une autre voie. Parce qu'il y a toujours une autre voie, c'est ça ? Alors, maintenant, vous allez me le prouver. Montrez-moi le chemin, je vous suivrai. Mais c'est à vous d'en prendre la responsabilité. Et vous devrez rendre des comptes aux gars qui tiennent les rênes par ici. »

Le père Coulter le regardait d'un air affolé, les yeux papillotants. « Je vous en prie, ce n'est pas… il ne s'agit pas de… »

Fegan appuya plus fort le canon de son arme contre la tête du soldat. « Alors, mon père ? Qu'est-ce que vous décidez ? Vous avez le courage de mettre en pratique ce que vous prêchez ? Ou est-ce que vous préférez fermer les yeux et ne rien dire, comme d'habitude ? »

Alors que l'Anglais tendait la main en gémissant, le visage du prêtre se liquéfia. Il regarda Fegan, baissa les yeux. Puis tourna les talons.

« Non ! » Le soldat tenta de se traîner vers lui. « Non ! Non, non, s'il vous plaît. Aidez-moi ! »

Le père Coulter marqua à peine une hésitation, au moment où le premier coup de feu retentissait dans la rue.

Fegan avait gardé les yeux fermés pendant le discours de McGinty. Quand il les ouvrit, elle était là, debout devant lui.

« Bonjour », dit Marie McKenna.

Fegan battit des paupières, incapable de répondre. Les Suiveurs se mêlèrent à la foule qui s'éparpillait.

« Pardon. Je vous ai fait peur…

– Non, non. » Il chercha quelque chose à dire mais ne trouva rien.

« Vous allez au repas ? demanda-t-elle.

– Oui. Mais pas longtemps.

– Vous voulez profiter de ma voiture ?

– Non, merci, je préfère marcher, mentit-il.

– Ah. Bon… Alors, peut-être à tout à l'heure. » Marie sourit et se détourna.

Debout au milieu des tombes, dans la chaleur du mois de mai, Fegan demeura en retrait pendant que l'assemblée se dispersait. Lorsqu'il fut certain que Marie était partie, il se dirigea à son tour vers la sortie du cimetière.

Fegan ne s'était jamais trouvé en manque de femmes durant sa jeunesse. Contrairement à certains, comme McKenna, il n'usait jamais de belles paroles pour les séduire et se glisser dans leur lit ; sa réputation suffisait. Elles étaient excitées par le danger et lui prenait son plaisir, voilà tout. Depuis sa sortie de Maze, il avait eu quelques rares relations sans importance. L'occasion de se soulager de temps à autre, rien de plus.

Marie McKenna le troublait. C'était évidemment quelqu'un qui ne se laissait pas utiliser, mais il ne savait pas s'y prendre autrement avec les femmes.

« Qu'est-ce qui m'arrive ? » se demanda-t-il tout haut. Sa voix rendit un son étrangement creux parmi les tombes. Ravalant ses interrogations, il baissa la tête pour gagner la sortie, et là, se figea. Une luxueuse voiture grise aux vitres teintées l'attendait, moteur ronronnant.

La vitre arrière s'abaissa. « Monte, Gerry », dit Paul McGinty, détendu et souriant.

14

Lorsqu'ils unissaient leurs efforts, le Secrétariat d'État pour l'Irlande du Nord et les forces de sécurité se montraient parfois d'une efficacité impressionnante. *Dommage qu'ils ne s'accordent pas plus souvent*, pensa Campbell en jetant son sac sur le lit de l'appartement qu'on lui avait attribué à Holylands[1], quartier ainsi nommé à cause de ses rues — rue de Palestine, rue de Jérusalem, rue de Damas — et non pas en hommage à ses habitants. L'endroit était particulièrement bien choisi, entre Malone Road et l'université de Queen's, au cœur d'un fouillis de constructions victoriennes et de bâtiments modernes abritant une population étudiante qui allait et venait à toute heure du jour et de la nuit. Au milieu du bruit et de l'insouciance générale, Campbell pourrait agir en toute liberté sans attirer l'attention.

Il s'approcha de la fenêtre du petit salon. L'appartement était situé au dernier étage d'une maison de University Street, à proximité de Botanic Avenue, avec vue sur une église. En bas, sur les trottoirs, se pressait une foule diverse, hommes et femmes en route vers leur travail, chalands attirés par les

1. Holylands : « terres saintes ». Quartier de Belfast.

vitrines des boutiques, groupes d'étudiants. La vieille Ford Focus acquise chez un concessionnaire au sud de la ville était garée de l'autre côté de la rue. Dans la boîte à gants, on lui avait laissé un Glock 23 et un deuxième téléphone portable avec lequel il ne devait appeler qu'un seul numéro.

La mort dans l'âme, il avait troqué sa BMW contre la Focus après être remonté de Dundalk jusqu'à Armagh, puis en direction du nord par l'autoroute. Il n'avait pas conduit la Z4 depuis un mois. Bien sûr, c'était son boulot qui lui permettait de s'offrir une voiture pareille. Mais s'il ne profitait jamais des avantages acquis, à quoi bon ?

Telle était la question qu'il se posait constamment. Âgé de trente-huit ans, imposteur depuis quinze ans… Bien sûr, il prenait un plaisir pervers à mener cette vie de tromperie, avec le risque permanent d'être découvert, et l'étrange frisson, agréable et inquiétant à la fois, qu'il éprouvait en voyant les autres retenus dans les filets de son mensonge. Mais était-ce là toute l'explication ?

Il avait passé bien des nuits à fixer le plafond, où qu'il se trouvât, et à retourner la question dans sa tête, mais chaque fois qu'il se sentait proche de la réponse, il l'esquivait. Un jour, peut-être aurait-il la force de regarder cette part de lui-même.

Lorsqu'il s'engagea dans le Black Watch Royal Highland Regiment, à l'âge de vingt ans, David Campbell n'avait pas la moindre idée de ce que la vie lui réserverait. Il savait seulement, comme tant d'autres gars de Glasgow, qu'il aboutirait inévitablement dans les rues de Belfast, à patrouiller sous les jets de briques et de bouteilles. La première fois qu'une femme cracha sur ses bottes, il demeura muet et paralysé.

« Rentrez chez vous, connards ! dit-elle.

– Laisse tomber », conseilla le sergent.

Belfast avait changé. Une heure plus tôt, en approchant de la ville, Campbell s'était étonné de voir le nombre de grues qui se dressaient à l'horizon. Partout s'élevaient ces hautes silhouettes de métal, signes d'une prospérité nouvelle ; à l'ouest, où les républicains avaient établi leur fief ; à l'est, dans les quartiers tenus par les loyalistes ; au sud, que les riches occupaient depuis toujours ; au nord, où les protestants et les catholiques se disputaient chaque centimètre carré de terrain.

Les frontières invisibles de la ville restaient identiques, dessinant une carte que Campbell avait découverte dix-huit ans auparavant en arpentant les rues, armé de son fusil. Les mêmes bandits continuaient à entretenir le malheur pour nourrir leurs propres intérêts. Les mêmes haines bouillonnaient encore sous la surface. Mais la ville, en prenant de l'embonpoint, avait appris à masquer ses cicatrices lorsqu'il le fallait ou à les montrer pour en tirer avantage.

Il se détourna de la fenêtre et alla vider le contenu de son sac dans un tiroir. Un éclair de couleur accrocha son regard parmi les vêtements froissés, le pistolet et les cartouches en vrac : son vieux Red Hackle[1]. Attrapant le plumet, il le fit tourner entre ses doigts. Il n'avait pas porté longtemps l'insigne traditionnel du Black Watch.

Cinq jours après son vingt-troisième anniversaire, alors qu'il n'avait pas encore achevé sa troisième année de service, Campbell fut appelé par l'officier en chef. Le lieutenant-colonel Hanson était un homme dur, au visage creusé de rides, qui inspirait la peur à tous les hommes placés sous ses ordres. Campbell frappa à la porte, le cœur battant.

« Entrez », aboya une voix marquée par un fort accent écossais.

Campbell ouvrit la porte, entra, referma le battant en veillant à ne pas tourner le dos au colonel, avança de cinq

1. Plumet rouge porté sur le béret par les membres du Black Watch (bataillon d'infanterie du Régiment royal d'Écosse).

pas, claqua des talons et salua. Assis derrière le bureau, le colonel lui rendit négligemment son salut. Campbell regardait droit devant lui, sans se laisser distraire par le troisième homme présent dans la pièce.

« Vous pouvez vous asseoir. » Le colonel désigna la chaise vide en face de lui. Campbell obéit.

« Je vous félicite pour votre promotion, caporal, dit le colonel Hanson.

– Merci, mon colonel.

– Inutile de tourner autour du pot. Connaissez-vous la 14 Intelligence Company[1] ?

– J'en ai entendu parler, mon colonel », répondit Campbell avec une inquiétude grandissante. La 14 INT, section clandestine affiliée au SAS et sans existence officielle, ne constituait pourtant un secret pour personne. Elle était chargée de faire le sale boulot, des actes inavouables pour lesquels les gens ordinaires allaient en prison, eux.

« Alors, vous savez que la 14 INT est une unité de renseignement qui joue un rôle essentiel dans nos opérations en Irlande du Nord. Bien que possédant un statut indépendant, elle travaille en collaboration avec la Royal Ulster Constabulary, la Branche Spéciale, le MI5, la Force Research Unit et l'armée régulière. Ses agents spéciaux et ses informateurs infiltrés dans tous les groupes paramilitaires de la Province[2] ont sauvé un nombre considérable de vies. »

---

1. 14 Intelligence Company, ou « 14 INT » ou « The Det » pour « The Detachment ». Unité de renseignement créée en 1972 pour exécuter des missions de surveillance et de reconnaissance de proximité face aux combattants armés de l'IRA.

2. L'Irlande est traditionnellement divisée en quatre provinces (Leinster, Munster, Connacht, Ulster). Sur les neuf comtés d'Ulster, six forment l'Irlande du Nord, qui est considérée comme une province par le Royaume-Uni, ce qui prête à confusion.

Le colonel Hanson désigna l'homme assis à sa droite. « Je vous présente le commandant Ross.

– Bonjour, caporal », dit le commandant Ross, qui ne portait pas l'uniforme. Vêtu en civil, plutôt décontracté, il semblait d'après son accent originaire de Birmingham, ou peut-être de Dudley.

« Bonjour, mon commandant. » Campbell sentait la sueur couler sur son torse.

Le commandant Ross saisit un dossier sur le bureau et l'ouvrit. « David Patrick Campbell. Né en 1969, de parents appartenant à deux confessions différentes, ce qui est rare à Glasgow. Vous avez reçu une éducation catholique. Votre religion ?

– Pardon ?

– Êtes-vous pratiquant ? Allez-vous à la messe ?

– Pas depuis que j'ai quitté l'école, mon commandant. » Campbell se tenait raide contre le dossier de sa chaise, les mains à plat sur les genoux.

« Vous avez arrêté vos études à seize ans, sans diplôme, malgré une intelligence au-dessus de la moyenne. Après quelques petits boulots entrecoupés de périodes de chômage, vous vous êtes engagé dans le Black Watch. Pourquoi ? »

Campbell se crispa. « C'était la seule chose à faire, commandant. Je n'avais pas de métier. Pas d'avenir. »

Le commandant Ross sourit. « Je vois. Et vos parents ? Qu'est-ce qu'ils en ont pensé ? »

Campbell chercha un mensonge plausible.

« Répondez au commandant », ordonna le colonel Hanson.

Puisque aucune idée ne lui venait, Campbell n'avait plus qu'à dire la vérité. « À l'époque, j'étais en froid avec eux.

– Et pour quelle raison ? demanda le commandant Ross.

– On s'était disputés.

– À propos de quoi ?

– Je préfère ne pas en parler, mon commandant. »

Le visage du colonel Hanson vira au cramoisi. « Répondez à la question, caporal.

– J'ai eu des démêlés avec la justice. Mes parents n'étaient pas contents. » Campbell fixa ses mains.

« Des démêlés avec la justice, répéta le commandant Ross en esquissant un sourire. Voilà une formulation intéressante pour dire que vous avez rossé un vigile à la porte d'une boîte de nuit. »

Campbell regarda l'officier droit dans les yeux. « Il n'y a pas eu d'inculpation, mon commandant.

– Oui… Fort heureusement pour vous, plusieurs témoins sont revenus sur leur déclaration. Mais sans aucune intervention de votre part, n'est-ce pas, caporal ?

– Non, mon commandant. »

Le commandant Ross considéra à nouveau le dossier. « Depuis que vous vous êtes engagé dans le Black Watch, votre comportement a été jugé satisfaisant, mais pas exceptionnel. Compte tenu de votre intelligence, vous auriez dû être nommé caporal il y a un an déjà. Vous êtes vif d'esprit, doté d'une bonne résistance physique, mais peu enclin à la discipline. On me dit que vous êtes bagarreur. Voire franchement violent. Vous avez failli passer en cour martiale l'année dernière pour agression perpétrée sur un manifestant loyaliste.

– C'était une situation de légitime défense. Il n'y a pas eu d'inculpation.

– Fort heureusement pour vous, encore une fois. » Le commandant Ross sourit et reposa le dossier sur le bureau. « Vous n'êtes en contact avec aucun membre de votre famille, ni avec aucun ami en dehors de vos collègues ici, n'est-ce pas ?

– Non, mon commandant. » Campbell surprit le regard que les deux officiers échangeaient. « Je peux savoir de quoi il s'agit ? » demanda-t-il.

Le commandant Ross leva une main pour faire taire le colonel Hanson qui s'apprêtait à réprimander Campbell. « J'ai besoin de vous dans mon équipe », répondit-il.

Et c'est ainsi que pour servir son pays, Campbell fut soumis pendant les mois qui suivirent à de multiples sévices et brutalités, d'abord à la base de la RAF Cosford puis au centre d'entraînement des Commandos de Lympstone. Lorsqu'il retourna à Belfast, il fréquenta les pubs qu'on lui recommandait autrefois d'éviter. Là, vêtu du maillot des Glasgow Celtic, il regardait les matchs à la télé en acclamant plus fort que les autres chaque but marqué contre les Glasgow Rangers. Un agent de la 14 INT le présenta à des hommes qui l'interrogèrent à propos de son régiment, des actions du Black Watch auxquelles il avait participé. Quand les questions se faisaient trop précises concernant la date et l'heure exacte de l'opération, il jouait le secret militaire. Libéré du Black Watch par une prétendue mesure disciplinaire quelques mois plus tard, il commença à livrer davantage de détails. Peu à peu, il infiltrait les rangs ennemis, s'avançait de plus en plus loin, et, une fois par semaine, fournissait son compte rendu à un agent dans un parking ou sur une route déserte. De temps à autre, il s'assurait que son compte en banque, ouvert sous un autre nom, était toujours généreusement approvisionné.

Il se rappelait la première fois qu'il dut tuer quelqu'un pour protéger sa clandestinité. Un geste difficile pour lequel on l'avait préparé, et pourtant, quinze ans plus tard, il se réveillait encore la nuit en revoyant le vieux sergent Hendry, son ancien collègue. L'espoir fou dans ses yeux, voilà ce qui le hantait. Pas l'homme qui suppliait, qui pleurait, mais le moment où Hendry l'avait reconnu et s'était cru sauvé. Un espoir de courte durée, le temps que le doigt de Campbell presse la détente.

Campbell frissonna, malgré le soleil qui entrait par la fenêtre de la chambre. La cloche de l'église sonna deux heures. Il fallait bouger… Son contact l'attendait au pub de McKenna.

15

La Lincoln Town Car de McGinty glissait sur Falls Road comme un tapis volant. On racontait que la faire venir des États-Unis avait coûté une fortune, et que la direction du parti désapprouvait ce vulgaire étalage d'un luxe choquant compte tenu de la situation. Une vitre séparait Fegan et McGinty du chauffeur, Declan Quigley.

« Toi non plus, tu n'as pas le permis de conduire, hein, Gerry ? demanda McGinty.

– Non.

– Mais moi, je ne peux plus prendre le risque d'être en infraction. » D'une main aux ongles soigneusement entretenus, McGinty désigna l'intérieur en cuir noir de la voiture. « Nécessité oblige. »

Fegan se sentait comme enfermé dans un cocon d'acier. De l'extérieur, les vitres teintées paraissaient noires. La voiture était sans doute équipée pour résister aux balles et aux charges d'explosif.

« Tu voulais me voir, dit-il.

– Nous y viendrons. » Du coin de l'œil, Fegan entrevit le rictus de McGinty. « Si on parlait un peu de nous, avant ?

– D'accord. »

McGinty lui tapota le genou. « Alors, comment va ? Qu'est-ce que tu deviens ?

– Pas grand-chose.

– Le boulot aux services municipaux, ça se passe bien ?

– Je suis tranquille.

– Tu le mérites, Gerry. Tu nous as donné douze ans. On ne l'oubliera pas. Ton salaire t'est assuré aussi longtemps que tu le voudras, quoi qu'il advienne. »

Fegan lui accorda un regard de biais. « Merci.

– C'est dur, ce qui est arrivé à McKenna, hein ?

– Oui.

– Et maintenant, Vincie Caffola aussi... »

Fegan gardait les yeux fixés sur la route, à travers la vitre qui les isolait du chauffeur. Au carrefour avec Fallswater Parade, la rue où habitait la mère de McKenna, la voiture continua tout droit. Sur les maisons, peintures murales et messages de propagande prenaient des allures d'œuvres d'art. « Tu crois vraiment que les flics l'ont tué ? demanda Fegan.

– Peut-être. En tout cas, c'est ce que je soutiens officiellement.

– Mais il y a des témoins, d'après toi.

– Évidemment qu'il y en a, Gerry. » McGinty émit un petit rire. « Évidemment. »

Il posa une main sur le genou de Fegan. « En vérité... Regarde-moi, Gerry. »

Fegan ferma les yeux un bref instant, puis les rouvrit et se tourna vers McGinty.

« Tout bien considéré... Il se peut que ça m'arrange.

– Comment ça ? » demanda Fegan.

McGinty sourit. « Il se trouve que Michael, Dieu ait son âme, trempait dans un sale business. Les temps ont changé, vois-tu. Certains d'entre nous souhaitent que le processus politique engagé à Stormont réussisse... Pas tout le monde, mais un grand nombre de gens, issus de tous les bords. Nous, les Anglais, même les unionistes. Les bombes, ça ne marche plus aujourd'hui. Les dissidents d'Omagh sont la goutte qui a fait déborder le vase. Notre monde n'accepte plus la violence comme autrefois. Et puis, il y a eu le 11 Septembre. Le regard des Américains s'est modifié en ce qui concerne la lutte armée. Avant, on leur apparaissait comme des idéalistes, des combattants de la liberté. L'argent coulait à flots pour venir en aide au bon vieux pays. Mais ils ne veulent plus jouer à ce jeu-là maintenant. La paix est la seule solution qui nous reste, que ça nous plaise ou non. »

Fegan contemplait les fresques murales par la vitre. Images et slogans, portraits de héros républicains avoisinant diverses expressions de solidarité avec la Palestine et Cuba. Une proclamation selon laquelle la Catalogne ne faisait pas partie de l'Espagne. Sur ce dernier point, Fegan eût été incapable de trancher, mais il se demanda en quoi la question pouvait bien concerner les habitants des Falls. Puis vint un dessin de George Bush, aspirant du pétrole avec un tuyau dans un champ de bataille jonché de squelettes et de crânes d'Irakiens, titré *Le plus gros échec de l'Amérique.*

« On marche sur une corde raide, continuait McGinty. Il ne faut surtout pas perturber l'équilibre. D'accord, les Anglais nous donnent un peu de mou — ils ferment les yeux, tant que la situation reste stable —, mais les tractations et les affaires louches, c'est terminé. On peut toujours rentrer un peu d'argent, à condition de se montrer prudents. Et discrets. Mais là, je me trouve dans une position difficile. Depuis des années, comme les autres, je bosse pour faire avancer les choses et, moi aussi, je tiens à avoir ma part du gâteau. Si je veux me placer à Stormont, je suis obligé d'avoir les mains propres. Une ligne d'action irréprochable, tu comprends. »

Le sourire de McGinty s'évanouit. « Michael me posait un problème. J'ai eu beau lui expliquer qu'en cas d'agissement frauduleux de sa part, c'était moi qui paierais les pots cassés, il n'en a pas tenu compte. Du trafic de clandestins, bon sang ! Il était en cheville avec des Lituaniens qui faisaient entrer des filles par le Sud. Je veux bien reconnaître que ça rapportait de l'argent, mais des gamines de quinze, seize ans, tu imagines ? Même les Anglais ne laissent pas passer ça. Il aurait dû refiler le tuyau aux loyalistes. Eux, ils sont assez cons pour se fourrer dans des histoires pareilles. S'il s'était fait prendre, j'en aurais subi les conséquences. La direction du parti était inquiète et en a parlé au vieux. »

Fegan se raidit et pressa son talon contre le plancher de la Lincoln pendant que McGinty lui serrait le genou.

« Et maintenant, Vincie. Comprends-moi bien… Vincie débordait de bonnes intentions. Il n'y avait pas meilleur que lui à Belfast pour conduire les interrogatoires. Mais il nous tirait dans les pattes en racontant partout qu'il désapprouvait notre représentation politique à Stormont ; il nous accusait de collaborer avec la police et d'être des vendus. Tu connais le vieux, Gerry… Bull O'Kane n'aime pas les dissidents. Ça dérange les gens. Il m'a fait venir à la ferme pas plus tard que la semaine dernière et m'a demandé de remettre de l'ordre dans tout ça. Tu piges ? En gros, il a menacé de me dégager si je ne faisais pas le ménage. »

Fegan connaissait la ferme. Quelques hectares de terrain et une maison modeste, à cheval sur la frontière qui séparait l'Irlande du Nord et la République, à la jonction des comtés d'Armagh et de Monaghan. O'Kane gérait son empire du fond de ce repaire, et le bruit courait qu'il avait amassé une fortune. Des millions, selon certains, peut-être même des centaines de millions, investis dans des opérations immobilières à l'échelon international — en Angleterre, en Espagne, au Portugal et en Amérique —, tout en dissimulant son identité derrière un rempart de paperasses.

À présent, il augmentait encore son magot grâce aux besoins croissants du marché du carburant. Le Bull[1] avait installé des dizaines de raffineries dans des fermes le long de la frontière, chacune produisant des millions de litres de gasoil obtenu à partir du diesel agricole — fourni à bas prix par l'État aux exploitants en difficulté. Une fois débarrassé de son colorant, le mazout était revendu aux stations-service, automobilistes, camionneurs en quête de carburant bon marché. Bull O'Kane se battait maintenant pour l'Irlande en inondant ses campagnes de déchets chimiques.

« Comment il va, le Bull ? demanda Fegan.

– Oh, tu le connais… Il approche les soixante-dix balais, mais il t'en mettrait encore plus d'un à terre. Toujours rusé comme un renard. Tu ne l'as pas vu tellement souvent, toi, hein ?

– Deux fois. » À ce souvenir, Fegan se sentit la bouche sèche. « Il y a longtemps.

– En tout cas, reprit McGinty, si quelqu'un avait un grief personnel contre McKenna et Vincie Caffola, il m'a rendu service. Il a fait le boulot à ma place. Tu comprends, Gerry ? »

Fegan garda le silence, tandis que McGinty lui pressait à nouveau le genou.

« Parce qu'ils devenaient dangereux, tous les deux. Le parti ne les regrettera pas. En plus, j'ai maintenant une excuse pour virer des étrangers qui mettaient un peu trop le pied dans mes affaires, sans compter que ça me fournit une arme contre la police. Qui sait, si j'arrive à convaincre les médias que les flics ont tué Vincie, on pourra peut-être s'en servir pour faire pression sur les Anglais.

---

1. Bull : taureau.

– Je vois », dit Fegan. Leurs deux reflets lui étaient renvoyés par la vitre du chauffeur. À côté de celui de McGinty, son propre visage lui parut squelettique.

« Tu as toujours été plus futé que tu ne le laissais croire, continua McGinty. Tu aurais pu aller loin, si tu l'avais voulu. Mais bref. Voici ce que je voulais te dire : si quelqu'un que nous ne connaissons pas, un homme qui agit seul, avait un compte à régler avec Michael McKenna ou avec Vincie Caffola, je suis prêt à fermer les yeux. Pour cette fois. Puisque j'y trouve mon avantage, je le répète, on peut passer l'éponge. »

McGinty ôta la main du genou de Fegan et jeta un bras autour de ses épaules. « Ce n'est pas grave. Mais il faut que ça s'arrête là, sinon je serai peut-être obligé d'intervenir. Juste une chose encore… » McGinty s'approcha. Fegan sentit son haleine tiède contre son oreille. « Celui qui a fait ça n'a pas intérêt à me prendre pour un con. »

Fegan s'éclaircit la gorge. « Il n'osera pas.

– Si ce n'est pas quelqu'un de ta trempe, non, répliqua McGinty en retirant son bras. Bon… Venons-en à ce qui nous intéresse. J'aimerais te voir plus souvent, Gerry. On a toujours besoin de quelqu'un comme toi, et par ces temps difficiles, je veux savoir qui sont mes amis. En qui je peux avoir confiance. Tu me suis ?

– Je mène une vie plutôt solitaire, dit Fegan.

– C'est ton choix, mais ne reste pas trop à l'écart quand même. Ça te ferait du bien de reprendre un peu d'activité. Histoire d'ôter les vieilles toiles d'araignées.

– Oui, peut-être.

– Et la boisson, Gerry. Faut que tu en finisses avec ça. On raconte des choses sur ton compte… Il paraît que tu te bourres la gueule au pub de McKenna. Que tu parles tout seul.

– Je bois moins depuis quelques jours, répondit Fegan — ce qui était vrai.

– Tant mieux. L'alcool a tué mon père. Le tien aussi, si mes souvenirs sont exacts. »

Fegan regarda par la vitre. Des gamins faisaient du vélo au soleil. La Lincoln tourna à droite, puis encore à droite, pour reprendre le chemin de Fallswater Parade. « C'est vrai.

– D'ailleurs, j'ai un petit boulot à te confier. »

Fegan se tourna vers lui.

« Rien de compliqué, dit McGinty en souriant. Ne t'inquiète pas. Dieu merci, on est sortis de tout ça. Je voudrais juste que tu transmettes un message. »

Fegan réfléchit. « D'accord, dit-il enfin.

– À Marie McKenna. La nièce de Michael. »

Fegan serra le poing en rentrant les ongles dans sa paume. « Oui...

– Il paraît que tu es en bons termes avec elle. Elle t'a raccompagné en voiture hier.

– Je ne la connais pas. Pas vraiment. Je ne lui avais jamais parlé avant.

– Elle s'est mis à dos un certain nombre de personnes, à cause de son histoire avec le flic. » McGinty contempla les drapeaux et les fresques sur les murs des maisons. « Elle a eu un bébé et tout... Et certains aimeraient bien lui faire savoir ce qu'ils en pensent. Michael a veillé à ce qu'on la laisse tranquille, par respect pour sa mère, mais à présent qu'il n'est plus là, elle pourrait bien avoir des embêtements.

– Ils ne sont plus ensemble depuis des années, dit Fegan. Qu'est-ce que ça peut faire, maintenant ?

– Les gens ont la mémoire tenace, Gerry. Surtout quand il s'agit des fautes de quelqu'un d'autre. On se rappelle le Bloody Sunday, on en parle comme si c'était hier. Mais on oublie tous ceux qui sont morts juste avant, ou juste après. C'est la nature humaine. »

Moi, je me rappelle mes fautes, songea Fegan. *Elles me suivent partout.* Il se demanda si McGinty se souvenait des siennes.

« J'aimerais que tu lui en touches un mot, dit McGinty. Sans la menacer. Juste une allusion. Tu pourrais lui conseiller de déménager… De s'installer en Angleterre, par exemple.

– Tu veux que je lui parle tout de suite ?

– Non, non. Pas chez la mère de Michael. Elle habite du côté de Lisburn Road, sur Eglantine Avenue. Va la voir plus tard et discute avec elle. Mais gentiment. Hein ? »

Fegan fut incapable de sourire à McGinty en retour. « D'accord », dit-il.

16

Chez la mère de McKenna se pressaient amis et membres de la famille en habits de deuil, mais la foule n'était pas aussi dense que la veille. Cette fois, Fegan parvenait à respirer. Afin de ne pas avoir à s'entretenir du passé avec quelqu'un qui ne le lâcherait plus, il attrapa une cannette de bière sur la table du salon et s'éclipsa dans le couloir.

Quelque part dans la maison, McGinty et le père Coulter échangeaient poignées de main et claques amicales en mangeant des friands à la saucisse. Fegan les évita. Il redoutait de voir surgir les ombres.

Pour ménager les apparences, il se devait de rester un moment, mais où pouvait-il boire sa bière en paix ? À l'étage, dans l'une des chambres ? Non, ce serait inconvenant. Quant à la cour, tous les fumeurs y étaient attroupés. Alors, où ?

Il se rappela l'espace sous l'escalier, où était installé le téléphone. L'endroit, peu éclairé, comportait une table et un petit banc. Il décida de se glisser là. Si on l'interrogeait, il prétexterait qu'il avait besoin de s'asseoir.

Il se faufila derrière un groupe d'hommes en grande conversation, se pencha pour passer la tête sous les marches.

Quand il comprit que Marie McKenna avait eu la même idée et occupait déjà le siège, il ne put que la dévisager, muet, les épaules voûtées.

« Bonjour », dit-elle. Il n'aurait su interpréter la lueur qui brillait dans ses yeux. Malice ? Crainte ? Peut-être les deux.

« Bonjour. Je voulais juste... euh...

– Vous vouliez vous cacher. » De fines rides s'esquissèrent autour de ses yeux gris bleu tandis qu'elle lui souriait. « Moi aussi. »

Elle buvait du vin blanc. Remarquant la trace de rouge à lèvres sur le bord du verre, Fegan se demanda quel pouvait en être le goût.

« Je vais trouver un autre endroit, dit-il en reculant.

– Non, non. Vous n'êtes pas très gros. » Elle se déplaça sur le banc. Après avoir hésité une seconde, il se pencha en avant pour prendre place à côté d'elle.

« Ça tombe bien, dit-elle. Je voulais vous parler... Pour m'excuser.

– De quoi ? » Fegan ouvrit la cannette de Harp Lager. Il avala une gorgée qui lui brûla la langue.

« J'ai dû vous paraître bizarre, hier... Je regrette ce que j'ai dit. » Le vin s'agita dans le verre. La main de la jeune femme tremblait.

« Ce n'est pas grave, dit Fegan. On fait tous des choses qu'on regrette ensuite.

– C'est vrai », dit-elle. Son bref sourire s'enfuyait déjà quand Fegan se tourna pour la regarder.

« Qu'est-ce que vous faites ici ? » demanda-t-il. La question avait franchi ses lèvres avant qu'il n'ait pu la retenir. Il ramena les yeux sur sa cannette de bière.

Marie se raidit. « Pardon ? »

Non, rien. Voilà ce que Fegan aurait dit s'il n'était pas en train de perdre la raison. Au lieu de quoi, il ajouta : « Ils ne veulent pas de vous, mais vous êtes venue quand même. Pourquoi ? »

Elle prit plusieurs inspirations avant de répondre : « Parce que ces gens sont ma famille. Pour le meilleur ou pour le pire. Ils auront beau essayer, je ne les laisserai pas me rejeter.

– Je ne comprends pas. S'ils ne veulent pas de vous, pourquoi vous acharner ?

– Vous aimez lire ? » demanda-t-elle.

Il la regarda à nouveau. « Non. Pourquoi ?

– J'ai lu un livre qui s'appelle *Yosl Rakover parle à Dieu.* En fait, c'est un faux, mais peu importe. On le croyait écrit par un Juif qui se cachait dans le ghetto de Varsovie pour échapper aux nazis. Le personnage traverse des épreuves horribles, et à la fin, il se tourne vers Dieu et lui dit : "Tu peux m'infliger tout ce que tu veux. Tu peux m'humilier au plus haut point, tu peux tuer mes amis, tu peux tuer ma famille, mais tu ne réussiras pas à me faire te haïr." »

Elle poussa un profond soupir. « La haine est un sentiment terrible. C'est bête et ça ne sert à rien. On peut détester quelqu'un de toutes ses forces, il n'en souffrira pas pour autant et continuera à vivre de la même manière. La seule personne à qui cela fait mal, c'est soi-même. Alors, à quoi bon ? Je refuse de les détester. C'est ma famille, et elle le restera. »

Fegan observait ses mains, le fin tracé bleu de ses veines sous le grain serré de la peau, les os délicats. « J'aimerais bien lire ce livre, dit-il.

– Vous pouvez le trouver à la bibliothèque, je ne l'ai plus. Quand j'avais dix-sept ans, oncle Michael m'a obligée à le déchirer. Il m'a dit que c'était de la propagande juive. Et que j'oubliais ce que les Juifs faisaient subir aux Palestiniens. Je me souviens, ça m'avait étonnée. Il ne disait pas "les Israéliens", mais "les Juifs". Lui qui n'a sûrement jamais connu de Juifs dans sa vie, il les détestait quand même. Je ne comprenais pas. C'est drôle, je n'avais pas repensé à ce livre depuis des années, mais il m'est revenu en tête après la mort d'oncle Michael. »

Une minute s'écoula. Ils burent tous les deux en silence. Puis Marie reprit : « Puisqu'on en est à se poser des questions délicates… Et vous ? Pourquoi venez-vous vous cacher ici ?

– Il y a trop de vieilles connaissances. Je ne peux plus écouter leurs histoires.

– Tous ces gens vous respectent.

– Ils ne me respectent pas. Ils ont peur de moi.

– Moi, je n'ai pas peur de vous. »

Fegan tripota la languette de sa cannette. « Vous savez ce que j'ai fait ?

– J'ai entendu certaines choses. » Il frissonna au contact de son épaule contre la sienne. « J'ai fréquenté des hommes comme vous toute ma vie. Mes oncles, mon père, mes frères. Je connais l'autre côté aussi, les flics et les loyalistes. Dans mon métier, je parle avec tout le monde. Vous n'êtes pas le seul à porter une culpabilité. »

Elle avait prononcé ces paroles avec douceur.

« C'est vrai », souffla-t-il. Et il s'aperçut que cette idée lui plaisait.

« D'ailleurs, je crois que vous n'êtes plus le même. Les gens changent. Heureusement, sinon on ne pourrait plus rien espérer de ce pays. Vous regrettez ce que vous avez fait ?

– Oui.

– Ça se voit. Sur votre visage. Dans vos yeux. C'est impossible à cacher. »

Fegan avait envie de la regarder, mais il en fut incapable. Il effleura de son doigt le métal coupant de la cannette. Les mots glissaient de son esprit et lui échappaient.

« Il faut que j'y aille, maintenant », dit-il en se levant. Une fois sorti du réduit, il se pencha pour demander : « Vous me permettez de passer vous voir plus tard ? »

Marie ouvrit la bouche, interdite. « Je ne sais pas… Je voulais emmener ma fille faire une promenade après dîner, s'il ne pleut pas.

– Je pourrais vous accompagner. »

Elle ferma les yeux en prenant une profonde inspiration. Au bout d'un temps infiniment long, elle rouvrit les yeux. « D'accord, dit-elle. Venez avec nous. J'habite dans Eglantine Avenue. »

Elle lui donna l'adresse. Fegan sourit, brièvement, et l'abandonna à son refuge sous l'escalier.

17

En vingt minutes, la voiture du ministre d'État pour l'Irlande du Nord avait parcouru moins de deux cents mètres. Le chauffeur et Compton, assis à l'avant, contemplaient un autobus à l'arrêt. Parmi les coups de klaxon incessants et le tumulte de la circulation londonienne, Edward Hargreaves sentit que son mal de tête empirait. Son portable qui vibrait ne fit qu'accroître sa mauvaise humeur.

La voix lui annonça que le chef de la police était en ligne.

« Geoff..., dit Hargreaves.

– Bonjour, Monsieur le ministre, répondit Pilkington.

– J'espère que vous m'apportez de bonnes nouvelles.

– Du nouveau, en tout cas. Nos collègues ont envoyé quelqu'un sur place à Belfast.

– Et alors ? » demanda Hargreaves, impatient. La voiture avança encore d'un mètre, en direction de Downing Street. « J'ai rendez-vous avec le secrétaire d'État et le Premier ministre dans quelques minutes. Il faut que j'aie quelque chose à leur dire. C'est ce dénommé Fegan qui a fait le coup ?

– Nous n'en savons rien, Monsieur le ministre. Les circonstances tendraient à l'incriminer, mais McGinty prétend que ce n'est pas lui. Il affirme que McKenna a été tué par les Lituaniens, et Caffola par mes hommes.

– Et c'est vrai ? » Hargreaves connaissait la réponse, mais il prenait plaisir à provoquer le chef de la police.

« Certainement pas, Monsieur le ministre. Il se sert de l'événement pour faire parler de lui dans la presse afin de s'assurer une dimension politique. Il y a deux heures, il a menacé de demander au parti de retirer son soutien à la PSNI si certains de mes hommes n'étaient pas inculpés. Le moins qu'on puisse dire, c'est qu'il ne manque pas de culot. »

Hargreaves ne put réprimer un sourire en songeant que Pilkington se trouvait là dans une fort mauvaise passe. « Oui, j'ai le texte de son discours devant moi. C'est un malin, McGinty. Les unionistes parlent déjà de quitter Stormont. Cette affaire doit être étouffée au plus vite. Si notre homme n'en vient pas à bout sans tarder, c'est vous qui en paierez le prix. »

Après un silence, Pilkington demanda : « Vous voudriez qu'on accuse mes hommes du meurtre de Caffola, alors que je sais qu'ils sont innocents ? Que ce soit clair, Monsieur le ministre : je ne jetterai pas de bons officiers de police en pâture pour satisfaire des exigences politiques. Si vous croyez que …

– Cette grandeur d'âme vous honore, interrompit Hargreaves. Mais les exigences politiques sont notre lot à tous, Geoff. Vous êtes bien placé pour le savoir. Sur combien de petits méfaits avez-vous fermé les yeux pour que la mécanique ne s'enraye pas, hein ? Combien de cambriolages sont restés impunis par manque de zèle ? Combien de mauvais traitements ont été passés sous silence au nom de la tranquillité publique ?

– Monsieur le ministre, je ne vois vraiment…

– Vous n'avez pas de leçon à me donner, Geoff. » Hargreaves avait la bouche sèche, mais il souriait. « Combien de vos hommes auraient été mis en examen si on ne sacrifiait pas à certaines exigences ? »

Pilkington s'éclaircit la gorge. « Je ne m'abaisserai pas à débattre du sujet, Monsieur le ministre.

– Tout le monde doit faire des sacrifices. Tenez-moi au courant. »

Il raccrocha sans attendre la réponse.

18

Debout au comptoir, Davy Campbell avait conscience d'être le seul homme à ne pas porter le deuil. À peine était-il entré dans le pub de McKenna que les coups d'œil en coin avaient commencé, les chuchotements, les mentons pointés dans sa direction. On le reconnaissait ; on savait qu'il était passé dans le camp des dissidents à Dundalk. Il attendit que quelqu'un le provoque, l'interroge sur les raisons de son retour à Belfast. Personne n'éleva la voix, peut-être par respect pour le défunt. Un étranger eût été assailli sitôt le seuil franchi. Ce n'était pas le genre d'endroit où l'on venait juste boire un verre. La paix n'avait pas changé les habitudes à ce point-là.

Le pub de feu McKenna était un bar mal famé où de minables voyous éclusaient leur bière, mais nul ne pouvait nier que celle qu'on y servait était bonne. Campbell porta le verre de Smithwick's à sa bouche et goûta le liquide frais, onctueux, qui lui coulait dans la gorge.

« T'es sacrément gonflé, toi. »

Campbell ne tourna pas la tête. Dans le miroir du bar, Eddie Coyle le dévisageait. Plus petit, crâne dégarni et cheveux blonds auréolant une face joufflue. Campbell essuya la mousse qui perlait sur sa barbe.

« Qu'est-ce que tu fous ici ? demanda Coyle. T'en as eu marre de jouer à la guerre avec les petits connards de Dundalk ?

– On peut le dire comme ça. »

Coyle s'approcha. « Tu crois que tu peux te ramener, tranquille, juste parce que Michael n'est plus là ?

– Je suis venu boire une bière, Eddie, d'accord ? » Campbell se tourna vers Coyle. « Si tu me cherches, tu vas me trouver. Sinon, dégage. »

Coyle plissa les paupières. « Je vais quoi ?

– Tu as entendu. » Campbell posa son verre sur le comptoir.

Le visage rougeaud de Coyle se fendit d'un mince sourire. « Tu m'as dit de dégager ?

– En gros, oui. » Campbell sourit. « Sauf si tu as envie de boire un verre avec moi. C'est clair ? »

Avant même que son adversaire ne frappe, Campbell devança le coup. Il avait appris depuis longtemps que la meilleure tactique pour prendre le dessus, dans une confrontation physique, consistait à déséquilibrer l'autre. Au moment où Coyle commettait l'erreur de s'élancer de tout son poids, il lui suffit de lever le bras gauche et d'esquiver.

Coyle renversa plusieurs tabourets dans sa chute et atterrit à plat dos. Il se releva, furieux, et revint à la charge. À nouveau, Campbell se déroba. Coyle s'écrasa de plein fouet, la poitrine contre le comptoir. Il se retourna, prêt à relancer l'offensive, mais Campbell fut plus rapide. De sa main gauche, il l'attrapa par les cheveux, lui renversa la tête en arrière, serra le poing droit et fit pleuvoir sur son visage une série de coups jusqu'à en avoir les phalanges rouges de sang. Quand il relâcha sa prise, le menton de Coyle heurta le comptoir avec un bruit mat.

C'est alors que les autres donnèrent l'assaut. Campbell ne put les dénombrer, mais un mur d'hommes en costumes noirs s'abattit sur lui. Des mains lui agrippèrent les cheveux, l'oreille, le col de son blouson en jean. Il leva les bras pour se protéger, tandis que les coups de poing trop nombreux se gênaient mutuellement et se révélaient plutôt inoffensifs.

« Hé là ! » Une silhouette frêle se glissa entre Campbell et les attaquants en colère. « Laissez-le tranquille ! Il est avec moi.

– Mais regarde ce qu'il a fait à Eddie, protesta quelqu'un.

– C'est Eddie qui a commencé, répliqua Patsy Toner. Fichez-lui la paix, compris ?

– Mais...

– Ça suffit ! » Toner pointa un doigt impérieux sur son interlocuteur le plus proche. Les hommes reculèrent, avec force jurons et grognements. Toner saisit Campbell par le coude. « Allez, viens. »

Campbell se laissa entraîner dehors, souriant, tous ses sens en éveil.

« Tu es malade ou quoi ? » dit Toner, les yeux fous, bouche bée sous son épaisse moustache.

« Il a eu ce qu'il cherchait », répondit Campbell.

Toner rajusta sa cravate noire. « Bon sang, Davy. Eddie Coyle est un connard, tout le monde le sait, mais ce n'est pas en lui cassant la gueule en public que tu vas te faire des amis. » Il agita un doigt en direction de Campbell. « Je te signale que j'ai pris un risque, là. Ne l'oublie pas. »

Campbell désigna du menton la Jaguar garée le long du trottoir. « C'est à toi, ça ?

– Oui », dit Toner, qui se redressa et parut soudain gagner plusieurs centimètres.

Campbell essuya le sang sur ses mains avec un mouchoir. « Alors, arrête de jacasser et emmène-moi voir McGinty. »

McGinty avait jeté son veston sur le dossier d'une chaise, desserré sa cravate, remonté ses manches. Debout dans le salon de la mère du défunt, portable à l'oreille, il se comportait comme le maître des lieux en poursuivant une conversation qui se traduisait sur son visage tour à tour durci et détendu. Il tira une dernière bouffée de sa cigarette et la jeta dans la cheminée.

Campbell et Toner attendaient sur le seuil de la pièce. « On dirait qu'il y a un souci, murmura Toner. Je crois que la hiérarchie n'a pas apprécié son discours, à l'enterrement. »

Avant que Campbell n'ait le temps de répondre, McGinty referma son téléphone d'un air sombre, fit signe à Toner d'approcher, et tous deux entamèrent un échange en lançant des regards appuyés à Campbell. Leurs yeux n'étaient pas les seuls braqués sur l'Écossais prodigue. Les rares hommes demeurés dans la pièce — dont le désordre trahissait un rassemblement plus important — le surveillaient comme s'il risquait de partir en emportant quelque objet de valeur laissé sans surveillance. Toner l'invita à approcher d'un geste théâtral.

McGinty tendit la main à Campbell qui s'avançait vers lui. « Content de te voir, Davy.

– Pareillement, Mr. McGinty », répondit Campbell en lui retournant sa puissante poignée de main.

« Tu en as eu assez de McSorley et de sa clique de bouseux ? » McGinty avait un bon sourire, mais des yeux de glace.

« Ils font n'importe quoi, dit Campbell. Je n'aurais jamais dû fréquenter ces gars-là. »

McGinty lui serra plus fort la main. « C'est vrai, Davy. Tu as commis une erreur. Et ça a dérangé beaucoup de gens ici, surtout le cher défunt. »

Campbell s'arracha à son étreinte. « Justement. Quand j'ai appris, pour Michael, j'ai réfléchi… Je me suis trompé. Mr. McGinty, je le regrette vraiment. Je ferai tout ce que je peux pour me rattraper. »

McGinty hocha la tête. « Je te comprends, Davy. Tu es un homme d'action. Tu veux avoir les mains dans la pâte. J'étais comme ça moi aussi, autrefois. Il ne se passait plus rien ici, alors tu es allé voir du côté des dissidents. Je parie que tu es déçu, hein ?

– Et pas qu'un peu ! » répondit Campbell en rendant à McGinty son large sourire. « Ils se contentaient de se bourrer la gueule en parlant de ce qu'ils *allaient* faire. »

McGinty attrapa sa veste et l'enfila. Passant un bras sur les épaules de Campbell, il l'entraîna vers la cuisine. « Viens, on va prendre l'air. »

Une femme blonde et mince s'écarta sur leur chemin. Campbell reconnut la nièce de McKenna. Elle garda les yeux baissés alors qu'ils la dévisageaient ouvertement. Les autres femmes assuraient le service, comme des ouvriers à la chaîne, se passant de main en main verres et assiettes entre l'évier et les placards. Elles jetèrent des regards curieux à Campbell tandis que McGinty l'entraînait vers la porte donnant sur la cour.

Deux hommes, jeunes, étaient en train de fumer. En voyant McGinty, ils écrasèrent leurs cigarettes d'un coup de talon.

« Ne polluez pas la cour de Mrs. McKenna, dit McGinty. Un peu de respect, tout de même. Allez-me mettre ça à la poubelle. »

Les hommes obéirent en silence et se penchèrent pour ramasser les mégots. Au moment où ils croisaient McGinty, celui-ci attrapa le plus jeune par la manche.

« Quand j'aurai terminé de parler avec mon ami, toi et ton pote, vous reviendrez tout nettoyer. D'accord ?

– D'accord, répondit le jeune, gardant les yeux rivés au sol.

– C'est bien, mon gars. Maintenant tu peux dégager. » McGinty se tourna vers Campbell et sourit. « Te voilà de retour parmi nous, Davy. Si ma mémoire est bonne, je ne t'ai pas demandé de revenir. Je ne t'ai pas dit non plus que ton boulot était terminé à Dundalk. » Il s'approcha en baissant la voix. « Et si je ne me trompe pas, il y a toujours de l'argent qui rentre, sur le petit compte que je t'ai ouvert... Alors, qu'est-ce que tu fous ici ? C'est toi qui as voulu copiner avec la bande de McSorley !

– Je vous le répète, Mr. McGinty. J'ai perdu mon temps là-bas. Ces gars-là ne sont pas une menace pour vous. »

McGinty ricana. « Bon Dieu ! T'avais pas besoin de coucher avec eux pour comprendre ça. Écoute-moi bien. Quand je t'envoie sur un plan, tu fais ce qu'on te demande. Point barre. » Il appuya son index contre la poitrine de Campbell. « Je me fiche de savoir ce que tu en penses. C'est moi qui décide. »

Campbell baissa les yeux pour témoigner de la déférence qu'on attendait de lui.

« C'est bon, soupira McGinty. Mais souviens-toi que ceci reste entre toi et moi. Je ne veux pas qu'on croie que j'avais peur de McSorley. Pas en ce moment.

– Je comprends, dit Campbell en relevant la tête.

– Alors ? Tu as des projets, ici ?

– Rien de particulier. En fait, j'espérais que vous me proposeriez quelque chose.

– C'est possible, répondit McGinty. Tu bosses bien, en général. Sauf que tu te laisses un peu trop emporter. J'ai reçu un texto de Tom, au pub. Eddie Coyle est parti à l'hosto pour se faire recoudre.

– Il cherchait la bagarre. Il l'a trouvée.

– Eddie Coyle a beau être un sale con, ça ne veut pas dire qu'il mérite une dérouillée. »

Campbell savait à quel moment reculer. « C'est vrai. J'aurais pas dû. »

McGinty sourit. « Tu lui demanderas pardon la prochaine fois que tu le croiseras. On lui dira de tendre l'autre joue… Mais bref. J'ai peut-être un petit boulot pour toi. C'est un peu délicat.

– Oh ?

– Tu as toujours été doué pour repérer les perturbateurs. On vient de perdre un bon élément à la sécurité intérieure. Vincie Caffola touchait sa bille dans la chasse aux balances, mais je crois me rappeler que tu te débrouillais pas mal non plus. »

Campbell leva les yeux en entendant un hélicoptère. « J'ai fait quelques belles prises, oui. »

McGinty se colla contre le mur de la cour pour échapper à la surveillance aérienne. « Tu as coincé ce salaud de Delaney quand il m'a vendu aux loyalistes. » McGinty eut un petit rire méprisant. « Les Ulster Freedom Fighters… Ces crétins se prennent pour Al Capone, et il n'y en a pas un pour rattraper l'autre. Qu'est-ce qu'il s'imaginait, Delaney ? Son plan était foireux. Enfin, on ne sait jamais. Avec de la chance, il aurait pu réussir son coup si tu n'avais pas mis ton nez là-dedans. C'est toi qui l'as obligé à avouer. Je n'ai pas oublié ça, Davy. »

Campbell l'observait attentivement. « Delaney, c'était facile. C'est Gerry Fegan qui a rectifié les gars de l'UFF.

– Mais tu les avais démasqués. Sinon, Gerry n'aurait pas su à qui s'en prendre et je ne serais pas là aujourd'hui. J'ai une sacrée dette envers vous deux. C'est la seule raison pour laquelle Gerry Fegan est encore en vie cet après-midi.

– Qu'est-ce que vous voulez dire ? »

McGinty plissa les paupières. « À ton avis, qui d'autre que lui aurait les couilles de buter Michael McKenna et Vincie Caffola ?

– Ah bon ? Ce n'est pas …

– Laisse tomber les racontars. » McGinty fit signe à Campbell de venir plus près. « Je te passe les détails. Mais si je te dis que c'était Fegan, tu peux me faire confiance. »

Campbell joua les sceptiques. « Je croyais qu'il avait perdu la boule. Et qu'il s'était mis à picoler.

– Possible. » McGinty esquissa un sourire. « Sauf qu'on ne doit jamais sous-estimer Gerry Fegan. Il y a plus fort que lui et ce n'est pas un génie, d'accord. Mais il est plus malin qu'il ne le laisse paraître… Tu veux savoir ce qui le rend si dangereux ? »

Campbell ne put réfréner sa curiosité. « Quoi ? »

McGinty prit ses cigarettes dans sa poche, en glissa une entre ses lèvres et rangea aussitôt le paquet. « Il n'a pas peur. Gerry Fegan n'a peur de personne. Jamais.

– La peur empêche parfois de faire des erreurs.

– C'est sans doute vrai pour certains. Mais pas pour Gerry. » McGinty alluma sa cigarette et rempocha le briquet. Il aspira une bouffée. « Je vais te raconter une petite histoire à propos de Gerry Fegan. C'était il y a des années de ça, en 1978 ou 1979. McKenna et lui devaient avoir dans les quinze, seize ans, pas plus. Avec Gusty Devlin, Dieu ait son âme, on emmenait souvent un groupe de jeunes camper dans la forêt de Carnagh, juste de l'autre côté de la frontière. Michael m'a tanné pour que Gerry vienne aussi. Moi, je ne voulais pas. Je ne l'aimais pas. Il ne disait jamais rien, avec son air timide, mais il observait tout. J'ai quand même fini par céder et il est parti avec nous dans le vieux camping-car Volkswagen que j'avais à l'époque. »

McGinty sourit et rajusta son élégant veston en exhalant la fumée par le nez. « Je n'étais pas sapé comme maintenant, note bien. Vu que je me prenais pour un héros de la classe ouvrière, tu vois le genre ? Bref. On s'est fait contrôler juste avant de passer la frontière. Les flics avaient entendu parler de nous, ils croyaient qu'on était armés. Les autres gamins n'en menaient pas large pendant la fouille, quand ils se sont retrouvés en caleçon et chaussettes sur le bord de la route. Sauf Gerry. Lui, devant les flics, il n'a pas baissé une seule fois les yeux.

« Après ça, on arrive dans la forêt, on installe le campement. Gusty emmène les jeunes se balader autour du lac, et ensuite, comme tout le monde est claqué, on se couche. Vers deux ou trois heures du matin, ramdam général ! Gerry se met à hurler parce qu'il a vu des gens dans les arbres en train de nous épier. Tu imagines ? Le môme tient tête à des flics qui pourraient l'étendre raide mort, mais il a peur la nuit ? »

Campbell réprima un mouvement de recul tandis que McGinty, en riant, lui envoyait sa fumée au visage. « Je croyais qu'il n'avait jamais peur.

– Il n'a peur de *personne*, j'ai dit. Les chocottes dans le noir, c'est un autre sujet… Passons. Le lendemain matin, Bull O'Kane débarque avec les armes que les flics cherchaient sur nous. Rien de bien méchant. Juste deux carabines à air comprimé et un vieux .303 datant de la guerre. Gusty installe des cibles en papier pour que les jeunes puissent s'entraîner, et là, mince, Gerry n'en touche pas une seule. Dans un face-à-face, il est capable de faire fuir le diable, mais à vingt mètres, il te raterait le cul d'une vache avec une pelle. »

Campbell hocha la tête, sourit, et enregistra l'information dans un coin de son esprit.

« L'un des gamins — je ne me rappelle plus son nom, mais ce n'était pas une lumière ; d'ailleurs, il s'est explosé en fabriquant une bombe tuyau… Donc, il commence à mettre Gerry en boîte. "T'es nul", il lui fait. "T'as peur des flingues, tu vois des ombres dans les arbres la nuit, appelle donc ta mère pour qu'elle vienne te chercher", etc. Ni une ni deux, Gerry lui saute dessus et lui flanque une putain de raclée.

L'autre a le nez éclaté, du sang partout, pendant que nous, on les regarde en riant.

« Brusquement, Bull dit : "Ça suffit." Il les sépare et attrape Gerry qui continue à se débattre. Bull le retient à bras-le-corps, puis il le lâche. À ce moment-là, Gerry se tourne vers lui et BOUM ! »

McGinty fit claquer son poing dans sa paume. Campbell cligna des yeux.

« Il a envoyé un pain à Bull O'Kane, l'homme devant qui tout le monde tremble. En plein dans la bouche.

– Sans blague », souffla Campbell. Existait-il quelqu'un qui était sorti indemne après avoir provoqué la colère de Bull O'Kane ? « Qu'est-ce qu'il a fait, le Bull ? » demanda-t-il avec une curiosité non feinte.

« Il lui a mis une de ces pâtées ! » McGinty riait. « Bull a des mains comme des battoirs. À la fin, Gerry ne remuait pas plus qu'un sac de pommes de terre. Je n'avais jamais vu personne lever la main sur Bull O'Kane, et je me suis dit : Bon sang, il va le tuer. Je me voyais déjà enterrer le gamin dans la forêt. »

Le sourire de McGinty s'évanouit. « Ensuite, Bull est allé chercher une des carabines à air comprimé, il l'a chargée et il est revenu. Gerry le regardait, sans bouger, mais on a tous entendu qu'il respirait très fort. Bull l'a mis en joue et a dit : "Tu ne manques pas de couilles, mon gars." "Bull..., j'ai fait. C'est qu'un gamin, il n'a pas réfléchi." "Un gamin ? m'a répondu Bull. Des gamins qui me collent une beigne, y en a pas beaucoup. Je vous conseille de ne pas le lâcher, celui-là. Il a un bel avenir devant lui." »

Campbell s'aperçut qu'il avait la bouche ouverte en attendant la suite. « Et après ? demanda-t-il.

– Bull lui a tiré dans la cuisse. Le môme Gerry n'a même pas gémi. Pas une plainte, rien. Pendant tout le trajet pour rentrer à Belfast, alors qu'il avait un plomb dans la guibole, il a transpiré et saigné en silence, jusqu'à ce qu'on le dépose chez sa mère.

– Incroyable, dit Campbell. Et maintenant, tu crois qu'il a buté McKenna et Caffola ? »

McGinty haussa les épaules et écrasa sa cigarette sur le sol de la cour. « Qui d'autre ? C'est ce que je suis en train de t'expliquer.

– Dans ce cas, pourquoi on ne l'a pas descendu ?

– Parce que je deviens plus souple, en vieillissant. » McGinty sourit et donna à Campbell une tape amicale sur l'épaule. « Enfin, je lui ai quand même confié un petit boulot, histoire de voir s'il suit les ordres. » McGinty se pencha pour ajouter à voix basse : « Et toi, ce que je te demande de faire… »

19

Fegan se tenait devant le muret qui séparait le jardin de la rue. Debout sur le perron de la maison, la fillette le dévisagea.

« Comment tu t'appelles ? demanda-t-elle.

– Gerry.

– J'ai des nouvelles chaussures. » Elle tendit le pied pour appuyer sa déclaration. « C'est maman qui me les a achetées.

– Elles sont jolies.

– Montre-lui comment elles s'allument, Ellen », dit Marie en fermant la porte.

Ellen sauta d'un bond au bas des marches. Des lumières rouges clignotèrent à l'arrière de ses chaussures. Elle se redressa et sourit à Fegan.

« Tu sautes bien, dit-il.

– En plus, je sais sauter très haut, reprit la fillette en levant les bras au-dessus de la tête afin d'illustrer ses paroles.

– Fais voir. »

Ellen s'accroupit, puis s'élança de toutes ses forces et retomba sur ses deux pieds. « C'était haut, ça, hein ?

– Oui.

– Tu peux sauter jusqu'à où, toi ?

– Pas très haut.

– Montre.

– Non, je suis trop fatigué.

– Mais moi, je t'ai montré ! » Il y avait une supplique dans les yeux bleus de l'enfant.

« C'est vrai, ce n'est pas juste, dit Marie. Vous devez sauter, vous aussi. »

Fegan inspecta les environs. Pendant ce temps, Marie et Ellen descendirent la minuscule allée qui reliait la maison à la rue.

« Allez-y, personne ne vous regarde », dit Marie en se retenant de rire.

Fegan soupira. Depuis combien de temps n'avait-il pas sauté, pour rien, juste pour sauter ? Il plia les jambes, décolla du sol, vacilla un peu à l'atterrissage au moment où ses semelles en cuir claquaient sur le trottoir. Pendant que Marie et Ellen applaudissaient, il rajusta sa veste. Il portait toujours son costume noir mais avait rangé la cravate dans sa poche.

« J'ai sauté bien plus haut que ça », fit remarquer Ellen.

Fegan ne pouvait lui donner tort. « Oui. Tu as gagné. »

La petite fille rayonna, sourit à sa mère, puis pivota et partit en direction de Malone Road. Quand Marie lui recommanda de ne pas trop s'éloigner, elle se retourna pour signaler qu'elle avait entendu. Fegan et Marie la suivirent.

« Il fait tellement bon, ce soir », dit Marie. Le soleil couchant dansait sur sa peau, filtré par les arbres de l'avenue. « On oublie parfois que Belfast est une ville magnifique. Il suffit d'un petit rayon de soleil. »

Les maisons anciennes qui bordaient Eglantine Avenue, certaines en meilleur état que leur voisine, rougeoyaient dans la lumière. Les unes, comme celle de Marie, avaient été divisées en plusieurs appartements, d'autres étaient occupées par des étudiants ou des travailleurs immigrés, ou bien aménagées pour abriter cabinets de dentistes ou d'avocats. Le bruit de la circulation qui s'élevait dans Lisburn et Malone Road, à chaque extrémité de l'avenue, semblait comme étouffé par la douceur de ce mois de mai.

« Ellen vous ressemble, déclara Fegan.

– C'est ce que tout le monde dit. En tout cas, vous l'avez conquise.

– Vous croyez ?

– Oh oui. » Marie sourit. « Ellen adore, ou bien elle déteste. Rien entre les deux. Elle adore les chiens, elle déteste les chats. Elle adore les petits pois, elle déteste les carottes. Avec les gens aussi, c'est l'un ou l'autre. Vous êtes déjà dans ses petits papiers. C'était très malin de votre part, de lui dire qu'elle saute bien. Vous vous êtes fait une amie pour la vie.

– Où est son père ? demanda Fegan.

– Je ne sais pas trop. Il lui envoie de l'argent pour Noël, mais à part ça, il ne nous a jamais contactées.

– Ça ne doit pas être facile de vous débrouiller toute seule. »

Ellen attendait les adultes pour traverser devant Eglantine Gardens. Fegan sentit un frémissement dans sa poitrine lorsque la fillette lui prit la main au lieu de celle de sa mère.

« Parfois, c'est sûr, dit Marie. Mais on est mieux sans lui. »

Une fois sur l'autre trottoir, Ellen garda l'index et le majeur de Fegan serrés dans son petit poing. Il aurait souhaité qu'elle le lâche ; elle ignorait dans quoi ses mains avaient trempé. Si elle le tenait trop longtemps, les vieilles traces de sang iraient se loger dans les minuscules replis de ses doigts. Sûrement.

« J'ai un boulot assuré avec le journal, continua Marie. Comme je travaille à la maison la plupart du temps, je ne dépense presque rien en frais de garde, surtout maintenant qu'Ellen a commencé l'école. Jack savait ce que je sacrifiais pour lui, mais il m'a quand même laissée tomber. Ma fille peut très bien se passer d'un homme capable de faire une chose pareille. Et moi aussi. »

J'ai fait bien pire, songea Fegan. Marie dut lire ce qu'il pensait sur son visage. Elle cessa de sourire et regarda droit devant.

Ils marchèrent en silence jusqu'à Malone Road et remontèrent vers le nord, en direction de l'université de Queen's. Fegan était rarement venu dans cette partie de la ville, à des milliers de kilomètres du Belfast qu'il connaissait. De chaque côté de la rue s'alignaient résidences luxueuses et cliniques privées, abritées derrière de hauts murs et des portails électriques.

« Vous avez fait vos études à Queen's ? demanda-t-il.

– Non. À Jordanstown. Mais j'appartenais au syndicat étudiant, ici. C'était il y a longtemps, mais ça n'a pas beaucoup changé. Et vous ? Vous êtes allé à la fac ? »

Immédiatement, elle se trouva stupide d'avoir posé cette question.

Fegan haussa les épaules. « Je n'ai pas franchement eu l'occasion », dit-il.

Elle hocha la tête. « Et à Maze ? Vous avez étudié, pendant ces années-là ?

– Oui, l'ébénisterie. Les autres ont passé des diplômes. Enfin, un certain nombre. En sciences politiques, en histoire… Ils ont bien plus appris là-bas que chez les Frères chrétiens. Moi, je n'ai jamais été bon élève. Je suis plutôt manuel. Vu que mon père était charpentier, j'ai voulu essayer.

– Et alors ? Qu'est-ce que ça a donné ?

– Je me débrouille. J'ai eu un bon professeur. »

Elle inclina la tête pour le regarder. « Parlez-moi de lui. »

Fegan vit passer sur ses traits la même expression que la veille, dans la voiture. C'était le visage que prenaient aussi les psychologues de la prison, comme le Dr. Brady, pour lui faire déballer ses tripes. Dans Malone Road, les camions et les autobus roulaient à grand bruit. Ils approchèrent du grillage qui entourait le Methodist College. Les fenêtres de l'établissement flambaient dans le soleil rasant. Fegan se battait avec les deux hommes en lui, l'un qui voulait rester caché, l'autre qui désirait se montrer.

Il finit par rendre les armes.

« Il s'appelait Ronnie Lennox, raconta-t-il. Un protestant, loyaliste. Ce n'était pas vraiment un professeur, juste un vieux bonhomme qui n'avait rien de mieux à faire. Ma mère venait de mourir, quelque temps après l'Accord de 98. J'en avais marre de tout le monde, des disputes et des beuglements, alors je restais à l'écart dans l'atelier. Maze n'était pas une prison comme les autres. On pouvait faire ce qu'on voulait.

« Un jour, je me suis trouvé seul avec lui. Le gardien dormait dans un coin. J'étais en train de construire un meuble pour ma cellule et j'essayais d'assembler les pièces en queue d'aronde. » Fegan regarda la cicatrice qu'il portait au pouce gauche. « Je me suis coupé. Ronnie m'a aidé à nettoyer la blessure et à mettre un pansement. Ensuite, il m'a montré comment se servir d'une scie à chantourner. On a parlé un peu. Il avait travaillé sur les chantiers navals et toussait sans arrêt, à cause de l'amiante. La sciure de bois dans l'atelier n'arrangeait rien, mais il ne supportait plus la bande des loyalistes. Il adorait expliquer. Si on l'interrogeait sur les goujons d'assemblage, par exemple, il ne s'arrêtait plus. »

Fegan surprit l'air amusé de Marie. « Qu'est-ce qu'il y a ? demanda-t-il.

– Rien, répondit-elle, les yeux brillants. C'est la première fois que je vous vois sourire, c'est tout. »

Fegan toussota pour dissimuler sa gêne. « Ronnie aimait surtout les guitares. C'était un musicien formidable. Rien à voir avec les gars qui grattent toujours les mêmes vieilles chansons dans les pubs. Lui, quand il jouait, c'était comme s'il vous parlait. »

Prenant brusquement conscience qu'il battait l'air de sa main libre — celle que ne tenait pas Ellen —, il retint son geste. « Les gardiens lui apportaient les guitares de leurs fils à réparer. Avec n'importe quel bout de bois, il vous obtenait un son extraordinaire.

– Qu'est-il devenu ?

– Il est mort. L'asbestose a fini par l'avoir. Épanchement pulmonaire… Il devait sortir deux semaines plus tard.

– Ah, pardon. »

Fegan haussa les épaules. « Il me parlait toujours de sa guitare qui l'attendait chez lui. Une Martin D-28 des années trente — une "herringbone", il l'appelait. Il voulait la remettre en état après sa libération. C'était ce qui le faisait tenir.

« Il y a un an et demi, une femme a frappé à ma porte et s'est présentée comme étant la fille de Ronnie. Elle m'avait cherché pendant toutes ces années et m'apportait une guitare dans un vieil étui cabossé. Son père me l'avait léguée juste avant de mourir. C'était la Martin. Je suis en train de la restaurer. J'ai presque fini. »

Ils avaient atteint le carrefour de Malone Road avec University Road et Stranmillis.

« Et qu'est-ce que vous comptez en faire ? » demanda Marie pendant qu'ils attendaient de traverser.

Fegan sentit une chaleur lui monter aux joues. « Je vais apprendre à jouer. »

Marie hocha la tête. « C'est bien. Mais dites-moi… Pourquoi Ronnie était-il à Maze ? »

De l'autre côté de l'intersection, l'Ulster Museum obstruait la vue du ciel bleu. « Il avait tranché la gorge d'un homme dans un bar, répondit Fegan. Un catholique qui n'aurait pas dû entrer là. Ronnie pleurait quand il me l'a raconté. »

Marie se tut. En silence, ils attendirent que le feu passe au rouge pour se remettre en mouvement.

Un peu plus loin, sur la droite, l'université de Queen's dressait ses hautes tours de brique au milieu de vertes pelouses. On n'aurait pu imaginer contraste plus saisissant avec le bâtiment gris et terne du syndicat étudiant, en face.

Partout étaient éparpillés des groupes d'étudiants, sur l'herbe ou sur les marches en béton. Des garçons et des filles, jeunes, beaux, que Fegan ne connaîtrait jamais. Il lui vint à l'esprit que ces enfants-là n'avaient jamais été tirés du sommeil par une bombe qui explosait en pleine nuit, avec le cœur qui s'arrêtait dans la poitrine au son d'un millier de poings martelant la fenêtre. Il faillit en éprouver du ressentiment à leur égard, mais à ce moment-là il sentit les doigts d'Ellen se resserrer autour des siens, et il en fut heureux. Il pensa qu'une fois adulte, elle n'aurait jamais à subir la peur, terrible, incessante, qui avait étouffé cette ville pendant plus de trente ans.

Le feu changea de couleur. Sans lâcher Fegan, Ellen prit la main de sa mère et ils avancèrent vers l'Ulster Museum. L'ombre des arbres les engloutit à l'entrée des Botanic Gardens. Fegan eut brusquement envie de s'enfuir au fond du parc, de s'arracher à Marie et à son enfant ; pourtant, il aimait sentir la main de la petite dans la sienne. Sa peau lui semblait plus propre à ce contact. *Voilà ce que font les gens normaux*, se dit-il. *Voilà ce que les gens normaux ressentent.* Jamais il n'avait pensé qu'on pût éprouver terreur et paix en même temps, mais telles étaient les deux émotions qui se bousculaient en lui tandis qu'ils déambulaient entre les pelouses et les fleurs nouvellement écloses.

Parvenus devant la grande serre de la Palm House, Fegan et Marie s'assirent sur un banc. Ellen partit examiner la végétation à travers les vitres.

« Merci pour cette promenade, dit Fegan.

– Il n'y a pas de quoi.

– Je peux vous poser une question ?

– Allez-y. » Marie repoussa une mèche de ses cheveux blonds et se renversa contre le dossier du banc. « Mais je n'y répondrai peut-être pas. »

Fegan se pencha en avant, bras posés sur les genoux, doigts croisés.

« Pourquoi acceptez-vous de vous promener avec quelqu'un comme moi ? Pourquoi m'avez-vous ramené en voiture hier ?

– Je ne sais pas exactement », répondit-elle. Puis, après quelques secondes de réflexion : « Vous avez entendu ce que j'ai dit devant le cercueil d'oncle Michael, mais vous ne m'avez pas jugée. Je suis toujours exposée au jugement des autres. Dans mon travail, on sait de quel milieu je viens, de quelle famille, et on me juge. Mon milieu et ma famille ne me pardonnent pas ce que j'ai fait, comme si tomber amoureuse d'un flic était un acte de trahison, et vous avez vu comment tout le monde me regardait, hier et aujourd'hui. Où que j'aille, on sait qui je suis, d'où je viens, ce que j'ai fait, et on me juge à cause de ça. Alors, voilà pourquoi. Parce que vous ne m'avez pas jugée.

– Je ne suis pas en position de juger qui que ce soit, dit Fegan.

– Mais vous savez ce qu'on éprouve.

– Oui. Sauf que vous, vous ne le méritez pas. Vous n'avez rien fait de mal. Pas comme moi.

– Comment pouvez-vous vivre avec ça ? »

Fegan regardait Ellen se déplacer le long de l'immense serre, s'arrêtant tous les cinq ou six mètres, debout sur la pointe des pieds pour mieux voir à l'intérieur. Malgré la douceur de la température, il sentit un frisson le gagner. Les ombres s'allongeaient à l'approche du crépuscule. « Je ne vis pas, répondit-il. En tout cas, la plupart des gens n'appelleraient pas ça vivre.

– Vous respirez, non ?

– Sans doute… » Il avait envie de lui raconter : les Suiveurs, les hurlements, le bébé qui pleurait la nuit. « Je veux essayer de me racheter, dit-il en se tournant vers elle. Je vais réparer. »

Marie se pencha en avant pour saisir son regard. « Comment ?

– Je ne sais pas encore. » Ce n'était qu'un demi-mensonge. Il savait très bien ce qu'il avait à faire, il ignorait seulement comment il s'y prendrait. « Mais je trouverai un moyen. Je trouve toujours.

– Vous êtes un homme intéressant, Gerry Fegan. » Elle avait vraiment un très beau sourire. Fegan sentit quelque chose tressaillir en lui. « J'aimerais vous connaître mieux, si vous voulez bien. »

Il baissa les yeux. Le sol était jonché de mégots, de chewing-gums. « Je ne suis pas quelqu'un de très recommandable.

– Ça, c'est à moi de décider », dit-elle.

Fixant les détritus à ses pieds pour ne pas la regarder, Fegan voyait encore son sourire, la lueur malicieuse dans son regard. *Dis-lui, maintenant.*

« Paul McGinty m'a demandé de vous faire passer un message », commença-t-il.

Elle se recula sur le banc. « Oh ?

– Il veut que vous partiez, continua-t-il sans relever la tête. Parce que vous n'êtes plus en sécurité ici, maintenant que votre oncle est mort. »

Déjà, Marie était debout. Elle fit signe à sa fille. « Ellen ! Viens. C'est l'heure de rentrer. »

Ellen pivota, fronçant les sourcils pour manifester son désaccord. « Non, maman !

– Ne discute pas, dit Marie. Dépêche-toi.

– Attendez », dit Fegan en se levant.

Marie se tourna vers lui, le visage dur. « Dites à McGinty qu'il peut aller se faire foutre. Je n'ai pas eu peur d'eux avant. Ça ne marchera pas non plus maintenant. » Des larmes brillaient dans ses yeux. « Comment pouvez-vous faire ça ? Vous donnez la main à ma fille, et une minute après, vous me transmettez les menaces de McGinty !

– Vous ne comprenez pas.

– Ah non ? Il me semble au contraire que c'est très clair. » Elle appela de nouveau Ellen qui s'attardait près de la serre. « Ellen, viens ici tout de suite.

– Je ne veux pas que vous partiez, dit Fegan. Vous n'avez rien à vous reprocher. Je ne laisserai pas McGinty vous faire du mal. Ni à Ellen. S'il vous envoie ses gars, je m'en occuperai. »

Ellen s'approchait en traînant des pieds, la mine renfrognée. Marie la prit par la main. « Je me débrouille très bien avec ma fille depuis cinq ans. Nous n'avons pas besoin de votre protection.

– Peut-être pas, mais j'aimerais vous aider quand même. »

Marie donna libre cours à sa colère. « Pourquoi ? Qu'est-ce que ça peut vous faire ? Si vous êtes son larbin, il vous trouvera sûrement des tas de petits boulots ! Vous n'avez qu'à collecter l'argent qu'il réclame en échange de sa protection, ou cambrioler un bureau de poste, ou voler des cigarettes pour les revendre sous le manteau. Pourquoi perdre votre temps avec quelqu'un comme moi qui a trahi la cause ? »

Une centaine de raisons se bousculèrent dans l'esprit de Fegan ; certaines qu'il n'osait dire, d'autres qu'il n'osait penser. Il regarda la fillette qui se pressait contre la jambe de sa mère. « Parce que Ellen m'a donné la main », répondit-il.

Marie soupira et plaqua une main sur ses yeux. « C'est infernal ! Parfois, j'imagine qu'il y a un avenir possible ici, pour moi et pour Ellen. Et puis je vois que tout est encore contrôlé par des hommes comme McGinty. J'aurais dû saisir ma chance et partir il y a des années.

– Je ne veux pas que vous partiez, répéta Fegan.

– Oui, vous l'avez déjà dit. » Elle le gratifia d'un vague sourire.

« Si quelqu'un vient vous voir, appelez-moi.

– Quel est votre numéro de portable ?

– Je n'ai pas... Je vais en acheter un. Demain matin. »

Elle eut un petit rire agacé. « Qui n'a pas de portable, de nos jours ?

– Moi, dit Fegan.

– Moi non plus, claironna Ellen. Maman ne veut pas m'en acheter. »

Marie regarda sa fille. « Tu as cinq ans, Ellen. À qui téléphonerais-tu ? »

Ellen réfléchit. « Au Père Noël », répondit-elle.

Marie fouilla dans son sac et en sortit un stylo. Elle attrapa la main de Fegan et la tint fermement pendant qu'elle écrivait sur sa paume. Elle avait la peau douce et chaude. « Appelez-moi quand vous aurez votre téléphone. Je ne vous promets pas que je répondrai, mais on ne sait jamais.

– Merci », dit Fegan. Il sourit à Ellen. « Entraîne-toi bien à sauter. La prochaine fois, peut-être que je te battrai.

– Ça m'étonnerait », répliqua la fillette que sa mère tirait par la main.

Fegan les suivit des yeux jusqu'à ce qu'elles aient disparu entre les arbres. Il se sentait les membres glacés. Le froid brusquement le saisit tout entier et le sang se mit à cogner à ses tempes. Ils étaient là, pensa-t-il. Ils l'attendaient.

En se retournant, il vit la femme aux cheveux bruns qui tenait son bébé dans les bras. Elle désigna du menton deux autres Suiveurs, les loyalistes de l'UFF. Ils pointaient le doigt sur les arbres à l'entrée du parc, côté Botanic Avenue, regardant tour à tour Fegan et les ombres mouvantes sous les branches.

« Qu'est-ce qu'il y a ? » demanda Fegan. Il s'approcha pour adopter le même angle de vue mais ne distingua rien, hormis des étudiants qui entraient et sortaient, chargés de sacs en plastique pleins de bière et de cidre, afin de passer la soirée à boire en profitant de la douceur de l'air.

Lentement, les deux UFF laissèrent retomber leurs bras tatoués. Ce qu'ils voulaient montrer à Fegan avait disparu.

20

« Il ne m'a pas vu », dit Campbell tout en mangeant des haricots froids en boîte, le téléphone coincé entre l'épaule et l'oreille. Dès que Fegan avait regardé dans sa direction, il s'était éclipsé pour regagner l'appartement de University Street.

« Tu as eu McGinty ? demanda l'agent.

– Non. Je l'appelle après.

– Qu'est-ce que tu vas lui raconter ?

– La vérité. Je ne crois pas que Fegan lui ait dit de partir. Elle s'est un peu énervée, mais ils ont eu l'air de se séparer en bon termes. Ça ne ressemblait pas trop à une menace. »

Campbell posa la boîte de conserve sur le rebord de la fenêtre, prit un verre de lait et but une longue gorgée. En bas, dans la rue, les étudiants ouvraient des cannettes de bière. Ils rejoindraient bientôt leurs divers lieux de ralliement, des pubs comme The Bot ou Lavery's, dont ils reviendraient tard dans la nuit en chantant et en criant, sans se soucier du sommeil des bonnes gens.

« À ton avis, que va faire McGinty ? Éliminer Fegan ? » Il y avait de l'espoir dans la voix de l'agent.

« J'en doute, répondit Campbell. Pas tout de suite, en tout cas. Il tient à mettre la mort de Caffola sur le dos des flics.

Ce n'est pas le moment de fournir une autre piste aux médias.

– Quoi, alors ?

– Il enverra probablement un de ses gros bras pour descendre la fille.

– Non, elle, je m'en fiche… Comment réagira-t-il pour Fegan ?

– Je ne sais pas. Il laissera peut-être couler, pour l'instant, mais ce n'est qu'une question de temps. McGinty ne lâche jamais le morceau. Tôt ou tard, Fegan devra payer.

– À toi de jouer pour accélérer les choses, dit l'agent. On a tout le monde sur le dos. Le Secrétariat d'État pour l'Irlande du Nord, le chef de la police, le ministre d'État… Ils veulent classer le dossier avant que ça ne fasse trop de dégâts. Si on réussit à prouver que c'est Fegan qui a buté Caffola, et pas la police, on aura déjà marqué un point.

– Je vais voir ce que je peux faire. » Campbell raccrocha, jeta le téléphone sur le canapé, puis sortit l'autre portable de sa poche et composa le numéro personnel de McGinty à qui il rendit son rapport.

« Il va falloir s'occuper de Gerry, dit McGinty. Mais pas maintenant. On attend que l'enterrement de Vincie soit passé.

– Et la femme ? demanda Campbell.

– Ça, c'est mon affaire. »

21

Assis devant une pinte de Guinness, seul à une table dans le pub de McKenna, Fegan regardait le père Coulter avaler son brandy au comptoir, un verre chassant l'autre. Il s'était attendu à trouver le prêtre fidèle au poste. Tout le monde savait que le père Eammon Coulter ne buvait qu'après les mariages, les baptêmes, les premières communions et les enterrements, mais qu'une fois lancé, il ne s'arrêtait plus tant qu'il tenait encore debout.

En quittant les Botanic Gardens, Fegan était allé récupérer son Walther dans le jardin de la vieille maison près de chez lui. Il le portait à présent au creux du dos, glissé dans sa ceinture, et avait pris place contre le mur afin que l'arme passe inaperçue.

Les Suiveurs tournaient dans le pub. Ils ne l'avaient pas quitté de la soirée. La conscience aiguë que Fegan avait de leur présence se combinait au bourdonnement de ses tempes, au froid qui le saisissait au plus profond de son être. Les trois Anglais serraient de près le père Coulter, tandis que les deux unionistes combattants de l'UFF faisaient les cent pas en ouvrant et en fermant les poings.

Une acclamation salua l'entrée d'Eddie Coyle, escorté par Patsy Toner, toujours en costume noir ; il ne s'était pas changé depuis l'enterrement de McKenna. Coyle avait l'œil gauche enflé et un bandage au front. « Allez vous faire foutre ! lança-t-il.

– Assieds-toi, je vais te chercher à boire », dit Toner.

Coyle obéit et s'installa à deux tables de Fegan, tête baissée. Il jura dans sa barbe pendant une bonne minute avant de lever les yeux.

« Qu'est-ce que tu regardes ? demanda-t-il.

– Toi, répondit Fegan.

– Va te faire foutre. » Coyle se remit à fixer la table, incapable de soutenir le regard de Fegan.

« C'est bon, Eddie, calme-toi », dit Toner en apportant deux pintes de bière. Il prit un air accablé à l'intention de Fegan.

« Que je me calme ? » Coyle pointa un doigt sur son visage tuméfié. « Regarde comment il m'a amoché, ce connard. Je t'assure, Patsy. Je vais lui régler son compte. Ce que dit McGinty, je m'en tape. »

Toner désigna la porte. « Vas-y, ne te gêne pas. Bute-le. Ensuite, tu raconteras ça à McGinty et tu verras bien ce qu'il en pense.

– Putain, lâche-moi, dit Coyle en attrapant sa bière.

– Tu veux buter qui ? » demanda Fegan.

Coyle posa brusquement le verre sur la table en se renversant de la bière sur les doigts. « Qu'est-ce que ça peut te foutre ?

– Eddie, relax… » Toner se tourna pour répondre à Fegan. « Davy Campbell est de retour. Eddie et lui se sont castagnés cet après-midi. »

Les deux UFF s'approchèrent. La conversation semblait soudain les intéresser. Fegan sentit les poils de ses avant-bras se hérisser sous ses manches. « Je croyais qu'il s'était branché avec les gars de McSorley.

– Apparemment, il a changé d'avis, répliqua Toner. Il m'a appelé hier soir en annonçant qu'il voulait revenir à Belfast. Vu que c'est plutôt un bon élément, j'ai arrangé le coup avec McGinty ce matin.

– C'est un sale con, dit Coyle.

– Arrête avec ça… Si tu apprenais à t'écraser devant ceux qui sont plus forts que toi, tu aurais moins d'ennuis. Alors maintenant, ferme-la. »

Coyle marmonna quelques mots inintelligibles puis siffla sa bière en silence. Au comptoir, le père Coulter se préparait à partir.

« Allez, mon père, vous en prendrez bien encore un petit ! lança l'un des hommes qui buvaient avec lui.

– Non, non, non, dit le père Coulter en repoussant le verre qu'on lui offrait. J'ai assez bu comme ça, et il se fait tard. Que Dieu vous garde… Je vais me coucher. »

Il vacilla en s'écartant du comptoir, fit plusieurs tours sur lui-même sans parvenir à enfiler le bras dans la manche de son manteau. Après lui avoir prêté main-forte, les autres l'accompagnèrent jusqu'à la porte. Les ombres suivaient derrière.

Fegan regarda la pendule au-dessus du bar et but une gorgée de Guinness. Il attendrait cinq minutes avant de sortir. Que ferait-il lorsqu'il aurait rattrapé le prêtre ? Il l'ignorait.

Contemplant les cercles humides laissés par son verre sur la table, Fegan demeura immobile, malgré le pistolet qu'il sentait contre son dos.

Il ne lui fallut pas longtemps pour rattraper le prêtre. Le père Coulter marchant lentement, il le trouva appuyé contre une Lexus quelques minutes après avoir quitté le pub. Il se souvenait d'une époque où les voitures restaient le privilège des gens aisés. À présent, on les voyait garées pare-chocs contre pare-chocs le long des trottoirs. Le prêtre avait choisi pour faire halte celle qui lui paraissait la plus confortable.

Le père Coulter agita la main en l'apercevant.

« Gerry Fegan. Tu es plus rapide que moi. J'avais besoin de me reposer un peu. Veux-tu m'accompagner ?

– Bien sûr, mon père. » Fegan ralentit l'allure et le prêtre lui emboîta le pas.

« Je ne t'ai pas vu à la messe depuis un bout de temps, Gerry, dit le père Coulter.

– J'y étais aujourd'hui.

– Mis à part les enterrements, je veux dire. Depuis quand n'y es-tu pas allé ? »

Fegan essaya de se rappeler. Il avait assisté à une ou deux messes depuis sa sortie de Maze, mais à quel moment était-ce ? « Ça remonte à plusieurs années », répondit-il.

Le prêtre secoua la tête pour exprimer sa désapprobation. « Ce n'est pas bien, Gerry. Ne penses-tu pas à ton âme ? Qu'aurait dit ta mère ?

– Ma mère avait honte de moi.

– Pas du tout ! » Le père Coulter posa une main sur le bras de Fegan.

« Elle me l'a dit. Elle avait honte de ce que j'ai fait. »

Le prêtre le tança du doigt. « Tu es un héros de la cause, Gerry Fegan, ne l'oublie pas. Tu n'as pas choisi la guerre ; on te l'a imposée. Le Seigneur sait pourquoi tu as fait ce que tu as fait. Dieu pardonne à tous les soldats. C'est John Hewitt qui a écrit ça. Le poète. Il a écrit… »

Fegan l'interrompit. « On est arrivés. »

Tournant la tête, le père Coulter reconnut la porte de sa maison. « Ah oui, tiens. Tu veux entrer boire un petit verre ? »

Fegan jeta un regard tout autour. La rue était déserte. « D'accord. »

Le prêtre sortit une clé de sa poche et voulut l'insérer dans la serrure. Il manqua sa cible, la clé buta contre le bois. Il essaya à nouveau, sans succès, deux fois.

« Donnez. » Fegan lui prit la clé des mains, déverrouilla la porte, l'ouvrit. « Voilà.

– Merci, Gerry. » Le père Coulter lui tapota l'épaule et entra. Fegan le suivit en empochant la clé.

La maison était petite, propre et meublée avec parcimonie. Le père Coulter entraîna Fegan au salon, où un feu de cheminée dégageait une chaleur intense. Malgré la sueur qui lui venait au front et dans le dos, Fegan sentait toujours le froid dans ses veines. Le prêtre alluma la lumière et un oiseau en cage, une perruche, se mit à siffler.

Le père Coulter s'approcha de la cage en faisant claquer sa langue. « Ne t'inquiète pas, Joe-Joe. Ce n'est que moi. » Il jeta son manteau sur le dossier d'un fauteuil et se tourna vers Fegan. « Assieds-toi, Gerry. »

Attrapant ensuite une bouteille de brandy sur une étagère, le prêtre remplit deux verres sans lésiner sur la quantité. Il en tendit un à Gerry et prit place en face de lui.

« Dis-moi…, commença-t-il en fixant Gerry de son regard vitreux. Est-ce que tu rêves beaucoup ?

– Non, répondit Fegan. Je ne dors pas très bien.

– Moi, je rêve », dit le père Coulter. Il but une gorgée de brandy, toussa. « Des rêves affreux. J'ai vu des choses terribles, Gerry. Il y en a certaines que j'aurais pu changer. Que j'aurais pu empêcher. Que je n'aurais jamais dû accepter. Je me suis toujours répété que je n'avais pas le choix, mais c'était faux. J'ai toujours eu le choix. Tu sais à quoi je fais allusion… »

Fegan fit tourner le brandy dans son verre. À la lueur des flammes, la chaude couleur de l'alcool se teintait d'éclats mordorés. « Oui, mon père.

– J'aurais pu parler, prévenir quelqu'un. Avec des hommes comme toi qui se confessent, qui me racontent ce qu'ils ont fait… Mais je leur accorde mon pardon, ils s'en vont et ils recommencent. »

Le père Coulter tourna la tête vers la cheminée. Le feu rougeoyant se reflétait dans ses yeux humides. « Ailleurs, peut-être, j'aurais pu être un bon prêtre. J'aurais mieux servi Dieu. Ou peut-être que je me suis trompé, je n'étais pas fait pour ça. » Il se pencha pour agripper Gerry par la main. « Je rêve beaucoup, Gerry.

– Vous êtes ivre, mon père. »

Le prêtre lâcha la main de Fegan. Il sourit. « Oui, je sais. Je suis ivre, et je suis fatigué. Je me fais du souci pour toi, Gerry. »

Gerry leva les yeux de son brandy. « Pourquoi ?

– Parce que tu traînes un tel poids sur tes épaules. Quand t'es-tu confessé pour la dernière fois ?

– À Maze. » C'était juste après l'enterrement de sa mère, et il en revenait avec le sang de deux loyalistes sur les mains.

Le père Coulter lui fit signe d'approcher. « Viens près de moi, mon fils. »

Fegan fixa son verre. « Non. »

À nouveau, le prêtre lui prit la main et le tira, doucement. « Allez… Ne serait-ce que pour apaiser la conscience d'un vieux prêtre.

– Non », répéta Fegan en résistant, mais sans se dérober. Il posa le verre par terre.

« Pour ta mère, Gerry… »

Fegan finit par céder. Il se leva, puis, tombant à genoux à côté du fauteuil, posa les avant-bras sur les accoudoirs et joignit les mains. Une minute passa. Le tic-tac de l'horloge au-dessus de la cheminée lui cognait aux tempes.

Le père Coulter tourna imperceptiblement la tête. « Tu ne sais plus comment on fait ?

– J'ai peur, mon père. »

Le prêtre prit les mains de Fegan dans les siennes. « N'aie pas peur. Essaie seulement de…

– Bénissez-moi mon père car j'ai péché. » Le père Coulter retira ses mains. « Je ne me suis pas confessé depuis neuf ans. »

Le prêtre laissa passer quelques secondes. « Continue.

– Je suis resté dans mon coin sans bouger. Je n'ai pas écouté, je n'ai rien dit. Mais ils ne me laissent pas en paix.

– Qui ?

– Les gens que j'ai tués. »

Le père Coulter hocha la tête. « La culpabilité est la plus pénible des émotions. Elle te rongera jusqu'à la mort si tu ne luttes pas. As-tu déjà confessé ces péchés ?

– Oui, mon père. À Maze.

– Alors, tu as reçu l'absolution. Mais la culpabilité demeure, bien sûr. Tu dois en porter le fardeau. Telle est la seule manière de faire pénitence. Pas en priant. En la portant et en continuant à vivre, même si c'est douloureux.

– Mon père… » Fegan hésita. Il ferma très fort les yeux, puis les rouvrit après avoir expiré longuement. « Mon père, j'ai encore tué deux hommes. »

Le prêtre se repositionna dans son fauteuil. « Quand ?

– Cette semaine.

– Cette… cette semaine ?

– Oui.

– Mon Dieu, Gerry. Oh, Seigneur.

– Je ne voulais pas les tuer. Je le jure devant Dieu. Je ne voulais pas.

– Doux Jésus ! Michael McKenna ? Vincent Caffola ?

– Oui, mon père. »

Fegan pressa le front contre ses mains jointes.

« Mon Dieu. Mon Dieu, pourquoi ? »

Fegan releva la tête. Le père Coulter le regardait fixement. « Parce que je devais le faire.

– Qu'est-ce que tu veux dire ? demanda le prêtre, accablé.

– J'ai raconté à la mère du garçon où il était enterré. Je pensais que ça suffirait, et qu'après il me laisserait tranquille. Michael l'a appris. Il est venu me voir et a menacé de me dénoncer à McGinty si je ne me soumettais pas à ses ordres. À ce moment-là, le garçon m'a montré ce que je devais faire et je l'ai fait.

– Quel garçon ? De quoi parles-tu ? Dieu du Ciel, Gerry, tu es complètement fou.

– Ensuite, Vincie m'a interrogé. Et les soldats de l'UDR… ils me demandaient de le tuer, et j'ai…

– Arrête.

– J'étais obligé…

– Non.

– J'étais obligé de leur obéir.

– Assez ! » Le père Coulter frappa des deux poings sur ses cuisses. « Assez. Tais-toi. »

Fegan ferma les yeux. « Je suis désolé, mon père. »

Un long silence tomba. Fegan était glacé jusqu'au sang. Chaque seconde marquée par le balancier de la pendule lui envoyait une décharge électrique dans les tempes.

Au bout d'une éternité, le père Coulter murmura : « Le Sacrement de la Pénitence est ma punition. J'ai dû porter tellement de choses pour des hommes comme toi… Une malédiction, voilà ce que c'est. »

Il baissa la tête et fit le signe de la croix. « Que Dieu notre Père te montre sa miséricorde. Par la mort et la résurrection de son Fils, il a réconcilié le monde avec Lui et il a envoyé l'Esprit Saint pour la rémission des péchés ; par le ministère de l'Église, qu'il te donne le pardon et la paix. Et moi, au nom du Père et du Fils et du Saint-Esprit, je te pardonne tous tes péchés.

– Et ma pénitence, mon père ? demanda Fegan.

– Ta pénitence ? » Le père Coulter sourit tristement. « C'est toujours la même. Ce sera toujours la même. Ton fardeau, Gerry. Voilà ta pénitence. »

Le prêtre détourna les yeux. « Va-t'en maintenant. »

Fegan le considéra un moment. Puis il se leva. Sans un regard en arrière, il gagna le vestibule où l'attendaient les ombres. Les formes mouvantes, après s'être écartées sur son chemin, se regroupèrent tandis qu'il ouvrait la porte et sortirent à sa suite.

Dehors, les trois Anglais se plantèrent devant lui, fixant la porte de leurs yeux pleins de haine.

« Non », dit Fegan. Il traversa la rue et s'engagea dans une ruelle, en face de la maison du prêtre. Là, englouti par l'obscurité en compagnie des neuf Suiveurs, il appuya son front brûlant contre le mur.

« Il ne le mérite pas », dit-il.

Les trois Anglais montrèrent la porte.

« Mais enfin, il n'a rien fait ! »

À l'étage de la maison, la lumière s'alluma un bref instant puis s'éteignit. Les Anglais allèrent se poster sous la fenêtre en la désignant du doigt.

« Je ne lui ai pas laissé le choix. Pas vraiment. »

L'un des Anglais colla son oreille contre la porte. Dans la lueur orangée des lampadaires, la femme s'avança et tendit elle aussi la main vers la fenêtre. Vinrent ensuite le boucher, puis le flic, puis les deux membres de l'UFF.

Fegan les rejoignit.

« Il avait peur, plaida-t-il. D'accord, il aurait pu l'empêcher, mais je l'ai menacé. Il regrette… Vous l'avez entendu. »

La femme s'approcha de lui, les yeux lançant des éclairs. La bouche édentée du bébé qu'elle tenait dans ses bras se tordit en une grimace haineuse.

« Fichez-moi la paix ! » Fegan se réfugia dans les ténèbres de la ruelle et se cacha les yeux. « Je ne peux pas ! »

Il attrapa le Walther dans son dos, inséra une cartouche et glissa le canon de l'arme entre ses dents. Le métal était froid et lisse. Il eut le temps de se représenter l'explosion de son crâne en se demandant ce qu'il ressentirait, puis une autre image surgit dans son esprit.

Il pensa à la petite main d'Ellen qui lui serrait les doigts. Par la grâce de ce contact, sa peau lui avait semblé si propre. Il revit les éclats dorés que le soleil allumait dans les cheveux de Marie. Et il se rappela qu'il lui avait promis de la protéger de McGinty et de sa menace.

Lentement, Fegan retira le pistolet de sa bouche. Il ôta la cartouche et la fourra dans sa poche avec les clés du prêtre. Sous les regards insistants des neuf Suiveurs, il ressortit de la ruelle, glissa le Walther dans sa ceinture et partit à pied. Les Anglais le rattrapèrent, bras tendus pour désigner la maison du prêtre.

« Non, dit-il. Pas lui. »

Ils hurlaient déjà avant qu'il n'arrive chez lui. Poursuivi dans les rues par l'écho strident de leur souffrance, il se demanda comment la ville pouvait dormir avec un tel tapage. Une fois à l'intérieur, sans allumer la lumière, il marcha droit vers le buffet et la bouteille de Jameson, dévissa le bouchon et porta le goulot à ses lèvres pour boire à longs traits. Il en était à sa cinquième gorgée, l'estomac soulevé par l'atroce brûlure, quand le bébé se mit à pleurer.

22

Fegan s'éveilla tard le lendemain matin et se précipita aux toilettes pour vomir. La bouteille de whisky qu'il avait bue presque tout entière la veille réclamait son dû. Il serait bien retourné sous les couvertures pour attendre que les vagues de nausée s'apaisent, mais il avait un téléphone portable à acheter.

Il partit au supermarché, les jambes flageolantes, fuyant les ombres entre les flaques de lumière. À chaque pas, il sentait un regard dans son dos et se retournait de temps à autre, cherchant à surprendre celui qui le suivait. Mais une part de lui savait.

Campbell, envoyé par McGinty probablement.

Au moment où il réglait l'achat de son téléphone, il leva les yeux et entrevit un blouson en jean qui disparaissait derrière un présentoir de magazines. Sur le chemin du retour, il envisagea de s'arrêter et de revenir en arrière pour coincer Campbell. Non, ce serait une folie. Il garda la tête baissée et continua. Dans Calcutta Street, il ne remarqua rien à proximité de sa maison, mais le sentiment d'être observé ne le quitta qu'une fois à l'intérieur.

En attendant que le téléphone soit chargé, Fegan se consacra à la restauration de la guitare pour calmer son mal de tête.

La table sous la fenêtre jouissait d'un bel éclairage à cette heure de la journée. Il abrasa les frettes à la laine de verre. Après leur avoir redonné forme avec une lime arrondie, il les passa au papier de verre, puis vérifia à l'aide d'une ligne repère sur la touche qu'elle étaient toutes au même niveau. Maintenant, il les polissait une par une pour obtenir une finition d'un brillant immaculé.

Tout en travaillant, il pensait à Ronnie Lennox. Tous deux avaient reçu leur avis de libération à peu près en même temps, ce qui leur valut, à l'un comme à l'autre, bien des nuits sans sommeil, mais pour des raisons différentes.

Ils parlaient beaucoup, les derniers jours. Pendant que Fegan balayait les copeaux de bois dans l'atelier et que Ronnie se reposait, assis sur un tabouret, ils discutaient des changements qui avaient eu lieu depuis leur emprisonnement, de l'Accord de paix qui devait régler la situation une fois pour toutes, du référendum. Deux ans après que l'Irlande, par les votes du Nord et du Sud confondus, se fut prononcée en faveur de l'Accord, la prison de Maze s'était vidée. Les derniers détenus allaient et venaient à leur gré, comptant les jours sans troubler la tranquillité des gardiens.

« Si ça dure, dit Ronnie en regardant Fegan de ses yeux larmoyants, si cet accord tient le coup, on va devoir se poser une question. »

Fegan cala le balai contre l'établi et poussa les copeaux dans une pelle. « Laquelle ?

– S'il y a la paix, si c'est vraiment fini, alors nous, on sert à quoi ? »

Fegan n'avait pas de réponse.

Ronnie considéra une guitare acoustique qu'un garde venait de laisser en réparation. Son fils le rendait fou, avait-il expliqué, à croire qu'il aimait cette guitare plus que sa propre mère... En guise de paiement, Ronnie recevrait plusieurs jeux de cordes. Il approcha la guitare de son oreille, et, figé dans une intense concentration, pressa le bout de ses doigts sur le bois.

« Ah, dit-il en grimaçant. Il manque une barre. »

Il posa la guitare sur un tapis de feutre pour ne pas la rayer au contact de l'établi. Courbant le dos, il l'examina longuement puis déclara : « Tu vois ? Elle commence à gondoler. »

De l'autre côté de l'établi, Fegan se pencha lui aussi. Ronnie sentait la menthe et l'huile de lin. Et en effet : une légère déformation apparaissait sur la table d'harmonie. « Oui, je vois », dit-il en promenant ses doigts sur la finition en bois de cèdre, lisse et satinée.

Fegan glissa la main dans la rosace et sentit la barre défectueuse à l'intérieur. « On met de la colle et on presse ? demanda-t-il.

– Ça devrait marcher. » Ronnie toussa, cracha dans un mouchoir. Le sang lui monta au visage. « Va nous chercher la résine aliphatique. »

Fegan alla prendre le flacon dans un placard et le lui tendit. Mais Ronnie secoua la tête en reprenant place sur son tabouret.

« Je te laisse faire, dit-il. Prends une spatule et mets-en une bonne couche. »

Fegan hésita. « Tu es sûr ? »

Ronnie acquiesça. Fegan appliqua la colle, sous la surveillance du vieil homme qui fredonnait un air de jazz de sa voix essoufflée. Il reconnut *Misty*, que Ronnie lui avait joué un jour à la guitare en racontant que Clint Eastwood en avait fait le thème d'un film.

Fegan posa un serre-joint sur la pièce recollée.

« Tu dors mieux maintenant ? demanda Ronnie.

– Non.

– Toujours les mêmes rêves ? »

Fegan essuya l'excédent de colle avec un chiffon. Il ne répondit pas.

« Si tu ne veux pas en parler, tant pis, dit Ronnie d'un air maussade. Après tout, je m'en fiche.

– Non, c'est juste que… » Fegan jeta le chiffon sur l'établi. « Je ne suis pas sûr que ce soient des rêves. »

Ronnie frotta son menton à la barbe rugueuse. « Pourquoi ?

– Parce que je suis éveillé quand ils me viennent. Je *sais* que je ne dors pas. Et parfois… »

Silence. « Parfois… ? relança Ronnie

– Ça m'arrive aussi pendant la journée. » Fegan reboucha le flacon de colle en évitant le regard de son compagnon.

« Et le docteur Brady ? Qu'est-ce qu'il en dit ? »

Fegan haussa les épaules. « Il appelle ça une "manifestation" de culpabilité. »

Ronnie s'essuya la bouche avec son mouchoir en haussant les sourcils. « Ben dis donc. Ça doit être grave. Et *toi*, qu'est-ce que tu en penses ? »

Fegan alla ranger la colle. Debout face au placard, dos tourné, il répondit : « Quand j'étais môme, juste avant que mon père meure, je voyais des choses. Des gens. Je leur parlais. » Il attendit une réaction, une rebuffade dictée par la raison. Voyant que rien ne venait, il ajouta : « Je n'en ai jamais parlé à personne. Même pas au docteur Brady. »

Une minute s'écoula. Le vieil homme ne bougeait pas, assis sur son tabouret, les épaules voûtées. Il fixait le mouchoir qu'il tenait dans les mains.

Fegan revint vers lui. « Ronnie ?

– Les morts, dit le vieux. C'est ça que tu vois. » Il toussa et cracha. Le rouge sur son visage vira au cramoisi. Une fois la quinte passée, il s'essuya les lèvres et aspira une bouffée d'air qui entra en sifflant dans ses poumons. « Ne me parle pas des morts. Je suis rongé de l'intérieur par cette foutue poussière d'amiante… Toi, tu vas sortir bientôt, mais je ne tiendrai peut-être même pas jusque-là. Le toubib dit que je peux y passer d'un jour à l'autre, dans mon sommeil. Comme quelqu'un qui se noie, la tête sous l'eau… Chaque soir en me couchant, je prie pour me réveiller le lendemain matin. Et je prie aussi, si jamais je ne me réveillais pas, pour qu'Il veille sur moi. » Ronnie eut un hoquet, ses yeux s'emplirent de larmes. « Tu sais ce que j'ai fait. »

Fegan hocha la tête.

Ronnie renifla, toussa encore. « Ne me parle pas des morts, Gerry. » Il se leva du tabouret et partit vers la porte d'un pas lourd. « Je les rejoindrai bien assez vite. »

Il s'arrêta sur le seuil pendant que le gardien le fouillait, puis jeta un regard par-dessus son épaule. « Prends soin de toi, Gerry. » Et avec un clin d'œil, il ajouta : « Personne d'autre ne le fera pour toi. »

Fegan ne le revit jamais. Le jour où la fille de Ronnie lui apporta la guitare, il pleura.

Le soleil entrant par la fenêtre baignait la Martin D-28 de sa lumière. Fegan rangea la guitare à sa place et admira le grain du bois. La laque jaunie par les ans n'en était que plus admirable. Il avait acheté un jeu de cordes bronze tirant 11 qu'il monterait lorsque le travail serait terminé. Quant à accorder ensuite l'instrument, il apprendrait.

Il consulta sa montre. Le téléphone était en charge depuis deux heures, le temps requis. Les mains tremblantes, les yeux douloureux, il réussit malgré tout à insérer la petite carte en plastique dans l'appareil, sous la batterie, et à refermer le volet. Suivant du doigt les instructions données par le mode d'emploi, il appuya sur le bouton vert et maintint la pression. Quand l'appareil vibra dans sa main, il le posa sur la table basse devant lui et regarda l'écran s'animer.

Les chiffres écrits sur sa paume avaient pâli mais restaient lisibles. Il composa le numéro de Marie, ferma les yeux en écoutant la sonnerie. Elle n'avait pas promis de prendre son appel, se rappela-t-il. Quand elle décrocha, il faillit laisser échapper le téléphone.

« C'est Gerry », dit-il.

Il y eut un long soupir au bout du fil. « Je suis content de vous entendre, répondit-elle.

– C'est vrai ?

– Oui. » Il perçut l'agitation dans sa voix. « Quelqu'un est venu me voir ce matin.

– Qui ?

– Vous n'allez pas le croire... Le père Coulter. »

Fegan marqua un bref silence. Puis : « Que voulait-il ?

– Il m'a conseillé de partir. Il a expliqué que ce serait préférable pour Ellen et pour moi. Plus exactement, il a dit que cela m'épargnerait de vivre des “moments désagréables”. »

Fegan pensa au Walther, sous son lit, enfoui parmi les billets dans la boîte à chaussures.

« Il a dit qu'il ne voulait pas qu'il arrive quelque chose à ma petite fille, poursuivit Marie. Que je devais penser à Ellen au lieu de m'obstiner. Qu'il y avait des gens qui cherchaient à nous nuire et qu'on ne pourrait rien contre eux si je restais. Pendant toute la conversation, il m'a regardée d'un air dégoûté comme si ma personne lui était insupportable. »

Fegan ouvrit la main. Il se représenta le pistolet, lourd et froid dans sa paume.

« C'est dingue, non ? dit Marie. McGinty fait passer ses messages par des prêtres ! Le père Coulter a prétendu qu'il agissait uniquement pour me rendre service.

– Qu'est-ce que vous avez répondu ?

– Au début, rien. J'étais estomaquée. Après, je l'ai foutu dehors. » Fegan l'entendait respirer tout contre son oreille. « Ils vont me harceler maintenant, hein ?

– Oui. Ils attaqueront pendant la nuit. D'abord, ils casseront une vitre. La fois suivante, ce sera un cocktail Molotov ou un coup de fusil.

– Je ne veux pas qu'Ellen vive ça ! Je n'ai personne chez qui l'envoyer.

– Je viendrai chez vous ce soir. Ils ne feront rien sachant que je suis là.

– S'il vous plaît, dit Marie. Je vous en prie, venez. »

Fegan serra le poing. « N'ayez pas peur. Je m'en occupe. »

Après avoir raccroché, il passa dans l'entrée, grimpa l'escalier et se rendit droit dans sa chambre où il tira la boîte de sous le lit. Les ombres firent cercle pour l'observer. Il ôta le couvercle, sentit l'odeur de l'argent. À nouveau, il se demanda à combien se montait la somme. Il n'avait jamais compté. Dix mille, peut-être davantage. Tout ce qu'il économisait grâce au boulot bidon que McGinty lui avait procuré aux services municipaux.

Immobile, il contempla l'arme. Sinistre, luisante. Les balles éparses se nichaient entre les billets comme une famille de souris.

« Non », dit-il.

Les trois Anglais s'avancèrent, poussés par les six autres. La femme vint s'agenouiller à côté de Fegan. Elle sourit en le voyant prendre le pistolet.

« Non », répéta Fegan, la main glacée au contact de l'arme. Il reposa le Walther entre les billets et les cartouches. « Pas le père Coulter. »

Mais ils allaient continuer à hanter son sommeil. S'il leur donnait ce qu'ils réclamaient, ils le laisseraient en paix. Dormir, enfin.

L'espace d'un instant, il se vit fermant les yeux, dans le bien-être de n'entendre rien d'autre que sa propre respiration. Puis une autre image lui vint, plus douce encore, à laquelle il n'avait jamais pensé : s'endormir contre le sein de Marie McKenna, dans la chaleur de son corps, apaisé par les battements de son cœur qui lui feraient tout oublier.

Fegan se ressaisit.

« Non », dit-il. Il ferma le couvercle et rangea la boîte sous le lit.

La petite amie de Vincie Caffola avait le visage bouffi et les yeux gonflés quand elle serra la main de Fegan. Quant aux deux fils de Caffola, ils semblaient sonnés par toute l'attention qui se portait sur eux. L'aîné — aussi grand que Fegan — refoulait ses larmes. Le plus jeune pleurait sans se retenir. Ils ressemblaient à leur père.

Fegan sentit son ventre se contracter en présentant ses condoléances. Les garçons gardaient la tête baissée, heureusement. Quelque part, au fond de lui, il avait envie de leur demander pardon. Caffola avait beau être un voyou mal dégrossi, ces enfants perdaient leur père. Le cadet avait à peu près l'âge de Fegan quand son propre père était tombé dans l'escalier, ivre.

Fegan se détourna, soulagé d'échapper à ces yeux rougis par le chagrin, mais la petite amie de Caffola lui agrippa le poignet.

« Personne ne fait rien, dit-elle. Le parti, les flics... Personne. »

Fegan essaya de se dégager, mais elle le retenait fermement.

« C'est une honte, Gerry, souffla-t-elle. On va l'enterrer, mais le coupable, tout le monde s'en fout. »

S'arrachant à son étreinte, il fit un pas en arrière. « Je suis désolé, dit-il.

– C'est une honte », répéta-t-elle. Fegan lui tourna le dos et s'éloigna.

Bien que la maison de Caffola ne fût pas aussi bondée que celle de la mère de McKenna, l'air y était tout aussi irrespirable. Fegan se fraya un chemin jusqu'à l'étage pour voir le défunt. On s'écarta respectueusement sur son passage. Un cercueil modeste, comme celui de McKenna, mais ici on se soumettait à des raisons économiques qui n'avaient rien à voir avec le respect des convenances. Fegan se signa, sans s'agenouiller pour prier. Pour ce qui était de Dieu, il avait son compte. Il se contenta de faire le tour du catafalque. Les croque-morts avaient bien travaillé, il n'y avait plus nulle trace de la blessure à la tempe.

Fegan se rappela les paroles de Marie sur la dépouille de McKenna. Entre ses dents, il murmura : « Tu l'as bien mérité. »

Le silence se fit dans la pièce. Il leva les yeux. C'était lui, évidemment.

« Salut, Gerry », dit McGinty.

Fegan hocha la tête.

McGinty se tourna vers les personnes présentes dans la pièce. « Je peux parler à mon ami, deux minutes ? »

Tout le monde se retira aussitôt. Ne restaient que Fegan, McGinty, le cadavre, et les ombres dissimulées dans les recoins. Fegan garda les yeux fixés sur McGinty qui vint se tenir en face de lui, de l'autre côté du cercueil.

« On a un petit problème », dit McGinty en souriant.

Fegan ne répondit pas. Le froid, de nouveau, l'envahissait. Malgré lui, il posa une main sur son cœur palpitant comme s'il pouvait ainsi l'empêcher de le trahir.

« Tu n'as pas fait ce que je t'ai demandé, dit McGinty. Pourquoi ?

– Elle n'est pas une menace pour toi, il n'y a aucune raison de la chasser », répliqua Fegan en essayant de contrôler la colère dans sa voix.

McGinty fit un pas en avant et posa les mains sur le bord du cercueil. « Si je la laisse rester, je passerai pour un faible. Et je ne peux pas me permettre la faiblesse, Gerry. Pas maintenant. Il y a trop de choses en jeu pour moi. J'ai été généreux envers cette fille plus qu'elle ne le méritait. Si je n'avais pas convaincu Michael, elle serait morte et enterrée depuis longtemps. » Il baissa les yeux sur le défunt. « J'en ai déjà trop accepté. Je te dois beaucoup, Gerry, mais ma patience a des limites. »

Fegan contourna le cercueil et partit vers la porte. McGinty lui bloqua la route.

« Je suis sérieux, Gerry. Ne me provoque pas. Tu ne veux pas faire passer le message, d'accord, mais ne te mets pas en travers. »

Fegan fit un pas de côté. McGinty l'attrapa par le bras et les deux hommes échangèrent un regard tout de dureté. Puis la bouche de McGinty esquissa un sourire. Il prit le visage de Fegan dans ses mains, se pencha vers lui, et l'embrassa sèchement sur la joue.

« On a toujours été de bons amis, dit McGinty. Depuis que tu es tout môme. Ne gâche pas ça pour une femme. Pas pour cette salope de Marie McKenna. »

Fegan sentit le rouge lui monter au visage. Il parvint enfin à se libérer et gagna la porte, puis le palier. Les gens s'effacèrent devant lui. Sa course s'arrêta net aux bas des marches.

Davy Campbell lui adressa un signe de tête, auquel Fegan répondit en essayant de ne pas prêter attention à ses tempes douloureuses ni aux ombres qui envahissaient son champ de vision. Campbell avait changé depuis la dernière fois qu'il l'avait vu. Plus mince. Les yeux assombris. La mort colle aux hommes qui l'ont donnée, comme la puanteur d'un abattoir. Fegan se figura que tous deux devaient la sentir chez l'autre, de même qu'un chien reconnaît à l'odeur un ami ou un ennemi. Il sortit de la maison, conscient du regard de Campbell dans son dos.

23

En regardant Fegan disparaître au coin de la rue, Campbell voyait encore l'expression qu'il avait lue dans ses yeux, mélange de peur, de haine et de colère. C'était un tueur de la pire espèce, de ceux qui tuent plus souvent par plaisir que par nécessité. Pour remonter à l'étage, il dut se frayer un passage entre les visiteurs qui s'étaient écartés si promptement devant Fegan. Il entra dans la chambre où reposait le corps de Caffola. McGinty tournait le dos à la porte.

« Tu vas m'éliminer ce connard, Davy, dit McGinty sans se retourner.

– Quand ? demanda Campbell.

– Après-demain. Je veux d'abord que la presse diffuse le discours que je vais faire à l'enterrement. Mais pas plus tard.

– C'est vous qui voyez. » Campbell contourna le cercueil pour se placer en face de McGinty. « Et la femme ?

– Eddie Coyle s'en occupera. J'ai été gentil avec elle en lui envoyant le père Coulter et elle l'a foutu dehors. Maintenant, c'est terminé. Eddie prendra moins de gants.

– Et s'il foire ? Ce n'est pas une flèche.

– Qu'est-ce qu'il pourrait foirer ? Il suffit d'envoyer une brique dans la fenêtre. Mais bon, tu as raison. Ce serait peut-être mieux que tu l'accompagnes.

– Ça ne lui plaira pas, dit Campbell.

– Je m'en contrefous, répliqua McGinty. Il fera ce qu'on lui demande. Et aussi... Davy, écoute-moi.

– Quoi ?

– Ne fais pas de mal à Marie ni à la gamine, O.K. ? Flanque-leur la trouille s'il le faut, mais c'est tout. »

Une ombre que Campbell ne put déchiffrer passa dans les yeux de McGinty.

« Il ne leur arrivera rien, comptez sur moi. » Campbell contempla le visage paisible de Vincie Caffola. « Pourquoi il a fait ça, Fegan ?

– Va savoir ! Vu qu'il perd la boule, il n'avait peut-être pas de raison. De toute façon, s'il ne l'avait pas fait, j'aurais fini par m'en charger moi-même. Caffola parlait trop. Ce n'est pas une grosse perte.

– Alors pourquoi faut-il le choper ?

– Parce que s'il s'imagine qu'il peut s'en tirer si facilement, où est-ce que ça s'arrêtera ? En plus, c'est un ordre du vieux. Bull O'Kane ne veut pas qu'on agisse sans sa permission, même pour descendre des petits merdeux. »

Campbell flaira une piste. « Ah bon ? C'est toujours le Bull qui décide ? Je croyais qu'il avait pris sa retraite.

– Bull ? » McGinty lâcha un rire où filtrait la peur. « Tu parles. Il ne partira que les pieds devant et entre quatre planches. Et non, ce n'est pas lui qui décide. Mais les gars de la rue le respectent, alors, nous, les politiciens, il faut bien qu'on lui fasse de petites concessions. »

McGinty se détourna du cercueil, puis se ravisa et revint sur ses pas pour regarder le corps. Penché en avant, il cracha sur le visage pâle de Caffola. « Tu l'as bien mérité », dit-il avant de quitter la pièce.

Le téléphone coincé entre l'oreille et l'épaule, Campbell suspendit son costume tout neuf à la poignée de la porte de sa chambre. L'agent répondit d'une voix essoufflée au bout de plusieurs sonneries.

« McGinty m'a demandé de descendre Fegan, annonça Campbell.

– Quand ?

– Après-demain.

– Une fois l'enterrement passé. Il est malin, ce salopard. Tout ce qu'il peut tirer de la mort de Caffola, il va essayer de le rafler. Arrange-toi pour intervenir un peu plus tôt — histoire que la presse ait quelque chose d'autre à se mettre sous la dent. Il n'y a aucune raison de laisser McGinty se tailler la part du lion.

– Je vais voir ce que je peux faire. » Campbell enleva l'étiquette du costume. Il ne l'avait pas payé cher, mais ça devrait convenir. Après tout, ce n'était jamais que l'enterrement d'un voyou. « À propos, McGinty a lâché une info : Bull O'Kane est toujours dans le paysage. »

L'agent s'étonna. « Le Bull est censé avoir pris sa retraite. Aux dernières nouvelles, il se la coulait douce dans sa ferme à la frontière.

– Apparemment, non. Le vieux renard a encore son mot à dire. Les politiciens n'ont pas complètement quartier libre.

– Je transmets le message. C'est tout ?

– Juste une chose. Qu'est-ce que je fais, après Fegan ? Je reste à Belfast avec McGinty, ou je retourne à Dundalk ?

– Pas si vite, dit l'agent. On en a discuté dernièrement. En haut, ils pensent qu'il est temps pour toi de sortir de la clandestinité. Je suis aussi de cet avis. Tu as suffisamment donné. »

Campbell eut un rire sinistre. « Qu'est-ce que vous racontez ?

– Quel âge tu as, maintenant ? Trente-huit ? Tu ne rajeunis pas. Je reconnais que tu te débrouilles pas mal, mais pour combien de temps ? Il suffit d'un seul dérapage. Sors de ce merdier, pendant que tu peux encore te refaire une vie. »

Campbell posa le costume sur le lit. « C'est *ça*, ma vie.

« Une vie ? Tu appelles ça une vie ? Tu es en planque depuis trop longtemps, Campbell. Ce n'est pas sain pour toi. Surtout que les choses changent, ici, tu as remarqué. Il n'y a plus de soldats dans la rue, on calme le jeu. Réfléchis : quand la paix sera revenue, à quoi tu serviras ?

– Les dissidents sont en train de s'organiser et…

– Ils ne sont plus dans le coup. Des plombiers, des maçons, et ça se prend pour des soldats ! Comme les dinosaures, mais eux, ils ont oublié de s'éteindre. Plus personne n'en veut. Ils se sont torpillés à Omagh et ils ne s'en relèveront jamais. Tu le sais bien, puisque tu les as fréquentés.

– Et les loyalistes ? Ils peuvent encore…

– Ils peuvent encore quoi ? Fourguer de la came et des produits de contrebande, oui. Quand ils ne sont pas en train de se zigouiller les uns les autres. Ce sera l'affaire de la police. » L'agent soupira. « Écoute. Je ne te le demande pas, je te *dis* d'arrêter. Après ce boulot, tu sors de l'incognito. Prends un congé, ça t'éclaircira les idées. Et ne t'inquiète pas pour l'argent. Je veillerai à ce que tu ne manques de rien.

– Putain. L'argent, c'est pas la question !

– Ne t'énerve pas, Campbell. Dès que tu en auras fini avec Fegan, on te paiera des vacances. De belles vacances. Qu'est-ce qui te tente ? La Méditerranée, les Bahamas, la Thaïlande ?

– Allez vous faire foutre », dit Campbell avant de raccrocher.

Il jeta le téléphone sur le costume et fit les cent pas dans la chambre. Partir ? Tout arrêter ? Pourquoi ? Pour retourner à quoi ?

S'approchant de la commode, il ouvrit le tiroir et caressa le plumet de son Red Hackle.

24

Le soleil déclinait par-dessus les toits lorsque Fegan sonna chez Marie McKenna. L'appartement occupait le rez-de-chaussée d'une vieille maison mitoyenne en brique rouge. Les rideaux tirés tremblèrent à la fenêtre proche de la porte. Il eut la chair de poule en entendant les pas de Marie qui approchait.

La jeune femme ouvrit la porte et sourit. « Merci d'être venu. » Elle recula pour le laisser entrer. On voyait à ses yeux rouges qu'elle avait pleuré.

« Vous avez mangé ? » demanda-t-elle dans le vestibule. Une bicyclette était appuyée contre le mur, au pied de l'escalier conduisant au logement de l'étage.

« Pas depuis ce matin », mentit Fegan. Il avait encore la nausée à cause du whisky et n'avait rien pu avaler de la journée.

« Vous devez être affamé, dit Marie. J'allais justement préparer quelque chose pour Ellen et moi. Vous n'avez qu'à dîner avec nous. »

Plus qu'une invitation, c'était un ordre.

« Coucou ! » claironna Ellen lorsqu'il franchit le seuil. La fillette était allongée par terre, au milieu de crayons et de cahiers de coloriage. L'appartement comportait un espace ouvert, avec salon et cuisine américaine côté rue. Fegan remarqua deux portes qui conduisaient à l'arrière de la maison.

Il contempla la grande pièce où régnait un joyeux fatras. Chez lui, en comparaison, le décor était triste et dépouillé, avec pour toute fantaisie les objets en bois qu'il fabriquait lui-même. Il en tenait un à la main, enveloppé dans un sac en plastique.

« Regarde », dit Ellen en sautant sur ses pieds. Elle lui apporta son livre de coloriage et montra le dessin d'un cochon, vêtu d'une robe. Elle avait tout barbouillé en vert.

« Très joli », dit-il.

Marie caressa les cheveux de sa fille. « Ellen, laisse un peu Gerry tranquille, d'accord ? »

Ellen fit la moue. « D'accord. »

Marie débarrassa Fegan de son manteau. Il lui tendit le sac en plastique. « Je vous ai apporté quelque chose, dit-il en sentant une chaleur lui monter aux joues.

– Oh ? » Elle ouvrit le sac.

Fegan avait trouvé le morceau de chêne sur un terrain vague près de chez lui. Sans doute un fragment de manteau de cheminée ou de rampe d'escalier. Des semaines durant, il l'avait travaillé en le polissant au papier de verre, étirant le grain jusqu'à obtenir une forme fluide qui évoquait le courant d'une rivière. Après avoir adouci le trou occupé autrefois par un nœud, puis passé de multiples couches de vernis en ponçant entre chacune, de sorte que le bois semblait illuminé de l'intérieur, il avait fixé la sculpture sur une plaque d'ardoise.

« C'est magnifique, dit Marie.

– Elle traînait dans un coin… Chez vous, elle sera mieux mise en valeur.

– Merci. » Marie plaça la sculpture sur une table près de la fenêtre, à côté d'un ordinateur portable.

« Il s'est passé quelque chose ? demanda Fegan.

– Non, rien. Tout est calme. J'ai travaillé ici aujourd'hui. » Elle admira la sculpture à la faible lumière qui pénétrait par les rideaux tirés.

« Il fera nuit dans moins de deux heures, dit Fegan. C'est après qu'ils viendront.

– Et que comptez-vous faire ? demanda-t-elle en se retournant vers lui.

– Leur parler.

– Leur parler ? Je doute qu'ils vous écoutent.

– Dans ce cas, j'essaierai… autre chose. »

Marie le dévisagea en silence. « Je suis contente que vous soyez venu », dit-elle ensuite.

Le dîner était simple — blancs de poulet grillés, pommes de terre bouillies et salade — mais Fegan l'engloutit comme s'il s'agissait de son dernier repas. Quand Marie lui proposa de le resservir, il acquiesça avant même qu'elle ait terminé sa phrase. Depuis quand n'avait-on pas cuisiné pour lui ? Des semaines, des mois, voire des années. Il y avait vingt ans, au moins, qu'il ne s'était pas assis à une table avec des gens qu'il connaissait et appréciait.

Ellen triait méticuleusement sa salade, bannissant les feuilles rouges sur le bord de son assiette pour ne manger que les vertes. Elle ôta aussi les taches brunes de ses pommes de terre avec une précision de chirurgien et les rejeta aux côtés de la salade indésirable. Mais elle mangea le reste, tout en entretenant Fegan de ses chaussures, de ses dessins, et de Peppa Pig.

« C'est qui, Peppa Pig ? » demanda Fegan.

Ellen pouffa. « Tu ne connais pas ? »

Voyant qu'elle n'offrait pas d'explication, Fegan s'abstint de l'interroger.

Après le dîner, Marie se leva et renvoya Ellen à ses coloriages éparpillés dans le salon.

« Qu'est-ce qui va se passer après ce soir ? demanda-t-elle en débarrassant la table. Si vous leur faites peur… Ils reviendront en force demain, non ?

– Peut-être. Mais je serai encore là, si vous me le demandez. »

Elle emporta les assiettes à la cuisine. Des casseroles trempaient déjà dans l'évier. « Et encore après ? Ils ne s'arrêteront pas là. Je ne veux pas qu'Ellen voie ça. Et je ne veux pas que vous soyez blessé.

– Ça n'arrivera pas. » Fegan prit un torchon et essuya la vaisselle à mesure que Marie la lui tendait. « Dans quelques jours, ce sera réglé. Je m'en occupe.

– Comment ?

– Ne vous inquiétez pas. Je m'en occupe, c'est tout ce qui compte pour vous et pour Ellen. Vous n'aurez plus à vous faire de souci. »

Il s'approcha pour prendre une assiette qu'elle gardait à la main. « Qu'est-ce que ça veut dire ? » demanda-t-elle.

Il lui sourit. Un sourire naturel, honnête, qui lui venait aisément. « Vous n'aurez plus à vous faire de souci, répéta-t-il. Point final. »

Marie lui rendit son sourire. Mais avant qu'elle se détourne, Fegan eut le temps d'entrevoir dans ses yeux une douloureuse méfiance.

Marie raconta à Fegan comment Jack Lennon, le beau policier, l'avait invitée à dîner alors qu'elle rangeait son dictaphone. À l'époque, on lui avait commandé un article sur la présence des catholiques au sein des services de police alors que s'amorçait un mouvement de réforme. Jack s'était soumis gracieusement à l'entretien ; il était ouvert, éloquent.

Charmant, même. Il avait rougi à la question de Marie qui lui demandait si Jack était un diminutif de John.

Six jours plus tard, Marie était amoureuse.

Au début, elle garda l'affaire secrète. Sa famille avait clairement exprimé sa désapprobation en apprenant qu'elle collaborait à un journal unioniste. Son père n'affichait aucune participation au conflit, mais elle savait que son oncle Michael y était activement plongé. Partout où elle allait, on connaissait son identité, ses liens de parenté. La plupart de ses amis, déjà, s'étaient éloignés en lui reprochant la nature de son travail. Lorsqu'il ne fut plus possible de cacher sa liaison avec Jack Lennon, ils lui tournèrent le dos aussi vite que le reste de la société dans laquelle elle avait grandi.

À trente et un ans, Marie McKenna se retrouva seule, coupée de tout ce qui constituait sa vie jusque-là. Mais elle avait Jack, et cela suffisait. De temps à autre surgissaient de vagues menaces, cartes d'offrande de messe assorties de balles qu'ils recevaient par la poste, mais le couple tenait bon.

Deux ans plus tard, quelques semaines à peine avant qu'elle ne constate son retard de règles, Marie sentit sur son amant l'odeur d'un parfum. Jack travaillait alors pour le CID[1], en civil. Il expliqua qu'une de ses collègues, qui ne s'était jamais intéressée à lui jusqu'à présent, avait brusquement changé de comportement en apprenant qu'il était engagé auprès d'une autre femme. Jour après jour, elle tentait de le séduire et se jetait littéralement sur lui, mais il résistait. Il avait toujours été fidèle, et il le resterait.

Jack Lennon ne manquait ni de charisme ni de pouvoir de persuasion. Marie le crut sur parole. Avec le recul, elle revoyait l'effroi sur son visage lorsqu'elle lui annonça

1. Criminal Investigation Department (Brigade criminelle).

qu'elle était enceinte. Elle n'aurait pu le jurer, mais de toute façon, quelle importance à présent. Tout ce dont elle était sûre, c'est que deux mois plus tard, en rentrant à la maison un soir de pluie, elle avait trouvé l'appartement vide.

Assis à ses côtés sur le canapé, Fegan écoutait Marie dont le visage ne trahissait aucune émotion.

« Le plus triste, vous savez ce que c'est ? » dit-elle. Sans attendre la réponse, elle poursuivit. « Il m'a quittée pour elle, et une semaine après, elle l'a plaqué. » Marie eut un petit rire amer. « Elle voulait ce qu'elle ne pouvait pas avoir, et quand elle l'a eu, elle n'en a plus voulu. Quel gâchis. Il m'a suppliée de revenir, mais je l'ai envoyé se faire foutre.

– D'après ce que j'entends, fit remarquer Fegan, c'était un salaud. »

Ellen releva la tête de son coloriage. « Tu as dit un gros mot.

– Pardon, fit Fegan.

– Maman ? demanda Ellen à sa mère. Je peux regarder un DVD ?

– C'est presque l'heure de te coucher, ma chérie.

– S'il te plaît…, implora la fillette. Juste le début, alors ? »

Perchée sur le bord du canapé, Marie réfléchit. « D'accord. Mais quand je te dis d'aller au lit, tu ne discutes pas, O.K. ?

– Oui ! » Rayonnante, Ellen s'approcha d'une étagère remplie de livres, de CD et de DVD. Elle choisit une boîte de couleur vive, l'ouvrit et en sortit le disque avec précaution.

« Elle sait très bien faire », chuchota Marie.

Ellen appuya sur un bouton du lecteur, plaça délicatement le disque sur le plateau. Puis elle alluma la télévision, la régla sur le bon canal, sauta sur le canapé et se blottit entre Fegan et Marie. Là, elle actionna la télécommande pour démarrer le film.

« Tu t'y connais drôlement bien », dit Fegan.

Ellen mit un doigt sur ses lèvres pour lui intimer le silence en montrant la télévision du doigt. Fegan s'éclaircit la gorge et fit ce qu'on lui demandait. Du coin de l'œil, il vit que Marie souriait.

Bientôt, il se trouva absorbé par le film. L'histoire d'un poisson orange et blanc qui cherchait un océan bleu pour son fils. Ellen s'agitait parfois, elle riait, et lui aussi s'amusait. C'était une sensation étrange, ces spasmes qui lui montaient du ventre et ressortaient librement par sa bouche. Les images à l'écran envoyaient des ombres contre les murs mais, ici, elles ne faisaient surgir rien d'autre que le décor ambiant.

L'heure du coucher était déjà largement dépassée, sans que Marie ne donne le signal. Mais une fois le film terminé, elle tapota le genou de sa fille et déclara : « Allez, ma chérie. Tu m'as bien eue sur ce coup-là... Maintenant, au lit ! »

Ellen prit un air abattu. « Je suis obligée ?

– Oh oui. Il est neuf heures et demie passées, tu devrais déjà dormir depuis une heure. Il fait... » Marie s'interrompit, comme si lui revenait à l'esprit quelque chose qu'elle eût préféré oublier. « Il fait déjà nuit. »

Fegan s'extirpa du canapé. Il regarda la fenêtre aux rideaux tirés, puis Marie. Elle se leva, attrapa sa fille dans ses bras et la mit debout. « File te mettre en pyjama. Après, on va se brosser les dents. »

Ellen partit à pas récalcitrants vers l'une des portes derrière la cuisine. Sur le seuil, elle agita la main. « Bonne nuit, Gerry.

– Bonne nuit », répondit-il. Il éprouva un pincement de tristesse en la voyant disparaître. Puis il reporta son attention sur Marie qui se tenait debout devant lui, les mains dans les poches de son jean.

« Nous y voilà, dit-elle.

– Oui... » Incapable de soutenir son regard, il détourna les yeux.

Elle s'éclaircit la gorge, renifla. « Je suis crevée, en fait. J'ai très mal dormi la nuit dernière. Alors, je... je vais m'occuper d'Ellen et me coucher, moi aussi. Je vous laisse... Ça ira ?

– Oui. Je serai prêt à les accueillir quand ils viendront.

– Bon. » Elle partit vers la porte, s'arrêta, revint vers lui. Se hissant sur la pointe des pieds, elle l'embrassa sur la joue et sourit. « Vous me semblez être quelqu'un de bien. Mais je me trompe souvent sur les gens. »

Fegan la regarda sortir. Il sentait la chaleur humide de ses lèvres sur sa peau.

Une fois le silence retombé, il parcourut la pièce et éteignit les lumières. Le noir se fit en lui aussi. Puis il ouvrit les rideaux. Dans la pâle lueur orangée d'un lampadaire, il s'assit à la table près de la fenêtre et attendit.

Lorsque des voitures filaient dans la rue, les façades des vieilles maisons éclairées par les phares semblaient se tenir aux aguets, tels des vigiles au cœur de la nuit.

De temps à autre, des piétons passaient devant la fenêtre sans remarquer la présence immobile de Fegan. Des couples parfois, jeunes, l'homme et la femme accrochés l'un à l'autre et marchant comme un seul corps. Ces visions fugitives ouvraient des chemins dans son esprit, des voies dans lesquelles il ne voulait pas s'engager. Il n'y trouverait que regrets, ou prétexte à s'apitoyer sur lui-même.

Il sentait encore une fraîcheur sur sa joue. En y portant les doigts, il se concentra pour éprouver de nouveau le contact des lèvres qui s'étaient posées à cet endroit.

Près de trois heures s'écoulèrent. Il fut alors saisi d'un grand froid, ses tempes se mirent à bourdonner, et les ombres prirent vie autour de lui.

25

Eddie Coyle conduisait en silence sur Malone Road. Il n'avait pas répondu au salut amical de Campbell, quelques minutes auparavant, lorsque celui-ci était monté dans la voiture. Devant eux se profilaient maintenant le Wellington Park Hotel et le croisement où ils prendraient à droite en direction d'Eglantine Avenue.

« C'est toi qui t'en occupes ? » demanda Campbell.

Coyle regardait droit devant lui. Il ne répondit pas. Son œil était un peu moins enflé, mais le pansement sur son front s'ornait d'une tache rose vif.

« Je reste dans la voiture et je te laisse faire, d'accord ? »

La bouche de Coyle se tordit dans une grimace de colère. « Ferme-la, connard ! dit-il. T'as rien à foutre ici. Il y a plein d'autres gars qui auraient pu venir avec moi. Merde. Je vois pas pourquoi je suis obligé de te supporter.

– Ce n'est pas ma faute si McGinty a peur que tu foires le coup », dit Campbell.

Il fut projeté en avant. Coyle avait pilé brusquement.

« Qu'est-ce que t'as dit ?

– C'est McGinty qui m'a demandé de t'accompagner. Crois-moi, j'ai mieux à faire que d'aller coller les pétoches à une nana et à sa gamine, mais j'obéis aux ordres. Avance, sinon les flics ne vont pas tarder à se pointer. Faut tourner à droite.

– Putain, je sais où c'est », grommela Coyle en écrasant l'accélérateur. Il braqua le volant, virant sous le nez de voitures qui venaient en face et qu'il obligea à freiner, puis ralentit une fois engagé dans Eglantine Avenue. La Vauxhall Vectra glissa sans bruit jusqu'à la maison. L'appartement était plongé dans l'obscurité, mais la voiture de la femme était garée le long du trottoir.

Coyle se pencha pour attraper deux briques derrière le siège de Campbell. C'était une pratique courante à Belfast. « Manœuvres diverses d'intimidation », selon la terminologie des flics. Les groupes paramilitaires de tout bord agissaient ainsi pour rappeler leur présence à la population. Ça n'avait rien d'original, pas de quoi s'affoler. Sauf pour ceux qui étaient pris pour cibles, bien sûr. Coyle ouvrit la portière et descendit.

« Fais gaffe, dit Campbell. Vise bien.

– Va te faire foutre ! » Une brique dans chaque main, Coyle passa devant la voiture. Il poussa une exclamation et faillit lâcher ses projectiles quand Gerry Fegan, surgissant entre les ombres du petit jardin, se mit en travers de sa route.

« Laisse-la tranquille », dit Fegan. Dans la voiture dont le moteur tournait au ralenti, Campbell entendit sa voix, calme et posée.

« Qu'est-ce que tu fais là ? demanda Coyle.

– Je t'ai dit de la laisser tranquille », reprit Fegan en s'approchant. Ses yeux menaçants apparurent dans la lumière des phares.

Coyle se tourna vers Campbell, lequel descendit à son tour.

« Ce n'est pas lui que tu dois regarder, dit Fegan, c'est moi. Tire-toi et ne reviens pas. »

Campbell évalua rapidement la situation. Il n'avait pas d'arme ; trop dangereux, et inutile pour une telle opération. En cas d'interpellation par la police, on expliquait plus facilement une brique qu'un flingue. Il se demanda si Fegan était armé. Sans doute pas. Lui non plus n'ignorait pas les risques encourus.

Sauf que Fegan était fou.

« Casse-toi, Gerry, dit Coyle. Tu n'as pas à te mêler de ça. »

Fegan demeura impassible. « Je ne le répéterai pas. Laisse-la tranquille. Va-t'en, et ne reviens pas. »

Campbell ne put se défendre contre un sentiment d'admiration. Jamais un Coyle ne viendrait à bout d'un homme comme Fegan. Il irait au tapis, ni une ni deux. Bon sang, même si Fegan ne paraissait pas au top de sa forme, Campbell n'était pas certain de l'emporter. Contre la folie, on ne savait pas comment lutter. Il ne bougea pas. Pour être honnête, voir Coyle mis en pièces ne lui aurait pas déplu.

Coyle brandit une brique. « Je ne déconne pas, Gerry, dit-il d'une voix stridente. Dégage, sinon tu y as droit. »

Campbell distingua de vagues formes qui s'agitaient aux fenêtres des maisons voisines. Quelqu'un avait sans doute déjà appelé la police. Le commissariat de Lisburn Road ne se trouvait qu'à cinq cents mètres. Les flics débarqueraient d'une minute à l'autre. « Laisse tomber, Eddie, dit-il.

– Toi, ta gueule, dit Coyle. Si on m'a chargé de ça, c'est pas pour que je m'écrase.

– Arrête, Eddie. Tu ne fais pas le poids. »

Fegan ne disait rien, les yeux rivés sur Coyle.

« Allez, Eddie. Viens… »

Coyle esquissa un geste pour lancer son projectile. Fegan le retint par le poignet, lui faucha les jambes et prit la brique qu'il menaça d'abattre sur son visage. « Fous le camp maintenant, sinon je t'explose la tête. »

Tandis que Coyle faisait marche arrière, Fegan s'approcha de Campbell. Il avait un regard de dément. Puis il se figea et porta ses mains à ses tempes.

« Pas maintenant, dit-il. Pas ici.

– Pardon ? dit Campbell.

– Non ! » Fegan regardait sur la gauche de Campbell. « Il y aura une autre occasion. Je ne peux pas. Pas ici, avec des témoins.

– Putain…, souffla Campbell en reculant vers la voiture.

– Je ne peux pas ! répéta Fegan, en déplaçant son regard autour de Campbell. Sinon, je ne réussirai pas à aller jusqu'au bout.

– Jusqu'au bout de quoi, Gerry ? » demanda Campbell.

Les yeux de Fegan erraient d'un côté et de l'autre, suivant quelque chose que lui seul voyait. « Il y aura une autre occasion. Je le jure. »

Avant que Campbell n'eût le temps de l'arrêter, Coyle se jeta sur Fegan par-derrière, brandissant la deuxième brique. Fegan esquiva, mais pas assez vite. Touché à la tempe, il attrapa le bras de Coyle avec la vivacité d'un prédateur et lui envoya en plein visage la brique qu'il tenait toujours à la main. La tête de Coyle partit en arrière. Fegan lui asséna un autre coup, et Campbell entendit un craquement sinistre. Les jambes de Coyle s'effondrèrent sous lui. Fegan frappa encore, deux fois, tandis que le trottoir se tachait de sang.

Un moteur hurlait au bout de la rue, venant de Lisburn Road. Une Land Rover de la police approchait à fond de train. Campbell hésita, à peine une seconde, puis détala dans la direction opposée pour regagner Malone Road.

Après avoir bondi sur la chaussée en courant, sans se soucier des voitures, il coupa par Cloreen Park et ne ralentit l'allure qu'une fois parvenu dans Stranmillis Road. Puis il se perdit dans le dédale des ruelles qui serpentaient autour de l'université de Queen's, déboucha près de l'église de University Street, traversa la rue et pénétra dans son immeuble. Deux étages plus haut, il ouvrit enfin la porte de l'appartement et s'effondra sur le canapé, tremblant encore dans l'obscurité sous l'effet de vagues successives d'adrénaline.

« Merde », lança-t-il tout haut.

26

Dans sa cellule au commissariat, Fegan se sentait les yeux secs, les paupières lourdes. La nuit avait été mouvementée. Au City Hospital de Lisburn Road, les médecins avaient insisté pour lui faire passer un scan à cause de sa blessure à la tempe. Il dut attendre les résultats sur un lit des Urgences, surveillé par deux policiers. Coyle aussi était à l'hôpital, mais lui y effectuerait sans doute un séjour plus long.

Assis sur un mince matelas, privé de sa ceinture et de ses lacets, il rongeait son frein. McGinty demanderait sûrement qu'on le relâche afin de pouvoir l'épingler ensuite, et même si Coyle était en état de subir un interrogatoire, il se tairait. Car malgré la position officielle du parti, on préférerait éviter qu'il parle aux flics. De là à balancer, il n'y avait qu'un pas. Et les balances, le parti n'aimait pas.

Des silhouettes mouvantes dansaient sur les murs et se fondaient dans le néant. Fegan avait les tempes douloureuses. Il était glacé jusqu'au tréfonds de son être.

« Qu'est-ce que vous vouliez que je fasse ? » demanda-t-il.

Les ombres ne répondirent pas.

« Si je l'avais tué, ce n'est pas pour une bagarre que les flics m'auraient coincé, mais pour meurtre. Et je ne pourrais pas m'occuper des autres. »

Toujours pas de réponse.

Brusquement, l'une des ombres se détacha et prit forme contre le mur blanc de la cellule. Le policier de la Royal Ulster Constabulary, dans son uniforme tiré à quatre épingles. Il posa sur Fegan un regard impitoyable, puis se tourna vers la porte.

Le cache sur la serrure s'ouvrit. Fegan entrevit un œil par le trou, puis plus rien. Il y eut un bruit de clés, on déverrouillait la porte. Le battant s'ouvrit vers l'extérieur. Un policier de haute taille, corpulent, âgé d'une cinquantaine d'années, se tenait sur le seuil. Après avoir inspecté le couloir des deux côtés, il entra en souriant et referma la porte derrière lui.

« Bonjour, Gerry », dit-il. Il était vêtu d'une chemise à manches courtes assortie d'une cravate. À sa ceinture se balançaient toutes sortes d'accessoires, mais Fegan remarqua qu'il ne portait ni arme ni matricule. Le fantôme de la RUC le visa à la tête.

« Tu peux te réjouir, tu seras bientôt relâché », dit le flic en s'approchant. Fegan remarqua qu'il boitillait. « Ton ami Mr. Coyle jure tous ses dieux qu'il est tombé et que tu l'aidais à se relever.

– C'est vrai », répondit Fegan. Il concentra son regard sur le visage rondouillard du policier, pour ne pas voir les ombres qui se resserraient autour de lui.

« Bonne nouvelle, hein ? » dit le flic sans cesser de sourire. La lumière du néon se reflétait sur son crâne rose. « Mais j'ai un petit message à te faire passer, avant que tu partes. Lève-toi.

– Un message de qui ?

– Disons, d'un ami commun. Allez, obéis. Debout. »

Fegan s'exécuta lentement. Souriant toujours, le flic lui envoya son poing dans l'estomac. Tout l'air sembla se retirer de la cellule, ne laissant que la douleur, un vide tel que Fegan se demanda comment l'autre pouvait encore respirer. Il s'effondra en arrière sur le matelas en se tenant le ventre. Une flambée de colère s'alluma en lui, mais il l'étouffa, la ravala tout au fond. Impossible de riposter ici. Pas s'il voulait rester en vie.

Les ombres reculèrent contre les murs. La main du policier de la RUC accusait le recul de son arme imaginaire chaque fois qu'il tirait.

Le flic posa une main sur l'épaule de Fegan. « C'est un message en deux parties. Verbal, et physique. On commence par le verbal, tu veux bien ? »

Il tapota l'épaule de Fegan et s'assit près de lui. « Avant toute chose... Notre petite conversation, à tous les deux, n'a jamais eu lieu. Sinon, Marie McKenna a un accident. Tu me comprends ? C'est très important. Bon, la suite maintenant. » Il inspira profondément. « Une fois que tu seras sorti d'ici, tu rentres chez toi et tu y restes, jusqu'à ce que notre ami commun te fasse signe, sinon Marie McKenna a un accident. Si tu essaies de t'enfuir, Marie McKenna a un accident. Si tu tentes quoi que ce soit contre notre ami commun, Marie McKenna a un accident. Tu me suis, Gerry ? »

Fegan ne répondit pas. Il en était incapable, tellement il mobilisait toute son attention pour reprendre son souffle.

Le flic lui balança son poing dans l'entrejambe. « Je t'ai posé une question, Gerry. Tu me suis ? »

Fegan s'abattit sur le côté, mains sur les testicules. L'abdomen enflammé, il réussit à sortir quelques mots entrecoupés d'infimes prises d'air. « Je... com... prends.

– Bravo, dit le flic en se levant. Maintenant, on va passer à la partie physique. T'es prêt ? »

Le flic accomplit froidement sa mission, comme un simple exécutant. Il frappa aux endroits sensibles, du poing ou du pied, là où nulle trace n'apparaîtrait sous les vêtements. Fegan perdit connaissance et revint à lui par la force d'une gifle. Étendu à terre, alors que la douleur touchait à l'insupportable, il vit la femme à genoux à ses côtés. Elle serrait son bébé contre elle et tressaillait à chaque coup.

À la fin, le flic recula pour admirer son travail. « Bon, dit-il en souriant toujours, mais haletant, le front humide de sueur. Je suis content qu'on ait réglé ça. Tu as des questions ? »

Fegan toussa en crachant du sang. « Oui », dit-il.

Le flic se pencha sur lui. « Ah bon ? Essaie toujours.

– T'es qui, *toi* ? »

Le flic se mit à rire. « Tu ne sais pas, Gerry ? » Il chuchota à son oreille : « Je suis la pomme pourrie qui gâche tout le tonneau. »

Fermant les yeux, Fegan écouta la porte s'ouvrir et se refermer, les clés tourner dans les serrures, et le rire du flic qui s'éloignait dans le couloir. Il roula sur le dos, écrasé par une insurmontable nausée. Les ombres s'approchèrent. Il leur sourit faiblement.

« Ça va ? Vous êtes contents ? » demanda-t-il.

La femme posa une main fraîche sur sa joue. Il sombra d'un coup. La cellule autour de lui n'existait plus.

27

Campbell fut émerveillé de voir l'habileté avec laquelle McGinty retournait les faits à son avantage. Son discours était un formidable tour de magie. Sur l'estrade improvisée, à quelques mètres de la tombe de Vincie Caffola, il s'exprima avec toute l'indignation qui convient pour honorer une victime. Ceux qui avaient laissé Caffola mourir sur le pavé, dit-il, ces mêmes policiers rouaient maintenant de coups Edward Coyle, militant dévoué à la cause, après l'avoir arrêté en voiture dans Eglantine Avenue. Un concert d'exclamations s'éleva parmi l'assemblée lorsque McGinty exigea que justice soit faite, clameur à laquelle Campbell se dispensa de joindre sa voix. Pas étonnant, songea-t-il, que les ennemis de McGinty le respectent et le haïssent tout à la fois.

Les journalistes armés de leurs caméras se jetèrent sur McGinty à sa descente du podium, mais ils furent repoussés par l'équipe de sécurité. McGinty, seul, s'approcha de Campbell. « Viens avec moi », dit-il.

Ils cheminèrent entre les tombes et les mausolées, en direction de la sortie où attendait la Lincoln de McGinty. Campbell sentait la chaleur du soleil dans son dos.

« Alors ? demanda McGinty. Qu'est-ce que tu penses de notre ami Gerry ?

– Il est complètement dingue, répondit Campbell. Ça le rend très dangereux. Si je dois lui régler son compte, on n'a pas intérêt à traîner. Il est capable de n'importe quoi.

– Notre ami dans la police lui a fait passer le message ce matin. Je crois qu'il a été clair.

– Les menaces n'auront aucun effet, dit Campbell. On ne discute pas avec les fous. »

McGinty bouscula le gravier d'un coup de pied, puis s'immobilisa. « Je ne compte pas discuter avec lui. Pas après ce que m'a rapporté le père Coulter ce matin. Je savais que c'était lui, mais bon sang, qu'il aille le raconter ! Même s'il ne s'imaginait pas que le père m'en parlerait, il a quand même un sacré culot. En tout cas, il faut que tout concorde. J'ai une conférence de presse demain. Eddie Coyle confirmera que les flics lui sont tombés dessus. C'est ce que je veux faire avaler aux journalistes. Et je ne te parle pas de la presse régionale. Merde ! On a CNN et Fox News sur le coup ! Ils adorent couvrir ce genre d'événements. Le vieux Bull O'Kane ne comprend pas ça, lui. Il a toujours refusé de nous écouter. Mais tant que je sèmerai l'agitation dans les journaux, les Anglais se tiendront sur la réserve. Si je continue à foutre le bordel, ils se mettront en quatre pour nous satisfaire. Ils savent qu'on peut provoquer la dissolution de l'Assemblée à Stormont, et ils feront tout pour l'empêcher. Vu que je les aurai à mes pieds, le parti ne pourra pas me mettre sur la touche. Pas si je suis sous l'œil des caméras. Crois-moi, les médias sont une arme bien meilleure que ne l'était autrefois le Semtex.

– Les médias ne vous serviront à rien si Fegan bute quelqu'un d'autre. Il a failli s'attaquer à moi, hier, mais quelque chose l'a retenu.

– Quoi ?

– Je ne sais pas. » Campbell secoua la tête. « Un truc qu'il voyait dans sa tête… Il est barge, ce type. Complètement à la masse. Un putain de schizophrène. »

McGinty eut un sourire de biais. « C'est ton diagnostic, docteur ?

– Ça n'a rien de drôle. » Campbell fixa le politicien d'un œil noir. « Je vous conseille de faire gaffe, parce qu'il est… »

La main de McGinty partit si vite que Campbell sentit la brûlure sur sa joue avant même d'avoir vu le geste.

McGinty s'éclaircit la gorge, effaça un pli sur sa veste. Il regarda prudemment tout autour pour s'assurer que les caméras n'avaient pas surpris la gifle.

« Tu n'as pas à me *conseiller* quoi que ce soit. C'est moi qui donne les ordres. Compris ? »

Campbell ravala sa colère en touchant sa joue qui le chauffait sous la barbe. Le sang battait à ses oreilles, et il lui semblait que sa tête flottait au-dessus de lui, séparée du reste de son corps. « Pardonnez-moi, Mr. McGinty, dit-il. Avec tout le respect que je vous dois, il n'a pas trop apprécié qu'on mette la pression à Marie McKenna. Et s'il décidait de s'en prendre à vous ? »

McGinty ricana, mais ses yeux trahissaient une inquiétude. « Il ne m'aura pas. Beaucoup de gens ont essayé, depuis 1972, et personne n'a jamais réussi, même Delaney et ses gars de l'UFF. Qu'est-ce qui te fait penser que Fegan y arriverait ? »

Campbell le regarda droit dans les yeux. « Parce que lui, il est prêt à mourir en essayant. »

McGinty détourna les yeux, se racla la gorge, et partit vers la voiture. Campbell le suivit.

« Bon, écoute-moi, dit McGinty en approchant de la Lincoln. Les flics vont relâcher Fegan d'ici une heure. Assure-toi qu'il rentre chez lui. Tu lui règles son compte sur place et tu fermes tout en partant. Avec un peu de chance, il se passera un jour ou deux avant qu'on le découvre. Ça me donnera le temps de réfléchir à une stratégie pour manipuler la presse.

– Et la femme ? demanda Campbell. Elle risque de tiquer si elle cherche à le joindre. »

McGinty prit place à l'arrière de la voiture tandis que le chauffeur lui tenait la portière. « Ne te fais pas de souci pour elle. Son cas est déjà réglé. »

Enfoncé dans son siège à l'avant de la vieille Ford Focus, tout au bout de Calcutta Street, Campbell regarda Fegan descendre péniblement d'un taxi. Après avoir payé le chauffeur, il se dirigea à petits pas vers la porte de sa maison, une main pressée sur son ventre. Campbell ne put réprimer une grimace douloureuse en le voyant s'arrêter et cracher un peu de sang sur le trottoir. Puis Fegan se redressa, s'essuya la bouche et entra chez lui.

Le message a dû être plus que clair, songea Campbell. *Il est vraiment mal en point.*

D'une certaine manière, Campbell souhaitait presque que Fegan s'attaque à McGinty. Sa joue le démangeait encore à l'endroit où le politicien l'avait giflé. La mort de ce salopard ne serait pas une perte pour le monde ; on se passerait de lui aussi bien que de McKenna ou de Caffola. En fait, Campbell aurait adoré prêter main-forte à Fegan, histoire d'écrémer le parti. Sauf qu'en échange d'un McGinty, on se retrouverait avec dix voyous qui seraient ravis de prendre sa place et choisiraient d'autres armes, préférant les bons vieux AK-47 et les tirs au mortier aux journaux et aux caméras de télévision. Il fallait bien admettre la triste vérité : Paul McGinty était un moindre mal.

Le pire de tous les maux, c'était le Bull.

Terrance Plunkett O'Kane, un gaillard qui approchait les deux mètres, avait émergé entre 1970 et 1980, pendant les années turbulentes où la branche politique du parti commençait à s'écarter des mouvements paramilitaires. La réputation du vieux s'étendait jusqu'au-delà des mers, et si Campbell ne l'avait jamais rencontré, on parlait déjà de ses mœurs sanglantes dans la Black Watch. Plus tard, lorsqu'il eut quitté le camp d'entraînement pour s'assimiler aux rues obscures de Belfast, il entendit des histoires à vous faire dresser les cheveux sur la tête.

À mesure que le processus politique gagnait en ampleur, la figure du Bull fut associée à une époque révolue. Le vingt et unième siècle appartenait à des hommes comme McGinty qui convoitaient les gros titres de la presse. À près de soixante-dix ans, le Bull semblait heureux de prendre sa retraite et de passer la main à McGinty et à ses copains politiciens.

Apparemment non, pensa Campbell.

McGinty et O'Kane offraient deux faces de la même pièce. O'Kane tenait toujours ses loyaux fantassins, les Eddie Coyle, sur lesquels McGinty et la direction du parti s'appuyaient pour contrôler le petit peuple. En retour, usant de leur influence, les politiques permettaient à Bull d'exploiter tranquillement ses usines à carburant depuis dix ans. Chacun avait besoin de l'autre, et dans cette interaction se maintenait un équilibre précaire entre l'ancien et le nouveau monde.

Un équilibre qu'à présent Fegan venait perturber. Quelles que fussent les raisons de sa folle vendetta, il détenait potentiellement la capacité de faire dérailler le train politique. Si Campbell avait vu juste et que Fegan réussissait à éliminer McGinty, le parti s'en trouverait meurtri. On le remplacerait, bien sûr — selon certaines rumeurs, son successeur était déjà choisi, en attendant de pouvoir l'écarter —, mais la bande de McGinty ne s'en accommoderait pas. Querelles et rivalités se déchaîneraient. Avec la perte de McGinty, l'Assemblée de Stormont, déjà fragile, se trouverait plus que jamais sur le fil du rasoir.

Cela ne faisait aucun doute : Fegan devait disparaître.

Et ensuite ?

Campbell se rappela ce qu'avait dit l'agent. Tout arrêter ? Non, c'était impossible. Lorsqu'il fermait les yeux et s'imaginait quitter cette vie, c'était comme s'il se jetait du haut d'une falaise. Une longue chute vers le néant. Rien que d'y penser, la tête lui tournait.

Du temps de son arrivée à Belfast avec la Black Watch, on disait que ça ne finirait jamais. Les dissensions, les haines, étaient trop profondément enracinées. La sale guerre continuerait à jamais, à coups de bombes et de cadavres entassés. Les politiques s'écrasaient devant le fanatisme de leurs électeurs, et les groupes paramilitaires gagnaient trop d'argent pour se retirer du jeu.

Pourtant, malgré tous les obstacles qui semblaient insurmontables, ils avaient réussi. Campbell ne parvenait pas à y croire. Tout cela lui paraissait irréel. À force de cajoleries et de chantage, sous les pressions exercées par les gouvernements britannique et irlandais, les politiques avaient fini par trouver une solution. Ce minuscule pays, au bout de quatre-vingts ans de luttes et de conflits, pouvait enfin se tourner vers l'avenir.

Campbell, non.

En descendant de voiture, un proverbe chinois lui revint à l'esprit. « Tel est chanceux, qui vit une époque porteuse de fruits. »

Il s'engagea dans un passage qui s'ouvrait entre deux maisons et débouchait sur une ruelle parallèle à Calcutta Street. Longeant les murs, collant son ombre à la brique, il compta les portails à l'arrière des jardins. La peinture s'écaillait sur celui de Fegan, et les gonds parurent près de céder sous la pression de ses doigts. Un simple coup de pied, ce serait facile, mais il ne voulait pas faire de bruit. Escalader le mur ne le tentait pas plus. Il suffirait à Fegan de regarder par la fenêtre pour le surprendre.

Campbell continua son chemin dans la ruelle. Deux maisons plus loin, il se hissa par-dessus le mur d'un jardin, atterrit silencieusement de l'autre côté, et profita d'une poubelle pour passer dans le jardin voisin. Un petit chien l'accueillit en jappant entre divers pots de fleurs. Jurant à voix basse, Campbell lui lança un coup de pied. Merde ! Avec un tel raffut, autant se ramener à dos d'éléphant.

Sans perdre de temps, afin de ne pas attirer l'attention du propriétaire du chien, Campbell s'approcha du jardin de Fegan, risqua un coup d'œil. C'était une simple courette en ciment hérissée de mauvaises herbes. Il balança une jambe par-dessus le mur, roula et retomba accroupi de l'autre côté. De là, il voyait la fenêtre de la cuisine. Le haut du battant était ouvert. Il pourrait y introduire la main pour le déverrouiller et entrer dans la maison.

Comme la plupart des étroites constructions alignées côte à côte dans les rues de Belfast, la maison comportait deux pièces au rez-de-chaussée, deux à l'étage, ainsi qu'une cuisine en avancée au-dessus de laquelle avait été aménagée une salle de bains. Malgré les aboiements du chien, Campbell entendit par la fenêtre ouverte quelqu'un tousser et cracher ; il se représenta Fegan penché sur la cuvette des toilettes, vomissant des caillots de sang. Prudemment, il s'approcha de la fenêtre de la cuisine.

Personne.

Encore des soupirs et des raclements de gorge à l'étage. Campbell grimpa sur le rebord de la fenêtre, passa un bras par l'ouverture et souleva le loquet. Il ne lui fallut pas longtemps ensuite pour se retrouver à l'intérieur.

De l'évier qu'il enjamba avec précaution, il se laissa tomber sur le sol en linoléum. Les semelles souples de ses chaussures de sport ne produisaient aucun son, et, bouche entrouverte pour respirer sans bruit, il s'avança dans la cuisine où rien ne traînait sauf quelques outils disposés sur une étoffe. On pénétrait ensuite dans un salon, comportant un escalier sur la gauche. Sur un buffet s'alignaient une rangée d'objets en bois poli, un antique poste de radio et une bouteille de whisky vide. D'autres sculptures, plus ou moins achevées, s'entassaient sur la cheminée. Une vieille guitare était appuyée dans un coin.

À présent qu'il se trouvait dans la place, Campbell n'hésita pas. Il gagna l'escalier sur la pointe des pieds. Délaissant le pistolet calé dans sa ceinture, il sortit le petit couteau Gerber de la poche de sa veste. Mieux valait agir en silence. Il débloqua la sûreté. La lame jaillit, fine et tranchante comme un rasoir. Fegan mourrait sans émettre une seule parole.

Campbell repoussa les images de chairs entaillées, fendues par la lame, le claquement du cartilage lorsqu'il se rompt. Le cœur battant, il s'engagea dans l'escalier.

Afin de ne pas le faire craquer sous son poids, il posa le pied gauche sur le bord extérieur de la première marche, le pied droit sur le bord opposé de la marche suivante, et monta ainsi, lentement, silencieux comme un fantôme. Aucun grincement ne signala sa progression.

Par la porte entrouverte de la salle de bains, s'échappaient un trait de lumière ainsi que de pitoyables râles et gémissements. Maintenant qu'il avait atteint le palier, Campbell ne pourrait empêcher les lattes d'un plancher centenaire de donner l'alerte. Il fallait foncer. Dès que les hoquets reprendraient à l'intérieur…

Il bondit et enfonça la porte, prêt à planter son couteau dans la première veine qui se présenterait. Au lieu de quoi, son geste ne brassa que de l'air, décrivant un arc de cercle dans un espace vide devant la cuvette.

Il sentit qu'on lui appuyait un objet dur et froid derrière l'oreille.

« Ne bouge pas », dit Gerry Fegan.

28

Fegan écouta la respiration profonde et contrôlée de Campbell, qui, serrant le couteau dans son poing, se préparait à réagir.

« Je ne te le conseille pas, dit Fegan. Je sais que tu en as très envie, mais si tu bouges d'un seul millimètre, tu es mort. »

Toute la tension de Campbell reflua en lui, tel un ressort étiré qui se replie. Ses épaules s'affaissèrent. Un instant plus tard, l'énergie l'avait déserté.

Fegan lui prit le couteau, en referma la lame d'une pression du pouce et le rangea dans la poche de sa veste. Procédant toujours de sa seule main libre, il fouilla Campbell en lui palpant les flancs, puis le dos où il trouva le Glock 23, sous le blouson en jean. Campbell relâcha sa respiration au moment où il sentit Fegan le délester de l'arme.

« Tourne-toi, dit Fegan. Lentement. Et assieds-toi sur tes mains.

– Je peux baisser le couvercle ? » demanda Campbell.

Fegan appuya le Walther plus fort contre son oreille. « Je m'en fous. Vite ! »

Campbell se pencha pour rabattre le couvercle des toilettes. Puis il s'assit en glissant les mains sous ses cuisses.

« Sous tes fesses, ordonna Fegan. Les mains à plat, pouces vers l'arrière. » Il surveilla Campbell qui adoptait la position en se tortillant.

Campbell releva les yeux. « Et maintenant ? demanda-t-il.

– On discute. » Le Glock alla rejoindre le couteau dans la poche de Fegan qui maintenait le Walther braqué sur Campbell. Son sang, bien qu'il lui semblât figé par un froid intérieur, lui envoyait des coups de bélier dans la poitrine et palpitait à ses tempes. Fermant son regard à tout le reste, aux ombres, il se concentra sur Campbell.

Fegan savait qu'il serait suivi à sa sortie du commissariat, par Campbell probablement. Il remarqua plusieurs fois la Ford Focus durant le trajet en taxi. Trop souvent. En arrivant chez lui, il monta droit à sa chambre et prit le pistolet avant de se rendre dans la salle de bains. Il n'avait pas feint les premiers haut-le-cœur. L'eau dans les toilettes était devenue rouge sombre, des crampes douloureuses lui tordaient le ventre. En revanche, il n'imaginait pas que Campbell entrerait dans la maison. Sauf lorsqu'il avait entendu le chien du voisin aboyer.

« De quoi tu veux discuter ? » Campbell secoua sa tignasse brune teintée de roux pour écarter des mèches qui lui tombaient dans les yeux.

« C'est McGinty qui t'a envoyé ? demanda Fegan.

– Évidemment.

– Il veut se débarrasser de moi ?

– Faut croire.

– Pourquoi ? »

Campbell partit d'un rire incrédule. « Je rêve ! Pourquoi, à ton avis ?

– Il sait ce que j'ai fait. Il ne m'en a pas parlé à l'enterrement de Michael. Pas explicitement, mais il sait. »

Campbell hocha la tête. « Exact. Et le prêtre l'a confirmé ce matin. »

Fegan sentit un froid plus grand encore le saisir tout entier. « Quoi ?

– Le père Coulter. Pour lui, c'est comme pisser dans son froc. Il ne peut pas se retenir de parler. T'aurais pas dû lui raconter. »

Les ombres s'agitaient pour prendre forme. Fegan les refoula et déglutit péniblement. « Je… Je n'aurais jamais pensé qu'il ferait ça.

– Ben, maintenant, tu ne te tromperas plus. »

Fegan hocha la tête en silence, encaissant la trahison comme un coup, une douleur au fond du ventre qui s'ajoutait à toutes les autres. « Et Marie ? demanda-t-il.

– D'après McGinty, son cas était réglé. »

Fegan s'approcha jusqu'à toucher le front de Campbell avec le canon de son arme. « Qu'est-ce que ça veut dire ?

– Je ne sais pas. »

Un coup du Walther reçu dans la joue déstabilisa l'Écossais. « Qu'est-ce que ça veut dire ? » répéta Fegan.

Perdant l'équilibre, Campbell se laissa aller contre le mur. « Putain…, soupira-t-il.

– Redresse-toi, ordonna Fegan. Et remets tes mains sous les fesses. Qu'est-ce que ça veut dire ? »

Campbell obéit. « Il n'a pas expliqué. “Son cas est réglé”, ce sont ses paroles. Je ne sais pas ce qu'il entend par là. »

Fegan appuya le canon contre la tempe de Campbell — qui ferma les yeux de toutes ses forces. Il avait envie de presser la détente. D'entendre la déflagration emplir la petite pièce carrelée, puis le sifflement dans ses oreilles, de sentir les minuscules projections lui chauffer le visage, le goût du cuivre sur ses lèvres. Oui… Et ensuite, les deux UFF partiraient. Bon sang, ils ne demandaient que ça. Fegan percevait leur attente, leurs regards anxieux, le désespoir qu'ils avaient d'en finir. Lui aussi ! Mais il avait des questions à poser. Il pensa à Marie, aux fines rides autour de ses yeux, et à Ellen. Son doigt se crispa sur la détente, prêt à tirer, à l'idée qu'elles puissent toutes les deux avoir peur, avoir mal. Il prit une profonde inspiration. Le temps de cette brève fraîcheur qui lui passait dans la gorge, il parvint à se ressaisir.

« Il lui a fait du mal ? » demanda-t-il en écartant le Walther.

Le calme revint momentanément sur le visage de Campbell, suivi par une fugitive colère. « Je ne sais pas, je t'ai dit. Maintenant, soit tu me crois, soit tu tires ta putain de balle. »

Fegan le frappa à nouveau sur la joue avec le Walther, un coup qui lui envoya une décharge dans l'épaule. Il s'affaissa contre le mur, le regard vitreux. Du sang suintait maintenant de l'hématome bleuissant sous son œil gauche. Fegan prit un verre sur le bord du lavabo, le remplit et lui jeta l'eau au visage. Après deux autres verres, Campbell s'était redressé, de nouveau assis sur ses mains.

« C'est qui, le flic ? » demanda Fegan.

La bouche de Campbell se tordit dans un sourire. « Celui qui t'a tabassé ? Je ne le connais pas. » Il rentra la tête dans les épaules en voyant Fegan brandir le Walther. « Je ne sais pas, merde ! C'est le contact de Patsy Toner. Interroge-le. Moi, je n'en avais jamais entendu parler avant aujourd'hui.

– Il faut que je sache qui c'est, dit Fegan. Et pourquoi le policier de la RUC veut sa mort.

– Quoi ? » Campbell releva la tête, fronçant les sourcils.

« Pourquoi lui ? Je ne peux pas finir ce qu'on me demande sans savoir. Qu'est-ce qu'il a fait ? »

Campbell secoua la tête. « Qu'est-ce que tu racontes, Gerry ? »

Fegan soupira en haussant les épaules. « Rien, laisse tomber. » Il lui appliqua le Walther contre le front. « C'est tout, alors.

– Attends ! dit Campbell. Putain, attends !

– Attends quoi ?

– Il y a un moyen. Pour baiser McGinty.

– C'est ce que je suis en train de faire, répondit Fegan.

– Non, non. Écoute-moi. Je te jure qu'il y a mieux. »

Fegan poussa un soupir. Il releva imperceptiblement le canon de l'arme. « Je t'écoute. »

Les yeux fous, l'esprit tournant à pleine vitesse, Campbell débita son idée presque d'une seule traite. « McGinty exploite le meurtre de Caffola tant qu'il peut en le mettant sur le dos des flics. Pour Eddie Coyle aussi, il raconte que les policiers l'ont massacré. Si tu te rends à la justice et que tu rétablis la vérité, on découvrira que McGinty a menti et il perdra toute crédibilité. Parle aux journalistes. Sans la presse, sans la télé, McGinty ne tient pas debout. »

Campbell était plus malin qu'on ne le croyait. « Non, ça ne suffira pas, répondit Fegan.

– Arrête, Gerry. Tu sais bien que tu ne pourras pas l'avoir », dit Campbell avec un sourire qu'il voulait amical et confiant, mais que trahissait sa voix mal assurée. « Il te liquidera avant. Si tu te dénonces, au moins tu resteras en vie. Tu le verras chuter et tu seras toujours vivant.

– Non. » Fegan secoua la tête. « Je ne retournerai pas en taule. Je préfère crever. D'ailleurs, McGinty peut me descendre aussi en prison. Plus facilement, même. »

Campbell se pencha en avant, une supplique sur son visage. « Réfléchis, Gerry. Prends juste le temps de…

– Ferme-la. » Fegan lui colla le Walther sur la bouche pour le faire taire. « Tu sais que je suis fou, hein ? »

Comme Fegan reculait l'arme, Campbell eut un petit rire nerveux mais il ne répondit pas.

« Je déconne dans ma tête, tu le sais, oui ou non ?

– Oui », souffla Campbell.

Fegan s'assit sur le rebord de la baignoire, affaibli par les douleurs de son abdomen qui ne lui laissaient pas de répit. Il maintint le Walther braqué sur le front de Campbell. « Alors pourquoi tu essaies de raisonner avec moi ? »

Campbell cligna des paupières pour évacuer la sueur qui lui tombait dans les yeux.

« Je voulais savoir qui était le flic, reprit Fegan, et pourquoi il le méritait. Mais toi, je *sais* pourquoi tu le mérites.

– Je mérite quoi ?

– De mourir. »

Les ombres se resserraient à présent autour d'eux.

Campbell secoua la tête. « Gerry, je ne…

– Les deux gars de l'UFF », coupa Gerry. Campbell se figea. « Ce n'étaient que des petits voyous, des crétins qui vendaient de la dope pour se payer leurs bières. Jamais ils n'auraient pu avoir McGinty. Impossible. Ils n'y pensaient même pas, d'ailleurs. Tout ce qui les intéressait, c'était de se défoncer avec leur propre came. »

Campbell eut un haut-le-cœur. Un crachat mêlé de sang s'échappa de ses lèvres.

Fegan poursuivit : « Tu les connaissais bien, les connards de l'UFF et les loyalistes. Des gangsters à peine organisés… Pour s'étriper entre eux, ils étaient très doués. Sans parler de tuer des civils qui n'avaient rien à voir avec nous ni avec eux. La cible facile, c'est ce qu'ils préféraient. Même leurs meilleurs éléments n'auraient pas pu s'en prendre à McGinty, et encore moins ces deux-là, des tâcherons au bas de l'échelle.

« Mais tout d'un coup, on apprend que Francie Delaney a passé un deal avec eux. Francie Delaney, qui est encore plus con qu'Eddie Coyle, a racolé deux babouins de l'UFF et prépare un plan contre McGinty. La seule personne à qui Delaney se soit confié, curieusement, c'est toi. Parce que tu l'as battu à mort pour le faire parler.

– Il avait vendu McGinty aux loyalistes. Tout le monde le sait.

– Parce que c'est toi qui l'as dit, et on t'a cru. Tu as rajouté les deux autres pour compléter le tableau, pas vrai ? Ensuite, tu t'es défilé en me mettant sur le coup. Qu'est-ce que tu manigançais ? Pourquoi voulais-tu te débarrasser de Delaney ?

– Ils allaient descendre McGinty, répondit Campbell. Toi et moi, on l'a sauvé.

– Foutaises. C'étaient pas des tueurs, eux, tu te rappelles ? Pas comme toi et moi. Ils sont morts en pleurant et en suppliant comme des femmelettes.

– Putain, ferme-la, lança Campbell.

– Quoi ? Tu les entends, toi aussi ?

– Ta gueule.

– Est-ce qu'ils hurlent quand tu fermes les yeux, la nuit ? »

Fegan perçut une vibration contre sa poitrine et entendit une sonnerie au timbre flûté. Le téléphone, dans sa poche. Une seule personne connaissait le numéro. Il baissa un instant les yeux.

Erreur.

Campbell le saisit au poignet et lui écarta le bras. Par réflexe, Fegan fit feu, pistolet pointé vers le haut. Il reçut dans les yeux la poussière de plâtre qui tombait du plafond. Violemment bousculé, il partit en arrière contre le mur. Sa tête heurta le carrelage et il se sentit glisser dans la baignoire, la vision trouble. Il se concentra de toutes ses forces sur sa main droite, la main sur laquelle Campbell s'était jeté pour arracher l'arme. De ses pieds qui dépassaient de la baignoire, il lança une ruade, comprit qu'il avait fait mouche dans l'entrejambe de Campbell qui poussa un gémissement et relâcha un instant sa prise. Fegan parvint à le repousser, suffisamment pour amener le Walther entre eux.

La violente détonation résonna dans la pièce. Campbell tomba en arrière, le visage tordu par la souffrance. Sa chemise était déchirée et brûlée par la poudre à l'endroit de ses côtes. Le miroir accroché derrière lui se brisa en mille morceaux. Pendant ce temps, Fegan tentait péniblement de sortir de la baignoire, le ventre cisaillé comme par des coups de couteaux. Il tira à l'aveugle sur Campbell qui rampait vers la porte. La balle fit exploser le chambranle.

Fegan s'extirpa de la baignoire et roula à terre. L'estomac en feu, il laissa échapper un cri de douleur. Campbell avait déjà atteint l'escalier. S'accrochant au lavabo pour se relever, Fegan entendit le bruit de la porte d'entrée qui s'ouvrait tout grand, puis des pas précipités au-dehors tandis qu'il se ruait dans l'escalier.

Ébloui par la lumière, la vue brouillée, il distingua Campbell qui courait le long des voitures garées dans la rue. Il visa et tira. Le projectile imprima sa marque au centre d'un parebrise étoilé. Il appuya de nouveau sur la détente. Un rétroviseur vola en éclats, réduit à un amas de plastique et de fils électriques en lambeaux. Campbell arrivait à sa voiture, la main crispée sur ses côtes. Il s'effondra sur le capot quand Fegan tira une fois encore. Un cercle sombre apparut sur la jambe de son pantalon. Il se releva, ouvrit la portière et entra dans la Ford Focus avant que Fegan n'ait le temps de tirer une autre balle.

Fegan se mit à courir, mais les tiraillements de son ventre le ralentissaient. Le moteur démarra. En reculant, Campbell emboutit le véhicule garé derrière lui, puis braqua à fond pour s'engager sur la chaussée et accéléra dans un crissement de pneus. Fegan tira une dernière fois. La balle troua la carrosserie juste au moment où la voiture tournait au coin de la rue.

Plié en deux, Fegan toussa et cracha du sang sur le bitume, les entrailles tenaillées par une atroce brûlure.

Voilà, c'était fini. Inutile de dissimuler maintenant. Il devait s'enfuir, se cacher, trouver un moyen pour descendre McGinty et les autres. Il se redressa et pivota sur lui-même en cherchant du regard les neuf Suiveurs.

« C'est ce que vous vouliez, non ? » demanda-t-il à la rue déserte.

D'un pas vacillant, les bras serrés autour du ventre, il regagna sa porte ouverte. Il n'avait pas beaucoup de temps. En plein après-midi, même dans cette partie de Belfast, on ne tarderait pas à signaler les coups de feu. Il entra dans la pénombre de sa maison.

« Gerry ? »

Il se figea en entendant une voix lointaine, désincarnée.

« Bon sang, Gerry ? Qu'est-ce qui se passe ? Répondez-moi ! »

Fegan sortit le téléphone de sa poche. « Bonjour, Marie, » dit-il.

29

« Vous avez eu de la chance. »

Si le médecin souriait en prononçant ces paroles, Campbell n'en sut rien. Il fermait les yeux de toutes ses forces sous l'assaut de la douleur. Pas tant à cause de l'aiguille qui lui suturait la cuisse, non, mais de la blessure sous ses côtes. Chaque prise d'air, même la plus infime, était un supplice, un hurlement dans ses chairs traumatisées.

« C'est presque fini », dit le médecin. Campbell était entré en boitillant dans le pub de McKenna, laissant une traînée de sang derrière lui. À présent, il était allongé sur une table de l'arrière-salle, où le généraliste à la retraite appelé sur les lieux recousait le trou dans sa jambe.

La deuxième balle de Fegan n'avait fait que l'effleurer en produisant une déchirure superficielle, mais Campbell connaissait assez la balistique pour comprendre que le transfert d'énergie, lors du passage du projectile, représentait l'équivalent d'un coup de massue dans sa cage thoracique. Pour savoir si les côtes étaient cassées, ou seulement contusionnées, il fallait passer une radio. En tout cas, une chose était sûre. Campbell souffrait le martyre. Il osait à peine respirer, de peur de relancer le brasier dans sa blessure couverte à présent d'un pansement.

« Voilà, ça y est », dit le médecin. Campbell entendit le cliquetis d'instruments que l'on pose sur un plateau. « Il n'y a pas de gros dégâts. La balle a traversé la partie externe de la cuisse sur deux centimètres. En général, les armes de neuf millimètres font des blessures nettes et propres. Il y a longtemps que je n'avais pas pratiqué ce genre de soins, et croyez-moi, j'ai vu bien pire. »

En ouvrant les yeux, Campbell découvrit McGinty debout devant lui, toujours vêtu du costume noir qu'il portait à l'enterrement de Caffola. Il ne l'avait pas entendu entrer. Ils échangèrent un long regard, pendant que le médecin se lavait les mains et rangeait son matériel.

« Allez-y doucement pendant quelques jours », conseilla le médecin. Il plaça un petit flacon de pilules sur la table. « Prenez-en trois par jour et restez couché, si possible. Ce sont des antibiotiques, pour le cas où la plaie s'infecterait.

– Merci, Kevin », dit McGinty en lui tendant une liasse de billets. Le médecin hocha la tête et se retira.

« Tu as merdé, Davy », reprit alors McGinty.

Campbell répondit en grimaçant. Parler lui était douloureux. « Il m'a doublé. Même s'il n'a plus sa tête, il reste meilleur que je ne le pensais.

– Ça ne me plaît pas, Davy, dit McGinty. Tu m'as lâché. Je suis très déçu.

– Bon sang, qu'est-ce que je pouvais faire ? Il m'a braqué avec un…

– Tu étais censé le tuer, bordel ! » McGinty abattit son poing sur la table, et l'impact du coup qui vibrait dans la poitrine de Campbell lui arracha un cri. « Tu devais obéir à mes ordres au lieu de t'enfuir.

– C'est lui qui m'aurait tué. »

McGinty se pencha en avant. « Et moi, tu crois que je vais te laisser en vie ?

– Je suis désolé, Mr. McGinty, je n'avais pas…

– Non seulement tu ne l'as pas eu, mais en plus, tu l'as entraîné derrière toi et il a tiré dans la rue. Les flics ont été appelés. Vu qu'il a filé, ils vont se mettre à sa recherche maintenant. Notre ami au commissariat de Lisburn Road a déjà prévenu Patsy. Si la police le pince et qu'il parle, on saura que c'est lui qui a tué Caffola, McKenna, et défoncé le crâne d'Eddie Coyle. De quoi j'aurai l'air, moi, alors ? La presse me prendra dans le collimateur et tout le monde se foutra de ma gueule.

– Est-ce que quelqu'un m'a vu ? demanda Campbell.

– On a signalé une voiture argentée, c'est tout ce qui ressort du témoignage des voisins. » McGinty pointa un doigt menaçant. « Et tu as une sacrée veine de ne pas t'être fait repérer, parce que sinon, tu aurais déjà pris une balle dans la tête à l'heure qu'il est. »

Campbell serra les dents pour ne pas hurler en se relevant sur la table. Sa jambe ankylosée lui semblait peser une tonne, un feu d'artifice explosait entre ses côtes. « On n'a aucune piste ? Peut-être qu'il est allé chez la femme ?

– Non. » McGinty lui tendit sa chemise. « Habille-toi. Patsy Toner fait le guet devant chez elle pour vérifier qu'elle part bien à l'aéroport. Je lui ai réservé un vol.

– Pourquoi ne pas la descendre, tout simplement ? » demanda Campbell en enfilant la chemise avec peine. Il remarqua une déchirure, sous la manche gauche.

Un éclair s'alluma dans les yeux de McGinty. « Ça me regarde. »

Campbell sentit qu'il valait mieux ne pas trop l'interroger. Il descendit de la table. Sa jambe l'élançait à présent. « D'accord, mais vous pourriez vous en servir comme appât pour attirer Fegan. »

McGinty s'accorda un bref temps de réflexion. « Non, trop risqué. Pas avec la conférence de presse demain matin. Si ça tourne mal, je suis foutu.

– Alors, quoi ? demanda Campbell. Il faut attendre que Fegan bouge ?

– On n'a pas tellement le choix, à mon avis.

– En tout cas, j'avais raison sur un point. Il va vous prendre en chasse. Et moi avec. Il a parlé du flic, aussi.

– Lui, il saura se protéger.

– Peut-être, dit Campbell. Et vous ? »

Une heure plus tard, dans son appartement d'University Street, Campbell était allongé sur le vieux canapé usé jusqu'à la trame, un sac de glace contre le flanc et le téléphone à l'oreille.

« Quel bordel, hein ? dit l'agent.

– Oh, ça suffit. » Agacé, Campbell grimaça en réaction aux étincelles qui jaillissaient entre ses côtes. « Je me suis pris deux balles, le canon d'un flingue dans la tête, une engueulade de Paul McGinty... C'est pas la peine d'en rajouter.

– Que j'en rajoute ou non, répondit l'agent, de toute façon, ton compte est bon. »

Sans lui laisser le temps de poursuivre, Campbell raccrocha et posa le téléphone par terre. L'un des sbires de McGinty l'avait ramené au volant de la Focus, mais il s'était débrouillé seul pour grimper les deux étages. Le gros sac de glace généreusement offert par Tom, le barman, était calé au fond du compartiment froid du réfrigérateur qui ronronnait dans la minuscule cuisine.

Le téléphone sonna. Campbell le ramassa en grognant. « Quoi encore ?

– Continue à me raccrocher au nez, et tu peux dire adieu à ta couverture. Si je te plante, tu n'auras personne pour te tendre la main. Pigé ? »

Campbell soupira. « Oui.

– Bon. Qu'est-ce qui se passe maintenant ?

– Pas grand-chose, répondit Campbell. On va devoir attendre que Fegan se montre.

– Quand ça arrivera, où que ce soit, tu as intérêt à le buter.

– Bon sang, je ne suis pas en état de…

– Je m'en contrefous, coupa l'agent. On t'a chargé d'un boulot, tu vas jusqu'au bout. Et je te conseille de prier pour que Fegan ne fasse pas trop de dégâts d'ici là. Cette situation ne plaît à personne. On n'aurait peut-être pas dû te confier l'opération. Tu es infiltré depuis trop longtemps… Alors, ne nous mets pas encore plus dans la panade. »

La communication fut interrompue. Campbell lança le téléphone dans la pièce et se plaqua une main sur les yeux, en proie à une rage aussi brûlante que ses blessures. Il venait de frôler la mort, comme jamais en quinze ans de service, et n'en ressortait pas indemne. Ce dingue de Fegan aurait bien pu l'avoir.

Aurait pu ?

Fegan l'aurait tué, oui, si son portable n'avait pas sonné. La chance, un pur hasard, voilà à quoi Campbell devait d'être toujours en vie. Il frissonna à cette pensée.

Mais il y avait autre chose, une question plus troublante encore. Comment Fegan savait-il ? Car, en effet, il ne se trompait pas : les deux gars de l'UFF n'avaient jamais constitué aucune menace. Les Ulster Freedom Fighters représentaient la branche militante de la Ulster Defence Association, le mouvement protestant ouvrier qui se targuait d'organiser la défense contre les républicains. En réalité, ce n'étaient que de vulgaires voyous tels qu'on en trouvait en abondance chez les loyalistes, le genre à entrer dans un pub et à ouvrir le feu sur tout ce qui bougeait, ou à appeler un taxi pour tirer ensuite sur le chauffeur. Mais quant à neutraliser une cible dangereuse ? Jamais. Ils n'étaient pas faits de cette étoffe-là.

Tout venait de Delaney… Ce petit connard qui l'avait coincé au pub de McKenna en annonçant qu'il était au courant de ses activités clandestines. Aujourd'hui encore, Campbell se rappelait son haleine, l'odeur de son after-shave bas de gamme, et ses cheveux gras qui lui tombaient sur les yeux.

« Donne-moi cinquante mille, avait-il dit avec un méchant sourire. Cinquante mille, et on n'en parle plus. »

Campbell vérifia d'un regard que personne autour ne pouvait entendre la conversation.

« Même si je croyais à ton bluff, comment tu t'imagines que je pourrais trouver cinquante mille livres ? demanda-t-il.

– Par tes agents. Ils paieront pour protéger ta couverture. » Delaney lissa ses cheveux en arrière.

« Tu déconnes ou quoi ? Va te faire foutre, répondit Campbell en le repoussant.

– Je te laisse un jour ou deux pour réfléchir », lança Delaney avant de partir.

Campbell téléphona à son agent le soir même, et en moins de vingt-quatre heures, le plan était bouclé. Il se chargerait d'éliminer Delaney, en concoctant une histoire bidon qui impliquerait aussi deux gars de l'UFF choisis comme pigeons.

McGinty était furieux quand Campbell lui annonça le complot fictif qui se tramait contre sa personne. Pourquoi n'avait-il pas gardé Delaney en vie ? Les UFF devraient donc payer le prix fort. Une agonie particulièrement douloureuse. Le hasard voulut que Gerry Fegan, à ce moment-là, se voie accorder par Maze une relaxe exceptionnelle de trois jours afin d'assister à l'enterrement de sa mère. En raison du code d'honneur qui liait les prisonniers et leurs gardiens, il jouissait alors d'une totale liberté de mouvement. On ne pouvait trouver meilleur tortionnaire, vu que Vincie Caffola était retenu en préventive pour agression. McGinty s'occuperait des détails.

C'est ainsi que, soixante-douze heures après la menace prononcée par Delaney au pub de McKenna, trente-six heures après sa mort à la suite d'un passage à tabac en règle, Campbell et Gerry Fegan réglèrent le sort de deux loyalistes en larmes dont l'un s'était pissé dessus.

Une odeur âcre emplissait la pièce ; un mélange de sueur, d'urine et de sang qui souleva l'estomac de Campbell. La scène se déroulait dans un entrepôt désert au nord-ouest de la ville. Des rampes au néon zébraient le plafond d'une impitoyable lueur blanche et grise. Les sanglots des deux UFF résonnaient entre les murs de parpaings, et sur le sol en béton s'étalait déjà une large flaque de sang.

Les jeunes garçons étaient prêts pour l'interrogatoire, ligotés sur des chaises, lorsqu'ils arrivèrent. Fegan s'était montré peu bavard durant le voyage. Campbell l'observa tandis qu'il tournait autour des deux condamnés. Son visage était un masque de pierre, et dans ses yeux brûlait un feu plus ardent encore que la haine et la colère.

Il se servit du manche d'un pic à glace. Au bout d'une heure, aucun des deux loyalistes n'avait parlé. Non qu'ils fussent forts ni courageux, mais parce qu'ils ignoraient tout d'un prétendu complot contre McGinty. Rien n'apparaissait sur les traits de Fegan, son regard demeurait vide. Sauf à un moment. Quand l'un des garçons se mit à pleurer en appelant sa mère, il sembla éprouver une vague émotion. Campbell crut voir passer une ombre de dégoût ou de pitié sur son visage — impossible de différencier —, mais cette vision disparut si vite qu'il ne pouvait en être certain.

Après les hurlements, lorsqu'il ne resta plus de sang à verser, Fegan lâcha le pic à glace. Il acheva ses victimes avec un pistolet .22. Les détonations roulèrent entre les parois de l'espace désert avant de s'engloutir dans le ciment.

Fegan resta immobile pendant plusieurs minutes, silencieux. Campbell remarqua le fin sillage de larmes sur ses joues.

« Ils ne savaient rien », déclara Fegan.

Campbell s'appuya au mur en luttant lui aussi contre la nausée. « C'est Delaney qui les a dénoncés. Il a donné leurs noms.

– Il a menti.

– Peu importe. McGinty voulait leur mort. C'est tout ce qui compte. »

Fegan s'essuya le visage du revers de la main. Sur sa peau s'imprima une traînée rouge. « J'ai enterré ma mère aujourd'hui », dit-il.

Campbell garda le silence.

Les yeux de Fegan, voilés, se perdaient dans le lointain. « Elle ne me parlait plus depuis seize ans. Elle avait honte de moi. C'est la dernière chose qu'elle m'ait dite. Quand j'ai pu aller la voir à l'hôpital, elle n'a pas voulu qu'on me laisse entrer dans la chambre. Elle est morte en me détestant.

– Pourquoi tu me racontes ça ? »

Fegan revint à lui et se tourna vers Campbell. Il était manifestement troublé. « Je ne sais pas, répondit-il. Bon, on y va ? »

Campbell sortit à sa suite dans la nuit noire. Durant le trajet de retour, il garda un œil sur la route et l'autre sur Fegan. Son cœur cognait dans sa poitrine.

Cela s'était passé il y a neuf ans. Et maintenant, Fegan savait que Campbell avait tout manipulé. Connaissait-il les détails du coup monté ? A priori, oui.

Tout le monde voulait sa mort. L'agent, McGinty. Pour Campbell, c'était une nécessité *absolue*. Parce que si McGinty apprenait la vérité… Il pouvait se préparer à une fin difficile.

30

Fegan attendait dans l'obscurité. Du salon montait le tic-tac patient de la pendule, au-dessus de la cheminée. Un peu plus de dix heures. L'avion de Marie survolait sans doute la mer d'Irlande en ce moment. Direction Gatwick, à Londres. Là, un associé de McGinty l'escorterait avec Ellen jusqu'au logement qu'on leur avait procuré. Cela ne laissait pas beaucoup de marge, mais le père Coulter ne devrait plus tarder à rentrer, plein comme une bourrique. Une fois Caffola en terre et le dernier discours prononcé en début d'après-midi, il avait eu largement le temps d'assouvir sa soif.

Fegan était assis sur une chaise dans un coin de la chambre du prêtre, derrière la porte ouverte. Les Suiveurs erraient çà et là, ombres entre les ombres. En se concentrant, il parvenait à les distinguer et à les faire émerger parmi des couches de ténèbres successives. Il essaya de les repousser, puis de les attirer. Quoi qu'il tentât, ils ne disparaissaient pas. Ils l'observaient.

Toujours là, à l'observer.

Aucun danger qu'il s'endorme, malgré son état de fatigue. Chaque fois que ses paupières trop lourdes se fermaient, leurs hurlements le réveillaient en sursaut. Après ce soir, une fois sa mission accomplie, peut-être lui accorderaient-ils enfin un peu de répit. Il avait encore une longue nuit devant lui, mais il rattraperait son sommeil plus tard. La promesse d'un lit douillet le soutenait, dans un hôtel loin d'ici… Il procéderait au plus vite avec le père Coulter. Après tout, c'était un homme de Dieu.

Fegan chercha à s'installer plus confortablement. Son ventre le faisait souffrir. Il ne crachait plus de sang mais la douleur l'élançait encore, qu'il bouge ou se tienne immobile. La sueur perlait à son front. Apparemment, le père Coulter aimait avoir chaud chez lui, même quand le temps était clément, comme en ce printemps particulièrement doux pour Belfast. Pour ne pas tacher ses vêtements de sang, Fegan avait en plus enfilé un lourd manteau trouvé dans l'armoire du prêtre. Bien qu'il comptât opérer proprement, mieux valait prendre toutes les précautions.

Fegan ne transpirait pas seulement à cause de la chaleur. Il connaissait les symptômes, pour les avoir observés chez son père. Près de quarante-huit heures s'étaient écoulées depuis qu'il avait avalé sa dernière gorgée de whisky. Les tremblements se limitaient encore à de fugitives crispations, mais il était pris de sueurs froides, assailli par des nausées. La langue sèche et rugueuse, il produisait péniblement la salive nécessaire pour s'humecter la bouche. Il se souvenait de son père qui se réveillait en hurlant de ses cauchemars, en proie à de telles visions d'horreur qu'il recommençait à boire. Les Suiveurs le laisseraient-ils rêver, lui ? se demanda Fegan.

La lumière du jour finissant éclairait encore faiblement le plafond, par-dessus les rideaux tirés. Il entendit le ronflement d'un moteur diesel sous la fenêtre. Le frein à main serré par le chauffeur, une portière qui s'ouvrait, quelques mots prononcés d'une voix joviale. Puis le taxi s'éloigna, et une clé chercha la serrure.

Les ombres reculèrent dans les coins.

Fegan sentit un courant d'air frais sur ses chevilles provenant de la porte d'entrée. Des lumières s'allumèrent, s'éteignirent. L'oiseau s'agita dans sa cage et accueillit d'un piaillement furieux le prêtre qui le dérangeait dans son sommeil.

« Ne t'inquiète pas, Joe-Joe, dit le père Coulter d'une voix pâteuse. Ce n'est que moi, bien sûr. Allez, rendors-toi maintenant. »

L'obscurité se fit en bas, et le prêtre s'engagea lentement dans l'escalier ; les marches craquaient sous son poids. Fegan entendit le néon de la salle de bains, une braguette qui coulissait. Le père Coulter fredonnait tout en arrosant la cuvette d'un jet puissant, pendant un temps qui parut infiniment long. Enfin, un filet d'eau au lavabo, des mains essuyées sur une serviette... Le prêtre chantonnait toujours, une mélodie qu'on ne pouvait identifier.

Des pas lourds s'approchèrent. Fegan se crispa. Il contrôlait sa respiration, dans le silence de la chambre, alors que le père Coulter soufflait bruyamment. Le prêtre s'arrêta un instant sur le seuil, puis actionna l'interrupteur.

« Eh merde », lâcha-t-il, voyant qu'il n'obtenait aucune lumière. L'ampoule gisait aux pieds de Fegan.

Le père Coulter entra en soupirant, sous les yeux de Fegan et des ombres mouvantes, enleva ses chaussures et se mit au lit. Couché sur le dos, il se débattit mollement avec les boutons de son col blanc, parvint à s'en débarrasser, puis, épuisé, laissa retomber ses bras et demeura immobile sur les couvertures. Quelques minutes plus tard, ses ronflements sonores emplissaient la pièce.

Les trois Anglais sortirent de l'ombre et s'approchèrent du lit en mimant l'exécution du prêtre. Derrière eux, la femme berçait son bébé qui s'accrochait à sa robe de ses petits doigts. Elle sourit à Fegan. Il acquiesça et se leva, serrant dans une poigne ferme le léger couteau de Campbell. À travers la fine membrane des gants en caoutchouc, il ôta la sécurité. La lame émit un léger cliquetis en jaillissant.

Les ronflements se turent. Dans la pénombre, Fegan distinguait le visage du père Coulter et ses yeux qui papillotaient.

Les ombres reculèrent.

La voix du prêtre s'éleva, à peine un murmure. « Qui est là ?

– Tout va bien, mon père, dit Fegan. Vous avez fait un rêve. Rendormez-vous.

– Un rêve ? Je… je…

– Chut. » Fegan leva le couteau.

« Gerry ? Gerry Fegan ? C'est toi ? »

Fegan ne bougea plus. « Oui, mon père.

– Qu'est-ce que tu veux, Gerry ? Que fais-tu ici ?

– Vous vous rappelez ce que vous m'avez dit à propos des rêves, mon père ? »

Le prêtre essaya de se hisser sur un coude. « Qu'est-ce que tu tiens dans la main ? »

Fegan se pencha pour lui lisser les cheveux. « Les Anglais. Vous vous souvenez ? Vous auriez pu agir, mais vous n'avez rien fait. »

Le père Coulter déclara avec lassitude : « C'était il y a tellement longtemps, Gerry. J'avais peur.

– Et là, vous n'avez pas peur ? »

Le prêtre répondit par l'affirmative.

« Vous n'en rêverez plus désormais, dit Fegan.

– Je t'en prie, Gerry… Qu'attends-tu de moi ?

– Rien, répliqua Fegan. Je vous aurais laissé en vie, vous savez. »

Le père Coulter se raidit. « Pardon ?

– J'étais venu pour ça, l'autre soir, mais je me suis dégonflé. J'ai pensé que je pourrais peut-être vivre avec les trois Anglais. Que vous ne le méritiez pas.

– Quelle que soit ton intention, Gerry, je t'en prie, arrête. On va discuter, hein ? » Le prêtre tenta de se redresser, mais Fegan le repoussa doucement.

« Et puis vous avez transmis le message à Marie. Vous l'avez menacée de la part de McGinty.

– Non, je...

– Et vous avez tout raconté à McGinty. Ce que je vous ai confessé.

– Non, ce n'est pas vrai. Je te le jure, je n'ai jamais...

– Taisez-vous, mon père.

– Oh mon Dieu, non... »

Fegan étouffa les cris du prêtre en lui plaquant sa main gauche sur la bouche. Il porta un premier coup, sans hésiter. Le père Coulter n'eut même pas le temps de se défendre. C'était un bon couteau, une lame acérée qui ne rencontra guère de résistance pour traverser le sternum et plonger dans le cœur. Fegan la retira sans effort et frappa encore deux fois.

Le père Coulter le saisit aux épaules, parcouru de soubresauts. Dans la pénombre, Fegan vit que le prêtre le regardait, les yeux grands ouverts, tandis qu'il recevait dans la main le souffle chaud de ses gémissements.

« Tout va bien, mon père, dit Fegan. Ce ne sera pas long. Vous allez bientôt vous évanouir. Vous ne souffrirez pas. »

Fegan retira sa main. Le père Coulter respirait péniblement, ouvrant et fermant la bouche en silence, puis il porta les mains à sa poitrine. Il n'y avait pas beaucoup de sang.

« Que Dieu te pardonne », exhala-t-il.

Fegan essuya la lame du couteau sur les couvertures. « Ce n'est pas son pardon à Lui qu'il me faut, mon père. Je le sais maintenant. »

Il regarda mourir le prêtre. Après l'agitation, l'afflux de sang à la poitrine, et le râle de l'agonie, le silence retomba. Moins de deux minutes, entre le premier coup de couteau et l'ultime expiration du père Coulter. Fegan ôta le manteau qu'il avait pris dans l'armoire et en couvrit le corps.

Il referma le couteau, le rangea dans sa poche, enfila silencieusement ses chaussures qu'il avait laissées près du fauteuil, et passa à son épaule le sac de sport contenant quelques vêtements, ses passeports irlandais et anglais, deux pistolets, cinquante-sept cartouches, et plusieurs milliers de livres assemblées en liasse. Ainsi chargé, il descendit l'escalier, traversa la cuisine et sortit par l'arrière de la maison en refermant sans bruit la porte derrière lui. Le portail du jardin était verrouillé de l'intérieur. Il escalada le mur, se laissa choir dans la ruelle et partit à vive allure. Une longue marche l'attendait pour gagner le centre-ville, l'hôtel Europa et la gare routière. Il devait faire vite s'il voulait attraper la dernière navette pour l'aéroport.

Fegan avançait tête baissée, six ombres sur ses talons.

SIX

31

Marie McKenna était allongée, nue, à côté de lui. C'était son lit, et en même temps, il ne le reconnaissait pas. C'était sa chambre, et en même temps, ça ne l'était pas. Fegan était nu, lui aussi, et il avait honte. Il voulut rabattre les draps pour se couvrir.

« Non, dit-elle en lui attrapant la main.

– Je ne suis pas propre », répondit-il.

Elle lui intima le silence, se rapprocha de lui et l'embrassa. Son corps était chaud, sa bouche douce comme la brise en été.

« Il y a tellement longtemps, dit-il lorsque le baiser prit fin. Je ne sais plus comment on fait. »

Elle lui prit la main et la posa sur son sein. « Comme ça. »

Il sentit sa peau soyeuse, son sein rond et souple, ferme sous la paume. Le souvenir lui revenait. Oui, voilà. *C'était doux, chaud… Mais poisseux ?*

Il vit que sa main avait répandu des traînées rouges sur le corps de Marie. Elle s'en aperçut à son tour et fit une grimace de dégoût. Il essaya d'essuyer les traces, mais c'était pire, ses doigts laissaient partout leurs empreintes écarlates, sur les seins et le ventre de Marie. Elle s'écarta brusquement.

« Non », dit-il. Il voulut la retenir par les bras, mais à cause du sang, elle lui glissait entre les mains. « Je vous en prie, je vais essuyer. »

Il tenta à nouveau d'effacer les traces de sang et ne réussit qu'à les étaler davantage sur les hanches et les cuisses de Marie. « Je réparerai tout. S'il vous plaît… »

Elle se mit alors à crier et se débattit pour lui échapper. « Laissez-moi tranquille. Allez-vous-en. Au secours ! AU SECOURS ! »

Fegan ne comprenait pas pourquoi elle appelait ainsi à l'aide. Qui la menaçait ? Pas lui, sûrement pas. Bien sûr que non. Ce n'était qu'un peu de sang. Si elle cessait seulement de s'agiter… Mais elle ne se calmait pas. Elle continuait à se tordre en tous sens, à crier, à pleurer, et il voulait vraiment tout nettoyer, mais la main posée sur son épaule l'en empêchait. Le tirait en arrière, le secouait… Et à présent, celui qui l'agrippait ainsi disait quelque chose, lui parlait, alors qu'il devait absolument essuyer Marie. Réparer ce qu'il avait fait. Mais la main ne le lâchait pas, à cause de cette main, il ne…

« Hé, m'sieur. Vous dormirez dans l'avion. »

Fegan repoussa brutalement la main, ouvrit les yeux, et saisit dans sa poche le couteau dur et froid qu'il avait gardé contre la poitrine.

Le chauffeur de l'autobus recula, effrayé. « Ho là, relax… Je vous dis juste qu'on est arrivés. »

Désorienté, Fegan jeta un regard autour de lui. Les lumières étaient mises en veilleuse dans l'autobus. Dehors, des voyageurs attardés entraient et sortaient du terminal. Il avait le cœur en surrégime, le front baigné d'une sueur froide. « Pardon, dit-il. Merci. »

Il attrapa son sac de sport et partit dans l'allée centrale, sous l'œil soupçonneux du chauffeur. Dès qu'il fut descendu, la porte se referma. L'autobus démarra, l'abandonnant en face du terminal, de l'autre côté de la chaussée. Deux agents de la police de l'aéroport gardaient la porte, équipés de gilets pare-balles et de mitraillettes MP5 en bandoulière.

Fegan savait qu'on le fouillerait s'il approchait du terminal. Même au plus fort des Troubles, jamais on n'avait autant renforcé la sécurité. Une guerre qui se déroulait dans un désert, à des milliers de kilomètres de là, effrayait davantage qu'une guerre chez soi. Fegan sortit le téléphone de sa poche et composa le numéro de Marie. Pressant l'appareil contre son oreille, il ferma les yeux. Quand elle répondit, il sentit une onde de chaleur se répandre en lui.

« Je suis là », dit-il.

« Vous auriez dû partir, dit Fegan.

– Sûrement pas. » Marie conduisait vite, poussant le moteur de sa Clio sur la voie rapide qui contournait l'aéroport, en direction du nord. Ellen dormait dans le siège enfant à l'arrière. Elle somnolait déjà dans les bras de sa mère quand celle-ci, chargée d'une valise, avait rejoint Fegan.

« Vous seriez plus en sécurité, reprit Fegan.

– Peut-être, répondit Marie en passant rageusement les vitesses. Mais je refuse d'élever ma fille en obéissant à un putain de gangster qui a des ambitions politiques. Être hébergée par quelqu'un, non, merci. J'en aurais honte toute ma vie. Je préfère rester chez moi, même si j'ai peur.

– Pas sûr, dit Fegan en jetant un regard à Ellen.

– Quels connards ! » lâcha Marie.

Au ton tranchant de sa réponse, Fegan comprit qu'il valait mieux laisser tomber.

« Franchement, reprit-elle, il y avait de quoi rire… J'ai bien vu que Patsy Toner me suivait, avec sa super Jaguar ! Il marchait juste derrière moi dans l'aéroport. Côté discrétion, McGinty aurait pu choisir quelqu'un d'autre. Bref. Je me suis présentée à l'enregistrement, j'ai pris ma carte d'embarquement, et puis, juste avant de monter dans l'avion, j'ai dit que je ne partais pas. Si vous aviez vu ça ! Quelle bousculade ! L'hôtesse faisait une de ces tronches... Elle était moche comme un pou, en plus ! »

Tandis que Marie laissait éclater sa colère, Fegan se taisait.

« Elle m'a passé un savon parce qu'il a fallu aller chercher ma valise dans la soute. Ça a pris plus d'une demi-heure, et ensuite, j'ai dû attendre que la Sécurité me raccompagne à la porte. Je venais juste de sortir quand vous m'avez appelée. »

Elle carburait à l'adrénaline que sa fureur alimentait. « Et Patsy ? demanda Fegan. Vous l'avez revu ?

– Non. Il a dû se tailler dès qu'il m'a vue enregistrer.

– Alors ? On va où ?

– À Portcarrick, répondit-elle. Sur la côte, après Ballymena. Mes parents nous ont emmenés là plusieurs fois, quand j'étais petite. On avait une caravane, mais je connais un hôtel tranquille un peu plus loin. *Chez Hopkirk*. Il n'y a jamais personne... J'espère que c'est toujours ouvert.

– Moi aussi », dit Fegan.

Les rêves se succédaient. Des images atroces, d'autres merveilleuses. Fegan réussit à garder les yeux ouverts jusqu'à Antrim, mais à force de contempler l'autoroute qui défilait inlassablement, il sombra dans un sommeil agité, entrecoupé de sursauts et de brèves pertes d'équilibre. De temps à autre, il avait vaguement conscience que la voiture abordait une montée ou accélérait en suivant les courbes du terrain, à mesure qu'elle s'enfonçait au cœur de l'obscurité.

Enfin, il s'éveilla dans le noir complet. À la pression de ses oreilles, il comprit qu'ils se trouvaient en altitude.

« On est presque arrivés, annonça Marie. Il n'y a plus qu'à descendre les Glens... Vous avez raté le spectacle de Ballymena. »

Elle tourna à gauche et la voiture s'engagea en douceur dans la pente. Par la fenêtre, Fegan devinait une lande qui s'étendait à perte de vue. Des terres inhabitées, sur des kilomètres.

« De jour, c'est magnifique, dit Marie. Tellement paisible. On se sent hors du monde. J'adorais venir ici autrefois. Je voulais acheter une maison et m'installer sur la côte. Mais j'imagine que ça n'arrivera jamais, maintenant. »

Fegan retint son souffle un bref instant quand la lune émergea d'entre les nuages. Le paysage lui apparut, illuminé, avec les collines qui touchaient le ciel à l'horizon. En bas, la mer toute proche renvoyait une lueur argentée, l'Atlantique Nord et la mer d'Irlande se combinant en un miroir dans lequel se reflétait l'astre. Puis la vision s'évanouit. Le disque étincelant disparut, et la route plongea dans le versant de la montagne.

« C'est incroyable…

– Quoi ? demanda Marie.

– Je ne savais pas que ça existait, des choses aussi belles. »

Elle se tourna et lui serra le bras. Fegan hésita entre se dérober ou poser sa main sur la sienne. Il ne fit ni l'un ni l'autre.

À ce moment-là, il pensa à ses six Suiveurs et éprouva une joie étrange. Bien qu'il eût envie d'une nuit tranquille, il voulait aussi leur faire connaître cet endroit. La femme et son bébé… Elle était toujours si jolie, avec son sourire doux et triste. Elle méritait de voir autre chose que l'intérieur spartiate de Fegan, ou que le pub de McKenna.

Après une dernière descente, la voiture se coula souplement dans une série de virages. La route contournait un groupe de maisons blanches, et soudain, ils étaient arrivés. Tout correspondait à la description de Marie. D'un côté, un pont qui enjambait un étroit bras de mer, de l'autre, une vieille église, et une longue plage épousant la baie ouverte sur le nord. Ils dépassèrent un monument aux morts. Captés par la lumière des phares, les noms des pêcheurs disparus jaillirent un court instant, gravés dans le basalte.

L'hôtel se dressait sur la droite, en face de l'embouchure de la rivière, flanqué d'une jolie maison à un étage. Bien qu'il distinguât à peine les falaises qui, à cet endroit, tombaient dans la mer, Fegan sentait leur masse écrasante peser sur les habitations. Marie se gara entre les deux bâtiments. Des rais de lumière filtraient à travers les volets fermés de la maison. Un ballet d'ombres apparut sur les murs ; silhouettes de six revenants ou simple reflet des phares, Fegan n'aurait pu trancher. Que préférait-il y voir ? Prenant conscience qu'il était incapable de répondre, il frissonna.

« C'est là, dit Marie. *Chez Hopkirk.* »

« Oh non, dit Hopkirk. Non, non, non. »

C'était un homme d'âge avancé, grand et mince, avec des cheveux blancs rejetés en arrière qui lui dégageaient le front, un bouc taillé en pointe et d'épaisses lunettes. Tout en parlant, il retroussait le nez et fermait les yeux, comme pour goûter le parfum des mots qu'il prononçait.

« C'est impossible », dit-il, debout derrière le comptoir où était assis un client à l'œil inquisiteur, son whisky et une carafe d'eau à portée de main. Fegan fixa un instant le verre et s'arma de courage.

« Je vous en prie, nous n'avons nulle part où aller », insista Marie qui portait Ellen dans ses bras. La fillette se frotta les yeux en bâillant.

« Les chambres sont fermées, les lits ne sont pas faits, répondit Hopkirk. Je ne loge plus personne depuis des années.

– Si vous avez des draps, je les mettrai. Ou bien nous pouvons coucher à même le matelas. Il est très tard, ma petite fille a besoin de dormir. »

Il était tard en effet, presque deux heures du matin. Visiblement, les heures d'ouverture du bar se décidaient à l'amiable entre le propriétaire et le consommateur. Ce dernier, un homme trapu d'une soixantaine d'années, élégamment vêtu, s'exprima d'une voix à l'accent distingué. « Enfin, Hopkirk, dit-il avec un sourire en coin. N'avez-vous donc aucune pitié ? »

Hopkirk le foudroya du regard. « Je n'ai même pas de quoi fournir un petit déjeuner. Non, vraiment, je ne peux rien pour vous. »

Fegan se débarrassa de son sac, l'ouvrit et y trouva ce qu'il cherchait. Sur le comptoir, dont le vert mousseux laissait deviner de multiples couches de peinture étalées au fil des générations, il posa une liasse de billets. Hopkirk et le client prirent la mesure de la somme et échangèrent un regard.

Hopkirk effeuilla les billets pour les compter.

« Avec ça, on peut rester combien de temps ? demanda Fegan.

– Un bon moment, répondit Hopkirk sans détacher les yeux de la liasse. Mais je ne garantis pas la qualité de l'accueil. Vous devrez vous débrouiller tout seuls pour manger, et vous n'aurez pas d'eau chaude.

– Ce n'est pas grave, dit Marie.

– Attendez… » Hopkirk sortit de derrière le comptoir et disparut dans un couloir sans lumière.

Avec son papier peint à fleurs encadré de boiseries, le bar offrait un décor intemporel. La moquette élimée avait été mal posée et ne touchait pas les murs. Au fond de la pièce, dans une vaste cheminée, les braises mourantes signaient la fin de la soirée. Fegan parcourut des yeux les bouteilles alignées derrière le comptoir et se raidit. Certaines avaient l'air aussi vieilles que lui.

Le client assis sur son tabouret observait Fegan et Marie. « Alors, comme ça… Vous avez eu envie de découvrir Portcarrick à deux heures du matin ? » Malgré le ton ironique, il avait un sourire bienveillant.

« Oui, l'idée nous est venue tout d'un coup », répondit Marie. Entre-temps, Ellen s'était réveillée. Elle clignait des yeux et se frottait le nez. Marie s'approcha du comptoir et y assit sa fille.

« On est où ? demanda la petite.

– Au bord de la mer, répondit Marie. C'est les vacances. »

Ellen ne discuta pas. « J'ai faim, dit-elle seulement.

– On va t'acheter quelque chose, promit Marie.

– J'habite la maison à côté, expliqua le client. Si Hopkirk ne vous trouve rien pour demain matin, n'hésitez pas. Ma femme et moi, on a toujours des œufs et du bacon. »

Marie sourit. « C'est gentil, merci.

– Il n'y a pas de quoi. » L'homme se tourna vers Fegan. « Vous aussi, on dirait que vous avez besoin de vous alimenter. »

Fegan hocha la tête, troublé par le sourire qui lui venait aux lèvres. Il n'avait pas l'habitude de côtoyer des gens aimables.

« Albert Taylor », dit le client en tendant la main. Il indiqua l'éraflure qui apparaissait sur la tempe de Fegan. « Vous revenez de la guerre ? »

Fegan lui serra la main. « George Ferris, répondit-il en rabattant ses cheveux sur l'endroit désigné. Non, je suis tombé. »

Après un rapide coup d'œil à Fegan, Marie enchaîna : « Mary Ferris. » Puis elle présenta sa fille. « Ellen », dit-elle, pour ne pas s'aventurer plus avant dans le mensonge.

Taylor lui serra aussi la main. « Venez frapper à la fenêtre demain matin. Et ne vous inquiétez pas. Si Hopkirk ne se montre pas à la hauteur, vous ne perdrez pas au change. » Il se pencha en avant sur son tabouret pour chuchoter avec un clin d'œil : « Je suis bien meilleur cuisinier que lui. »

La mer grondait et mugissait de l'autre côté de la fenêtre fermée par des volets. Fegan distinguait à peine les six fantômes. Mais il les entendait. Quand ses yeux se fermaient et qu'il dodelinait de la tête, les hurlements commençaient. Le bébé pleurait. Un peu plus loin, dans la chambre, Marie et Ellen étaient couchées l'une contre l'autre, se protégeant ensemble de ces lieux inconnus. La fillette gémissait par intervalles. Apparemment, il lui était difficile aussi de se laisser emporter par le sommeil. Le fauteuil dans lequel Fegan avait pris place était pourtant confortable, et avec la valise de Marie en guise de repose-pieds, il se sentait plutôt à l'aise, malgré son abdomen toujours douloureux.

Il essuya d'une main tremblante la sueur froide qui lui mouillait le front. La gorge sèche, en proie au manque, il se représenta les bouteilles alignées derrière le comptoir du bar, telles des prostituées attendant le client dans un bordel. Il imaginait la chaleur du whisky sur sa langue, la fraîcheur d'une longue rasade de bière, et sa torture n'en fut qu'accrue.

Fegan accorda son souffle sur la respiration régulière de Marie, à laquelle se superposait le déferlement inlassable des vagues. Ses pensées erraient d'un souvenir à l'autre — retrouvant des personnes connues ou des lieux, certains ensoleillés, d'autres gris et lugubres. Il songea aux temps d'avant les mauvais jours, quand il ignorait encore que tous les pères ne se comportaient pas comme le sien. Il se rappela sa mère, la tiédeur de ses bras… Un but tracé à la craie sur un mur, avec cinq garçons qui tapaient dans un ballon en riant, couraient et se bousculaient, torse nu par une chaude soirée d'août… Une certaine Julie, qui n'habitait pas loin, et pourtant semblait vivre dans un autre pays. Après qu'elle eut partagé un sac de bonbons avec Fegan, son père l'avait sévèrement battue en lui défendant de fréquenter « ces garçons-là ». Il allait s'assoupir, menton reposant sur sa poitrine, quand il entrevit une dernière image : la lèvre violette et tuméfiée de la jeune fille. *Tu es dans l'autre camp*, avait-elle dit. *Papa ne veut pas que nous soyons amis.*

Au moment où il plongeait dans le sommeil, le policier se mit à hurler. Les autres émergèrent de l'ombre et unirent leurs voix à la sienne pour ramener Fegan à l'état de veille. Il entendit qu'Ellen remuait dans le lit en gémissant doucement. Sa tête lui paraissait terriblement lourde, comme un bloc d'argile détrempée… Il leur avait déjà donné le prêtre. Ne le lâcheraient-ils jamais ?

Non. Le policier de la RUC réclamait son dû. Fegan le vit qui faisait les cent pas et s'agitait plus que les autres.

« D'accord, chuchota Fegan dans le noir. Demain soir. S'il vous plaît… Je ferai ce que vous voulez, demain. Laissez-moi juste me reposer un peu. Quelques heures. »

Le policier s'attarda un instant puis recula parmi les ombres. Ellen poussa un petit cri, si faible que Fegan crut à un effet de son imagination.

« Mais je ne veux pas rêver, dit-il. Empêchez-moi de rêver. »

Il scruta l'obscurité, guettant un signe, la promesse que les fantômes le protégeraient des horreurs tapies dans son esprit. La femme se détacha des ténèbres et posa un doigt sur ses lèvres.

« Merci », murmura Fegan.

Il ferma les yeux.

32

Debout sur le tapis de course qu'il venait d'arrêter, Edward Hargreaves répondit à son téléphone en haletant. Un peu plus de trois kilomètres en vingt minutes… Pas mal. Sa bonne humeur disparut aussitôt quand la voix suave de la femme au bout du fil déclara que le chef de la police était en ligne.

« Allez-y, parlez…

– Bonjour, Monsieur le ministre, dit Pilkington.

– Qu'est-ce qui se passe encore ? » demanda Hargreaves. Il n'avait pas la moindre intention de se montrer aimable. La matinée s'annonçait trop belle, pas question que ce crétin la lui bousille. De son appartement au dernier étage, il jouissait d'une vue imprenable sur les jardins privés de Cadogan Place, au cœur de Belgravia. Le seul avantage qu'il tirait de ses fonctions, c'était ce luxueux pied-à-terre londonien où sa femme, cette vieille bique, n'avait jamais mis les pieds, et il se battrait ferme pour qu'elle n'en franchisse pas le seuil. Un nuage de vapeur émanait de la salle de bains où une superbe créature se délassait sous le jet brûlant de la douche. Non, l'épouse acariâtre ne viendrait jamais ici lui gâcher l'unique bonus de ce boulot pourri.

« Un autre meurtre », dit Pilkington.

Hargreaves descendit du tapis. « Qui ?

– Un prêtre. Le père Eammon Coulter. Sa gouvernante l'a découvert il y a une heure et demie lorsqu'elle est arrivée pour préparer son petit déjeuner. Je n'ai pas encore tous les détails, mais il semblerait qu'on l'ait poignardé.

– Et en quoi ce prêtre nous concerne-t-il ? demanda Hargreaves, qui jugeait sa question pertinente.

– Pour plusieurs raisons. Il officiait à l'enterrement de McKenna et de Caffola. C'est le cousin de Bull O'Kane, et à ce que j'entends, il n'incarne pas ce que le clergé a produit de mieux. On l'a changé de paroisse à la fin des années soixante-dix après une affaire trouble qui a été soigneusement étouffée, dans le comté de Sligo. Si l'on en croit la rumeur, O'Kane lui-même aurait obtenu sa mutation à Belfast afin de disposer d'un prêtre à sa botte.

– C'est Fegan qui l'a tué ?

– On peut le présumer.

– Je vois, dit Hargreaves. Et pourquoi n'a-t-il pas été neutralisé ?

– Notre homme a fait une tentative hier, mais il a échoué. Selon l'agent infiltré qui a organisé l'opération, McGinty n'est pas content du tout. La direction songe sérieusement à se séparer de lui, même si cela doit provoquer des querelles intestines… En plus, Fegan a disparu. Mes hommes ont été appelés dans Calcutta Street à la suite des coups de feu, mais ils ne l'ont pas trouvé. » Pilkington s'éclaircit la gorge. « Il y a une autre complication.

– Mon Dieu, quoi encore ? » Hargreaves soupira, découragé.

« Une certaine Marie McKenna, la nièce de Michael McKenna. Elle s'est attiré les foudres de McGinty il y a des années, mais il l'a laissée tranquille à cause de son oncle. À présent que l'oncle est décédé, McGinty s'est livré à diverses manœuvres d'intimidation pour l'obliger à quitter le pays. Notre infiltré a fourni des billets d'avion à Marie McKenna et à sa fille, il l'a suivie jusqu'à l'aéroport et l'a vue se présenter à l'enregistrement. Mais elle n'est pas arrivée à destination, et maintenant, elle aussi a disparu.

– Je ne comprends pas, dit Hargreaves. Qu'est-ce qu'elle a à voir avec le reste ?

– Apparemment, elle s'est rapprochée de Fegan. Il se trouvait devant son domicile quand la police l'a arrêté la veille au soir. Nous pensons qu'ils se cachent ensemble quelque part. Auquel cas, même si on retrouve Fegan, il sera plus difficile de mener à bien l'intervention. »

Hargreaves sentit une main chaude lui caresser la nuque. Il se tourna vers la fille qui lui offrait le spectacle de son corps nu, bronzé et encore humide. Elle ne parlait presque pas anglais, mais de toute façon, ça n'avait pas d'importance. « Alors, qu'est-ce qu'on fait maintenant ? demanda-t-il.

– On attend, répondit Pilkington. Fegan ressurgira tôt ou tard. À nous de saisir l'occasion quand elle se présentera. Mais il y a tout de même quelque chose de positif dans tout ça. »

Hargreaves eut un rire sarcastique. « Sans blague ? Éclairez-moi.

– McGinty devait donner une conférence de presse ce matin. Il comptait profiter de ce que l'un de ses hommes de main a été mis à mal par Fegan pour faire porter le chapeau à mes troupes. Puis réitérer ses accusations envers la police qu'il tient pour responsable de la mort de Caffola. Il va probablement annuler son discours… D'après nos amis au parti, le meurtre du prêtre le met en difficulté.

– Une chance pour vous, dit Hargreaves. Certains sacrifices vous seront épargnés, après tout.

– Mon rôle est de faire respecter la loi, Monsieur le ministre, rétorqua Pilkington d'une voix cinglante. Pas de soutenir des actions politiques. Mes hommes n'endosseront aucun crime dont ils sont innocents. Je démissionnerais plutôt que me soumettre à ce genre de pression.

– Ça m'étonnerait ! » dit Hargreaves. Il raccrocha et lança le téléphone sur le lit. La fille lui fit un sourire enjôleur en glissant les doigts dans les poils grisonnants de son torse.

33

En moins d'une minute, par l'œuvre de Paul McGinty, le cabinet propre et terne de Patsy Toner se transforma en décharge. Campbell observait la tornade depuis le fauteuil où il s'était installé, dans un coin de la pièce. Il fut pris d'une irrésistible envie de rire quand McGinty retourna le bureau de Toner sous les yeux de l'avocat impuissant, assis au milieu d'un fatras de livres, de dossiers et de documents. Hilarité qu'il parvint à maîtriser, pour son plus grand soulagement, évitant ainsi de réveiller la douleur cuisante entre ses côtes.

Une fois sa colère retombée, hors d'haleine, McGinty contempla les dégâts. « Bon sang, souffla-t-il. Regarde ce que tu me fais faire.

– Je suis désolé, dit Toner.

– Désolé ? » McGinty le gifla violemment sur l'oreille. « Tu es désolé ? Putain, on ne te demandait qu'une seule chose : t'assurer qu'elle prenne l'avion ! »

Toner leva les mains pour se protéger. « Elle avait enregistré ses bagages… Je ne pouvais pas passer la Sécurité pour la suivre jusqu'à l'embarquement. Je te jure, je croyais qu'elle était partie. »

McGinty arpenta le bureau, mains sur les hanches. « Ah, tu croyais… Mais tu t'es trompé ! » Il pointa un doigt sur Campbell. « Et toi, tu ne vaux pas mieux. J'ai été obligé de téléphoner à Bull pour lui annoncer que son cousin était mort. Tu as une sacrée chance qu'il ne m'ait pas demandé de t'éliminer. »

Campbell voulut répondre, mais lorsqu'il ouvrit la bouche, ses côtes endommagées le réduisirent au silence.

McGinty poursuivit, sans cesser de marcher. « Je devrais être en train de parler aux journalistes et de leur montrer la tronche d'Eddie Coyle. C'est foutu maintenant. Le père Coulter. Un prêtre, nom de Dieu. Mais qu'est-ce qu'il fout, Fegan ? »

Campbell prit une courte inspiration. « Il est dingue, je vous dis.

– En tout cas, ça ne l'a pas empêché de t'avoir.

– C'est peut-être pour cette raison qu'il m'a eu, *justement*, répondit Campbell en défiant McGinty. N'ayez pas peur, il se montrera bien assez vite. Pour vous descendre. »

McGinty s'immobilisa et le foudroya du regard. « Dégage, Patsy. »

Toner était assis, les mains sur les genoux. « Quoi ? Mais c'est mon bureau. Tu ne peux pas me… »

Pivotant sur lui-même, McGinty lui envoya un coup de pied dans le tibia. « Fous le camp immédiatement ou je t'explose la tête ! »

À contrecœur, Toner partit en boitillant vers la porte.

Une fois seul avec Campbell, McGinty reprit : « Fais gaffe à ce que tu dis, Davy. Je ne veux pas qu'on en parle. Pas devant les autres.

– D'accord, mais vous avez intérêt à ouvrir l'œil. Fegan est capable de vous surprendre, n'importe où. »

McGinty s'assit dans le fauteuil de Toner. « Peut-être. S'il a les couilles.

– Ce n'est pas une question de couilles ! Combien de fois faut-il que je vous le répète ? Il est barge. C'était déjà un sale type avant ; maintenant, c'est un sale type, et en plus, complètement *frappadingue*. Je vous conseille sérieusement de vous méfier.

– J'ai compris, dit McGinty en se levant. Moi aussi, j'ai un conseil à te donner. S'il se montre et que tu ne l'as pas buté dans les trente secondes, c'est toi qui devras surveiller tes arrières. »

Campbell soutint son regard aussi longtemps que possible puis détourna les yeux. « Alors ? C'est quoi, le plan ?

– La télé. »

Campbell dévisagea McGinty sans comprendre. « Comment ça ?

– Tu n'as peut-être pas écouté les nouvelles. Tout le monde parle du père Coulter, évidemment, du choc que sa mort a provoqué parmi ses paroissiens et tout ça… J'ai enregistré un petit discours ce matin. Mais on a fait passer un autre sujet en douce : la disparition de Marie McKenna et de sa fille. Une sorte d'avis de recherche, avec un numéro à contacter qui est celui du commissariat de Lisburn Road. Notre ami prendra l'appel.

– C'est risqué, dit Campbell. Les flics peuvent intercepter la communication.

– J'ai promis une belle récompense à notre ami s'il me passe l'info. Il tient beaucoup à son train de vie. Crois-moi, il ne lâchera pas le téléphone de toute la journée. De toute façon, je ne vois pas ce qu'on peut faire d'autre. » McGinty se pencha en avant pour menacer Campbell du doigt. « Mais écoute-moi bien, Davy. Tu n'as plus droit à l'erreur. Si on reçoit un signalement, je veux en finir. Soit tu butes Fegan, soit c'est moi qui te bute. C'est clair ? »

Campbell se leva, la cuisse douloureuse, le flanc déchiré. « Très clair. S'il refait surface, je l'aurai. »

34

« Vous êtes vraiment très aimable », dit Marie.

Mrs. Taylor sourit en posant une assiette de tartines grillées sur la table.

L'odeur du bacon frit emplissait la maison, et Fegan sentit son estomac gargouiller d'impatience malgré les brûlures qui le faisaient encore souffrir. Une grosse théière fumante trônait au centre de la table, avec du lait, du sucre, du beurre, de la confiture.

La maîtresse de maison avait un visage rond, les joues roses et des yeux bleus pétillants. Comme son mari, elle s'exprimait dans un anglais très correct, mais qu'elle agrémentait de temps en temps d'une bonne dose de jurons. En moins d'une demi-heure, elle s'était déjà excusée trois fois de se laisser aller à un langage un peu trop vert en présence d'une enfant.

« Fous-moi le… Sors de là, Stella », lança-t-elle au chien assis près de la table dans l'attente d'une gâterie. C'était un boxer — qui rappelait à Fegan le chien de son grand-père. Stella arborait la même expression d'éternelle culpabilité, comme pour se faire pardonner une faute déjà commise, ou à venir, ou les deux. Loin d'obéir à l'injonction de Mrs. Taylor, le chien se lécha au contraire les babines en la voyant apporter un plat chargé de bacon et de saucisses.

Les yeux brûlants de n'avoir pas dormi, Fegan examina la pièce. Les murs croulaient sous les tableaux — peintures à l'huile et à l'aquarelle —, tandis que chaque surface plane accueillait statuettes et bibelots en quantité.

Il fut à nouveau pris d'une nausée et de sueurs froides. Dans un effort suprême pour se maîtriser, le dos trempé, il s'essuya le front et croisa les mains sur la table afin de les empêcher de trembler. Bien que la lumière du dehors lui parvînt à travers le voile d'une migraine naissante, il distinguait l'embouchure de la rivière, la longue plage étirée à perte de vue, et deux bateaux qu'on devinait à l'horizon, sous un ciel d'un bleu éclatant. Une ligne de terre se dessinait vaguement au loin, à l'endroit où la mer rejoignait le ciel.

Mr. Taylor s'assit à la table. « La presqu'île de Kintyre », expliqua-t-il. Il se pencha vers Ellen. « Tu vois, là-bas ? C'est l'Écosse. »

Ellen se tourna vers la fenêtre en ouvrant de grands yeux. « Regarde, maman. L'Écosse ! »

Marie sourit et caressa les cheveux de sa fille. « Tout à l'heure, on ira se promener sur la plage, tu verras encore mieux. Allez, mange vite. »

Pendant qu'Ellen se préparait méticuleusement un sandwich au bacon, Fegan plongea dans ses souvenirs. C'était en 1994… La nouvelle se répandit parmi les détenus de la prison de Maze qu'un hélicoptère Chinook s'était écrasé à la pointe de la presqu'île de Kintyre. Vingt-cinq soldats du MI5, de l'armée britannique et des services secrets de la RUC, ainsi que quatre membres d'équipage, périrent dans l'accident lorsque l'appareil pris dans une épaisse nappe de brouillard heurta la falaise. Cette nuit-là, républicains et loyalistes célébrèrent l'événement à l'unisson. Mais tandis que les autres prisonniers riaient et donnaient libre cours à leur joie, Fegan demeura dans sa cellule à contempler les fissures du plafond.

Mrs. Taylor revint, une casserole et une cuillère en bois dans les mains. « Qui veut des œufs brouillés ? » demanda-t-elle. Ellen sourit à Fegan en le voyant décliner l'offre, comme elle, avec une moue dégoûtée.

« Alors ? Ce vieux Hopkirk ne vous a pas trop mal traités ? interrogea Mr. Taylor.

– Non, non, répondit Marie. Nous avons l'habitude de voyager à la dure. » Elle se tourna vers Fegan avec un sourire malicieux. « N'est-ce pas, George ? »

Fegan avait oublié le mensonge de la veille. Il réagit avec un temps de retard. « Oh… On a connu bien pire. »

Ellen les regarda tour à tour en fronçant les sourcils. Marie fit un clin d'œil à Fegan. Il lui sourit.

Après avoir servi tout le monde, Mrs. Taylor s'installa enfin à table et commença à manger. Le silence tomba, seulement brisé lorsqu'elle lança une tape sur le bras de son mari qui donnait un morceau de saucisse au chien.

« Alors ? demanda Mrs. Taylor. Qu'est-ce qui vous amène à Portcarrick ?

– On avait juste besoin d'un peu de vacances, répondit Marie. Mais on s'est décidés à la dernière minute.

– En effet. Pour débarquer chez Hopkirk en pleine nuit, il faut avoir agi sur un coup de tête.

– On comptait partir plus tôt, mais George a dû travailler tard. »

Mrs. Taylor se tourna vers Fegan. « Quel métier exercez-vous, George ? »

Fegan prit le temps de mâcher et d'avaler ce qu'il avait dans la bouche avant de répondre. « Je suis employé des services municipaux.

– À Belfast ?

– Oui.

– Dans quel quartier ? Mon mari et moi sommes tous deux originaires de Belfast. »

Fegan chercha un mensonge mais ne trouva rien. « On m'envoie en mission un peu partout. »

L'explication parut satisfaire Mrs. Taylor. « Vous avez entendu les informations ce matin ? demanda-t-elle.

– Non, pas encore, répondit Marie.

– Oh, c'est terrible. Un prêtre a été tué hier soir à Belfast. Quelqu'un s'est introduit chez lui et l'a poignardé. C'est affreux. »

Marie posa son couteau et sa fourchette sur son assiette.

« Effroyable, dit-elle en fixant son interlocutrice droit dans les yeux.

– Curieusement, poursuivit Mrs. Taylor, c'est le prêtre qui a célébré l'enterrement des deux hommes assassinés cette semaine. Étrange, non ?

– À quelle heure est-ce arrivé ? demanda Marie.

– Ce n'était pas précisé. Pendant la nuit… Sa gouvernante l'a découvert ce matin. Qu'est-ce qui se passe ? Vous n'avez pas faim ? »

Marie regardait Fegan, assis en face d'elle. « J'ai assez mangé, merci. Puis-je utiliser vos toilettes ?

– Bien sûr. Après la cuisine, première porte à gauche. »

Le visage toujours tourné vers Fegan, Marie se leva et quitta la pièce.

Fegan ne pouvait plus rien avaler.

« Qu'est-ce que vous avez fait ? demanda Marie.

– Rien. » Fegan sentait la chaleur du soleil sur sa peau, malgré une brise fraîche qui venait de la mer. Les vagues d'eau transparente roulaient sur la plage, et la lumière intense réfléchie par le sable attisait le feu derrière ses yeux.

« Je ne vous crois pas », dit Marie. Ils avaient laissé Ellen jouer avec Stella dans le jardin, sous la surveillance de Mrs. Taylor qui désherbait ses plates-bandes.

« C'est la vérité », répondit Fegan. Le mensonge avait un goût amer dans sa bouche, mais il ne savait que répondre d'autre. Marie ne pourrait jamais comprendre.

Elle s'arrêta, une main levée pour se protéger les yeux du soleil. « Hier soir, vous avez dit que vous aviez quelque chose à faire avant de me rejoindre. C'était le père Coulter, n'est-ce pas ? »

Fegan lutta contre l'envie de fuir son regard. « Non. Je devais aller chercher de l'argent.

– Alors, pourquoi McGinty en a-t-il après vous ? Pourquoi a-t-on envoyé quelqu'un chez vous hier ?

– Parce que j'ai pris votre défense.

– Non, il y a une autre raison. » Elle se remit à marcher. « Vous m'avez aidée, d'accord, mais ça ne justifie pas une telle réaction. Je suis sûre qu'il y a autre chose.

– Vous vous trompez. » Le mépris que Fegan éprouvait contre lui-même, contre sa propre malhonnêteté, lui brûlait la poitrine.

« Et Vincie Caffola ? Et oncle Michael ? Mon Dieu...»

Fegan se détesta de mentir ainsi. « Votre oncle était mêlé à des affaires louches qui auraient entaché sa réputation, et Vincie Caffola tirait dans les pattes du parti. C'est McGinty lui-même qui me l'a raconté. Ils s'étaient fait beaucoup d'ennemis, tous les deux.

– Vous avez déjà tué des gens, dit-elle. Je sais que vous en êtes capable. Il y a quelque chose en vous qui est cassé et n'a jamais été restauré.

– J'ai changé. » Il la prit par le bras pour l'obliger à se tourner vers lui. « Vous avez dit vous-même que ça se voyait. »

cracher le morceau au vieux ? À contrecœur, il libéra Hopkirk.

« Merci, vous êtes très aimable. » Il sourit. Puis se détourna, quitta le bar en boitillant, retraversa la salle à manger, et sortit sous la pluie qui tombait plus fort à présent.

« Alors ? » interrogea Coyle. Il s'était réfugié dans la camionnette et baissa la vitre en voyant Campbell approcher.

« Il dit qu'ils ne sont pas là. »

À la fenêtre de la maison voisine, un chien aboya furieusement pour chasser les deux intrus. Campbell s'installa au volant.

« Tu le crois ?

– Je ne sais pas, répondit Campbell en démarrant. Mais il s'est braqué. On ne peut pas rester. »

L'inquiétude s'afficha sur le visage meurtri de Coyle. « McGinty va piquer une crise si on ne dégage pas Fegan.

– Sans doute, mais si on se fait ramasser par les flics, il piquera une *méga* crise. »

Quelque chose attira l'attention de Coyle, de l'autre côté de la rivière. « Hé… C'est qui, ça ? »

Campbell regarda le pont qu'il indiquait du doigt. « Bon sang, c'est elle, avec la gosse. Mais sans Fegan.

– Il a dû partir en voiture.

– Putain, Eddie. Ta puissance de déduction me débecte.

– Va te faire foutre.

– Accroche-toi », dit Campbell. Il fit brusquement marche arrière en braquant le volant pour tourner la camionnette vers le pont. Les aboiements du chien résonnaient à ses oreilles malgré le bruit du moteur. Le véhicule prit le virage en vrombissant, puis s'élança sur le pont où Marie McKenna marchait avec sa fille sans se douter de rien.

Campbell se déporta de l'autre côté de la chaussée, indifférent au klaxon strident d'une voiture qui venait en face. Marie sursauta et croisa son regard au moment où il écrasait la pédale du frein. Elle chercha des yeux une voie de fuite, mais Campbell était déjà descendu et lui barrait la route. La fillette le dévisageait, bouche bée.

« On se calme, Marie, dit Campbell en tenant son flanc endolori.

– Qu'est-ce que vous voulez ? » Elle jeta un regard affolé tout autour.

« Ne courez pas. Sinon, ça finira mal. »

Les larmes jaillirent dans les yeux de Marie. La petite se pressait contre sa jambe.

« Tout va bien se passer, dit Campbell. Montez dans la camionnette. Pas de panique. On ne discute pas, d'accord ?

– S'il vous plaît, n'emmenez pas Ellen. Il y a des gens dans la maison, là-bas. Ils s'occuperont d'elle.

– Désolé, Marie. » Il fit un pas en avant. « Toutes les deux dans la camionnette. Allez. »

L'air fraîchissait depuis que les derniers lambeaux du soleil avaient sombré derrière les arbres de la forêt de Glenariff. Le silence n'était troué que par le bruit du vent dans les feuilles, la pluie, et les sanglots effrayés de Marie McKenna, assise dans la camionnette, serrant sa fille contre elle. Appuyé contre un arbre, Eddie Coyle regardait Campbell marcher, fiévreusement, de sa démarche claudicante.

« Qu'est-ce qu'il fout, bon sang ! » dit Campbell en regardant le portable qu'il tenait à la main. La réception était encore plus mauvaise sous les épaisses branches des sapins, mais il avait bien fallu quitter la route pour décider de la marche à suivre. Trente minutes s'étaient déjà écoulées, et McGinty ne rappelait toujours pas pour donner ses instructions.

« Je ne buterai pas la gamine », dit Coyle pour la cinquième fois depuis qu'ils s'étaient arrêtés dans la clairière.

Campbell pivota sur ses talons. « Arrête avec ça !

Marie l'observa attentivement. Elle avait les yeux rougis par la colère. « Vous jurez que vous ne les avez pas tués ?

– Oui. »

Elle posa une main sur la poitrine de Fegan, à l'endroit de son cœur. « Vous le jurez sur l'âme de votre mère ? »

Fegan n'hésita pas. « Oui. »

Sans ôter sa main, Marie s'approcha tout près. La peur faisait trembler sa voix quand elle murmura : « Vous le jurez sur la vie d'Ellen ? Vous le jurez sur l'âme de ma fille ?

– Ne me demandez pas ça », dit Fegan.

Marie l'agrippa par sa chemise et serra le poing. « Vous le jurez ? »

Derrière l'espoir qui surgissait dans ses yeux, il y avait autre chose. Un feu que Fegan ne voulait pas voir.

« Jurez-le, et je vous croirai, souffla-t-elle.

– Je le jure. »

Marie hocha lentement la tête et se détourna pour regarder la mer.

Ils marchèrent sur la plage en silence et traversèrent le pont. Dans le jardin de la maison, Ellen ne montrait aucun signe de fatigue, pas plus que le chien qui la pourchassait entre les buissons. Mrs. Taylor, à genoux devant une bordure, le derrière en l'air, arrachait des mauvaises herbes sous un massif de fleurs.

Elle se retourna en entendant le bruit du portail. « Déjà de retour ? s'étonna-t-elle. C'est trop de grand air pour vous ?

– Nous sommes un peu fatigués, dit Fegan.

– Je vais vous aider, proposa Marie.

– Oh non, ce n'est pas la peine, répondit Mrs. Taylor, le visage tout échauffé.

– S'il vous plaît. Ça me ferait plaisir.

– Alors, je veux bien. » Mrs. Taylor s'adressa à Fegan. « Allez donc tenir compagnie à Albert. Il regarde ses films à la télé. »

En réponse à la question muette que posaient les yeux de Fegan, Marie lui serra le bras et le poussa vers la maison. Il trouva Mr. Taylor, les pieds sur la table, devant un film avec John Wayne.

« Ah, George, dit Mr. Taylor. Asseyez-vous. Ça vient de commencer.

– Qu'est-ce que c'est ? demanda Fegan.

– *La Prisonnière du désert*. Vous l'avez déjà vu ? C'est un classique. Le chef-d'œuvre du "Duke".

– Non, dit Fegan. Attendez, je vais accrocher ma veste. »

Il s'approcha des portemanteaux installés dans la petite véranda qui donnait sur le jardin. Des voix lui parvenaient par la porte entrouverte. Des voix de femmes, calmes et posées, auxquelles se mêlaient un rire enfantin et les jappements excités d'un chien.

« Si vous ne voulez pas en parler, vous n'êtes pas obligée, dit Mrs. Taylor.

– Parler de quoi ? répondit Marie.

– J'ai entendu aux infos qu'on recherchait une femme de votre âge, blonde, avec sa fille.

– Ce n'est pas moi.

– Bon, d'accord. Sachez en tout cas que vous pouvez vous confier à moi, si vous êtes dans l'embarras. Vous me paraissez intelligente, mais même les gens intelligents font des bêtises quand ils ont peur. »

Fegan tendit l'oreille. Il compta cinq secondes de silence. On n'entendait que le grondement lointain des vagues, et le chien qui haletait.

« Justement, dit Marie. Je n'ai pas peur de lui. »

Au déjeuner, Marie évita de regarder Fegan. Ellen, qui avait couru devant Stella pendant trois heures dans le jardin, s'attaqua à l'assiette de sandwichs avec un appétit féroce. Le chien lapa un bol d'eau entier et s'effondra de contentement sur le tapis, aux pieds de Mr. Taylor.

Fegan sentait les yeux de Mrs. Taylor fixés sur lui. Ni accusateurs ni craintifs, mais circonspects, comme une mère qui observe le premier soupirant de sa fille. Il lui sourit une ou deux fois. Elle lui rendit son sourire, sans pour autant sortir de sa réserve.

Après le déjeuner, Mrs. Taylor proposa à Ellen de se reposer dans une des chambres de l'étage. La petite fille, qui s'était plainte d'avoir mal dormi la veille parce qu'elle entendait des bruits bizarres, parut heureuse de se glisser sous les couvertures et de laisser aller sa tête sur l'oreiller. Le chien se coucha en boule à ses côtés, ravi lui aussi de cette sieste sur un lit douillet.

Marie insista pour faire la vaisselle avec Fegan, afin que Mrs. Taylor puisse s'asseoir un peu et se délasser les jambes dans un bon fauteuil. Tous deux se retrouvèrent devant l'évier, à se passer les assiettes.

« J'ai réfléchi, dit Marie. Je décide de vous faire confiance, parce que je n'ai pas le choix. Vous êtes le seul capable de tenir tête à McGinty.

– Je ne veux pas qu'il vous nuise.

– J'ai bien compris. Mais qu'est-ce que ça entraîne ? Quand serai-je de nouveau tranquille chez moi ? Combien de temps devons-nous rester à Portcarrick ? Ces gens sont très gentils, mais on ne peut pas s'imposer chez eux éternellement. »

Fegan ajouta une assiette à la pile qu'il venait d'essuyer. « Je vais retourner à Belfast aujourd'hui. Je réglerai ça.

– Comment ? » Marie se tourna vers lui. La vaisselle était terminée. « De quelle manière allez-vous "régler ça" ?

– J'ai des gens à voir. Dans un ou deux jours, vous n'aurez plus à vous inquiéter. »

Elle ne le lâchait pas. « Qu'est-ce que vous allez faire ?

– Je vais régler ça, répéta-t-il.

– Non. Je veux savoir ce que vous allez faire. Dites-le-moi. »

Fegan lança le torchon sur l'égouttoir. Il prit Marie par les épaules, fermement, en la serrant de ses mains sèches et noueuses. « Je ferai tout ce qui est nécessaire pour que vous soyez en sécurité, Ellen et vous. C'est tout. »

Elle le scruta au fond des yeux. « D'accord. Ce qui est nécessaire, et c'est tout. Pas plus. »

Fegan acquiesça, reprit le torchon. Il sentit la main de Marie sur son avant-bras.

« Ni moins », ajouta-t-elle d'une voix tranchante.

Il la regarda sans ciller. « J'aurai besoin de votre voiture », dit-il.

35

Campbell se coula furtivement dans la maison de Fegan, même s'il n'y avait personne à l'intérieur pour le surprendre. La fenêtre de la cuisine était restée ouverte depuis la veille, et il parvint à s'y glisser malgré la douleur que lui causait l'exercice. La cuisine était propre et bien rangée, la cuisinière d'un blanc irréprochable, le linoléum sans la moindre tache. Seul écart dans cette impitoyable rigueur : les outils, qui demeuraient toujours étalés sur une table à moitié dépliée. Campbell inspecta de plus près les scies de différentes formes, les ciseaux à bois et les limes que des lanières retenaient sur le tissu — en réalité, un morceau de cuir doux au toucher. Il les effleura du bout des doigts. Chacun témoignait d'un usage intensif qui n'évoquait en rien le passe-temps d'un dilettante.

Il entra dans le salon. Un canapé et deux fauteuils en bon état, quoique leur acquisition remontât sans doute à plusieurs années. Une table basse au centre de la pièce, fabriquée par une main compétente mais peu soucieuse d'esthétique, couverte d'une épaisse couche de vernis. Un autre support en bois, de facture identique, sur lequel était posée une petite télévision. Un miroir au-dessus de la cheminée. Campbell s'en approcha et contempla son reflet : des rides creusées de jour en jour davantage, une barbe qui avait besoin d'être taillée, des cheveux trop longs.

Un étui à guitare était appuyé contre le mur, dans un coin de la pièce. Campbell l'ouvrit pour en examiner le contenu. Il sortit la guitare, dépourvue de cordes, lui inspecta le ventre en regardant par le trou, la retourna, la secoua. Rien. Après avoir fouillé un petit compartiment logé au fond de l'étui, il replaça l'instrument dans son cercueil et l'y enferma.

Il s'approcha de la table installée sous la fenêtre, remarqua le tissu de feutre sur lequel traînaient quelques petites limes et une boule de laine d'acier. L'endroit était bien éclairé. Campbell imagina Fegan en train de travailler, avec ses mains de tueur qui créaient au lieu de détruire.

La pièce ne comportait pas d'autre meuble, hormis un buffet construit dans le même bois que la table basse — du pin, pensa Campbell —, doté de tiroirs et de charnières toutes simples. Une photo encadrée y était posée. Campbell s'en saisit. Le cliché, datant probablement des années cinquante, ou du début des années soixante, montrait une femme qui souriait à l'objectif, une main levée comme pour saluer et les yeux dans l'ombre. Grande et mince. Blonde. Jolie. Une beauté pleine de fraîcheur. Elle se tenait debout dans une rue qui ressemblait à celle-ci, le pied posé sur la première marche d'un perron.

Campbell réprima le sourire bienveillant qui lui venait aux lèvres, puis toussa. Sa cage thoracique s'enflamma. Il posa la photo en grimaçant.

Une pile de courrier non décacheté reposait à côté d'une bouteille de Jameson vide. Il parcourut les enveloppes, espérant y dénicher un indice qui pourrait le conduire à Fegan. S'il réussissait à le coincer, tout irait bien. Si McGinty mettait la main sur lui avant… Non, Campbell préférait ne pas envisager cette option pour l'instant.

Mais si Fegan chopait McGinty ? Dans ce cas-là, on se trouverait confronté à un problème d'une autre nature, dont il ne fallait pas sous-estimer les conséquences. Si McGinty était tué, ses alliés de longue date se disperseraient, voire s'en prendraient à la direction du parti. Un retour à la violence, même seulement interne au mouvement, risquait d'entraîner sa fin. McGinty avait servi de tampon entre les voyous de la rue et les esprits davantage sensibilisés par la politique. À présent qu'il avait rempli sa fonction, les dirigeants cherchaient à le mettre au placard et à s'écarter de la voie qu'il représentait, lui et d'autres, tels que Bull O'Kane. Mais il fallait agir en douceur, avec prudence. Les fantômes d'une époque révolue pourraient bien revenir hanter le processus politique, et même si les élus se montraient plus malins, l'intelligence n'avait jamais arrêté une balle.

Des factures, rien d'autre. Campbell reposa le courrier. Prenant garde de ne pas activer la douleur de ses blessures, il s'accroupit pour ouvrir le buffet. Vide, à part un tiroir qui contenait deux annuaires téléphoniques, toujours dans leur emballage en plastique. Il se releva et parcourut la pièce du regard. Pas de téléphone. Putain, ça existait encore, des gens qui n'avaient pas le téléphone ?

Campbell gagna l'escalier. Dans le hall, entre la première marche et la porte d'entrée, il remarqua des taches rouge sombre sur la moquette. Son propre sang. Il monta en suivant les traces, marqua une pause sur le palier. La salle de bains, deux chambres. Sachant pourtant qu'il n'y découvrirait rien, il entra dans la salle de bains. Les éclats du miroir crissèrent sous ses pieds. Il y avait un petit trou dans le mur à hauteur des yeux, et un autre au plafond. Les policiers de la veille n'avaient sans doute pas noté ce détail. Fatigués, surmenés, ils n'allaient pas passer au peigne fin la maison d'un ex-terroriste. Nulle traînée de sang au sol ne signalait ici les blessures de Campbell.

Sur le rebord de la fenêtre était posé un verre, dans lequel on se serait attendu à trouver une brosse à dents et un tube de dentifrice. Tous les autres accessoires de toilette semblaient au complet. Seul manquait un rasoir. Malgré sa précipitation, Fegan avait emporté l'essentiel.

L'une des chambres ne comportait aucun meuble, même pas un lit. C'était une pièce propre et nue, couverte d'une moquette collée avec soin que Campbell songea un instant à arracher. Mais rien ne laissait soupçonner qu'on eût aménagé une cachette sous ce revêtement immaculé, et à l'idée des représailles que son flanc douloureux lui infligerait, il renonça.

Le placard du palier ne contenait que des serviettes et des draps, pliés et rangés avec application. Il y glissa la main, convaincu que sa fouille serait infructueuse.

Ne restait plus que la chambre principale. La porte grinça sous la poussée de Campbell. Comme lui, Fegan ne mettait pas de graisse dans les gonds. Sur le lit tiré au cordeau, une légère dépression indiquait que quelqu'un s'était assis à cet endroit. Il s'agenouilla pour regarder sous le sommier, aperçut une boîte à chaussures qu'il attrapa et ouvrit. La boîte était vide, mais il reconnut l'odeur du lubrifiant pour armes à feu. Une balle de neuf millimètres, vestige solitaire, roula d'un coin à l'autre du carton.

« Merde », dit-il en jetant la boîte. Il n'y aurait rien non plus sous le matelas. Ce n'était pas la peine de défaire le lit, mais il ne put s'en empêcher.

« Où es-tu, bordel ? » demanda-t-il au monceau de draps et d'oreillers après les avoir démantelés. Le matelas était maintenant appuyé contre le mur, les lattes du sommier exposées. Ne restait que l'armoire. Comme il s'y attendait, il n'y trouva que des chemises et un vieux jean. Une exploration rapide des poches ne donna rien non plus.

Campbell allait refermer l'armoire quand quelque chose attira son attention. Un objet de petite taille, de forme oblongue, repoussé tout au fond. Il se pencha et sortit une étroite boîte en bois, recouverte de plastique noir, qui ressemblait à un coffret à bijoux.

Des lettres. Non décachetées, portant l'inscription HM[1] PRISON MAZE, et le tampon *Retour à l'expéditeur*. Campbell en compta douze au total, rangées par ordre chronologique, la dernière sur le dessus. Après une seconde d'hésitation, il l'ouvrit.

À l'intérieur était pliée une feuille écrite d'une main soignée, avec des petits caractères réguliers et uniformes, comme si l'auteur craignait de révéler le moindre aspect de sa personnalité par son graphisme. La lettre était datée du 14 décembre 1997. Un peu plus de neuf ans et demi s'étaient écoulés. Campbell lut en retenant son souffle.

Chère Maman,

Le père Coulter est venu aujourd'hui. Il m'a appris que tu étais très malade, que tu avais un cancer. J'en ai parlé au nouveau psychologue, le docteur Brady, et il m'a dit qu'on m'autoriserait probablement une sortie pour te rendre visite.

S'il te plaît, accepte de me voir. Je regrette ce que j'ai fait. Je regrette de t'avoir déçue. Je sais que tu as honte de moi. Je te comprends. Moi aussi, j'ai honte.

S'il te plaît, laisse-moi venir te voir. Si je pouvais recommencer, je ne commettrais plus les mêmes erreurs. Je sais que ton cœur est capable de pitié. Le mien était fermé autrefois, mais j'ai compris maintenant.

S'il te plaît, aie pitié de moi. S'il te plaît, accepte de me voir avant d'être encore plus mal.

Ton fils,

Gerald.

---

1. Her Majesty.

Campbell ferma un instant les yeux, conscient de la texture du papier dans ses mains, à l'écoute de ses propres battements de cœur. Rouvrant les yeux, il plia la feuille après avoir effacé la trace de sa larme et la remit dans l'enveloppe, puis rendit la lettre à sa boîte qui reprit place au fond de l'armoire, là où il ne pouvait la voir.

« Merde ! » lança-t-il en sursautant parce que son portable vibrait dans sa poche. Il regarda l'écran. Numéro masqué. Ce pouvait être n'importe qui. Du pouce, il appuya sur réponse. « Allô ?

– On l'a trouvé », dit Patsy Toner.

36

« Voilà », dit le jeune homme au visage marqué par l'acné. Il laissa tomber l'éponge dans le seau. « On pourrait faire mieux, mais vu que vous êtes pressé… »

Fegan lui donna deux billets de vingt livres. « Merci.

– Dites… Ça va, vous ? »

Fegan mit les mains dans ses poches pour en cacher le tremblement. « Super », répondit-il en se tournant vers la voiture.

Des Viper Stripes, ainsi les appelait-on. Deux bandes blanches dessinées sur le capot, le toit et le coffre de la Clio, pour créer un look sport que Fegan jugeait parfaitement ridicule. Il n'appréciait pas davantage les autres petites voitures garées devant le garage Motor Kit d'Antrim. Toutes avec boucliers, extensions d'ailes, suspensions abaissées. Et conduites par de jeunes boutonneux portant casquettes de base-ball.

Auparavant, sur le parking d'un site touristique, Fegan avait décroché les plaques d'immatriculation d'une autre Clio verte, puis acheté de l'adhésif extra-fort dans une quincaillerie de Ballymena pour les fixer par-dessus celles de Marie. Le policier le plus attentif n'aurait pu reconnaître le véhicule de la femme disparue.

Dix ou quinze ans plus tôt, il était impossible de faire le trajet de la côte à Belfast, en traversant deux villes importantes, sans se heurter à un barrage. À l'époque, Fegan aurait pu s'attendre à plusieurs contrôles de l'armée ou de la police. Combien de fois des Anglais ou des UDR l'avaient-ils sorti de sa voiture, fouillé sur le bord de la route, tandis que des hommes en uniforme arrachaient l'intérieur de l'habitacle ? Les jeunes conducteurs de ces véhicules *tunés* ne supporteraient pas aujourd'hui de subir un tel outrage ; pourtant leurs pères, protestants et catholiques confondus, l'avaient enduré pendant des dizaines d'années.

Le temps changeait. Après des semaines de douceur, le soleil faiblissait. Des nuages bas s'installaient. Le monde devenait gris, et Fegan se sentit le cœur lourd en ouvrant la portière de la voiture.

Il s'assit au volant, mit le contact, et démarra. La Clio accusa le choc d'un changement de vitesse maladroit ; il n'avait pas conduit depuis longtemps. Bientôt, il s'engageait sur la rampe de la M2. Dans moins d'une heure, il serait à Belfast.

37

« Putain, il t'a bien arrangé, dit Campbell.

– Va te faire foutre », articula Eddie Coyle en ouvrant à peine la bouche. Fegan lui avait cassé deux dents et disloqué la mâchoire. Son visage ressemblait à un moule en pâte à modeler, violet et jaune, dont on aurait cousu les morceaux.

« Vos gueules », lança McGinty, assis à son bureau. Il indiqua à Campbell la chaise à côté de Coyle. « Assieds-toi. »

Le cabinet de travail de McGinty, de taille modeste et au mobilier strictement fonctionnel, reflétait les exigences d'un parti dévoué à la cause du peuple. Les murs s'ornaient d'images de héros républicains, tels James Connolly et Patrick Pearse. Au-dessus d'un drapeau tricolore irlandais était accrochée une carte de l'Irlande montrant les quatre provinces.

« Notre ami au commissariat de Lisburn Road a détourné un appel ce matin, annonça McGinty. Le propriétaire d'un hôtel. La chance est avec nous, heureusement, vu que vous avez merdé tous les deux. »

Campbell pointa un doigt vers le plafond, puis sur son oreille.

McGinty secoua la tête. « Il n'y a pas de micros cachés, on est tranquilles. J'ai fait inspecter la pièce ce matin. Donc... Notre ami s'est bien débrouillé. Il sera généreusement récompensé, et vous deux — ce n'est pas de gaieté de cœur, mais je vous donne une deuxième chance. Vous croyez que vous allez réussir à ne pas tout faire foirer, cette fois ? »

Campbell et Coyle ne répondirent pas.

« Si je n'étais pas tenu d'agir dans le plus grand secret, je m'adresserais à quelqu'un d'autre. Mais comme c'est une affaire délicate, à vous de jouer.

– Où sont-ils ? demanda Campbell.

– À Portcarrick, un petit village sur la côte d'Antrim. Très joli. Il y a un vieil hôtel au bord de la baie, *Chez Hopkirk*. Ils sont arrivés tard hier soir, apparemment. Gerry Fegan, Marie McKenna et la gamine. »

Même si Campbell connaissait la réponse, il posa quand même la question. « Qu'est-ce que vous voulez qu'on fasse ? »

McGinty le dévisagea froidement.

« Devine.

– Et la femme ? »

Une brève hésitation passa dans les yeux de McGinty. « Si elle vous gêne, faites ce que vous avez à faire. »

Coyle essuya un filet de bave qui lui coulait sur le menton avec un mouchoir crasseux. Il se pencha en avant. « Et la gosse ? »

McGinty pivota dans son fauteuil pour se tourner vers la fenêtre et contempla le ciel gris. Il se passa une main sur la bouche, puis regarda ses doigts comme s'il s'attendait à y voir du sang. « Faites ce que vous avez à faire, j'ai dit. »

« Je ne veux pas buter une gamine. »

À cause du moteur bruyant de la camionnette, il était difficile d'entendre Coyle qui parlait entre ses dents serrées. Le véhicule, dont la peinture rouge s'écaillait et laissait apparaître des traînées de rouille, avait été acheté le matin dans une casse. Campbell conduisait.

« On devrait pouvoir l'éviter, dit-il.

– Mais peut-être pas. » Coyle se tamponna la bouche avec son mouchoir.

« On verra bien. Tu sais comment on y va, dans ce bled ?

– Plus ou moins. Prends la M2 jusqu'à Antrim, puis direction Ballymena. Après, on suivra les panneaux. »

Campbell emprunta Falls Road pour gagner l'est de la ville. Ils passèrent devant la Divis Tower, théâtre d'innombrables violences à une époque pas si lointaine. Durant les années soixante-dix, l'armée britannique avait réquisitionné les deux étages supérieurs de l'édifice, qui en comptait vingt au total, pour établir un observatoire avec vue plongeante sur la ville. Parce que la tour se dressait au cœur du quartier républicain, les troupes ne pouvaient y accéder que par hélicoptère. Campbell s'était souvent demandé comment les habitants de l'étage inférieur supportaient d'entendre les pas de l'ennemi au-dessus de leurs têtes, dans le remue-ménage des hélicoptères qui charriaient des soldats à toute heure du jour et de la nuit. Les militaires avaient déserté les lieux deux ans auparavant, probablement aussi heureux de partir, songea Campbell, que les habitants d'en être délivrés.

La camionnette s'engagea sur la Westlink, qui devenait ensuite la M2 et filait vers le nord et les montagnes d'Antrim. Campbell grimaçait de temps à autre, quand les secousses de la camionnette ranimaient le feu entre ses côtes. Sa cuisse non plus n'était pas épargnée par la longue course de la pédale d'embrayage, d'autant que la circulation piétinait, ralentie par les travaux qui bloquaient l'embranchement avec la M1, plus au sud. À quoi donc servait le progrès, s'il n'apportait que des embouteillages ? La paix avait coûté cher aux Irlandais du Nord, mais Campbell n'eût pas été surpris d'apprendre qu'ils se trouvaient encore plus agacés par l'engorgement des routes.

Il se tourna vers Coyle, assis à la place du passager. « Dis-moi… Qu'y a-t-il entre cette femme et McGinty ? Ce n'est pas seulement à cause de l'histoire qu'elle a eue avec un flic. Qu'est-ce qui s'est passé d'autre ?

– Ça ne te regarde pas.

– Allez. » Campbell lui sourit. « On peut bien se raconter une ou deux petites choses pendant le voyage, non ? »

Coyle fit non de la tête en soupirant.

« T'es vraiment pas marrant. Pourquoi tu ne veux pas me le dire ? »

Coyle compta sur ses doigts à mesure qu'il énumérait les raisons. « Un, parce que tu es un sale con. Deux, parce que si tu fourres ton nez dans la vie privée de McGinty, c'est le meilleur moyen de te retrouver avec les jambes cassées. Trois, parce que ça me fait un mal de chien de parler. Alors, ferme-la et regarde la route. »

38

L'air était lourd et chargé de pluie. Debout à un arrêt de bus, Fegan surveillait le bureau de Patsy Toner depuis le trottoir d'en face. Le cabinet de l'avocat occupait un appartement de location situé au-dessus d'un magasin de journaux dans Springfield Road. Sa Jaguar était garée en bas. Il était sept heures du soir, et le ciel gris reposait sur la ville comme un couvercle.

Fegan avait mal à la tête, par intermittence, entre les vagues successives de nausées. À quelques mètres de là, les fenêtres d'un bar clandestin luisaient dans la triste tombée du jour. Il repoussa la tentation. Toner sortirait bientôt et irait prendre un verre. Fegan découvrirait alors pourquoi les Suiveurs réclamaient la mort de ce flic. Une fois qu'il connaîtrait son identité, il partirait à sa recherche, trouverait un moyen de l'attirer…

Et ce serait fait.

Le policier de la RUC le laisserait tranquille, comme les autres. Ensuite, Campbell et McGinty, demain ou après-demain, et il serait enfin libre. Fermant les yeux, il se représenta une chambre sombre, silencieuse, où il pourrait poser sa tête sans craindre d'entendre des hurlements.

Seul.

Un mot qui avait un goût à la fois doux et amer. Dormir en paix, mais seul. Il serait obligé de s'enfuir, de quitter Marie et Ellen. Au moins, elles vivraient en sécurité. C'était tout ce qui importait finalement.

Il ouvrit les yeux et sentit un grand froid l'envahir. Les ombres se resserraient autour de lui.

La lumière s'éteignit à la fenêtre de Toner.

« Le voilà », dit Fegan.

En traversant la rue, il enfila des gants en latex. Il s'accroupit contre la portière arrière de la Jaguar et serra la poignée. Un étroit escalier descendait du cabinet de Toner jusqu'à la porte de l'immeuble. Il entendit le battant s'ouvrir, se refermer, un tintement de clés qu'on tenait à la main. Toner parlait dans son portable.

« Alors, c'est réglé ? demanda-t-il. Enfin une nouvelle qui fait plaisir. Ils n'ont pas intérêt à foirer, ce coup-ci. »

Fegan retint son souffle et se prépara.

« Prévenez-moi quand ce sera fini. Je boirai un coup pour fêter ça. »

Fegan entendit le claquement du téléphone que Toner refermait, juste avant d'actionner le déverrouillage automatique de la voiture. *Attends*, *attends*…

Il tira sur la poignée au moment où Toner ouvrait la portière du conducteur. Pendant que l'avocat s'installait au volant, il se glissa sur la banquette arrière. Il attendit que Toner claque sa portière et, alors seulement, rabattit la sienne.

« Nom de Dieu ! » Toner se retourna, la bouche grande ouverte, les yeux écarquillés. Il vit d'abord le visage de Fegan, puis le pistolet que celui-ci tenait à la main.

« Salut, Patsy », dit Fegan.

Obéissant aux instructions de Fegan, Toner prit la direction de l'est et bifurqua ensuite vers le nord. Un concert de klaxons s'éleva sur la Westlink lorsqu'une vieille camionnette rouge qui venait de les doubler se faufila dans l'embouteillage en grillant les autres voitures. À l'approche de la longue bretelle d'accès à la M2, la circulation devint plus fluide. Fegan risqua un coup d'œil par la fenêtre. Sur l'autre rive du fleuve, les lumières du complexe Odyssey s'allumaient pour accueillir la foule du samedi soir. À cent mètres de là, moins d'une semaine auparavant, il avait appuyé sur la détente et réglé la dette de Michael McKenna.

« Accélère », dit-il à Toner.

En vingt minutes, sous un ciel rattrapé par la nuit, ils atteignirent un site industriel situé au nord-ouest de la ville. Fegan ordonna à Toner de se garer entre deux entrepôts, à un endroit qu'on ne pouvait voir depuis l'autoroute. En ce même lieu, neuf ans plus tôt, les deux UFF avaient trouvé une mort atroce. Ils étaient encore là aujourd'hui, avec leurs masques de haine et de douleur, marchant en rond sous la pluie qui commençait à tomber et montrant les blessures que Fegan leur avait infligées. Il fut incapable de soutenir leurs regards.

L'usine était désaffectée à présent. Il ne restait que des squelettes de béton et d'acier, tels des géants recueillis autour d'une tombe, qu'on démolirait bientôt pour les remplacer par un lotissement.

« Donne-moi les clés », dit Fegan.

Toner s'exécuta. En se retournant, il osa à peine croiser le regard de Fegan. « Qu'est-ce que tu veux, Gerry ? Tu me fous les jetons. »

Fegan glissa les clés dans sa poche. « C'est qui, le flic ? »

Toner cligna des yeux. « Quel flic ?

– Celui qui bosse pour vous. Tu m'en as parlé le jour où j'ai été interpellé. Celui qui m'a tabassé. »

Toner leva les mains. « J'en sais rien, Gerry. Ce n'est qu'un flic parmi d'autres. Je ne l'ai jamais rencontré.

– Tu mens. Davy Campbell m'a dit que c'était ton contact.

– Non, ce n'est pas vrai. Je le jure devant Dieu, Gerry, je ne le connais pas.

– Donne-moi ta main. »

Toner secoua lentement la tête. « Non. »

Fegan leva le pistolet dans sa main droite, qui ne tremblait plus maintenant, et tendit la gauche.

« Non », répéta Toner.

Fegan appuya le Walther contre sa tempe. Fermant très fort les yeux, l'avocat présenta sa main.

« Je te pose la question une dernière fois, dit Fegan en lui attrapant le petit doigt. C'est qui, le flic ?

– Bon sang, Gerry. S'il te plaît. Je ne sais rien. Je fais juste passer les messages de McGinty de temps en temps. Je plaide des affaires pour lui, c'est tout. Le reste, je ne m'en mêle pas. »

Fegan posa le Walther sur la banquette, hors d'atteinte, et saisit le poignet de Toner. De son autre main, il lui tordit le doigt, étirant la jointure à son point maximum, jusqu'au craquement de l'os désarticulé.

Toner hurla.

« Tu aurais dû me le dire, Patsy. Ce n'était pas la peine d'en arriver là.

– Merde… » Toner essaya de retirer sa main, mais Fegan serra et lui arracha encore un cri.

La chaleur monta d'un cran dans la voiture. À travers le gant en latex, Fegan sentait palpiter le doigt qui enflait déjà. « C'est qui, le flic ? demanda-t-il.

– Je t'en prie, Gerry. S'il te plaît, non. » Les larmes coulaient sur les joues enflammées de Toner. « Je ne peux pas te le dire. McGinty… Bon Dieu, il me tuera. Je t'en prie, Gerry. Arrête. »

Fegan lui tordit l'annulaire. « C'est qui, le flic ?

– Gerry, par pitié, je ne peux pas. »

Le hurlement de Toner étouffa le bruit sec de l'os qui cédait.

Fegan soupira. Toner le surprenait en montrant une résistance inattendue pour quelqu'un qu'il avait toujours jugé faible. Il lui malaxa les doigts.

« C'est qui, le flic ? » Comme les cris de Toner couvraient sa voix, il reposa la question, plus fort. « C'est qui, le flic ?

– Arrête ! Arrête ! »

Fegan le saisit fermement par le poignet. Dans l'atmosphère étouffante de la voiture, on percevait presque la chaleur qui émanait de la main de l'avocat, combinée à l'odeur de la transpiration et de l'urine. Fegan réprima une nausée.

« C'est qui, le flic ? »

Toner répondit dans un gémissement. « Brian Anderson... C'est un sergent. On se sert de lui depuis longtemps. Depuis les années quatre-vingt.

– Qu'est-ce qu'il fait pour vous ? »

Toner respirait bruyamment, les traits décomposés par la douleur. « Plus grand-chose, maintenant. Il refile des tuyaux de temps en temps, il nous tient au courant des éventuels coups de filet. McGinty le paie des clopinettes pour le garder sous la main. »

Fegan relâcha sa prise et laissa reposer la paume de Toner dans la sienne. « Plus grand-chose maintenant, tu dis. Et avant, qu'est-ce qu'il faisait ?

– Il nous renseignait sur les autres flics. Quelles bagnoles ils conduisaient, où ils habitaient, les bars qu'ils fréquentaient, où ils mettaient leurs gosses à l'école. Il vendait les infos à McGinty. »

Le souvenir revenait... Fegan se rappelait le visage du policier de la RUC, juste avant qu'il ne l'abatte.

« Il a été blessé au bout d'un mois de service, continua Toner, le souffle court. Une bombe dans une boîte à café, pendant une patrouille. Il a eu la hanche bousillée. Infirme à vingt-trois ans. Depuis, il est coincé derrière un bureau. Il s'occupe de la paperasse, il rédige des rapports, il répond au téléphone, ce genre de choses. C'est un vicelard de première. Un vendu. Je lui donnais son pognon. Oh, Gerry… McGinty va me tuer. »

Toner continua à gémir, à supplier, mais Fegan ne l'entendait plus. Il avait cessé d'écouter et remontait le fil de sa mémoire.

C'était sa première victime. Il se revoyait, moins d'une semaine après son vingtième anniversaire, posté dans la rue enneigée pour surveiller la sortie d'une école primaire. Aucune Ford Granada en vue. Pourtant, d'après McGinty, le policier de la RUC arrivait toujours avec cinq minutes d'avance quand il venait chercher son fils le vendredi.

Sur le trottoir d'en face, un gamin attendait à l'écart des autres enfants. Neuf ans, comme l'avait décrit McGinty. Le gosse ne verrait rien. Il serait encore dans l'école. C'est ce qu'avait dit McGinty. Mais McGinty se trompait. Le policier de la RUC était en retard, et le gamin allait tout voir.

Une bise glacée soufflait la neige en tourbillons. Le nez irrité par la cocaïne que les gars lui avaient donnée pour l'encourager, la tête en ébullition, Fegan mourait pourtant de froid et luttait contre l'envie de s'enfuir à toutes jambes. Quelques parents inquiets le regardaient du coin de l'œil. Ils ne le reconnaissaient pas. C'est ce qu'ils rapporteraient à la police plus tard. L'homme paraissait anodin, ils le prirent pour un père qu'ils n'avaient encore jamais vu. Juste un peu différent, peut-être, avec son bonnet enfoncé sur les oreilles et ses cheveux longs. Fegan s'était vu dans le rétroviseur de la voiture. La perruque semblait crédible. Après l'avoir déposé au coin de la rue, le reste de la bande attendait au carrefour suivant en guettant les coups de feu.

Fegan retint son souffle quand le garçon croisa son regard, le dévisagea longuement, puis fronça les sourcils. Il ne put détourner les yeux. Le gamin se figea. De sa bouche ouverte s'échappait un nuage de buée.

Il savait.

Au bruit d'une voiture qui approchait, le garçon sursauta. Une Ford Granada venait vers lui. Il s'élança sur la chaussée en criant pour prévenir son père et en agitant les bras en direction de Fegan. Le policier de la RUC freina brusquement et dérapa sur la neige, étonné par le comportement de son fils. Au moment où Fegan s'avançait, arme au poing, le gamin le montra du doigt.

Le RUC tourna la tête. Son visage n'enregistrait pas encore l'annonce de sa mort imminente. Mais en voyant Fegan brandir l'arme, il comprit. Ses yeux lisaient déjà la fin quand Fegan appuya, deux fois, sur la détente. La voiture fit un bond en avant et cala sous les pieds du conducteur qui désertaient les pédales.

Silence. Quelques secondes auparavant, la rue vibrait de rires enfantins, de coups de klaxon associés aux appels des parents. À présent Fegan n'entendait plus que l'afflux de sang à ses tympans.

Immobile, le garçon regardait Fegan. Il avait des flocons de neige accrochés à ses cheveux, et dans son visage pâle, deux petits trous fixes et noirs à la place des yeux.

Puis tout le monde se mit à hurler. Fegan prit la fuite. La voiture surgit au bout de la rue et il sauta à l'arrière. Ses compagnons l'accueillirent avec force acclamations, cris de victoire et grandes claques dans le dos, tandis que le moteur repartait en hurlant.

Fegan but tellement qu'il vomit ses tripes dans le pub, puis il pleura, puis il but encore. Michael McKenna passa un bras autour de ses épaules, Paul McGinty lui serra la main. Il avait le dos douloureux de recevoir tant de bourrades, un goût de bile dans la gorge, le nez enflammé par la cocaïne. Lorsqu'un taxi noir le déposa devant chez lui, il eut du mal à ouvrir la porte.

Dans le vestibule étaient posés une petite valise et un sac poubelle. Il reconnut ses vêtements jetés pêle-mêle dans le sac. Sa mère émergea de la pénombre. Ses yeux brillaient d'une lueur sauvage.

« J'ai regardé les informations », dit-elle.

Fegan se passa une main sur la bouche.

Sa mère reprit, d'une voix brisée. « J'ai vu ce que tu as fait. »

Fegan fit un pas vers elle, mais elle l'arrêta en levant la main.

« Va-t'en, et ne reviens jamais », dit-elle doucement, avec tristesse. Elle s'engagea dans l'escalier et avait presque disparu en haut des marches lorsqu'elle se retourna pour ajouter : « J'ai honte d'avoir porté quelqu'un comme toi dans mon ventre. J'ai honte d'avoir élevé un garçon capable de tuer un père devant son enfant. Puisse Dieu me pardonner de t'avoir mis au monde. »

Une rafale de vent qui fit osciller la Jaguar ramena Fegan au présent. Dehors, le ciel était devenu gris foncé, de grosses gouttes de pluie s'écrasaient sur le pare-brise. Les Suiveurs observaient la scène, guettant ce qui allait suivre.

« Téléphone-lui », ordonna Fegan.

Toner cessa de gémir. « À qui ?

– Au flic. Dis-lui de venir.

– Pourquoi ? »

Fegan pressa la main de Toner et attendit que les cris s'apaisent. « Ne discute pas. Dis-lui de venir tout de suite. Raconte que tu as quelque chose à lui remettre. »

Toner plongea la main droite dans la poche de sa veste et en sortit son portable. Ses yeux mouillés de larmes restèrent fixés sur Fegan tandis qu'il composait le numéro.

« Allô, Brian ?.... C'est Patsy… Oui, je sais… Je sais… C'est important. Sinon, je ne t'appellerais pas, évidemment… Écoute, j'ai quelque chose pour toi… Un bonus… Mais il faut que tu viennes tout de suite… Immédiatement, Brian… Dans une heure… D'accord… »

Il indiqua au flic comment se rendre à l'entrepôt. Fegan écoutait la pluie qui tambourinait sur le toit de la Jaguar. De l'autre côté de la vitre striée de gouttes, le policier de la RUC le regardait, un mince sourire aux lèvres.

39

« Il n'y a pas la voiture de la nana, dit Coyle.

– Bien vu, Sherlock. » Campbell ouvrit la portière et s'extirpa avec prudence de la camionnette pour ménager sa jambe blessée. Une femme apparut à la fenêtre d'une petite maison qui bordait l'hôtel. Il sourit en lui adressant un hochement de tête. Elle ne lui rendit pas son salut.

Coyle descendit aussi et le rejoignit. Il désigna l'hôtel. « C'est ici, hein ?

– Ça m'en a tout l'air.

– Bon. Alors, comment on fait ? » Coyle semblait inquiet.

« Discrètement, si possible. On va d'abord voir s'ils sont là. » Campbell s'avança en boitillant le long de la route. Sur l'autre rive de l'estuaire se dressait une vieille église ; au-delà, une longue plage filait jusqu'aux collines qui tombaient en pente douce dans la mer. De ce côté-ci, le soleil plongeait vers la falaise surplombant l'hôtel, mais il serait englouti par les nuages amoncelés au-dessus de la crête bien avant d'atteindre l'herbe et les rochers. Plus loin, derrière l'hôtel et la maison, un immeuble hideux défigurait le paysage. La présence d'appartements à cet endroit paraissait insolite. Tout autant que le bloc de basalte au bord de l'eau, sans doute un quelconque monument aux morts, songea Campbell.

« Attends-moi ici, dit-il. Je vais jeter un coup d'œil à l'intérieur. Avec ta tronche, tu risques de faire peur aux clients.

– T'as pas l'air très en forme non plus. » Coyle se tamponna le menton avec son mouchoir.

« Je te l'accorde. Mais quand même, attends ici.

– Et si tu tombes sur Fegan ? »

Campbell haussa les épaules. « Si tu entends des coups de feu, ramène-toi. Sinon, ne bouge pas. Faut que je répète ? »

Coyle s'adossa à la camionnette en soupirant. Il croisa les bras et lui lança un regard noir.

Après avoir franchi le seuil de l'hôtel, Campbell pénétra dans une vaste salle, probablement un ancien restaurant, à en juger par les tables et les chaises empilées qui ne semblaient plus servir depuis des années. Au fond, par une porte ouverte, lui parvenait le crépitement d'un feu et un murmure de conversations entre amis. Il s'avança vers cette deuxième pièce en grimaçant de douleur, la cuisse tiraillée, les côtes à vif.

C'était un bar, pourvu d'une immense cheminée à une extrémité, et, en face, d'un comptoir devant lequel une poignée de buveurs étaient assis sur des tabourets. Toutes les têtes se tournèrent lorsqu'il s'approcha. Un homme barbu aux cheveux blancs posa son journal et se leva. Campbell lui fit signe de le rejoindre au bout du comptoir, à l'écart des oreilles indiscrètes.

« C'est vous le propriétaire ? demanda-t-il.

– Oui. Seamus Hopkirk. Vous désirez ? »

Campbell se pencha pour parler à voix basse. « Vous nous avez appelés ce matin. » Il jeta un regard par-dessus l'épaule du propriétaire. « À propos d'un de vos clients. »

Hopkirk plissa les paupières d'un air méfiant. « Vous êtes de la police ?

– Exact. »

Hopkirk le toisa de la tête aux pieds. « Je peux voir votre carte ?

– Pas maintenant. Il s'agit d'une affaire délicate... Nous aimerions agir dans la plus grande discrétion. Dites-moi juste où sont Miss McKenna et son ami, et je vous laisserai tranquille. »

Hopkirk souffla bruyamment par le nez. « Écoutez-moi, jeune homme. Il ne faudrait pas me prendre pour un plouc. Je suis conseiller municipal depuis plus de vingt ans, et je fais partie du bureau du Partenariat avec la police du district depuis trois ans. Vous n'êtes pas plus flic que moi. Tout ce que je peux vous dire, c'est qu'ils ne sont pas ici. Si vous voulez en savoir plus, revenez avec une carte en bonne et due forme et le numéro de l'officier de service de votre commissariat. Maintenant, si vous voulez bien m'excuser, mes clients m'attendent. »

Campbell le saisit au poignet. « On ne va pas s'énerver. Dites-moi juste ce que je veux savoir, et je vous fiche la paix. »

Hopkirk s'éclaircit la gorge en contemplant la main qui le tenait. « Jeune homme, dit-il, suffisamment fort pour attirer l'attention des consommateurs, je vous prie de me lâcher. Ils ne sont pas ici, c'est tout ce que je peux vous répondre. »

Campbell le fixa droit dans les yeux, puis regarda les clients. Celui qui était assis le plus près, un homme grand et fort, se mit debout.

« Un problème, Hopkirk ?

– Ce n'est rien, Albert. Ce monsieur s'en va. »

Campbell considéra le choix qui se présentait à lui. Renoncer et partir, ou bien... quoi ? Attacher tout le monde et faire

– Je te préviens, c'est tout. »

Campbell vint se planter devant lui. « J'ai compris, bordel. Tu vas la faire paniquer, et après, on sera bien avancés. Alors maintenant, tu la fermes !

– Je t'emmerde », dit Coyle.

Campbell sentait son haleine fétide. « Toi, t'as pas intérêt à me chercher. »

Dans les yeux de Coyle injectés de sang passa un éclair de colère et de peur. Campbell se tenait prêt à repousser son assaut quand le téléphone sonna.

« Oui ?

– Voici ce qu'on va faire, dit McGinty. Le Bull possède une vieille ferme juste après Middletown, pas loin de la frontière. Autrefois, il y trafiquait son mazout, mais la raffinerie a été fermée. C'est devenu une espèce de chenil, pour organiser des combats de chiens… Il a aménagé une arène dans une vieille grange, avec des gradins et tout.

– Sans blague, dit Campbell.

– Tu les connais, ces saletés de paysans. Ils aiment le sang. Bref, il demande qu'on les amène là. Je pars tout de suite. Je vais essayer d'empêcher le pire, mais il est vraiment furax à cause du père Coulter. Il veut s'occuper lui-même de Fegan. »

Campbell regarda Marie. Elle serrait sa fille dans ses bras. « Et après ? Qu'est-ce qu'on fera de la femme et de sa môme ? »

Il aurait pu jurer qu'il sentait la respiration de McGinty contre son oreille. « J'en sais rien. On verra une fois sur place.

– J'en ai pour deux heures pour arriver à Middletown. Après, vous m'indiquerez le chemin. »

Campbell raccrocha

« Alors ? » demanda Coyle.

Campbell remit le téléphone dans sa poche. « On a de la route à faire. Je vais pisser et m'éclaircir les idées. Surveille-les. »

Campbell s'éloigna en clopinant entre les arbres et disparut dans les ombres de la forêt, loin au cœur de la ramure. Lorsqu'il fut certain que Coyle ne pouvait l'entendre, il ressortit son téléphone. Il hésita un instant avant de composer le numéro de l'agent.

« Allô ?

– C'est moi, dit Campbell.

– Qu'est-ce que tu fous à m'appeler sur ce téléphone ? »

Campbell marcha en rond, scrutant entre les troncs pour s'assurer que Coyle ne l'avait pas suivi. « Je n'ai pas le choix. Il faut absolument que je vous parle.

– Qu'est-ce qui se passe ?

– On a la femme et la gosse. Fegan est parti à Belfast, mais elle ne sait pas pourquoi.

– Et alors ? Tu la retiens en otage ?

– C'est l'idée de McGinty. »

Campbell raconta le plan.

« Tu n'as plus qu'à obéir, dit l'agent. Du moment que Fegan dégage et qu'ils règlent leurs histoires. Débrouille-toi juste pour que ça n'aille pas plus loin.

– Mais la femme et la gosse... McGinty ne les relâchera pas. J'en suis sûr. Il lui en veut de quelque chose. Ce n'est pas seulement parce qu'elle a baisé avec un flic.

– Ça ne nous regarde pas. Je te le répète, tant que McGinty règle ses propres affaires. »

Campbell ferma les yeux et inspira l'air humide. « Il y a une autre option, dit-il.

– Laquelle ?

– Réfléchissez. Paul McGinty et Bull O'Kane tous les deux, au même endroit, avec les otages. Si on combine bien notre coup et qu'on débarque dès qu'ils ont descendu

Fegan, on les prendra en flagrant délit de meurtre. Même si McGinty réussit à éviter la condamnation, il ne s'en relèvera pas. Quand on pense au nombre de gens qui veulent sa peau et à qui il a toujours glissé entre les doigts... On peut y arriver. »

L'agent soupira. « Tu n'as vraiment rien compris, hein ?

– Pourquoi ?

– Admettons qu'on fournisse à McGinty la corde pour se pendre, lui et le vieil O'Kane. Et après ? Le parti aura beau essayer de ne pas s'impliquer, les unionistes quitteront l'Assemblée. Même les modérés se tailleront en courant. Stormont aboutira à une impasse. On ne peut pas recommencer deux ans de négociations, après tant d'efforts et de manœuvres politiques, tant d'argent dépensé... Tout ça pour revenir à la case départ ? Non. C'est le mot d'ordre qui vient d'en haut. Le processus engagé à Stormont doit continuer, quel que soit le prix à payer. Moi aussi, comme beaucoup d'autres, j'adorerais voir plonger McGinty, mais ça n'arrivera pas. Alors, tu fais ce qu'on te demande, point final. »

Campbell appuya le front contre l'écorce rugueuse d'un tronc d'arbre.

« Très bien », dit-il avant de raccrocher.

Il retourna vers la clairière en boitillant. Ses pensées se bousculaient dans son esprit. Bon, ce n'était pas ce qu'il aurait fait de pire dans sa vie... Au moment où apparut la tache rouge de la camionnette entre les branches, il entendit Coyle appeler d'une voix faible.

« Davy ! Davy ! »

Il se mit à courir, traînant la jambe, les côtes embrasées. En débouchant dans la clairière, il aperçut Coyle à terre, une main sur son visage couturé. La portière côté passager était ouverte.

« Cette salope m'a frappé », dit Coyle en se relevant.

Campbell chercha une tête blonde entre les arbres. Là... Un peu plus loin. Elle n'avançait pas vite, avec l'enfant dans ses bras. Il tira de sa ceinture le pistolet que McGinty lui avait donné et s'élança. Coyle le suivit en haletant.

Malgré sa jambe raide et le feu qui lui déchirait le flanc, Campbell gagnait du terrain. Il entendait la respiration paniquée de Marie. Visant un mètre au-dessus de sa tête, il tira. Elle se jeta au sol tandis que le bruit de la déflagration roulait dans la forêt.

Campbell ralentit l'allure. Il réprima un cri de douleur en s'adossant à un arbre, une main plaquée contre ses côtes, braquant l'arme sur la femme couchée à ses pieds. Elle serrait l'enfant contre sa poitrine et le regardait avec des yeux désespérés.

« Je vous en prie, ne prenez pas Ellen, dit-elle. Laissez-la partir. »

Campbell s'écarta de l'arbre et tomba accroupi à ses côtés. Outre la douleur qui le faisait grimacer, il sentait un bloc de glace lui peser au fond du ventre. « Vous recommencez, et je la tue sous vos yeux.

– Je vous en prie...

– Pigé ? » Il appuya le canon de l'arme contre les cheveux blonds de la fillette. « Sinon, vous devrez la regarder mourir. »

L'enfant se pressa contre sa mère, comme s'il était possible de rentrer en elle pour échapper au pistolet.

Couverte par le frémissement du vent dans les arbres, la voix de Marie était à peine audible, mais ses yeux criaient sa haine. « Ne la touchez pas.

– Remontez dans la camionnette. » Campbell releva la tête et croisa le regard abasourdi de Coyle. « Allez, viens. »

Le groupe retourna au véhicule en silence. Une fois la femme et l'enfant installées à l'intérieur, Coyle ferma la portière.

« Tu l'aurais fait ? » demanda-t-il à Campbell.

Celui-ci regagnait déjà le côté du conducteur.

Coyle le rattrapa et le tira par la manche. « Tu l'aurais fait ? »

Campbell le dévisagea sans ciller. « On y va », dit-il.

40

Le faisceau des phares illumina la Jaguar. Dans l'habitacle aux vitres couvertes de buée, Toner serrait sa main enflée contre lui. « Le voilà », dit-il.

À travers la condensation, Fegan distingua vaguement une Volkswagen Passat. Un homme en descendit, grand et de forte carrure. Il s'approcha de la Jaguar en boitillant. Anderson. Fegan s'aplatit à l'arrière et écouta la respiration oppressée de Toner. Lorsque la portière côté passager s'ouvrit, une bouffée d'air rafraîchit son front humide de sueur. La Jaguar s'abaissa sous le poids du flic qui s'asseyait à l'avant.

« Bon sang, qu'est-ce qui t'arrive ? » demanda Anderson.

Toner ne répondit pas. Il gémissait de terreur.

« Tu as vraiment une sale tronche. Qu'est-ce que tu t'es fait à la main ? Et tu t'es pissé dessus ?

– Je… Je… Je…

– Enfin, Patsy. Qu'est-ce qui se passe ? J'ai planté ma femme au restau, elle va me faire une de ces scènes. Alors, grouille-toi de me … »

Fegan se redressa en brandissant le Walther.

« Putain ! » Anderson plongea la main dans sa poche et en sortit un petit revolver. Fegan s'y attendait : les flics portaient toujours une arme sur eux pour assurer leur protection personnelle. Au moment où Anderson pivotait sur son siège, il lui attrapa le poignet et orienta le tir vers la lunette arrière.

Toner se recroquevilla sur lui-même, la tête enfouie dans ses bras.

Anderson luttait pour reprendre le contrôle de son arme. Le coup partit, assourdissant dans l'espace confiné de la voiture, et Fegan sentit la balle lui frôler l'oreille.

Comme un ressort actionné par le bruit, Toner ouvrit sa portière et s'éjecta. Fegan entendit le cri qu'il poussa en tombant, puis des pas qui se lançaient dans une course précipitée. Détachant son regard un bref instant du visage du policier, il le vit disparaître entre les bâtiments à l'abandon.

Fegan pointa le Walther sur Anderson, mais le policier continuait à résister. Une deuxième détonation souffla une volée de verre brisé à l'arrière de la voiture. Fegan pesait sur le bras d'Anderson, arc-bouté des deux talons contre la portière, utilisant le dossier du siège comme levier. Il serra les dents. L'effort lui faisait monter le sang à la tête. Enfin, il sentit le déclic de l'épaule qui se disloquait. Le revolver tomba sur le plancher, et Anderson hurla jusqu'au moment où sa voix se brisa.

« Ne bouge plus », ordonna Fegan, les idées de nouveau claires.

Anderson se tordait en tous sens et donnait du pied dans le tableau de bord.

« Ne bouge plus, je te dis. »

Après avoir étouffé un dernier cri, le policier tourna la tête pour regarder Fegan. « Qu'est-ce que tu veux ?

– Toi. »

Anderson hurla de nouveau quand Fegan le relâcha. Son bras retomba, inerte, entre les deux sièges. Il battit des jambes, son visage passa du rouge au violet. Puis il se tut et respira plus calmement. « Je suis désolé… pour le passage à tabac. C'est Patsy qui m'a dit de le faire… Sur l'ordre de… McGinty. »

Dehors, le policier de la RUC se pencha sur le pare-brise et scruta l'intérieur de la voiture. Dans ses yeux brillait une joie sauvage. Le visage grimaçant d'Anderson luisait de sueur à la lumière du plafonnier. Le RUC verrait tout, comme son fils.

« Tu te rappelles le gars de la RUC que tu as donné ?

– Oh, non. C'est pas vrai…

– Tu te rappelles ? »

Anderson secoua la tête. « Je… Je… Lequel ?

– C'est ça. » Fegan sourit. « Tu en as vendu beaucoup, hein ? Combien on te payait ? »

Anderson ouvrit la bouche, la referma. À nouveau, il secoua la tête. La sueur lui coulait dans les yeux.

Fegan envoya un coup de pied dans son bras qui pendait toujours entre les sièges. Quand Anderson eut fini de hurler, il répéta : « Combien ?

– Ça dépendait… de qui c'était.

– Combien pour un gardien de la paix ? Un simple agent de police. Combien ça valait ?

– Je ne sais pas… deux ou trois mille… Arrête, je t'en prie…

– Fais un effort. Tu te souviens, en 1982 ? Ce devait être début février. Il avait neigé. Je l'ai tué devant son gosse. »

Les yeux d'Anderson s'affolaient, il respirait par saccades. « À l'école ? Oui, je me souviens… Comment il s'appelait ? Je ne sais plus…

– Peu importe. » Fegan appuya le Walther contre son front. « Il veut ta peau.

– Qu… quoi ?

– Regarde. » Fegan indiqua la vitre d'un coup d'œil. « Dehors. Il nous observe. Les autres aussi sont là.

– Qu'est-ce que tu racontes ?

– Regarde. » Fegan poussa la joue d'Anderson avec le canon du Walther pour l'obliger à se tourner vers la fenêtre. « Le voilà. Il attend ce moment depuis des années. »

Anderson se mit à pleurer. « Il n'y a personne.

– Maintenant, tu vas payer pour ce que tu as fait. »

Les larmes se mêlaient à la sueur sur les joues d'Anderson. « Mais c'est *toi* qui l'as tué. Pas moi. »

Fegan cligna des yeux. « J'ai juste appuyé sur la détente. Il était déjà mort, à la minute même où tu l'as balancé. »

Anderson secoua la tête d'un air incrédule. « Tu es dingue.

– Je sais. Mais je vais de mieux en mieux. »

Fegan tira.

CINQ

41

L'odeur du sang, de la sueur et de l'alcool montait jusqu'à la partie supérieure des gradins. Debout tout en haut, au-dessus des spectateurs aux poings levés qui agitaient des euros et des livres sterling, le vieil homme jouissait d'une belle vue sur la grange. Il choisissait toujours la meilleure place. Après tout, il en était le propriétaire.

Malgré le vacarme de la foule, on entendait distinctement les chiens gronder et japper dans l'arène, tournant l'un autour de l'autre, alternant coups de dents et grognements menaçants. Deux adversaires de force égale, aux mâchoires bombées et à l'encolure puissante. Des mâles au plus fort de leur maturité, aguerris et résistants, avec de grosses couilles qui leur pendaient entre les pattes et les emplissaient d'ardeur. Des pitbulls de premier choix. De bonnes bêtes. Voilà ce qu'il aimait, comme tout homme qui ne s'en laisse pas conter.

Ils se battaient depuis quarante minutes déjà. Museaux et poitrails rouges de sang, blessures fraîchement ouvertes qui luisaient dans la lumière impitoyable des projecteurs. L'un avait perdu un morceau de joue, l'autre souffrait d'une plaie à l'épaule, mais ils obéissaient aux encouragements de leurs maîtres sans montrer le moindre signe de fatigue. Sur les planches striées de sang qui tapissaient les murs de l'arène, les traces anciennes se mêlaient aux éclaboussures plus récentes.

Brindle et Red se faisaient face, les yeux pleins de défi. Le vieil homme éprouva un frisson au niveau de son entrejambe. La fin était proche. Un murmure parcourut la foule — soixante hommes qui attendaient l'ultime assaut.

Lequel ne tarda pas.

Nom de Dieu, quelle agilité. Pas la peine de se faire d'illusions : ces stupides tas de muscles et de crocs pouvaient avoir raison de vous. Un bon pitbull est rapide ; la force ne suffit pas. Ils bondirent en même temps, chacun brassant l'air afin d'abattre l'autre, dressés sur leurs pattes arrière pour livrer un pugilat à coups de dents. Des cris s'élevèrent parmi la foule, tandis que les chiens s'élançaient dans une danse qui ne s'arrêterait qu'avec la mise à mort du vaincu. On crut d'abord que Red allait l'emporter lorsqu'il mordit Brindle à la nuque, mais celui-ci, en s'aplatissant au sol, parvint à le déstabiliser.

Et puis, ce fut terminé. Les mâchoires puissantes de Brindle se refermèrent sur la gorge de Red, qui gémit sa défaite dans la vieille grange. Il eut beau ruer et se débattre, un grognement sourd monta dans la poitrine de Brindle pendant qu'il lui écrasait sans pitié le museau dans la poussière, imprimant à sa morsure toute la force de sa race et de son instinct.

« C'est bon, ça suffit ! » Bull O'Kane descendit des gradins. Les marches en bois craquaient sous son poids.

Les maîtres-chiens accoururent dans l'arène pour séparer les bêtes. « Lâche ! » cria le dresseur de Brindle. Le pitbull ne réagit pas à son ordre. Entre ses crocs serrés s'écoulait un filet de sang.

« Lâche ! » Son maître le tira par l'oreille.

L'autre dresseur tenta d'ouvrir la mâchoire du gagnant avec la barre de métal dont il se servait pour contraindre son propre animal. « Putain, il va le tuer. »

Brindle secouait la tête en mordant toujours plus fort.

« Poussez-vous », dit O'Kane.

Il descendit dans l'arène et écarta les maîtres. Les bourses du chien pendaient entre ses pattes arrière, exposées au regard et vulnérables. O'Kane y envoya un coup de sa botte, mais le chien tenait bon.

« Fais gaffe, connard », dit O'Kane en essuyant la salive qui lui venait aux lèvres. À nouveau, il balança son pied entre les pattes de Brindle. Le chien vacilla et trembla de l'arrière-train, mais refusa de lâcher prise.

« Là, tu vas comprendre ! » Bien que Bull O'Kane approchât les soixante-dix ans, il méritait toujours son surnom. Lorsqu'il eut déchargé toute la violence dont il était capable dans son pied droit, le chien ouvrit la mâchoire, hurla à l'adresse du toit en tôle ondulée, puis gronda et se tourna vers son tortionnaire.

O'Kane le regarda au fond des yeux. « Allez, vas-y. »

L'animal s'accroupit, prêt à attaquer.

O'Kane se campa fermement sur ses deux jambes.

Bringé bondit sans hésiter, le regard fou, les babines retroussées et suintant le sang.

Il n'avait aucune chance.

O'Kane demeura immobile, tendant simplement sa main calleuse. Lorsque l'animal voulut planter ses crocs dans son poignet, il lui fourra les doigts au fond de la gueule en même temps qu'il passait l'autre bras autour de son cou puissant. Brindle chercha à refermer sa mâchoire, mais O'Kane enfonça la main plus avant et lui saisit la langue. Relâchant sa prise autour du collier, il tordit et tira l'organe rose, gluant, de la bête qui toussa et gémit, puis se coucha, les yeux exorbités.

O'Kane lui envoya son pied dans les côtes. Son bras enserrait toujours le cou du molosse et lui plaquait la tête au sol.

Il se tourna vers le maître-chien. « Si tu n'es pas capable de contrôler tes putains de chiens, ne les amène pas chez moi.

– Oui, monsieur O'Kane. » Le dresseur gardait les yeux rivés au sol. « Pardon, monsieur O'Kane.

– Sors-moi ça d'ici. » O'Kane lâcha la langue du chien. Le maître passa une chaîne autour du cou de l'animal.

Levant les yeux, O'Kane vit Sean, le bookmaker. Il lui sourit en s'essuyant la main sur sa veste. Sean lui adressa un clin d'œil en retour et ajusta sa casquette. Tout le monde ou presque avait parié sur Red. La recette était bonne.

Une voix jaillit par la porte ouverte de la grange. « Hé, p'pa ! »

Sur le seuil se tenait le fils de O'Kane, Pádraig. Aussi grand que son père, et deux fois plus baraqué.

« Quoi ? dit O'Kane.

– Y a quelqu'un qui veut te parler. »

O'Kane hocha la tête. Il sortit de l'arène, bousculant son fils — qui lui emboîta le pas —, et traversa la cour de la ferme. Les chiens enfermés dans les anciennes écuries aboyèrent sur son passage. Il leur intima le silence. Un générateur à diesel alimentait la vieille maison ainsi que la grange. On sentait encore l'odeur de la raffinerie qu'il avait fait tourner jusqu'à ce que les Douanes lui tombent dessus. Les chiens ne lui rapportaient pas autant, mais il en tirait davantage de plaisir et, avec l'âge, il pouvait bien s'amuser un peu dans la vie. De toute façon, il possédait encore d'autres installations qui produisaient du mazout recyclé le long de la frontière.

Un fin rideau de pluie voilait les fenêtres de la maison principale, faiblement éclairées. O'Kane poussa la porte de ce qui avait été autrefois une cuisine.

« Attends-moi ici », dit-il à son fils avant de baisser la tête pour passer sous le linteau.

Trois hommes se tenaient à l'intérieur. Les deux premiers étaient appuyés contre les murs, l'un en face de l'autre ; Tommy Downey, de Crossmaglen, maigre et sec, les cheveux noirs lissés en arrière. Et Kevin Malloy, de Monaghan, robuste comme O'Kane, mais beaucoup plus petit.

Downey désigna le troisième homme, assis au milieu de la pièce. « Le voilà, patron.

– Je vois ça. »

O'Kane s'approcha. L'homme avait la tête enfermée dans une taie d'oreiller que sa respiration faisait trembler. Des taches rouges parsemaient son élégant costume.

« Alors ? Il ne s'est pas laissé faire ?

– Pas vraiment », répondit Malloy.

O'Kane émit un claquement de langue en signe de désapprobation. « Dommage. »

Il souleva la taie d'oreiller. Le jeune homme dévoilé le regarda d'un air hagard. Le sang avait séché autour de son nez et de sa bouche.

« Bon sang, Martin, tu transpires comme un cochon. »

Martin cligna des yeux.

« Si seulement tu m'avais écouté, Martin. Regarde où ça t'a mené, alors qu'on aurait pu l'éviter. »

Les yeux de Martin s'emplirent de larmes. « Qu'est-ce que vous voulez ?

– Je veux te donner de l'argent. Mais tu refuses de le prendre. C'est fou, non ? Je te propose deux cent mille livres et tu m'envoies paître.

– Je vous ai dit de discuter avec mon avocat. »

O'Kane chassa l'idée d'un revers de la main. « Les avocats ? C'est tous des requins. Pourquoi irais-tu engraisser ces salopards alors que tu peux traiter directement avec moi ? »

Martin fit preuve d'une singulière audace. « Ce terrain en vaut cinq cent mille, et vous le savez. »

O'Kane se pencha en avant, les mains sur les genoux. « Ah oui ?

– C'est ce que m'a dit l'agent immobilier. »

O'Kane se redressa avec un rire méprisant. « L'agent immobilier ? Ces gens-là sont encore plus roublards que les avocats. Tu n'as pas besoin d'un agent immobilier pour faire affaire avec le Bull. Non, non. On crache et on se serre la main, voilà comment je procède, moi. »

Le jeune homme soutint son regard. « D'accord, je vous vends mon terrain. Mais j'en veux un prix honnête. »

O'Kane lui tapota l'épaule en souriant. « Tu es courageux, mon garçon. Rares sont ceux qui osent me tenir tête. Mais écoute-moi, maintenant. Tu pousses le bouchon un peu trop loin. Si je ne t'ai pas donné en pâture aux chiens, c'est uniquement parce que ton père était un de mes bons amis. C'est pourquoi aussi je lui ai permis de garder sa ferme si longtemps. Toi, tu t'es cassé en Angleterre. Tu as décroché ton joli petit diplôme, ton boulot d'intello, et maintenant que le vieux est mort, tu rappliques pour toucher le magot.

– Il m'a légué la ferme. J'en fais ce que je veux. Je peux la vendre à…

– Tu peux me la vendre à moi, c'est tout. Personne ne vend ou n'achète quoi que ce soit dans le South Armagh sans me demander mon avis. Mets-toi bien ça dans le crâne, et qu'on en finisse. »

Martin regardait droit devant lui. « Parlez-en à mon avocat. »

O'Kane soupira. Il posa la main sur l'épaule du jeune homme. « S'il te plaît, Martin. Ton père était un de mes amis. Ne fais pas ça.

– Les temps ont changé, ça ne marche plus comme avant. Je peux me plaindre à la police. » Il leva les yeux vers O'Kane. C'était tout le portrait de son père.

O'Kane ferma les yeux et secoua la tête d'un air accablé. Il partit en direction de la porte. Sur le seuil, il se retourna. « Allez-y, les gars », dit-il.

Il sortit dans la nuit et releva le col de son manteau pour se protéger de la pluie. Pádraig lui tendit une cigarette, puis l'alluma en l'abritant entre ses mains. La flamme de l'allumette résista juste le temps nécessaire pour faire rougeoyer le tabac. O'Kane tira une longue bouffée dont la chaleur lui irradia la poitrine. *Ces putains de docteurs n'y connaissent rien*, songea-t-il. Depuis soixante ans qu'il fumait, avec pour seule conséquence une petite toux grasse le matin…

« Ça va, p'pa ? » demanda Pádraig. Sa figure mollasse, humide, luisait à la lueur de la grange.

« Impec, mon fils. Je suis fatigué, c'est tout. »

Le talkie-walkie grésilla dans la poche de Pádraig. Il sortit l'appareil et appuya sur le bouton. « Qu'est-ce qu'il y a ? »

Sifflements et interférences lui répondirent, entre les acclamations du public à l'intérieur de la grange et les grognements des chiens. Des coups sourds retentirent dans la maison, suivis de faibles cris.

« Oui, on l'attendait. Laisse-le passer. »

Pádraig rangea la radio dans sa poche. « C'est McGinty. »

O'Kane vit des phares approcher sur la route qui desservait la ferme. « Va surveiller le combat, ordonna-t-il. Fais gaffe que Sean ne se sucre pas au passage.

– D'accord, p'pa. » En s'éloignant, Pádraig fit un signe à la vieille Peugeot qui entrait dans la cour et s'arrêtait sur le ciment avec un bruit de pneus mouillés. La portière côté passager s'ouvrit. Paul McGinty descendit. Il tendit la main.

O'Kane la serra. Fort. « Comment va, Paul ?

– Ça pourrait aller mieux.

– Qu'est-ce que tu as fait de ta belle limousine ?

– Je préfère la jouer simple, ce soir. » McGinty découvrit ses dents blanches en souriant.

« Tu as raison. » O'Kane lui lâcha la main. « Tout est arrangé ? »

McGinty jeta un rapide coup d'œil à la maison en entendant un cri. « Qu'est-ce qui se passe ?

– Rien de grave. Un petit problème avec un gars du coin. »

McGinty lissa un pli de son veston. « Oui, c'est réglé. Ils devraient arriver bientôt. Marie a un numéro pour joindre Fegan. On l'appellera.

– Cette femme… » O'Kane pointa un doigt épais sur l'entrejambe de McGinty. « Ne te laisse pas influencer par ta bite. Fais ce qui est nécessaire, oublie le passé. »

McGinty inclina la tête d'un air étonné.

« Tu croyais que je n'étais pas au courant, hein ? » La bedaine de O'Kane tressautait, secouée par son rire. « Vous autres à Belfast, vous imaginez qu'on peut me tenir à l'écart dans ma cambrousse. Je sais tout.

– C'est de l'histoire ancienne.

– Tant mieux. Au fait, pendant que j'y suis… Il y a autre chose que je sais. Et que toi, tu ignores. »

Une ride soucieuse apparut entre les sourcils de McGinty. « Quoi ? »

Un long cri strident jaillit dans la maison. O'Kane jeta un regard par-dessus son épaule, puis revint à McGinty. « Ton petit copain, Davy Campbell. Il te réserve une surprise.

– Quel genre de surprise ?

– On en parlera tous les trois quand il aura rappliqué. »

La porte de la maison s'ouvrit et Tommy Downey sortit sur le seuil. O'Kane se tourna vers lui.

« Martin a accepté l'offre », dit Downey.

42

« Pour l'amour du Ciel, qu'est-ce qu'il y a encore ? »

Dans le miroir de la coiffeuse, Edward Hargreaves contempla son visage blanc de colère.

« C'est urgent, Monsieur le ministre, dit le chef de la police. Sinon, je ne me serais pas permis de vous appeler si tard.

– Un instant. » Hargreaves, en peignoir, retourna le combiné contre son épaule, plaqua une main sur ses yeux et prit une profonde inspiration. Le contenu des tiroirs était répandu dans la chambre, ainsi que les draps et les couvertures — bref, tout ce qui aurait pu dissimuler un portefeuille. La salope. Une putain d'intrigante qui s'était foutue de lui. Il porta de nouveau le téléphone à son oreille.

« Allez-y.

– Les nouvelles sont mauvaises, Monsieur. »

Hargreaves se prépara à entendre la suite. « Racontez-moi ça.

– On a découvert le corps d'un de mes hommes, il y a trente minutes, près d'un entrepôt désaffecté aux abords de la ville. Une balle dans la tête, une en plein cœur.

– Fegan ?

– C'est fort probable, Monsieur le ministre. Mais il y a pire encore. »

Frottant son poing fermé contre son front, Hargreaves sortit de la chambre et pénétra dans le vaste salon en contrebas. Le service à thé en argent avait disparu. Il soupira. « Quoi ?

– La voiture dans laquelle on l'a retrouvé appartient à Patrick Columbus Toner. »

Volatilisés aussi, les bougeoirs en argent sur la cheminée. Hargreaves n'était pas resté longtemps dans la baignoire. Elle devait le rejoindre au bout de cinq minutes, et il lui en avait accordé cinq autres pour ne pas trahir sa furieuse envie. Mais le portefeuille. Mon Dieu, le portefeuille. « Qui est-ce ? Patrick... comment déjà ?

– Patsy Toner, pour ses amis. C'est l'avocat de Paul McGinty. Militant bien connu et défenseur des droits de l'homme, selon la définition qu'il donne de lui-même. On le recherche sur les lieux. »

L'esprit de Hargreaves enregistrait péniblement une catastrophe après l'autre. La fille lui avait pris son portefeuille. Il ne se souciait pas tant des espèces — quelques centaines de livres, il n'en mourrait pas —, mais songeait à toutes les cartes, aux multiples pièces d'identité, à son laissez-passer pour la Chambre des Communes, bon sang. Les journaux à sensation n'hésiteraient pas à payer une fortune... Il ne s'en relèverait pas.

Et maintenant, cette histoire de voiture et d'avocat à la solde de McGinty. « Je ne comprends pas », dit-il.

Pilkington s'éclaircit la gorge. « Les répercussions me semblent pourtant évidentes, Monsieur le ministre. J'ai cru bon de vous prévenir au plus vite afin de vous permettre d'élaborer une stratégie avec le secrétaire d'État. »

Hargreaves s'approcha de la table basse où il avait abandonné un Monte Cristo n° 2 dans un cendrier en cristal. Bien sûr, le cendrier n'était plus là, mais le cigare demeurait. « Une stratégie ?

– Dois-je expliciter, Monsieur le ministre ?

– Faites, je vous en prie. » Serrant le cigare entre ses dents, Hargreaves chercha son briquet Cartier en or. *Salope*, pensa-t-il en fermant les yeux. Elle avait bon goût, on ne pouvait le nier.

Pilkington semblait perplexe. « Monsieur le ministre, la situation est grave. Même pour moi, qui ne suis pas politicien, il est facile d'imaginer l'impact que produira la nouvelle.

– Éclairez-moi. » Hargreaves se laissa tomber dans le canapé en cuir. Ça, au moins, elle n'avait pas pu l'emporter.

« Un officier de police qu'on retrouve la cervelle éclatée dans la Jaguar flambant neuve d'un militant du parti, associé à Paul McGinty ? Vu les événements de ces dernier jours, peu importe si c'est Fegan qui a fait le coup, ou Patsy Toner, ou même le Père Noël ! Les unionistes vont prendre la tangente. Même les modérés du camp d'en face exigeront réparation. Franchement, si vous réussissez à maintenir Stormont à flot après tout ça, ce sera un miracle.

– Un miracle, dit Hargreaves. Geoff, je suis membre du gouvernement. Je signe des papiers, je gère des fonctionnaires, je bouscule des députés, mais je ne sais pas faire de miracles.

– Alors, il serait peut-être temps d'apprendre, Monsieur le ministre. Vous avez hérité d'un château de cartes, il va falloir remuer ciel et terre si vous ne voulez pas qu'il s'effondre dans les jours qui viennent. »

Hargreaves se représenta des cartes éparpillées par le vent. Avait-il vraiment envie de les ramasser ?

Pilkington poursuivit. « Je n'ai peut-être aucun conseil à vous donner en la matière, mais il me semble que vous devriez rassembler vos équipes pour essayer de sauver les meubles et ne pas plonger dans un sacré merdier, si vous me pardonnez l'expression.

– En effet, Geoff, je n'ai que faire de vos suggestions. » Hargreaves s'allongea sur le canapé. Le cuir était frais contre sa joue. « De ce côté-là, le secrétaire d'État et moi disposons de tout un département de ronds-de-cuir, bardés de diplômes et grassement payés pour leurs trente-cinq heures de présence hebdomadaire. » Il soupira. « Je ne voulais pas de ce poste, vous savez.

– Je ne crois pas que…

– J'aurais préféré les Affaires étrangères. Au moins, on voyage. Ou le Commerce.

– Nous devons faire notre…

– C'est du boulot, le ministère du Commerce, mais on se rattrape sur les bonus. Même l'Éducation — et pourtant, il n'y a pas plus ingrat —, ça vaut mieux que l'Irlande du Nord. Quand je pense que vous avez demandé votre affectation là-bas. »

Un silence éloquent s'installa à l'autre bout du fil. Le chef de la police poussa ensuite un long soupir qui résumait toute sa pensée.

« Monsieur le ministre… Certains d'entre nous, confrontés à de lourdes tâches, savent faire face à leurs responsabilités. D'autres en sont incapables. »

Hargreaves redressa la tête sur le coussin en cuir. « Pilkington ?

– Oui, Monsieur le ministre.

– Je ne vous aime pas.

– C'est réciproque, Monsieur le ministre. À présent, je vous laisse tranquille. Vous avez une longue nuit qui vous attend.

– Allez au diable. »

La communication fut coupée. Quelle heure était-il ? se demanda Hargreaves. Et où avait-il posé sa montre ? Ah oui, sur la cheminée. Il se leva et s'approcha du manteau en marbre surmonté d'un miroir. Rien.

« Salope », dit-il.

43

Les branches des arbustes griffaient la camionnette chaque fois que Campbell s'écartait sur le bas-côté afin de laisser passer les voitures venant en sens inverse. 4 x 4 en piteux état et maculés de boue, guimbardes de paysans remorquant parfois une carriole conçue pour transporter un gros chien. Certains conducteurs buvaient au goulot, un œil sur la route. D'autres détachaient les doigts du volant dans un salut traditionnel qui signifiait : *Moi, je suis d'ici. Je connais bien le coin. Et toi ?*

Campbell répondait par un geste identique. La grange illuminée de l'intérieur apparut au sommet de la montée. L'enfant remua dans les bras de sa mère.

« Vous ne vous faites pas honte ? demanda Marie McKenna.

– La ferme, dit Eddie Coyle.

– Enlever des femmes et des enfants… C'est minable.

– Silence ! ordonna Campbell. Il y a des gens bien pires. Attendez, vous allez comprendre.

– Je n'ai pas peur de vous.

– Oh, si.

– C'est ce que vous voulez croire. Ça vous donne l'impression d'être un homme, un vrai. Mais je ne… »

Le coup de frein de Campbell envoya Marie contre le tableau de bord. Elle se reçut sur l'avant-bras et serra son enfant contre elle. La fillette poussa un cri. À l'arrêt, Campbell attrapa la jeune femme par les cheveux.

« Ça suffit maintenant ! J'en ai marre de ces conneries. Vous risquez d'y passer, vous et votre môme, si vous ne vous tenez pas tranquille. Alors, bouclez-la. »

Coyle, assis contre l'autre portière, le saisit par le poignet. « T'énerve pas, Davy. »

Il baissa les yeux sous le regard meurtrier de Campbell et lâcha prise. Les larmes inondèrent les joues de Marie, tandis que la fillette enfouissait son visage contre le sein de sa mère.

Campbell laissa filer les cheveux de la jeune femme entre ses doigts. « Si vous voulez vous en sortir, taisez-vous et faites ce qu'on vous dit. »

Une voiture passa en sens inverse. Les phares se reflétaient dans les yeux de Marie. Il la dévisagea, durement, pris d'une violente répulsion. Non, pourtant, il ne la détestait pas. Il ne la connaissait même pas. Mais son cœur était plein de haine. Envers qui ?

La réponse s'imposa à lui avec une telle évidence qu'il fut obligé de détourner le regard. Fixant la route, il passa la première et repartit dans la côte.

Le terrain se stabilisait à l'approche de la ferme. De part et d'autre d'une cour en ciment où se creusaient de larges flaques, la grange et la maison se faisaient face, sur un carré complété d'un côté par des écuries et fermé par une rangée de cages en fer vides. L'air de la nuit s'emplissait d'odeurs que l'on percevait par strates successives ; au fond, un relent de déjections canines, par-dessus lequel flottaient les vapeurs diffuses des produits chimiques. À quoi s'ajoutaient les effluves métalliques du sang et de la peur, l'ensemble se combinant en un mélange acide que Campbell sentait remonter dans sa gorge.

Six hommes attendaient à l'abri de la pluie, sur le seuil de la grange. McGinty. Son chauffeur, Declan Quigley. Deux autres que Campbell ne connaissait pas. Mais le grand ainsi que son robuste acolyte ne pouvaient être que Bull O'Kane et son fils. Le cœur de Campbell battit plus vite dans sa poitrine à la vue de cette silhouette massive. Marie s'était figée. Savait-elle qui se tenait ainsi dans la lumière des phares, une main en visière pour s'abriter les yeux ? Le moteur s'arrêta dans un toussotement. Campbell ouvrit la portière et descendit de la camionnette.

Les hommes sortirent sous la pluie, O'Kane en tête. « Davy Campbell ? demanda-t-il.

– C'est exact. »

O'Kane s'avança, main tendue. « J'ai entendu parler de toi. »

Sous la pression de ses doigts épais et rugueux, Campbell réprima une grimace.

« Oui, reprit O'Kane avec un sourire de biais. Je sais tout. »

Le ventre de Campbell se serra. « Enchanté, monsieur O'Kane.

– Appelle-moi Bull. » Il lâcha la main de Campbell et s'approcha de la camionnette, côté passager, sans prêter attention à Coyle debout près de la portière ouverte. « Viens, ma jolie. N'aie pas peur. »

Serrant Ellen contre elle, Marie se laissa glisser sur la banquette et descendit. Elle ne se déroba pas lorsque O'Kane l'empoigna par le bras. McGinty fit un pas en avant. Le regard de glace qu'elle échangea avec lui n'échappa pas à Campbell.

O'Kane voulut prendre la fillette à sa mère. « Et toi, qui es-tu ? »

Marie ne lâchait pas sa fille.

« Comment t'appelles-tu ? »

La petite avait beau se cramponner au pull de sa mère, O'Kane la saisit de force.

« Elle s'appelle Ellen. » La voix de Marie se brisa.

« Tu es mignonne tout plein », dit O'Kane en pinçant la joue d'Ellen. La fillette tendit les bras vers sa mère, mais déjà O'Kane s'éloignait.

« Tu aimes les petits toutous ? »

Ellen se frotta les yeux d'un air maussade.

O'Kane partit en direction des écuries en la tenant fermement. « Hein, dis-moi ? Tu aimes les petits toutous ? »

Ellen fit oui de la tête. Depuis les écuries parvenaient des gémissements et le bruit de pattes grattant le sol. Campbell avala péniblement sa salive.

« Regarde, je vais te montrer un joli toutou. » O'Kane ouvrit la partie supérieure de la porte d'un box. Un grognement sourd monta de la stalle.

Campbell se tourna vers Marie. Elle tremblait et se plaquait les mains sur la bouche, luttant pour ne pas montrer à sa fille qu'elle avait peur. Campbell éprouva quelque chose qui ressemblait à du respect. Brusquement, sans qu'il pût se l'expliquer, il eut envie de la toucher. Non, c'était absurde.

Les autres — Coyle, McGinty, le chauffeur, le fils de O'Kane, les deux hommes que Campbell ne connaissait pas —, tous fixaient la porte de la stalle.

McGinty s'avança. « Bull », dit-il.

O'Kane se tourna vers lui. « Ils sont doux comme des agneaux. Fais-moi confiance. C'est moi qui les dresse. »

Une odeur de fauve émanait des écuries. Des pattes s'accrochèrent à la partie inférieure de la porte, puis apparut une tête souillée de boue et marquée par de vilaines blessures. De la mâchoire du chien pendait une langue baveuse qui luisait vaguement dans la pénombre. La bête ferma à demi les paupières sous la main calleuse de O'Kane qui lui grattait le cou.

« Là, tu vois ? C'est un gentil toutou. Tu veux le caresser ? »

Ellen fit non de la tête en essuyant les larmes sur ses joues.

« N'aie pas peur. Il est très gentil. »

La petite considéra le chien d'un œil craintif et renifla, le nez dans sa manche.

« Allez… Il ne mord pas. »

Il se pencha pour approcher Ellen qui tendait sa petite main vers le font hargneux de l'animal. Voyant les doigts de sa fille léchés par le molosse, Marie ferma les yeux de toutes ses forces. Coyle lui posa une main rassurante sur l'épaule.

« Il est gentil, hein ? » dit O'Kane qui serrait l'enfant dans ses bras sans cesser de caresser le chien. Il se tourna vers Marie en souriant comme un bon père de famille. « Tu seras sage, hein, ma jolie ? »

Pétrifiée, Marie ne répondit pas.

« Oh oui. » De sa main libre, O'Kane repoussa la tête du chien et ferma le vantail. Il fit sauter Ellen dans ses bras en revenant vers Marie. « Toi et ta maman, vous allez être bien obéissantes, hein ? »

Qu'on en finisse, songea Campbell. La sonnerie stridente d'un téléphone lui harponna le cœur.

McGinty plongea la main dans la poche de son blouson. « Allô ? »

Il se liquéfia sous les yeux de Campbell, puis s'éloigna de quelques pas en se bouchant une oreille pour mieux entendre son portable.

« Calme-toi, Patsy. Qu'est-ce qui se passe ? »

Assis dans un vieux fauteuil au coin de la pièce, Campbell se mordait la lèvre en observant McGinty et O'Kane qui faisaient les cent pas. O'Kane, le vieux soudard, contre McGinty, l'habile politicien. Dix ans d'écart, seulement, et pourtant tous deux semblaient appartenir à des générations radicalement différentes.

« Ça change tout, dit McGinty.

– Absolument pas », rétorqua O'Kane.

La lumière crue fournie par le générateur éclairait le papier peint qui se décollait, gorgé d'humidité. Downey se tenait au fond du salon, bras croisés sur sa maigre poitrine. Quigley, le chauffeur, était assis à une extrémité du canapé, jambes croisées, avec à ses côtés le fils de O'Kane, tandis que Coyle, tassé contre le mur, jetait des regards noirs à Campbell. Dans une chambre à l'étage, Malloy surveillait Marie et Ellen. La pluie balayait les fenêtres. Sur le toit, autour de la maison, partout l'eau ruisselait. Campbell sentait monter à son nez une odeur de renfermé et de nid de souris.

« Tu ne comprends pas, Bull ? » McGinty s'immobilisa, bras écartés. « Si on apprend ça, je suis foutu. Le cadavre d'un flic dans la voiture de mon avocat ! Le parti me retirera son soutien, je n'aurai plus l'appui des politiques. De toute façon, les unionistes ne resteront pas dans le processus, et ils mettront tous les arguments de leur côté. Bon sang, pense à Stormont. Et Londres qui va mettre la pression. Et Dublin, et Washington… »

Il a raison, pensa Campbell. Le monde — et surtout l'Amérique — ne voyait plus les terroristes comme des « combattants de la liberté ».

O'Kane ricana. « On s'est débrouillés pendant des années sans les politiques. Qu'ils aillent se faire foutre.

– Enfin, Bull. On est au vingt et unième siècle. Les années quatre-vingt sont terminées. L'avenir, maintenant, c'est le processus de paix. Toi et moi, on va devoir faire des concessions, autant aux unionistes qu'aux Anglais. On est tous les deux des boulets qu'ils dégageront un jour ou l'autre.

– Mon cul ! dit O'Kane en fouettant l'air de son énorme main. Personne ne nous a jamais mis à genoux. Les Anglais ont essayé pendant trente ans, ils n'y sont pas arrivés. Je ne vais pas m'aplatir, juste parce que toi et tes petits copains en costard, vous avez peur de perdre le pognon qui vous tombe tout cuit dans la bouche.

– Tu te trompes. » McGinty posa les mains sur ses hanches. Campbell remarqua que sa jambe tremblait.

« Tu t'es laissé embobiner, Paul. C'est facile pour vous autres, à Belfast, il vous suffit de tendre la main pour rafler l'argent des investissements européens, les subventions et tout le reste. Vous oubliez qu'ici, dans la cambrousse, les gens continuent à turbiner pour pas un rond. »

Campbell voyait que McGinty luttait pour garder son calme. « En dix ans de manœuvres politiques, on a obtenu plus que vous en trente ans de guerre. »

O'Kane hocha la tête d'un air faussement admiratif. « Ça oui. Vous avez réussi. » Il fit mine d'ôter une poussière sur le col de la veste de McGinty. « Vous vous en êtes mis plein les poches. De quoi se payer de beaux costumes. Une grosse limousine, une baraque à Donegal avec vue sur la mer. Sûr que vous pouvez être contents. »

Le visage de McGinty s'empourpra. « Et toi donc ! On a toujours servi tes intérêts. Tous les coups juteux que mes contacts t'ont refilés, tu as oublié ? Les terrains et les biens immobiliers que les juristes du parti t'ont permis d'acheter sans que ton nom n'apparaisse nulle part ? Et le démantèlement des installations militaires dans le South Armagh, qu'on a négocié pour que tu puisses tranquillement faire tourner tes raffineries ? Ça aussi, tu le dois au parti. »

Campbell serra les poings en réaction à la tension qui montait dans la pièce.

O'Kane vint se planter devant McGinty. « Alors maintenant, tu te prends pour le chef. C'est ça ? »

Malgré sa haute taille, McGinty dut lever les yeux pour soutenir le regard de Bull. Il déglutit, la bouche sèche, et se passa la langue sur les lèvres. « Absolument pas. Mais bon sang, réfléchis un peu, Bull. Il n'y a qu'une seule solution.

– Ah oui ? Laquelle ?

– Donner Fegan aux flics. Patsy Toner témoignera, l'affaire sera renvoyée devant la justice. Il apparaîtra qu'on coopère avec la police. Les unionistes ne trouveront rien à redire. Ils ne pourront pas menacer de se retirer, et on nous fichera la paix.

– Il racontera qu'il a buté McKenna et Caffola. Toutes les craques que tu as inventées te reviendront en pleine poire. »

Pas seulement ça, pensa Campbell. *Il parlera aussi des deux UFF qui n'ont jamais représenté une menace pour McGinty.* Les battements de son cœur s'accélérèrent.

« Tant pis, je ne peux rien y changer maintenant. De toute façon, le meurtre du flic fera tellement de bruit, ça passera à la trappe. Quand on saura qu'Anderson nous rencardait avant le cessez-le-feu, c'est sur lui que se portera l'attention, pas sur nous. »

O'Kane ne bougeait pas, bloquant sa respiration. Campbell compta cinq secondes. Puis le vieux se détourna. « Non.

– Comment ça, non ? dit McGinty, au comble de l'agacement.

– Si on laisse Fegan s'en tirer à moindres frais, c'est un aveu de faiblesse. De ma part *aussi*. C'est un traître. On le punit comme il le mérite, pour l'exemple, comme on l'a toujours fait. » Brusquement, le Bull tonna, un doigt en l'air. « Il a tué mon cousin, bordel. Si je ne lui règle pas son compte, tous les autres merdeux s'imagineront qu'ils peuvent me sauter sur le poil. »

McGinty le rejoignit à l'autre bout de la pièce. « Mais enfin, Bull, réfléchis. Pense à ce que ça va nous coûter.

– Non.

– Écoute-moi. Imagine la suite… Supposons que les unionistes se retirent ; que tout se casse la gueule à Stormont. Tu n'auras aucun ami au gouvernement pour graisser des pattes quand ça t'arrange. Tu en pâtiras autant que moi.

– J'ai dit non, Paul. C'est tout. »

McGinty posa une main sur l'épaule massive de O'Kane. « Arrête de toujours vivre dans le passé ! Tes histoires de voyous à la noix, c'est fini maintenant. Laisse tomber les vieilles méthodes, Bull, sinon tu vas me coûter… »

Campbell n'avait pas encore sursauté en entendant la gifle que McGinty était déjà étalé de tout son long, la lèvre fendue. Coyle ouvrit de grands yeux. Quigley voulut se lever, mais O'Kane l'arrêta d'un doigt menaçant.

« Bouge pas, connard. »

Le chauffeur se rassit.

Campbell réfléchissait à toute vitesse. Quigley était trop faible. Coyle, trop bête. Ne restait que lui pour soutenir McGinty dans cette bicoque perdue en pleine nature. Mais on ne pouvait pas laisser Fegan en vie. Parce qu'il savait ce qui s'était passé avec Francie Delaney et les deux UFF.

Campbell se leva. « Mr. O'Kane a raison », dit-il.

McGinty étanchait le sang qui coulait de sa lèvre dans un mouchoir. « Quoi ?

– Fegan est trop dangereux. Il faut l'éliminer. »

O'Kane lui asséna une claque dans le dos. « Bien vu, mon gars. »

McGinty se releva, l'œil fixé sur Campbell. « D'accord, Bull. C'est toi qui décides.

– Parfait. » O'Kane frappa dans ses mains en grimaçant un sourire. « Allez, ramenez-moi la p'tite dame et sa gosse maintenant. »

44

Fegan eut à peine le temps d'entrevoir l'éclair bleu des yeux de Mrs. Taylor au moment où elle refermait les volets. Il leva la main pour la saluer, mais déjà, elle avait disparu. Le chien aboya à l'intérieur. L'hôtel aussi était plongé dans l'obscurité.

Laissant la voiture sur le parking, il s'approcha de la porte du bâtiment. La poignée résista. Verrouillée. Il fit quelques pas en tournant sur lui-même, décontenancé. La lune brillait sans doute, là-haut, mais aucun rayon ne filtrait à travers les nuages. Au-delà de la baie qui se dessinait le long du tracé orangé des lampadaires, la mer se perdait dans les ténèbres. Seuls l'air salé et le bruit des vagues en indiquaient la présence.

Fegan se sentit inondé d'une sueur glacée. Ses jambes ne le soutenaient plus. Par deux fois, pris de tremblements, il avait dû s'arrêter en route. Il déglutissait péniblement, tant sa langue desséchée lui collait au palais.

Le chien se calmait, les aboiements cessèrent peu à peu. Et puis plus rien, à part le murmure de l'eau sur le sable. Fegan martela la porte, rompant le silence. Il se recula et leva les yeux vers les fenêtres de l'étage.

Aucune réaction. Il frappa plus fort, rongé d'inquiétude. Pourquoi Hopkirk avait-il tout fermé ? Pourquoi Marie ne venait-elle pas l'accueillir ?

Sa paume le brûlait à force de cogner. De nouveau, il fit un pas en arrière et renversa la tête. « Allez ! » dit-il à voix basse.

À l'une des fenêtres apparut une faible lueur, une ombre qui se déplaçait. Fegan crispa les poings. Il entendit un bruit de portes qu'on ouvrait et refermait. La lumière se fit en bas. Ensuite, le cliquètement du métal, des verrous tirés et une clé dans la serrure. La porte s'entrebâilla sur deux yeux chaussés de lunettes.

« Qu'est-ce que vous faites là ? Que voulez-vous ?

– Laissez-moi entrer, dit Fegan. Je veux voir Marie.

– Qui ?

– Marie, ma femme. »

Hopkirk fronça les sourcils.

« Je croyais qu'elle était avec vous.

– Quoi ?

– Elle est allée manger un morceau avec la petite en début de soirée. Comme elle n'est pas revenue, j'ai pensé qu'elle vous avait retrouvé quelque part.

– Et nos bagages ? Où sont-ils ?

– Je ne sais pas. Je me suis dit que… »

Fegan appuya la main sur la porte. « Laissez-moi entrer.

– Ils sont peut-être encore dans la chambre. Je vais voir… »

Fegan colla son épaule contre le battant. « Ouvrez-moi. »

Hopkirk résistait. « Attendez, j'en ai pour une minute. »

Sous la poussée de Fegan, la porte céda. Hopkirk recula contre une table de la salle à manger désaffectée.

« Allez-y, dit-il, les yeux rétrécis derrière ses épaisses lunettes. Si vos valises sont encore là, prenez-les et fichez-moi le camp. Je me moque de ne pas être payé. »

Fegan entra. « Où est-elle ?

– Je ne sais pas. Elle est partie vers sept heures. Je ne l'ai pas revue.

– Vous avez eu de la visite ? »

Hopkins baissa les yeux. « Non.

– Vous mentez. »

L'hôtelier prit une profonde inspiration. « Un homme est venu. Il a dit qu'il était de la police, mais je ne l'ai pas cru.

– À quoi il ressemblait ? »

Hopkirk tenta d'échapper aux doigts de Fegan qui lui serraient le bras. « Grand et mince, comme vous, mais plus jeune. Avec des cheveux brun châtain, une barbe mal taillée. Il avait l'air un peu amoché et il boitait.

– Campbell, murmura Fegan. C'était Campbell. »

Hopkirk se détacha et fit un pas de côté. « Il ne s'est pas présenté.

– Qu'est-ce qu'il a dit ?

– Il a juste demandé où vous étiez. » Hopkirk s'effaça pour mettre une table entre lui et Fegan.

« Qu'est-ce que vous avez répondu ?

– La vérité. Que je ne savais pas.

– Nom de Dieu… » Fegan plaqua les mains contre ses tempes comme pour comprimer la peur. « C'est pas vrai ! »

Hopkirk reculait toujours. « Allez chercher vos affaires et partez. Je ne peux rien faire de plus pour vous. »

Fegan se dirigea vers l'escalier, au fond de la pièce. Il ralentit le pas devant la porte du bar, serra les dents et continua son chemin malgré le nœud qui le prenait à la gorge. Après avoir grimpé la volée de marches en colimaçon, il s'engagea dans le couloir, mais une fois devant la porte de la chambre, se rappela qu'il n'avait pas la clé. Tant pis. Il frappa du pied contre le battant, juste sous la poignée.

« Attendez ! s'écria Hopkirk qui se précipitait dans l'escalier. Ne faites pas ça ! »

Fegan donna un autre coup de pied. Un morceau de bois s'arracha au chambranle quand la porte céda. Il alluma la lumière et entra dans la pièce. Les bagages n'avaient pas été déplacés ; son sac au pied du lit, fermé. Alors qu'il s'approchait pour en vérifier le contenu, Hopkirk apparut sur le seuil.

« Tirez-vous », dit Fegan.

Hopkirk se réfugia dans la pénombre du couloir. Fegan posa le sac sur le lit, l'ouvrit, écarta les liasses de billets et les vêtements. Les cartouches de neuf millimètres se trouvaient encore au fond, ainsi que le Glock de Campbell. Après un rapide coup d'œil par-dessus son épaule, il sortit le Walther de sa poche et le fourra dans le sac.

Son portable vibra contre sa poitrine. Il sursauta, attrapa l'appareil et regarda le numéro qui s'affichait.

Le cœur battant la chamade, il appuya sur la touche verte et porta le téléphone à son oreille. « Marie ? »

À travers un vague grésillement, il entendit le bruit de pas lourds sur un plancher et des sanglots déchirants.

« Marie ? »

Une voix d'homme, à distance, lâcha un ordre cinglant qu'il ne comprit pas. Dans sa gorge tenaillée par la soif se logea une boule d'angoisse.

« Marie ?

– Gerry ? »

Il ferma les yeux.

« Gerry. Ils m'ont emmenée, avec Ellen… »

45

« Il arrive », annonça Campbell. Debout dans la grange, toutes lumières éteintes, il luttait contre la nausée que faisait monter en lui la puanteur de l'arène.

« Et alors ? demanda l'agent.

– Et alors, quoi ? Il est foutu. Ils vont lui régler son compte.

– Mais… Ils ne savent pas ce qui s'est passé ?

– Pour le flic dans la voiture de Toner ? Si, ils sont au courant. »

L'agent demeura silencieux. « Je ne comprends pas, reprit-il. Ça devrait changer leurs plans. S'ils ne livrent pas Fegan aux autorités, les unionistes les tiendront pour responsables. McGinty n'aura plus aucune marge de manœuvre. Ils risquent de tout foutre en l'air à Stormont.

– C'est ce que j'ai expliqué à McGinty, mentit Campbell. Il refuse de m'écouter.

– McGinty est malin, pourtant. Une connerie pareille, ça ne lui ressemble pas.

– Ils veulent éliminer Fegan. Point final. »

Campbell entendait l'agent respirer. « Il n'y a pas un moyen d'empêcher ça ?

– Je ne vois pas comment.

– Fais tout ce que tu peux. C'est une menace terrible pour le processus politique. Essaie de voir si… »

Un rai de lumière s'allongea dans la cour, éclairant la porte de la grange. « Faut que je raccroche », dit Campbell.

Des pas s'approchaient. Deux personnes. L'une avec une démarche assurée, l'autre, hésitante. Il recula dans l'obscurité de la grange.

« Tu aurais dû te tirer quand c'était possible, dit McGinty. Si tu avais accepté, tu ne serais pas dans un tel pétrin.

– Laisse-moi rentrer dans la maison, dit Marie. S'il te plaît. Je ne veux pas qu'Ellen soit seule.

– Eddie s'occupe d'elle. Pourquoi tu n'es pas partie ? Je t'ai offert l'occasion sur un plateau.

– Parce que je ne voulais pas. Pourquoi je serais obligée ? Les choses ont changé, non ? Enfin, Paul. C'était il y a des années.

– Moi, ça ne me paraît pas si lointain. Ça me fait encore mal quand j'y pense. »

Marie eut un rire cassant, plein de haine. « Toi, tu as mal ? Rien ne t'atteint.

– Détrompe-toi. On me prend pour un homme sans cœur, incapable d'émotions. Mais te voir avec Lennon — un flic, bon sang —, qu'est-ce que tu crois que j'ai éprouvé ?

– Je ne supportais plus cette vie-là. Tu ne comprends pas ? Tu étais marié, Paul. Je n'en pouvais plus de fermer les yeux sur ça… et tout le reste. De faire semblant d'ignorer tes activités.

– Je n'ai jamais …

– Mais c'est toi qui tirais les ficelles. Arrête de rejeter la faute sur les autres. »

McGinty durcit le ton. « Il y a des gens qui voulaient ta mort, à l'époque.

– Tu crois que je ne le savais pas ? Tu ne peux pas imaginer comme j'avais peur. »

Campbell se coula sans bruit vers l'entrée de la grange. Il distinguait de vagues silhouettes, dans la faible lumière jetée par les fenêtres de la maison.

« J'aurais peut-être dû les laisser te tuer, toi et ton flic », dit McGinty. »

Campbell tressaillit en entendant la gifle de Marie qui claqua contre la joue de McGinty. Il sursauta à nouveau quand McGinty rendit le coup, si fort que Marie tomba sur le ciment mouillé. Immobile, elle leva les yeux vers lui.

« Et qu'est-ce que tu fabriques avec Fegan ? reprit McGinty.

– Va te faire foutre.

– Réponds-moi. »

Marie lui cracha sur les pieds.

McGinty s'accroupit à ses côtés. « Il est fou à lier, Marie ! C'est un malade.

– Un malade ? Plus que toi, ou que cette brute de O'Kane ? lança-t-elle en désignant la maison.

– Tu ne sais pas ce qu'il a fait ? Il a buté un flic à Belfast, il y a deux heures à peine. Il a tué Vincie Caffola et le père Coulter. » McGinty posa la main sur l'épaule de Marie, qui niait en secouant la tête. « Il a assassiné ton oncle Michael.

– Tu mens ! Vincie Caffola a été tué par la police, tu l'as dit toi-même. Tu présentes toujours les choses comme ça t'arrange. »

McGinty écarta une mèche de cheveux qui glissait sur le front de la jeune femme. « Non, c'est la vérité. Les autres tombent dans le panneau et croient à ton petit jeu, mais moi, je te connais. Tu ressembles à ton oncle, aussi dure que lui, avec un cœur de pierre. Et maintenant, tu as jeté ton dévolu sur Gerry Fegan. À quoi te sert-il ? C'était pareil avec le flic, hein ? Tu l'as utilisé pour te venger de moi. » Il soupira. « Tu as toujours eu de mauvaises fréquentations. »

Elle baissa les yeux. « Laisse-moi aller voir Ellen.

– D'accord », dit McGinty. Il se redressa, puis l'aida à se relever. « Vas-y. »

Marie sécha ses larmes et partit vers la maison. L'espace d'une seconde, la lumière qui encadrait sa silhouette à la porte éclaira Campbell, juste avant qu'il n'ait le temps de reculer dans la grange.

« Davy ? lança McGinty. Davy, c'est toi ? »

Campbell ferma les yeux et jura dans sa barbe. « Oui, Mr. McGinty. C'est moi. »

McGinty fit quelques pas dans sa direction. « Qu'est-ce que tu fais là ?

– Ça pue, cette maison. Je suis sorti prendre l'air.

– Dans la grange ?

– J'ai entendu des voix… Je ne voulais pas être indiscret. »

McGinty s'approcha encore. « Qu'est-ce que tu as entendu ?

– Rien, dit Campbell. J'étais trop loin. »

La lumière jaillit à nouveau dans la cour, bloquée par la carrure massive de Bull O'Kane. Son pas lourd résonnait sur le ciment.

« Retournez dans la maison, vous deux. »

McGinty ne bougea pas. « On arrive, dit-il enfin. Tu voulais parler à Davy tout à l'heure, Bull ?

– Exact. » Un sourire s'élargit sur le visage sanguin de O'Kane. Campbell tenta de s'esquiver. « Me parler de quoi ? »

Avec une rapidité qu'on n'aurait pu soupçonner chez un homme de sa corpulence, O'Kane le retint par le bras. « Ça ne prendra pas longtemps. »

McGinty vint le flanquer de l'autre côté. « On y va, Davy. »

Campbell s'affola. Il voulut prendre l'arme qu'il avait cachée dans son dos, mais McGinty lui attrapa le poignet.

« Laisse tomber, Davy. » Sa voix était chaude et douce comme la pluie qui noyait la campagne. « N'aggrave pas ton cas. »

46

Bull O'Kane tournait en rond dans la pièce, lentement. Il regardait tour à tour chacune des personnes présentes en tirant avec force sur sa cigarette, la gorge brûlante. Pádraig occupait presque toute la moitié du canapé, tandis que cet imbécile de Coyle se serrait à l'autre extrémité en souriant de travers. McGinty était debout en face, appuyé contre le rebord de la fenêtre, une cigarette entre les doigts — son chauffeur avait remplacé Coyle pour surveiller la femme et l'enfant. Impossible de savoir ce qu'il pensait, celui-là. Fuyant et retors, toujours à chercher les failles. O'Kane ne lui faisait aucune confiance, mais on devait bien reconnaître qu'il était malin. Trop malin d'ailleurs, depuis quelque temps. Et en plus, il se permettait de le contredire devant les autres.

Downey et Malloy attendaient Fegan au bout du chemin. Tous les autres employés de la ferme avaient été renvoyés chez eux. L'affaire devait rester secrète.

Et puis il y avait Davy Campbell, debout au centre de la pièce, seul. Le renégat du Black Watch. L'Écossais qui défendait l'Irlande. Comment avait-il réussi à se protéger depuis si longtemps ? se demanda O'Kane. Lui, il puait la balance. Ça se sentait rien qu'à l'odeur de sa transpiration. N'importe qui l'aurait deviné.

« Tu as quelque chose à nous raconter, Davy ? » O'Kane écrasa sa cigarette par terre avec le talon de sa botte.

Campbell répondit calmement, mais son regard manquait d'assurance. « Qu'est-ce que vous voulez dire ? »

O'Kane continuait d'arpenter la pièce sans le lâcher des yeux. « Je te demande si tu as quelque chose à nous raconter. Un souci que tu aimerais partager ?

– Je ne vois pas de quoi vous parlez. »

O'Kane lui envoya un coup de pied derrière le genou. Campbell s'effondra. On entendit le claquement de sa rotule brisée sur le plancher. Il poussa un cri et porta la main à ses côtes. Son visage devint tout rouge.

« On n'est pas là pour rigoler, Davy. Arrête tes conneries. »

Inutile de lui promettre la vie sauve en échange de la vérité. Campbell savait que de toute façon, sa peau ne valait pas cher s'il lâchait le morceau. Il monterait un bobard pour essayer de gagner du temps. Mais O'Kane était sûr de son fait. En ce moment même, l'abruti qui l'avait renseigné au Secrétariat d'État pour l'Irlande du Nord s'offrait des vacances dans le sud du Portugal, en plus de la somme rondelette créditée à son fonds de retraite. Personne n'ignorait qu'on ne mentait pas à Bull O'Kane, quel que soit le prix. La source était fiable, et maintenant, il voulait entendre le reste.

« Tu ne réussiras pas à te défiler, reprit-il. Alors dis-moi qui est derrière ton agent. Tu mourras plus vite, c'est ce que tu peux espérer de mieux. »

Campbell demeurait à terre. « Je ne vois pas de quoi vous … »

Cette fois, O'Kane lui balança un violent coup de pied dans les côtes. Campbell se tordit de douleur, bouche ouverte dans un cri silencieux. Des larmes jaillirent de ses yeux, au grand plaisir de O'Kane. Pour lui, faire pleurer un homme, même des plus tenaces, avait toujours été chose facile.

Il se tourna vers Coyle. « T'as envie de te défouler ?

– Un peu, oui ! » Coyle s'avança, un rictus sur son visage contusionné.

O'Kane s'écarta. « Ne te gêne pas. Mais quand je te le dis, tu arrêtes. »

Attrapant Campbell par les cheveux, Coyle lui renversa la tête en arrière. « À nous deux, mon salaud. »

Campbell se hissa sur les genoux. « Va te faire foutre », grommela-t-il.

Coyle lui envoya son pied dans l'entrejambe. Campbell gémit et retomba, mais déjà Coyle le soulevait par les cheveux. « Moi ? Que j'aille me faire foutre ? » Il éclata d'un rire sauvage, puis se pencha sur lui. « C'est à moi que tu dis ça ? Je crois que t'as pas bien compris ce qui t'arrive, là, Davy. »

Serrant son poing droit, il recula le bras pour le frapper à la mâchoire. Le bruit de l'impact fit tressaillir McGinty. O'Kane se retint de rire quand Coyle accusa le choc et se frotta les articulations.

Campbell s'affaissa, inerte. Coyle le tira à nouveau par les cheveux et le gifla. « Regarde-moi, connard. »

Campbell laissa échapper un faible gémissement. Malgré le malaise qui lui serrait le ventre, O'Kane se tut.

Encore une gifle de Coyle. « « Qu'est-ce que tu dis ? »

Campbell entrouvrit les paupières. Il articula des mots inaudibles.

Coyle s'approcha pour écouter.

« Imbécile ! » lâcha O'Kane au moment où les dents de Campbell se refermaient sur l'oreille de Coyle, qui roula par terre en hurlant. « Ça suffit. »

Un dernier coup de pied de O'Kane terrassa Campbell, bras et jambes secoués de spasmes, le sang de Coyle dégoulinant de sa bouche.

« Bon Dieu de merde ! dit O'Kane à McGinty. Où tu l'as trouvé, ce crétin ? J'ai jamais vu un empoté pareil. »

McGinty secoua la tête sans rien dire en écrasant sa cigarette sur le rebord de la fenêtre.

« Tiens, dit O'Kane en lançant un mouchoir à Coyle. Mets-ça sur ton oreille. Il est propre… Pádraig, aide-le à se relever.

– D'accord, p'pa. » Pádraig s'extirpa du canapé. Il ramassa le mouchoir, le roula en boule, et l'appliqua contre l'oreille de Coyle. « Viens… Ça va aller. »

Coyle se hissa péniblement. Il voulut donner un dernier coup de pied à Campbell qui gisait, joue contre terre, mais Pádraig le tira en arrière.

« Je veux me le faire, insista Coyle, des larmes dans la voix. Quand vous aurez fini, laissez-le-moi.

– Embarque-le, dit O'Kane à son fils. Il y a des pansements et du désinfectant pour les chiens, dans la grange. Et aussi un flacon de chloroforme. Rapporte-le-moi, avec du coton.

– D'accord, p'pa. » Pádraig entraîna Coyle jusqu'à la cuisine. Un aboiement parvint dans la pièce, entrant par la porte ouverte sur la nuit, puis le silence se referma.

O'Kane se dressait de toute sa hauteur au-dessus de Campbell, écrasé à terre. « Tu connais le score, Davy. Tu sais que tu ne t'en sortiras pas. Ce soir, tu vas mourir. »

Il consulta sa montre en s'agenouillant avec un craquement des genoux. « Enfin, ce matin plutôt… Tu vas mourir, et on ne peut rien y faire. La seule chose qui pourrait te préoccuper, c'est de savoir combien de temps tu souffriras. Tu m'entends, Davy ? »

Il caressa les cheveux de Campbell mouillés de pluie et de sueur.

« Tu me réponds, Davy ? »

Campbell murmura : « Je ne sais pas ce que vous voulez.

– La vérité, c'est tout. »

L'Écossais tourna la tête, fixant O'Kane de son œil injecté de sang. « Je ne comprends pas. Qu'est-ce que vous croyez que j'ai fait ? Dites-le-moi. »

O'Kane soupira. « Tu es une balance, Davy.

– C'est faux.

– Inutile de mentir. Je ne te pose pas la question. Je le sais. Les connards pour qui tu bosses t'ont vendu. »

Campbell appuya son front contre le plancher.

« Je tiens l'info de quelqu'un au Secrétariat d'État, poursuivit O'Kane. Un snobinard d'Anglais qui parle comme s'il était le cousin de la Reine. Vous vous êtes rencontrés à Armagh, il y a quelques jours, et vous avez discuté de notre ami Fegan. »

Campbell serra les poings.

« Tu travailles pour la 14 Intelligence Company depuis les années quatre-vingt-dix, m'a-t-il dit, et tu es leur meilleur élément. Mais tu n'es pas si bon que ça, hein, Davy ? »

Campbell soupira.

« Alors maintenant, écoute-moi. Tu as le choix. Entre une mort rapide ou une mort pénible. » O'Kane surveilla les dents de Campbell en se penchant vers lui. « Et quand je dis pénible, je te parle de quelque chose qu'on ne t'a jamais montré pendant toutes tes semaines d'entraînement, une fin que tu n'envisages pas, même dans tes pires cauchemars.

– Non, dit Campbell.

– Je vais te torturer. Tu n'imagines pas jusqu'à quel point on peut souffrir, et pourtant rester en vie. »

Campbell ferma les yeux. Il savait ce que O'Kane avait fait subir à des hommes comme lui.

« Et si tu ne parles toujours pas, je te donnerai aux chiens. Normalement, ils ne s'attaquent pas aux gens, mais s'ils sentent l'odeur du sang… »

O'Kane tapota le dos de Campbell en riant. « Ils te boufferont les tripes, Davy. Enfin, on ne sait jamais. Il y en aura peut-être un qui te sautera à la gorge avant… Si tu as de la chance.

– Je vous en prie », dit Campbell.

O'Kane se redressa. « Allez, c'est parti. »

Attrapant Campbell par la main gauche, il posa un pied sur ses côtes blessées et appuya de toutes ses forces en lui tirant le bras.

Campbell poussa un hurlement. Il reprit son souffle, hurla encore, haleta. Diminuant la traction sur le bras, O'Kane lui envoya son pied dans la cage thoracique, puis attendit patiemment tandis que sa victime se tordait et sanglotait.

« Dis-moi la vérité. Qui d'autre balance des infos à tes agents ? »

Le sang échappé de la bouche de Campbell coulait sur le plancher. « Je jure devant Dieu, je ne sais pas de quoi…

– Merde ! » O'Kane pesa à nouveau sur les côtes de Campbell et recommença la manœuvre. Les os pliaient sous son pied. Le cri de Campbell culmina en un gémissement aigu. O'Kane relâcha la pression et donna encore un coup de botte. Cette fois, il sentit quelque chose céder.

Incapable de produire le moindre son à présent, Campbell ouvrit la bouche, ferma très fort les yeux et exhala un filet d'air. Ses joues étaient luisantes de larmes.

« Allez ! Parle, Davy.

– Je ne sais pas… je ne sais… »

O'Kane lui enfonça son talon dans le thorax, ne rencontrant plus guère de résistance. Campbell cracha du sang.

« Parle.

– Toner… Patsy… Toner…

– Bon sang », dit McGinty.

O'Kane leva une main pour le faire taire. « Patsy Toner, d'accord. Et après ?

– Il est… leur contact… C'est lui qui… qui m'a introduit. »

O'Kane lâcha Campbell et s'accroupit à ses côtés. « Respire, mon gars. Doucement… Qu'est-ce que tu peux me dire encore ?

– Il leur raconte… tout… à la presse aussi… Avant McGinty… Ils savent… ce que McGinty… va faire… »

O'Kane passa une main sur sa joue. « Bravo, c'est bien. Qui d'autre ? »

Campbell secoua la tête.

« Allez. Continue.

– Toner… c'est tout. »

Pádraig revint dans la pièce, une grosse bouteille dans une main, un sachet de coton dans l'autre. « Voilà le chloroforme, p'pa.

– Parfait, mon fils. »

O'Kane attrapa le sachet dans ses énormes doigts et arracha un morceau de coton. « Ouvre-moi ça. »

Pádraig dévissa le bouchon, puis tendit la bouteille à son père. O'Kane la retourna pour imbiber le coton qu'il tenait à bout de bras. Même à cette distance, l'odeur lui montait à la tête. Il se tourna vers McGinty. « Ça nous sert à endormir les chiens quand les blessures sont trop graves et qu'on ne peut pas les soigner. Il sera K.-O. jusqu'à ce que Fegan nous ait parlé. Après, on aura peut-être d'autres questions à lui poser. »

O'Kane pressa le coton contre la bouche et le nez de Campbell. « C'est bien, mon gars. Tout doux… Respire. »

Campbell se déroba faiblement. « McGinty, dit-il.

– Pardon ? »

L'Écossais regarda O'Kane avec un pauvre sourire. « McGinty… c'est lui… il a tout arrangé… Fegan… n'agit pas seul… c'est McGinty. »

Quittant sa place contre le mur, McGinty s'avança. « Il ment. »

O'Kane agrippa Campbell par les cheveux et lui écrasa le visage dans le coton.

« Bon sang, Bull. Il ment. »

Campbell se débattit. Ses yeux lui sortaient des orbites, il planta ses ongles dans le poignet de O'Kane. Bientôt, ses paupières se fermèrent. Il cessa de lutter et s'affaissa.

O'Kane lâcha la tête de Campbell qui ne bougeait plus. Lorsqu'il ôta le coton, un filet de salive rouge de sang s'en échappa. Il se retourna pour faire face à McGinty.

« C'est faux, Bull », insista McGinty. Il était pâle sous la lumière crue de l'ampoule. « Tu le sais bien. Il essaie juste de nous monter l'un contre l'autre. »

O'Kane observa les veines qui battaient aux tempes de McGinty, sa pomme d'Adam saillante par-dessus le col de sa chemise. « On en parlera tout à l'heure. Après Fegan.

– Enfin, Bull… Tu ne peux pas croire que… »

Un grésillement soudain le fit sursauter. O'Kane lança un regard à son fils qui approchait le talkie-walkie de son oreille. Une voix entrecoupée d'interférences prononça quelques mots.

Pádraig appuya sur le bouton. « O.K. », répondit-il. Puis, laissant retomber son bras : « Il arrive. »

47

Le faisceau d'une lampe torche se balança à une vingtaine de mètres devant la Clio. Fegan ralentit. La route était étroite, à peine assez large pour permettre à deux voitures de se croiser, et bordée de haies. De part et d'autre, des champs remontant en pente douce se perdaient dans la nuit. Un homme de petite taille, trapu, coiffé d'un bonnet de laine et vêtu d'une veste de treillis, déboucha sur la chaussée en levant la main. Fegan s'arrêta. L'homme s'approcha de la fenêtre du conducteur et, avec un mouvement circulaire de sa torche, lui fit signe de baisser la vitre. Fegan s'exécuta.

« C'est toi, Fegan ? » demanda l'homme.

Fegan cligna des yeux dans la lumière. « Oui. »

Un deuxième homme, grand, mince, armé d'une carabine à double canon, surgit des buissons. Face au pare-brise, il mit Fegan en joue.

L'autre fouillait la voiture de sa torche, éclairant le plancher à l'avant et entre les sièges. « Descends », ordonna-t-il en reculant pour laisser Fegan sortir.

Fegan obéit. « Je ne suis pas armé », dit-il à l'homme qui lui palpait les poches.

L'homme le gratifia d'un coup d'œil. « Si tu permets, camarade, je préfère vérifier. »

Immobile, Fegan ferma les paupières sous la caresse de la pluie. Ses tempes palpitaient. Il reconnut le froid qui s'insinuait dans ses veines.

« Vous ne trouverez rien », dit-il en ouvrant les yeux.

L'homme interrompit sa fouille un bref instant. « Taistoi. » Puis, lorsqu'il eut terminé : « Voyons voir le coffre. »

Ils gagnèrent l'arrière de la voiture. Fegan souleva le hayon qui fit entendre le gémissement d'une pompe hydraulique. L'homme à la torche braqua sa lumière dans les recoins. Il désigna le sac de voyage.

« Sors-moi ça. »

Fegan l'empoigna, le posa sur le rebord du coffre et fit coulisser la fermeture à glissière. Surveillant Fegan d'un œil, l'homme scruta le contenu du sac. Il fronça les sourcils, se pencha en avant. Puis il plongea les mains à l'intérieur, entre les vêtements, et dégagea les liasses.

« Putain..., souffla-t-il. Y a combien ? »

Fegan haussa les épaules. « Je ne sais pas. »

Celui qui tenait la carabine s'approcha. « Qu'est-ce qui se passe ?

– Regarde, dit son comparse en montrant le sac.

– Nom de Dieu. »

Les deux hommes échangèrent un regard. À eux deux, ils évoquèrent une foule de possibilités, mais renoncèrent en secouant la tête.

« On y va, dit l'homme à la torche en prenant le sac. Le Bull attend. »

Fegan parcourut les derniers cent mètres avec le canon de la carabine plaqué contre sa nuque, tandis que l'autre homme était assis à la place du passager. Éclairée par les phares de la Clio, la route se faisait plus étroite aux abords de la ferme. Un flot de lumière s'échappait d'une grange ouverte. Eddie

Coyle apparut sur le seuil, resserrant un bandage taché de sang autour de sa tête. Il adressa un regard furibond à Fegan.

La voiture cahota quand le moteur s'éteignit. Fegan entendit des chiens aboyer, des pattes qui grattaient contre les portes des écuries dans lesquelles vrombissait un générateur. Partout régnait une odeur de mort. La peur, l'agonie et la souffrance. Une puanteur qui s'infiltrait par la vitre baissée. Des ombres à l'affût tournaient dans la cour.

Bull O'Kane et Paul McGinty sortirent sous la pluie. S'approchant de la voiture, le Bull se pencha pour regarder à l'intérieur.

« Viens donc dans la maison, Gerry. »

Fegan ouvrit sa portière et descendit. Les autres occupants de la voiture l'imitèrent. O'Kane les désigna d'un vague geste de la main.

« Tu les connais ?

– Non, répondit Fegan.

– Tommy Downey et Kevin Malloy. Si tu fais le moindre geste, ils t'explosent la tête. Et si tu déconnes avec moi, je les lâche sur ta nana. Tu m'as compris ?

– C'est très clair », dit Fegan.

O'Kane sourit. « Bien. Ça fait longtemps que je ne t'ai pas vu, Gerry.

– Vingt-sept ans.

– Bon sang, tant que ça ? » O'Kane souriait toujours. « Dommage. J'aimerais te dire que je suis content… Mais tu m'as déçu. Moi et Paul. Allez, entre.

– Où est Marie ?

– Tu la verras bientôt. Viens. »

O'Kane partit vers la maison. Fegan sentit le bas de son dos se crisper, comme si quelque chose le poussait aux reins. McGinty le dévisagea longuement pendant qu'il marchait vers la porte, mais garda le silence.

En traversant la cuisine de la ferme, sur les pas de O'Kane, Fegan se laissa emplir de l'air froid et humide. Downey pressait le canon de la carabine entre ses épaules. McGinty et Coyle entrèrent à sa suite.

Campbell était étendu, inconscient. Une odeur pharmaceutique se mêlait à l'atmosphère imprégnée de moisissure.

Un jeune homme, aussi grand que O'Kane mais plus gros, apporta une chaise en bois au milieu de la pièce. Pádraig, pensa Fegan. Le fils de Bull.

« Assieds-toi », dit O'Kane.

Fegan obéit. McGinty et Downey prirent place tout autour. Rien ne transparaissait sur le visage de McGinty. Il alluma une cigarette. Les autres attendaient dans la cuisine.

« Je veux voir Marie et Ellen », dit Fegan. Ses mains ne tremblaient pas, mais il avait la bouche sèche.

« D'accord. » O'Kane lança un regard à son fils et désigna une porte du menton. Sans un mot, Pádraig disparut dans la direction indiquée.

O'Kane regarda Fegan pendant un temps qui parut infiniment long avant de reprendre la parole. « Alors, Gerry. Qu'est-ce qu'on fait, maintenant ?

– Vous relâchez Marie et Ellen, répondit Fegan. Ensuite, vous me tuez. »

O'Kane sourit. « Pas si vite. D'abord, il y a quelque chose que je veux éclaircir.

– Quoi ?

– Je veux savoir pourquoi, Gerry. »

Fegan se tourna vers la porte au moment où Marie entrait avec Ellen dans ses bras, escortée par Quigley. Pádraig venait derrière. Il referma la porte et entraîna Marie vers le coin de la pièce. Ellen s'agita.

« C'est Gerry, dit-elle.

– Oui, ma chérie, répondit sa mère d'une voix calme et posée. Reste tranquille. »

Mais Ellen, à force de se tortiller, échappa à l'étreinte de sa mère et courut vers Fegan. « Tu es venu nous chercher ? » demanda-t-elle en grimpant sur ses genoux. Elle ne pesait rien du tout.

« Oui, répondit Fegan.

– Maman a peur.

– Je sais. Mais elle n'a aucune raison de s'inquiéter. Toi non plus. Tout va bien se passer, je te le promets.

– Quand est-ce qu'on pourra rentrer à la maison ? »

Fegan lui prit doucement le visage entre ses mains. « Bientôt. Allez, retourne avec ta mère. »

Quittant les genoux de Fegan, la fillette rejoignit sa mère. Marie s'accroupit pour la serrer dans ses bras. Fegan lui sourit. Elle répondit par un petit hochement de tête et baissa les yeux.

O'Kane vint se mettre entre eux, bloquant la vue de Fegan. « Tu ne m'as pas répondu, Gerry. Je veux savoir pourquoi tu as fait tout ça. Raconte-moi. »

Fegan contempla sa face rougeaude. « Parce que j'étais obligé.

– Tu étais obligé ? Qu'est-ce que ça veut dire ?

– C'était le seul moyen.

– Le seul moyen pour quoi ?

– Pour qu'ils me laissent tranquille.

– Qui ? »

Fegan fixa le plancher.

« Pour que *qui* te laisse tranquille ? » O'Kane passa un doigt sous le menton de Fegan pour le contraindre à relever la tête et à le regarder dans les yeux. « Qui t'a obligé, Gerry ? Les Anglais ? Qui d'autre ? Quelqu'un qu'on connaît, peut-être ? Tu peux me l'avouer maintenant. C'est fini.

– Non. » Fegan sentit son sang se glacer. Les ombres qui dansaient dans sa vision périphérique se positionnèrent entre McGinty et Campbell. Leurs vagues contours prenaient forme et se précisaient. Fegan tenta en vain de les repousser. Des yeux brûlants se posaient sur lui.

« Parle, insista O'Kane en saisissant le menton de Fegan dans son énorme main. Dis-le-moi.

– Eux. » Fegan désigna la femme avec son bébé et le boucher, qui mimaient l'exécution de McGinty. Il montra ensuite les deux UFF, debout derrière Campbell. « Et eux. »

McGinty suspendit son geste au moment où il s'apprêtait à tirer sur sa cigarette. Ses yeux glissèrent tour à tour de O'Kane à Fegan.

O'Kane se tourna vers lui. « Paul ? C'est Paul qui te l'a demandé ? »

McGinty laissa retomber sa main. « Bon sang, Bull. Il est complètement fou. Il délire. »

O'Kane revint à Fegan. « Paul McGinty et Davy Campbell t'ont obligé à faire ça ?

– Non, répondit Fegan. Pas eux.

– Alors, c'est qui que tu montres, bordel ?

– Eux. » Fegan pointa le doigt sur chacun des Suiveurs. « Les gens que j'ai tués. »

48

Campbell flottait au-dessus des hommes rassemblés dans la pièce. On aurait dit un ballet d'ombres et de lumières, avec leurs voix qui évoquaient un lointain souvenir. Il se voyait lui-même, étendu sur le canapé. C'était là, dans ce corps, que résidait la douleur. Une douleur qui avait failli le briser, l'absorber tout entier, mais qui demeurait maintenant prisonnière, immobile, loin de lui.

Un froid étrange et douceâtre l'envahissait, comme s'il s'était noyé dans de l'eau sucrée. Sa conscience dérivait, libre, dégagée de toute entrave. Il y avait eu la souffrance, un feu intense et dévorant. Puis une joie puissante comme un raz-de-marée, l'euphorie qui s'était répandue en lui tandis qu'on versait un liquide frais et apaisant dans son nez, au fond de sa gorge.

Et maintenant, ça.

Mais avant que son esprit ne se détache de son corps, une pensée fulgurante s'était imposée lui. Rassemblant toute son énergie, il fouilla parmi les fragments effilochés de lui-même. Qu'est-ce que c'était ?

En bas s'éleva une voix chargée de colère. Le bruit d'un homme qui en frappait un autre, les pleurs d'un enfant.

Ah, oui.

À présent, il se rappelait : un secret qu'il était le seul à connaître. Comme une lourde pierre, aux arêtes coupantes, attachée à sa cheville et qui l'attendait.

49

« Fais taire ta gosse, dit O'Kane en frottant sa paume échauffée, sinon c'est moi qui m'en charge. »

Marie serra Ellen dans ses bras et la berça en lui caressant les cheveux. O'Kane grimaça tandis que la petite pleurnichait toujours contre sa mère. Il aimait bien les enfants, mais pas quand ils braillaient. Les siens — sept au total — s'en seraient pris une bonne s'ils avaient chialé comme ça. Il revint à Fegan qui gisait à terre.

« Relève-toi. »

Fegan se rassit sur la chaise.

« Donc, tu as fait tout ça uniquement parce que des gens dans ta tête te l'ordonnaient ? »

Fegan gardait les yeux rivés au plancher. O'Kane l'attrapa par les cheveux et le renversa en arrière pour plonger dans son regard. Un tel gâchis, à cause de la folie d'un homme ! La colère lui retournait le ventre. Il regarda Marie et son enfant, puis de nouveau Fegan.

« Réponds-moi, ou je leur tranche la gorge.

– Oui.

– Bon Dieu de merde. » O'Kane lâcha Fegan. Il brassait dans son esprit ce qu'il venait d'entendre, cherchant un sens.

Mais bien sûr, il n'y en avait pas. Il observa le visage indéchiffrable de Fegan. « Et pourquoi maintenant, après tant d'années ? Qu'est-ce qui a tout déclenché ?

– Sa mère.

– La mère de qui ?

– Du garçon. Le garçon que j'ai tué pour McKenna. Elle est venue me parler dans le cimetière. Elle savait qui j'étais, ce que j'avais fait. Elle m'a demandé où il était enterré. »

O'Kane échangea un coup d'œil avec McGinty. « Et tu lui as dit ? »

Fegan répondit par l'affirmative.

« Voilà pourquoi les flics fouillent les tourbières du côté de Dungannon, conclut O'Kane. Mais quel bien espérais-tu qu'il en ressortirait ?

– Je croyais qu'il me laisserait tranquille, répondit Fegan. Ça n'a pas suffi. Il voulait davantage. Il a exigé que je tue Michael.

– Bon sang. » Face à une telle démence, O'Kane était dépassé.

« La mère ne m'a pas dit que ça, reprit Fegan.

– Quoi encore ? »

Fegan leva les yeux vers O'Kane. Une peur soudaine s'alluma dans son regard. Il ne craignait pas Bull ni aucun des membres présents dans la pièce. Ce qu'il voyait, au loin, le terrifiait.

« Tout le monde paye, déclara-t-il. Tôt ou tard, chacun doit régler ses dettes. Voilà ce qu'elle m'a dit. »

O'Kane secoua la tête d'un air incrédule. « Alors, tout ce bordel, c'est à cause d'une bonne femme qui t'a parlé dans un cimetière ? » Il se tourna vers Marie. « Et toi, tu l'as aidé. »

Penchée sur sa fille, Marie se redressa. « Quoi ?

– Il a tué mon cousin, mais tu l'aides. »

Marie fit non de la tête. « Il m'a juré que ce n'était pas lui.

– Le meurtrier de ton oncle, bon sang ! »

Immobile, Marie regardait Fegan. « Il m'a juré sur la vie de ma fille que ce n'était pas lui. »

O'Kane les observait. Il comprit que quelque chose se brisait entre ces deux-là.

« Gerry. Vous avez juré sur l'âme de ma fille. »

Fegan ferma les yeux. « Je suis désolé. »

Posant la joue contre les cheveux de son enfant, Marie se mit à pleurer. Un sourire mauvais monta aux lèvres de O'Kane. Il s'approcha de Fegan et se pencha vers lui, appuyé des deux mains sur ses genoux.

« J'ai l'impression que vous n'avez pas été très honnêtes, ni l'un ni l'autre. Elle ne t'a pas tout raconté, hein ? » Il glissa un coup d'œil à Marie. « Hein ? Elle t'a parlé de sa petite histoire avec notre ami, McGinty ?

– Taisez-vous, dit Marie.

– Il n'y a pas beaucoup de gens qui sont au courant, continua O'Kane en surveillant la réaction de Fegan. Vois-tu, ta copine Marie McKenna était très proche de Paul autrefois. *Très* proche. S'il n'avait pas été marié, ils n'auraient pas été obligés de garder leur liaison secrète. »

Il se tourna vers Marie. « Ça a duré combien de temps ?

– Arrêtez, dit-elle.

– Deux ou trois ans, non ? Mais elle en a eu marre d'attendre qu'il quitte sa femme et elle a rompu. Après, elle s'est mise avec le flic, juste pour se venger. Qu'est-ce que tu dis de ça, Gerry ? »

Hormis par un infime tressaillement de sa joue droite, le visage de Fegan ne trahissait aucune émotion. « Elle n'a rien à voir avec ce qui se passe ici. Relâchez-la. »

O'Kane se redressa et porta une main à ses reins en grimaçant de douleur. « Il me semble que ça dépend de toi, non ? Si tu fais ce qu'on te dit, bien sagement, elle pourra rentrer chez elle avec la petite. Tu es partant ? »

Fegan regarda Marie, puis O'Kane. Il hocha la tête. « Oui.

– Parfait. » O'Kane consulta sa montre. « Bon, on va mettre un peu d'ordre dans tout ça. »

Il alla ouvrir la porte de la cuisine, fit signe à Coyle d'entrer et désigna Campbell : « Lui, tu l'embarques dans la grange. Pádraig, aide-le. »

Il se tourna ensuite vers Downey. « Emmène Gerry aussi. S'il tente quoi que ce soit, tu sais ce que tu as à faire. »

La carabine de Downey pointée sur sa tête, Fegan se leva. Il était grand, mais pas autant que O'Kane.

« Souviens-toi, Gerry. Si tu fais ce qu'on te dit, elle rentre chez elle. Sinon… Enfin, tu connais la suite. »

Fegan acquiesça et marcha vers la sortie. Pendant que Coyle et Pádraig soulevaient le corps inerte de Campbell et peinaient à passer la porte, il se tourna vers Marie.

« Je suis désolé, dit-il. Pour tout. »

Downey le força à avancer du bout de sa carabine.

« Attendez », lança Marie en se levant pour le rattraper, mais Quigley la retint par le bras.

« Tu ne peux rien pour lui », dit O'Kane.

Les larmes montèrent aux yeux de Marie. « S'il vous plaît, ne lui faites pas de mal.

– Pourquoi tu te préoccupes de son sort ? » O'Kane s'approcha. « C'est un malade. Il est dangereux. Il a tué ton oncle. »

Marie pleurait doucement en serrant sa fille dans ses bras. « Mais il ne mérite pas de mourir. »

O'Kane soupira. « Parce qu'il y en a qui le méritent ? »

Il la saisit par les avant-bras. Elle était forte, mais pas assez, et malgré sa résistance farouche, il n'eut aucun mal à lui arracher l'enfant qu'il remit à Quigley. La petite regardait sa mère, le visage rougi par les pleurs.

Le morceau de coton taché de sang traînait par terre, près du canapé. O'Kane le ramassa. Il prit la bouteille sur le rebord de la fenêtre, l'ouvrit et versa le liquide. Une odeur entêtante emplit la pièce.

Marie recula dans le coin. « Non.

– N'aie pas peur, dit O'Kane en s'approchant lentement. Ça ne fera pas mal. »

Elle se débattit quelques secondes à peine, essaya de le griffer, de l'atteindre par des coups de pied dans les tibias. Lorsqu'elle pensa à lui envoyer son genou dans l'entrejambe, elle était déjà trop faible. Puis elle ne bougea plus. O'Kane la coucha sur le plancher et, accroupi, s'adressa à la fillette qui hurlait.

« Ne t'inquiète pas, ma jolie. Regarde. Elle dort, c'est tout. »

Les cris de l'enfant lui agaçaient les oreilles. Il brandit le coton. « Tu veux faire un petit dodo, toi aussi ? Quand tu te réveilleras, tu pourras retourner dans ta maison. »

Tremblante, la petite se tut. McGinty vint la prendre dans les bras de Quigley. « Ça suffit. »

O'Kane se releva et domina McGinty de toute sa hauteur. Les deux hommes se défièrent du regard. Enfin, O'Kane hocha la tête. « Très bien. Emmène-les en haut, tu n'as qu'à les surveiller. »

Il caressa les cheveux blonds de la fillette, si doux contre sa paume rugueuse. « Tu seras bien sage, hein ? Oncle Paul va s'occuper de toi pendant un petit moment. »

McGinty recula d'un pas. « Et Fegan ? demanda-t-il avant d'emmener la petite.

– Ne te bile pas pour lui, c'est mon affaire. Mais attends-moi. On doit discuter un peu, après. »

O'Kane déporta son regard en direction de la cuisine. « Kevin ? »

Malloy entra, pistolet au poing.

« Veille à ce que nos invités ne bougent pas d'ici. » O'Kane partit vers la porte. « Je n'en ai pas pour longtemps. »

50

L'espace d'un instant, Campbell fut ramené de force à son corps. La douleur était là, qui l'attendait. Il hurla intérieurement, incapable d'aspirer l'air nécessaire à émettre un son. Puis il se trouva libre à nouveau, planant au-dessus des vagues silhouettes qui le portaient sous la pluie. Même là-haut, on n'échappait pas à la puanteur infiltrée dans chaque parcelle d'obscurité.

Le cortège traversa un océan de grisaille au fond duquel flamboyait un soleil. La grange, illuminée à leur intention. Campbell reconnaissait l'endroit. C'était là que les chiens se battaient pour leur vie.

Les chiens.

Dans les volutes diffuses de sa conscience, il les imagina. Les chiens. Bavant sur son corps. Il allait mourir bientôt, il le savait, et les chiens auraient raison de lui.

Non. Pas comme ça. Pas ici.

Réveille-toi. Malgré la douleur qui te guette en bas, malgré l'atroce souffrance, réveille-toi.

51

Dehors, Fegan aperçut les premières lueurs de l'aube qui se levait par-delà le toit des écuries. Coyle et Pádraig, portant Campbell, pénétrèrent dans la gueule béante de la grange. L'Écossais gémit lorsqu'ils le déposèrent sur le premier gradin, au bord de l'arène. Downey pressait le canon de la carabine contre le dos de Fegan.

Derrière venaient cinq silhouettes qui se précisaient dans le jour naissant.

O'Kane alla chercher un rouleau de plastique dans un coin obscur du bâtiment. Aidé de Pádraig, il le déroula sur la terre souillée de sang et d'excréments. Fegan avait envie de vomir, tellement l'odeur pestilentielle le prenait à la gorge. Il ne voulait pas mourir ici.

« Je suis désolé », dit-il aux Suiveurs. Penchés sur Campbell, les deux UFF relevèrent la tête. La femme et le boucher se tenaient près de Fegan. « J'ai essayé, mais je n'ai pas réussi. Je suis désolé. »

O'Kane se tourna vers lui. « Tu parles à tes amis, Gerry ? Ceux que tu vois dans ta tête ? »

Fegan acquiesça.

O'Kane lui fit signe d'approcher. « Viens donc ici, mon garçon. »

Fegan descendit dans l'arène. Downey le poussait par-derrière. « Vous relâcherez Marie et Ellen ? demanda-t-il.

– Je te l'ai dit, répondit O'Kane. Tu as oublié ? Bon sang, regarde ce que tu es devenu. Le grand Gerry Fegan. Tu te rappelles la dernière fois qu'on s'est vus. C'était quand ? Il y a vingt-cinq ans ?

– Vingt-sept, corrigea Fegan. J'avais dix-huit ans. »

O'Kane s'adressa aux autres. « À cet âge-là, il avait déjà une sacrée réputation. C'est le seul qui ait jamais levé la main sur moi et qui s'en soit sorti vivant. Ça, c'était la première fois. La deuxième fois, ce doit être... En 1980, quelque chose par là. On ne plaisantait pas, à l'époque. Ce jour-là, on devait s'occuper d'une balance... Une fille de Middletown qui baisait avec un Anglais. Elle a essayé de s'enfuir en prenant un bateau à Belfast, mais les gars de McGinty l'ont coincée sur les quais. McGinty et Gerry me l'ont amenée. Pas vrai, Gerry ? »

Fegan se souvenait. « Oui. »

« Bref... McGinty lui a fourré le pistolet dans la main. "À toi, Gerry, il a dit. Bienvenue au club." » O'Kane désigna Campbell. « Descendez-le. »

Pádraig aida Coyle à porter Campbell dans l'arène. Quand ils l'étendirent sur le plastique, l'Écossais gémit en grimaçant de douleur, sans reprendre connaissance. Coyle sortit le pistolet qu'il portait à sa ceinture et lui appliqua le canon contre la tête.

« Qu'est-ce que tu fous ? demanda O'Kane.

– Je veux le buter.

– D'accord, mais quand je te le dirai. Pas avant. »

Pendant que Coyle rangeait son arme en soupirant d'impatience, Pádraig alla se poster à côté de son père.

O'Kane poursuivit son récit. « Gerry a pris le pistolet, mais il ne bougeait pas, il se contentait de nous regarder. McGinty lui a demandé ce qui n'allait pas, et il a répondu : "Non, je ne peux pas. Je ne peux pas."

– C'était une toute jeune fille, dit Fegan. Elle avait mon âge. Elle avait peur. Et elle était enceinte. »

O'Kane s'approcha. « Elle était enceinte, oui, d'un salopard d'Anglais. Et alors ? Une balance, on n'hésite pas. Mais tu as flanché. J'ai dû prendre ta place. »

Fegan revoyait la fille, la terreur dans ses yeux qui suppliaient. Des larmes brûlantes lui coulèrent sur les joues. « Je n'ai pas pu l'aider. Je ne pouvais rien faire.

– Non, tu n'as même pas eu les couilles de regarder. Tu t'es enfui. Tu as été lâche. C'était une balance, la pire vermine qui existe sur cette terre. Quelqu'un qui trahit les siens. Comme toi, Gerry. Et il n'y a pas de pitié pour les balances. »

Il essuya les larmes sur les joues de Fegan. « Pas de pitié, Gerry. Ni à l'époque. Ni maintenant. »

La femme prit la main de Fegan. Son étreinte était douce et froide. Il se tourna vers elle. Elle lui sourit avec des yeux tristes, berçant le bébé qui dormait au creux de son bras.

« Je suis désolé », dit-il.

Elle hocha la tête.

O'Kane recula d'un pas. « C'est l'heure, Gerry. »

Fegan sentit le double canon de la carabine derrière sa tête.

Il ferma les yeux. La main de la femme lui glissa entre les doigts.

52

Ne t'endors pas.

Campbell rassembla ce qui subsistait de sa volonté en lambeaux pour accomplir une dernière action. Une mission suprême : attraper le couteau fixé à sa cheville par du ruban adhésif, ouvrir la lame, et se lever. C'était simple. S'il réussissait, il resterait peut-être en vie.

Mais la douleur ne le lâchait pas.

Couché sur le plastique, après la décharge qui avait secoué son esprit hébété, il errait entre le coma et une vague conscience. Seule la souffrance l'empêchait de glisser à nouveau dans le brouillard. Il savait que tout mouvement ranimerait le feu dans ses côtes et que la douleur serait insupportable. Mais il lui faudrait l'endurer. S'il criait, il ne survivrait pas.

Son cerveau lui semblait sur le point d'éclater. Devant ses yeux dansaient des formes qu'il ne parvenait pas à cerner. Combien étaient-ils ? Il n'aurait pu répondre. Sa vision ne s'étendait pas aussi loin. Celui-là, pourtant, qui allait et venait à un mètre de son visage… Coyle.

Sans bouger la tête, Campbell suivit du regard les mollets de Coyle, remonta le long de ses cuisses, jusqu'à sa taille. Un pistolet, petit, mais ça irait.

Qu'en ferait-il ?

Réfléchis.

Réfléchis.

Le noir.

Qui étaient ces hommes tout autour, dont les doigts le visaient à la tête ?

Encore le noir. Non, reviens.

Il inspira et garda l'air en lui pendant que la douleur explosait, soufflant le brouillard. C'était maintenant ou jamais. La douleur, on s'en foutait. Il serra les dents.

Vas-y.

53

Au moment où le cri désespéré s'élevait sous les poutres de la grange, Fegan ne sentit plus le canon de la carabine contre sa tête. Il ouvrit les yeux. D'une main, Campbell appliquait un couteau sur la gorge de Coyle, de l'autre, il tenait un petit pistolet. Tous deux vacillaient ensemble, entraînés par Campbell au bord de la chute. Son regard trouble, égaré, ressemblait à celui d'un homme ivre. Coyle ouvrait la bouche, muet de stupeur. Ce n'était pas lui qui avait crié.

Campbell visait des cibles inexistantes, ou bien des ombres, parfois des corps. « N'approchez pas. »

Downey s'écarta de Fegan et braqua la carabine sur les deux hommes qui oscillaient l'un contre l'autre.

O'Kane leva les mains. « Ne fais pas de bêtises, Davy. »

Campbell pointa son arme en direction de la voix, mais ses yeux paraissaient aveugles. « Reculez-vous, sinon je lui tranche la gorge. »

Pádraig s'approcha sur un côté. « Dégage », dit Campbell en pivotant.

O'Kane fit un pas en avant. « Arrête, Davy. Tu n'es pas en état de lutter. Ça ne fera qu'aggraver les choses. »

Campbell menaçait alternativement O'Kane et son fils. « Un seul geste, et je vous descends.

– Mais non, Davy. Tu tiens à peine debout.

– Reculez-vous. »

Pádraig s'approcha encore sur la gauche de Campbell. L'Écossais tira. Une, deux, trois fois. La première balle se perdit, mais la deuxième atteignit Pádraig à l'épaule, la troisième lui transperça la gorge. Il demeura pétrifié. Le sang qui ruisselait le long de son torse s'écoulait sur le plastique.

« P'pa », gargouilla Pádraig. Il fit deux pas en arrière et tomba assis devant le premier gradin.

Fegan observait O'Kane. Le vieil homme restait de marbre, malgré ses yeux rouges. « Je te donnerai aux chiens, Davy. Et je les regarderai te bouffer les entrailles.

– Ne bougez pas », dit Campbell.

Pádraig se coucha sur la terre. Il respirait avec difficulté. Les mots qu'il essaya de prononcer ne franchissaient pas sa gorge.

« Passe-moi la carabine, Tommy », dit O'Kane en se rapprochant de Downey. Puis il épaula le fusil en le dirigeant sur Campbell.

Coyle se tortillait comme un ver. « Non ! Ne tirez pas ! »

Campbell cligna des yeux, secoua la tête pour essayer d'y voir plus clair et lui appuya le pistolet contre la tempe. « Je vais le tuer ! »

O'Kane arma la carabine. « J'en ai rien à foutre ! »

La détonation résonna dans la grange comme un coup de tonnerre. Le temps s'arrêta. Coyle, la poitrine explosée, partit en arrière avec Campbell, tandis que l'Écossais répondait par une balle qui siffla aux oreilles de Fegan.

Downey glissa la main dans la poche intérieure de son blouson. Campbell tira encore une fois. O'Kane recula d'un pas et lâcha une deuxième salve. Fegan vit un soleil rouge s'étaler sur le ventre de Campbell. Il s'aplatit sur le plastique en même temps que l'Écossais qui déchargeait toutes ses cartouches.

La tête dans ses mains, Fegan entendit le cliquetis du pistolet qui tirait à vide. Il sentit que deux corps s'écrasaient près de lui, l'un plus lourd que l'autre.

Respirations. Gémissements. Un cri, déchirant, qui semblait monter des entrailles de la terre. Un hurlement lui répondit de l'autre côté de la cour. Dans l'aube naissante, Fegan entendit les aboiements paniqués des chiens, leurs pattes qui grattaient aux portes des écuries. Plus loin, sur le plastique, Coyle se tordait dans une mare de sang, les doigts crispés sur un revolver.

À la droite de Fegan, O'Kane gisait sur le côté ; vivant, le souffle court. Il était rouge et luisant de sueur, le genou en sang, touché aussi à l'aine. Il leva les yeux.

« Bon sang, Gerry. Il m'a eu. »

Saisi à la gorge par l'odeur âcre de la poudre, Fegan toussa. Ses jambes le soutenaient à peine. Il prit le revolver dans la main de Downey.

« Il m'a eu, ce salaud », répéta O'Kane avec un rire amer

Fegan regarda Campbell. L'Écossais respirait difficilement, en proie à des convulsions. Son ventre béant n'était plus qu'un amas de chairs sanguinolentes. Les deux UFF se penchaient sur lui, une joie sauvage peinte sur leurs visages.

« Vous aussi, vous l'avez eu », dit Fegan en s'approchant de O'Kane.

Le vieux réussit à tourner la tête. Serrant les dents, pantelant, il vit le revolver que tenait Fegan.

« Je te donnerai tout ce que tu veux, dit-il. Tout. Dis-moi ton prix…

– Non.

– Sors-moi de là. Emmène-moi à l'hôpital. Un million. Je te donnerai un million. » Il tendit faiblement le bras et attrapa Fegan par la cheville. « Tu pourras partir avec la femme et sa gosse, n'importe où. Deux millions. Je te donnerai deux millions. Imagine, Gerry. Deux millions de livres.

– Je ne veux pas de votre argent », dit Fegan en se dégageant. Il pointa l'arme sur le front de O'Kane.

Des larmes jaillirent des yeux du vieil homme et roulèrent sur le plastique. « Alors, quoi ? Demande-moi. Je te le donnerai. »

Fegan s'accroupit près de lui. Il sentait l'odeur de sa sueur. « Je ne vous tuerai pas. Je vous laisserai tranquille. Mais vous devez me promettre une chose.

– Oui, oui… Dis-moi.

– Quand tout ça sera fini, vous abandonnez. Vous n'essaierez pas de me retrouver. Ni Marie. Je vais tuer Campbell, et McGinty. Ensuite, vous n'entendrez plus jamais parler de moi. Vous ne chercherez pas à vous venger, vous ne mettrez pas ma tête à prix. Si vous me donnez votre parole, vous resterez en vie.

– Pádraig…

– C'est trop tard pour lui. Jurez que vous nous laisserez tranquilles, Marie et moi. »

O'Kane acquiesça. « Je te le promets. Je le jure devant Dieu.

– Jurez-le sur l'âme de vos enfants.

– Je le jure. »

Fegan se releva. Il se dirigea vers le bord de l'arène où Campbell s'accrochait au dernier fil de sa vie, le regard perdu dans le lointain, ses lèvres tentant d'articuler une parole muette. Les deux UFF reculèrent, leurs visages illuminés par un plaisir animal.

54

« Davy. »

Campbell se demanda qui parlait, parmi tous ces visages en sang. Ces gens penchés sur lui, qui le happaient et l'entraînaient vers d'insondables tréfonds.

Qui avait prononcé son nom ? Ces hommes tatoués, aux têtes rasées ? Non. Ils étaient morts depuis des années, brisés, mutilés, dans une pièce nue aux murs de béton. Qu'attendaient-ils de lui maintenant, avec leurs yeux extatiques ?

Qu'est-ce que vous voulez ? Ses lèvres remuaient, mais aucun son n'en sortait.

« Là… Davy. »

Campbell essaya de se redresser. Les fragments éclatés de son corps ne répondaient pas. Il se vidait en son centre. Ah oui… La carabine lui avait explosé le ventre. L'air froid maintenant s'insinuait dans la blessure.

Il mit tout ce qui lui restait de force dans son cou et souleva la tête pour voir d'où venait la voix. Un vacarme assourdissant tempêtait à ses oreilles, sa peau le brûlait. Une forme, grande et mince, émergea du brasier.

Gerry Fegan.

Dans sa main, il tenait quelque chose qui brillait.

« Ils veulent ta mort, Davy.

– Qui ? » demanda Campbell dans un souffle.

Fegan désigna les hommes tatoués qui le regardaient avec leurs horribles sourires. Campbell voulut crier, mais l'air lui manquait.

« Les UFF que tu as accusés pour te couvrir, dit Fegan. C'est moi qui ai dû les tuer. Maintenant, tu dois payer, Davy. »

Au feu qui dévorait Campbell succéda un froid glacial. Il reconnut la nature de l'objet brillant que Fegan tenait à la main, entendit le recul du cran de sécurité.

« Va te faire foutre.

– Tout le monde paye, dit Fegan en approchant l'arme. Tout le monde… Tôt ou tard. »

La rage au cœur, Campbell aurait voulu écraser Fegan, le pulvériser, sentir sa chair éclater sous ses doigts et son sang se répandre… Mais il s'enfonçait dans les ténèbres.

Les deux UFF penchaient sur lui leurs visages grimaçants, pleins de haine. Les autres aussi se ruaient en avant, autant de cadavres démembrés qui l'engloutissaient dans leur pourrissement, parmi lesquels se détachait une silhouette au front béant, portant sur ses épaulettes l'insigne de sergent.

« Sergent Hendry ? »

Le spectre du soldat se jeta sur Campbell pour le déchiqueter entre ses dents.

Fegan dominait le carnage de sa haute stature.

« Va te faire foutre ! hurla Campbell. Allez ! Tue-moi, putain ! Vas-y. Tire. Appuie sur la… »

TROIS

55

La détonation fit taire les chiens. Fegan se tourna vers le boucher et la femme avec son bébé. Elle l'encouragea de son petit sourire triste.

Hochant la tête en signe d'assentiment, il gagna la porte de la grange. O'Kane, les yeux rivés au sol, évitait de le regarder. Sur le seuil, il s'arrêta pour observer la maison qui l'attendait de l'autre côté de la cour. Le monde se teintait d'une étrange lueur bleutée, tandis que la pluie, faiblissant avec la venue du jour, enveloppait la ferme dans un halo de grisaille. Des grognements plaintifs montaient des écuries.

Debout dans l'air vicié, il se découvrait l'esprit étonnamment clair. Ses mains ne tremblaient plus. Tous ses sens aspiraient à la vie, malgré l'odeur de la mort qui planait sur l'endroit. Le froid glacé en lui était devenu une lumière, une flamme ardente dans sa poitrine. Il scruta la maison sans y déceler la moindre trace d'activité.

McGinty et les autres s'attendaient à entendre des coups de feu, mais pas un tir soutenu. Ils se tenaient sûrement postés aux fenêtres.

La Clio était toujours garée dans la cour, à mi-chemin entre la grange et la maison. Il devait absolument y arriver pour prendre le sac en plastique scotché sous le siège du passager. Après un dernier regard alentour, il s'élança, plié en deux.

La porte de la cuisine s'ouvrit. Il se jeta à terre, à quelques mètres de la voiture. Un coup de feu jaillit, suivi d'un sifflement à ses oreilles. Les chiens se remirent à gémir et à aboyer, grattant furieusement dans leurs stalles.

Malloy. Fegan reconnut sa silhouette massive à travers les vitres de la Clio. Il guetta des pas sur le ciment, mais le raffut des chiens couvrait tous les bruits. Il s'approcha de la voiture, à quatre pattes sur le sol mouillé.

Encore un coup de feu. Fegan entendit la balle percer la tôle de la grange. Le tir venait de la porte, donc Malloy était toujours à l'intérieur. Il atteignit la portière de la Clio et risqua un regard par la vitre. Derrière la porte entrouverte de la cuisine, il vit quelque chose remuer dans l'obscurité.

Fegan s'accroupit de nouveau. Son esprit tournait à plein régime. Il ne voulait pas tuer Malloy, mais cet imbécile lui barrait le passage.

Jetant un autre coup d'œil par la fenêtre de la Clio, il surprit une main qui braquait un pistolet. Il baissa la tête au moment où le pare-brise explosait.

« Je ne veux pas te tuer », lança-t-il.

Il attendit. Pas de réponse.

« Je veux seulement McGinty. Tu peux partir. Je n'ai rien contre toi.

– Tu n'as aucune chance, Fegan. » La voix de Malloy, vibrante de peur, résonna dans la cour.

Prudemment, Fegan regarda à nouveau par la fenêtre de la Clio. Il se plaqua aussitôt à terre en voyant Malloy pointer son nez derrière la porte. « Tu n'es pas obligé de mourir avec McGinty, cria-t-il. Tire-toi. »

Une balle ricocha sur la carrosserie, de l'autre côté de la Clio.

« S'il te plaît, lança encore Fegan. Ne m'oblige pas à te tuer.

– Va te faire foutre. »

Fegan soupira et ferma les yeux. « Je n'ai pas le choix », murmura-t-il.

Il remonta jusqu'au capot de la voiture. S'apercevant alors qu'on pouvait le voir de la fenêtre à l'étage, il leva la tête. Rien ne bougeait derrière les voilages gris de crasse et de moisissure.

Encore quelques centimètres, et il se trouverait en bonne position. Il s'avança, si près maintenant qu'il distinguait la peinture verte qui s'écaillait sur la porte. Le pistolet de Malloy apparut et tira vers l'arrière de la Clio.

Il ne m'a pas vu, pensa Fegan.

Se dressant brusquement, appuyé des deux bras sur le capot, il logea quatre balles dans la porte. Puis il tendit l'oreille, sans abaisser le canon de son arme.

Un faible cri s'éleva, accompagné de la chute d'un corps qui glissait mollement le long du mur et s'écrasait au sol.

Fegan laissa échapper un juron. Quel gâchis.

Il recula à couvert et fit le tour de la voiture. La portière du conducteur n'était pas verrouillée. Lorsqu'il l'ouvrit, une pluie de verre brisé se répandit sur le ciment de la cour. Il s'aplatit à l'intérieur et déposa le pistolet devant le siège du passager, sous lequel il passa la main sans quitter des yeux la maison, en tout cas ce qu'il pouvait en voir à travers le pare-brise étoilé. Le sac en plastique était là, lourd, rempli d'objets métalliques. Quand il arracha l'adhésif, le plastique se déchira et des cartouches de neuf millimètres s'en échappèrent, rejoignant les armes qui tombaient sur le plancher avec un bruit mat.

Entre les furieux aboiements des chiens qui grattaient aux portes des écuries, il crut entendre des voix dans la maison. Tout en récupérant son Walther, ainsi que le Glock de

Campbell, il distingua une vague forme derrière un rideau qui tremblait à la fenêtre au-dessus de la porte. Il se rejeta en arrière, une arme dans chaque main, juste au moment où une balle transperçait le toit de la voiture et se fichait dans le dossier du siège en manquant sa tête de justesse.

Les chiens hurlèrent de plus belle. Le sang affluait à ses oreilles en un fracas assourdissant. Mais à travers cette clameur lui parvint un son aigu, déchirant. Des sanglots terrifiés.

« Ellen, dit-il.

– Ne t'approche pas, Fegan ! »

La voix de McGinty, stridente, éraillée.

« Reste où tu es, sinon je les tue ! »

Plaqué contre la voiture, Fegan écoutait les pleurs de la fillette. Son cœur cognait dans sa poitrine comme s'il cherchait à s'en échapper ; il avait le ventre liquéfié.

« Ellen. »

56

Les Suiveurs rassemblés tout autour observaient Fegan. La femme, son bébé sur un bras, tendit la main vers la maison en l'exhortant du regard. Ses yeux lui commandaient d'agir. Cours, disaient-ils.

Fonce.

« Mon Dieu. »

Fegan enfonça le Glock de Campbell dans sa ceinture et se faufila à l'avant de la voiture. Les portes des écuries tremblaient sous la poussée des chiens. Après un regard à la fenêtre de l'étage, il se rua vers la maison. Un coup de feu partit. Il sentit un tiraillement dans son épaule gauche.

À peine eut-il enfoncé la porte qu'il trébucha sur les jambes de Malloy, étendu de tout son long. Il alla s'écraser contre le mur opposé dont se détachèrent quelques éclats. Dans les fragments de carrelage et de mortier effrité, il remarqua des taches rouges. Son bras lui semblait lourd, comme si on lui avait noué une pierre au poignet. Il se tordit le cou pour examiner son épaule. Rien. Juste une éraflure.

À la porte, Malloy gisait sur le dos. Son torse puissant s'agitait par secousses. Il avait un regard vitreux, perdu dans le lointain. Les Suiveurs entrèrent et s'attroupèrent autour de lui, têtes inclinées de côté pour le contempler.

Des pas rapides se firent entendre au plafond.

« Gerry ? » La voix de McGinty, étouffée par les poutres et le plâtre. « Gerry, ne monte pas. Je te préviens… Sinon… Je t'assure que je le ferai. »

Ellen, qui pleurait.

À côté de Fegan, la femme montrait la porte de la pièce voisine, là où il avait vu Marie et Ellen pour la dernière fois. Le boucher vint la rejoindre.

« D'accord », dit Fegan.

Il se dirigea vers la porte, ouvrant la route avec son Walther. Des traces de sang et d'humidité s'étalaient sur le vieux canapé. Les maigres doigts de l'aube collaient aux fenêtres crasseuses, et au-delà, délimités par un bouquet d'arbres, apparaissaient les restes d'un jardin laissé depuis longtemps à l'abandon.

Mais… Qu'est-ce qu'on entendait ?

Il s'immobilisa pour écouter. Une respiration, accélérée par la panique. Cela venait de l'autre porte, ouverte, celle qui avait livré passage à Marie et à Ellen tout à l'heure. Combien de temps s'était écoulé ? Quinze minutes ? Trente ? Une heure ?

La femme et le boucher se placèrent de chaque côté de Fegan. Eux aussi tendaient l'oreille. Dans les bras de sa mère, le bébé ne bougeait pas.

Elle se tourna vers Fegan, sourit, puis lui caressa la joue et hocha la tête.

Fegan pivota vers l'embrasure plongée dans l'obscurité. Le souffle oppressé se rapprochait. Il s'avança sans bruit, précédé du Walther qu'il tenait à bout de bras.

Le craquement d'une marche d'escalier. La respiration, un instant suspendue, repartit au même rythme. Fegan entendit un léger frottement. Quelqu'un qui se glissait contre un mur.

Doucement…

Un gémissement contenu. Celui d'un homme terrorisé.

Fegan avançait toujours, lentement, pour ne pas faire ployer les lattes du vieux plancher. Il ramena le Walther à hauteur de sa taille afin de parer un assaut qu'on lui porterait sous la ceinture. Plus près… Il pouvait presque toucher le chambranle de la porte. La respiration s'accéléra encore.

Puis, le silence.

Quigley bondit de l'obscurité, serrant une arme de petite taille dans ses deux poings aux phalanges blanchies, les yeux exorbités, le visage en feu. Il poussa un cri à la vue du Walther que Fegan lui braquait en plein cœur, mais il ne tira pas et demeura pétrifié, le regard fixe, retenant son souffle. Fegan vit la peur qui l'imprégnait tout entier ; il sentit l'odeur de la panique. Cet homme-là n'était pas un tueur.

« Respire », dit Fegan.

Quigley restait figé. On voyait ses veines palpiter à son front et sur ses tempes. Le pistolet de sport .22 — à peine plus qu'un jouet — tressautait violemment dans ses mains.

« Respire, sinon tu vas t'évanouir. »

L'air jaillit de la bouche de Quigley en un long soupir. Il reprit son souffle, et à nouveau exhala un gémissement douloureux.

En haut, la voix de McGinty ordonna : « Tue-le, Quigley ! »

Ellen cria.

« Tu n'as aucune raison de mourir, déclara Fegan.

– Tue-le !

– Tu n'es pas obligé de mourir », dit encore Fegan.

Quigley était incapable de viser, tellement ses mains tremblaient.

McGinty hurla d'une voix qui se brisait dans les aigus : « Putain, tue-le !

– À toi de choisir, dit Fegan. Tu peux décider de vivre. »

Malgré la raideur qui s'installait dans son bras gauche, il tendit la main. Quigley le dévisageait, cherchant à deviner ses intentions.

« Tu resteras en vie, si tu le souhaites. Malloy et le Bull sont gravement blessés. Les autres sont morts. McGinty va bientôt y passer. Mais tu n'es pas obligé de mourir avec lui. Choisis. »

Quigley baissa les yeux. Il relâcha les épaules.

« Quigley ? » Ce n'était plus de la colère dans la voix de McGinty. « Quigley ? Qu'est-ce qui se passe ? »

Quigley déposa le pistolet dans la main que lui tendait Fegan en évitant de le regarder.

« Va-t'en, dit Fegan en glissant l'arme dans la poche de sa veste.

– Merci. » Les yeux au plancher, Quigley se précipita vers la cuisine.

Dans le couloir sombre dont il était sorti, Fegan distingua une porte entrebâillée, et au fond, le mur arrière de la maison qu'éclairait vaguement la lumière du jour. Il devait y avoir une fenêtre quelque part.

« Au-dessus de l'escalier », dit-il.

La femme s'engagea dans le passage. De son bras qui ne portait pas le bébé, elle désigna l'étage. Fegan franchit la porte à son tour.

« Quigley ?

– Il est parti, répondit Fegan.

– Le salaud ! Merde ! »

La voix n'était pas loin. Juste en haut de l'escalier... Fegan évalua la distance qui le séparait de l'autre porte, en face des premières marches.

« Ne monte pas, Gerry. Je te préviens. »

Fegan inspira à fond avant de s'élancer vers la porte, collé au mur. Il eut le temps d'entrevoir McGinty devant la fenêtre de l'étage, serrant Ellen contre lui, un revolver dans l'autre main. La détonation roula dans l'étroit couloir juste au moment où il enfonçait le battant avec son épaule blessée. La balle siffla au-dessus de sa tête. Il poussa un cri de douleur en tombant à l'intérieur sur un tas de chaises en bois qu'il renversa dans sa chute.

« N'approche pas, Gerry. Ne m'oblige pas à leur faire du mal. »

Ellen hurlait et pleurait.

Fegan se releva. Un revolver, six coups… Il calcula à toute vitesse.

« Il en a tiré trois », dit-il.

La femme se tourna vers lui et acquiesça. Fegan la dévisagea fixement.

« Il lui en reste trois. »

Tandis que le bébé s'agitait au creux de son bras, la femme recula et visa le plafond. Le boucher la rejoignit et mit à son tour McGinty en joue.

Ensemble, ils tirèrent des coups répétés, découvrant leurs dents en de sauvages rictus.

« Oui, je sais », dit Fegan. Une tiédeur coulait le long de son bras gauche. Il avait encore l'esprit clair, mais se sentait rattrapé par une immense lassitude qui menaçait de le faire vaciller. « Je sais. »

57

Fegan écouta le souffle haletant de McGinty. Ellen pleurait doucement. Encore trois coups. En tablant sur le fait qu'il n'avait pas d'autres munitions. C'était un pari dangereux, mais le seul possible. Fegan devait obliger McGinty à gâcher ses balles.

Il faisait sombre dans le couloir, à peine éclairé par la fenêtre de l'étage derrière laquelle se levait un jour maussade. McGinty savait que Fegan était un piètre tireur et qu'il ne prendrait pas le risque de blesser Ellen. Mais il savait aussi Fegan assez fou pour essayer.

Parcourant la pièce du regard, Fegan avisa un tas de vieux rideaux abandonnés dans un coin. Il redressa l'une des chaises et l'enveloppa dans un épais drap de velours foncé. De son bras valide, il réussit à l'élever à hauteur de ses épaules et gagna la porte sans bruit. La femme et le boucher s'écartèrent sur son passage.

Il présenta la chaise à bout de bras et l'avança lentement dans le couloir, un centimètre après l'autre. Trompé par la semi-obscurité, McGinty penserait peut-être…

Une détonation lui arracha la chaise et l'envoya à terre, révélant le piège entre les pans du tissu déchiré.

Le silence retomba après le hurlement d'Ellen. Plusieurs secondes passèrent. Puis McGinty jura. Encore un coup tiré pour rien.

« Tu n'as plus que deux balles, Paul, dit Fegan.

– Une pour chacune. Ne m'oblige pas à faire ça, Gerry. Ne monte pas.

– Il le faut.

– Non ! Si tu montes, je… je…

– Tu quoi ?

– Oh, bon sang, dit McGinty.

– Ce n'est pas facile de tuer, Paul. Quand on doit appuyer soi-même sur la détente.

– Je n'hésiterai pas. Tu peux me croire. »

Fegan recula dans l'embrasure de la porte. Avec la clarté grandissante qui entrait par la fenêtre, il voyait l'ombre de McGinty reflétée contre le mur. « Tu n'as jamais eu le courage, Paul. Tu t'es toujours déchargé sur des gens comme moi. À qui tu instillais la haine. Toi, tu ne t'es pas mis de sang sur les mains. »

L'ombre de McGinty faisait les cent pas, traînant Ellen. « Ne me provoque pas, Gerry.

– Tu t'es servi de nous. Tu nous racontais qu'on n'avait aucun avenir, qu'on devait se battre pour gagner une vie meilleure. Tu nous fourrais les armes entre les mains et tu nous envoyais tuer à ta place.

– Tu étais volontaire, Gerry. Comme nous tous. Personne ne t'a obligé.

– Tu nous mentais.

– C'est toi qui appuyais sur la détente, Gerry. Personne ne t'a forcé à poser la charge qui…

– Tu m'as menti. » Fegan appuya le front contre le mur froid et humide. « Tu m'as dit qu'il y avait une réunion de loyalistes au-dessus de la boucherie, avec des membres de l'UVF et de l'UDA[1]. Tu m'as dit que le retard à l'allumage était de cinq minutes. Le temps de faire sortir les gens.

– Dans une guerre, il y a parfois des innocents qui meurent. »

Fegan rit. « Parfois… Mais jamais les coupables, hein ? Sauf que tout le monde paye. Quel jour sommes-nous aujourd'hui ?

– Quoi ?

– Dimanche, c'est ça ? Déjà une semaine, jour pour jour… Dimanche dernier, une vieille femme m'a dit que tout le monde payait, tôt ou tard. C'est ton tour maintenant. Trois d'entre eux sont morts. Un boucher. Et un bébé, bon sang ! Une mère avec son bébé. »

Fegan releva le front et jeta un coup d'œil dans le couloir. L'ombre de McGinty ne bougeait plus.

« Va-t'en, Gerry. Si tu pars, il n'y aura pas d'autres victimes.

– Elle est là, Paul.

– Qui ?

– La femme. Avec son bébé. Je ne connais même pas son nom… Elle est là, et elle réclame ta mort. Le boucher aussi. Tu te rappelles comment ça s'est passé ? Les infos ont donné les détails, à l'époque. Il a ramassé le paquet en croyant que quelqu'un avait oublié ses courses. C'est lui et la femme qui se trouvaient le plus près.

– Arrête, Gerry.

– Et pourquoi tu as fait ça ?

– On m'avait raconté la même chose qu'à toi. Que des loyalistes se réunissaient au-dessus de la boutique.

– Tu mens. Tu savais qu'il n'y avait qu'un débarras là-haut. Pourquoi tu as fait ça ? Dis-lui pourquoi elle est morte. »

---

1. Ulster Volunteer Force, Ulster Defence Association : groupes paramilitaires protestants unionistes créés pour lutter contre l'IRA.

L'ombre de McGinty se débattait pour retenir une forme dans ses bras. Ellen, qui essayait de lui échapper.

« Dis à cette femme et à son bébé pourquoi elle est morte, répéta Fegan. Elle mérite de le savoir.

– Il n'y a personne, Gerry. Tu ne comprends donc pas ? Elle est dans ta tête.

– Dis-lui, Paul. »

Le soupir de McGinty parvint jusqu'au bas de l'escalier. « Pour qu'on parle de moi. »

Fegan sentit une douleur cuisante à son épaule gauche et y porta les doigts. Ils étaient pleins de sang. « Pour qu'on parle de toi, répéta-t-il.

– Oui. Le parti me maintenait sur la touche. Je devais frapper fort pour faire la une des journaux.

– J'ai posé cette bombe, j'ai tué ces gens, pour que tu arrives en première page ?

– J'étais obligé, Gerry. Et j'ai vu tout de suite que ça marchait... La politique, les élections. C'était le bon moment. Si j'avais laissé passer l'occasion, je serais resté un exécutant, comme toi ou Eddie Coyle. »

Fegan regarda la femme qui berçait le bébé. Et le boucher, avec son visage joufflu. « Ils sont morts, parce que tu voulais te faire un nom.

– Mais j'ai agi pour la bonne cause, Gerry. Penses-y. J'ai aidé à construire la paix. J'ai mis au pas les caïds et les petits gangsters de la rue. Moi, Gerry. Sans moi, l'équilibre n'aurait pas tenu. Et toi, tu as failli tout foutre en l'air. Tu m'entends ? Tant de vies perdues, tant d'années de souffrances, de travail... Tu pourrais tout gâcher. Et pour quoi ? Pour des créations de ton imagination ? »

La voix de McGinty retrouvait ses accents familiers : le vernis et les belles paroles, la rhétorique du politicien.

Tenant toujours le Walther à la main, Fegan se frotta les yeux avec les poings. « Et elle ? Sa vie ne valait rien ?

– Ça suffit, Gerry.

– Et la vie de son bébé ?

– Arrête, tu connais la...

– Et le boucher. Et tous les autres ? Que valait leur vie pour toi, Paul ?

– C'est toi qui les as tués, Gerry. Personne d'autre. »

Fegan pressa ses mains rouges de sang contre ses tempes. Il sentait le contact glacé du Walther sur sa tête. « Je sais. »

McGinty durcit le ton. « Ne me dis pas que tu n'y prenais pas de plaisir. Le sentiment de puissance que ça te donnait...

– Tais-toi.

– Le respect qu'on te témoignait. Partout où tu allais, les gens t'admiraient. Le grand Gerry Fegan. Et tout ça, tu en as fait quelque chose ? Hein ? Qu'est-ce que tu es, maintenant ?

– Tais-toi. »

McGinty se mit à rire. « Un ivrogne qui perd la boule, voilà. Alors tu te retournes contre les tiens, juste pour te sentir de nouveau puissant et fort. C'est ça, Gerry ? Un pochetron, seul à crever, qui n'est rien sans un flingue et quelqu'un à menacer ? »

Fegan ferma les yeux de toutes ses forces.

« Ta gueule !

– Et quand ce sera fini ? Hein ? Qu'est-ce qui se passera ? Qu'est-ce que tu deviendras, Gerry ? »

Fegan se baissa et passa la tête dans le couloir, le Walther pointé vers le haut. Le revolver de McGinty jaillit aussitôt. La balle lui envoya une volée de bois et de plâtre au visage. Il retomba en arrière, toussant, la gorge irritée par la poussière, puis s'essuya les yeux avec sa manche.

Il restait un coup.

Dans les bras de la femme, le bébé s'agita. Elle s'approcha avec le boucher, et tous deux brandirent le doigt en direction de McGinty. Fegan regarda l'ombre du politicien se déplacer sur le mur. Ellen gémissait et pleurait, trop exténuée maintenant pour crier.

« Tu n'as pas répondu à la question, Gerry. »

Gerry se releva. Son épaule gauche le faisait cruellement souffrir, il avait le bras ankylosé et les jambes flageolantes. Bientôt la fatigue prendrait le dessus. Il fallait en finir, vite.

« Tu n'as plus qu'une balle, dit-il.

– Une seule suffit, répondit McGinty.

– À condition que tu me touches.

– Elle ne t'est pas destinée. Je la garde pour elle. »

L'ombre de McGinty se détachait plus nettement à présent, dans la lumière croissante du jour. Assis sur ses talons, il serrait Ellen contre lui. Où était le revolver ?

Fegan se tourna vers la femme. « Bon sang ! Où est le revolver ? »

Désignant toujours McGinty, elle n'offrit aucune réponse.

« Viens voir, Gerry. »

58

Fegan passa prudemment la tête par la porte. McGinty était accroupi sous la fenêtre de l'escalier, serrant Ellen contre lui. La fillette ne semblait pas avoir conscience de l'arme qu'il braquait sur sa nuque.

« Gerry, dit-elle. Je veux retourner à la maison.

– Bientôt, chérie. Toi, ta maman et moi, on rentrera tous ensemble. Je te le promets. »

McGinty se mit à rire, la voix étranglée. « Tu ne m'as pas répondu, Gerry. Qu'est-ce qui va se passer, après ? »

Fegan s'avança dans le couloir. Il tenait le Walther derrière son dos pour ne pas effrayer Ellen.

« Je ne sais pas, répondit-il.

– Tu t'imagines en gentil père de famille avec Marie McKenna et sa môme ? Tu crois que Marie voudra de toi, maintenant qu'elle sait ce que tu as fait ? »

Fegan s'approcha de la première marche de l'escalier, précédé de la femme et du boucher. « Je ne sais pas. »

La main de McGinty tremblait. Dans la pâle lumière, le canon du revolver renvoyait des éclats argentés. « Il y a beaucoup de choses que tu ne sais pas. » La sueur perlait au-dessus de sa bouche étirée en un méchant sourire. « Tu ne sais pas que Marie m'a appelé quand elle a appris que le flic la trompait. Que je suis allé la voir ce soir-là et qu'elle m'a attiré dans son lit, par dépit. Toi aussi, elle t'a utilisé, pour se venger de moi. »

Fegan grimpa deux marches.

McGinty appuya la joue contre les cheveux d'Ellen. « Elle ne m'a jamais dit si l'enfant était de moi. Ne bouge plus. »

Fegan s'immobilisa au moment où il enjambait deux marches, étreignant la rambarde dans sa main poisseuse de sang, le Walther pressé contre sa cuisse.

Le regard de McGinty se perdit dans le vague. « Je lui ai demandé, mais elle n'a jamais voulu me répondre. »

Fegan reprit son ascension. « Toi non plus, tu ne veux pas qu'elle voie ça, dit-il.

– Arrête, Gerry. Laisse-moi partir.

– Je ne peux pas. Où est Marie ? »

McGinty répondit d'un vague geste du menton. « Là-bas. Bull lui a fait respirer du chloroforme. Laisse-moi partir, Gerry. »

Fegan posa le pied sur une autre marche. « Elle va bien ?

– Oui, elle dort. Laisse-moi partir. S'il te plaît. »

Encore une marche. « Je ne peux pas, Paul. Renvoie Ellen à sa mère.

– Non, je l'emmène avec moi. »

Fegan montait toujours. « Sûrement pas. »

Les épaules de McGinty s'affaissèrent. Il poussa un long soupir. « S'il te plaît, Gerry. Laisse-moi partir. Je t'en supplie. Ne m'oblige pas… »

Une marche. « Tu ne veux pas lui faire de mal. Lâche-la. »

Fegan monta encore, accroché au regard bleu étincelant de McGinty. Ce dernier gémissait faiblement avec chaque expiration. La sueur lui tombait dans les yeux. Il cligna des paupières. Sa lèvre se mit à trembler.

Il donna une brusque poussée.

59

Fegan reçut Ellen de plein fouet et bascula en arrière. Il s'agrippa à la rampe de la main gauche pour éviter la chute. La secousse lui déclencha une flambée de douleur dans l'épaule. De son bras valide, il retint la fillette contre sa poitrine, tandis que McGinty disparaissait au fond du couloir de l'étage.

Ellen s'accrochait à lui, pendue à son cou, les jambes enroulées autour de sa taille. « Gerry, dit-elle en pleurant. Je veux que tu me ramènes à la maison.

– Tout va bien, dit-il. Tu es avec moi maintenant. »

Elle enfouit son visage contre la veste de Fegan. L'odeur de ses cheveux d'enfant lui tourna la tête ; il se sentait le cœur gonflé d'émotion.

« Tu saignes, dit-elle.

– Ce n'est rien. Où est ta maman ?

– Ça te fait mal ?

– Non, chérie. » Fegan grimpa les dernières marches de l'escalier, sans quitter des yeux l'angle par lequel McGinty s'était échappé. « Où est ta maman ? »

La petite montra une porte à l'autre bout du couloir. Il alla l'ouvrir, jeta un regard prudent par-dessus son épaule avant de se glisser à l'intérieur et de refermer le battant derrière lui.

Au centre de la pièce, Marie McKenna gisait sur un vieux matelas posé à même le sol. Elle avait la bouche ouverte, les yeux clos et agités de spasmes.

Fegan coucha Ellen à côté de sa mère. Marie battit faiblement des paupières, les pupilles dilatées, le regard trouble.

« Gerry ?

Fegan s'agenouilla près d'elle. « Tout va bien. Vous êtes en sécurité.

– En sécurité », répéta-t-elle. Un sourire fugitif passa sur ses lèvres. Puis, incapable de soutenir ses paupières, elle referma les yeux. Fegan caressa les cheveux d'Ellen ; ses doigts y déposèrent des traces rouges.

« Tu restes ici avec ta maman jusqu'à ce que je revienne te chercher, d'accord ? »

Elle se redressa et l'attrapa par le revers de sa veste. « Ne t'en va pas !

– Je reviens tout de suite. Promis. Reste avec ta maman et ne sors pas de cette pièce, même si tu entends quelque chose. D'accord ? »

Ellen acquiesça et se recoucha.

« C'est bien », dit Fegan en caressant la joue de la fillette blottie contre sa mère. Il se leva. À la porte, il se retourna pour répéter : « Surtout, reste ici avec ta maman, quoi que tu entendes. »

Tout doucement, il entrouvrit le battant. Personne dans le couloir… Il sortit, referma derrière lui. L'étage comportait deux autres portes : l'une après l'escalier, et l'autre au bout du couloir, face à lui. Toutes les deux fermées.

Arme au poing, il s'avança lentement, respirant sans bruit et l'oreille aux aguets, les Suiveurs sur ses talons. Il atteignit l'escalier, continua jusqu'à la première porte. Il s'approcha du battant pour écouter… Un bruit d'eau qui coulait. Les doigts de sa main gauche, maladroits et raidis par le sang, se posèrent sur la poignée. Il ouvrit d'un coup en braquant le Walther.

La porte heurta violemment le mur, d'où se détachèrent des fragments de carrelage. Fegan grimaça dans le vacarme. La pièce était pourvue d'une vieille baignoire sur pieds, de toilettes et d'un lavabo. L'odeur putride qui se dégageait du linoléum gorgé d'eau le saisit à la gorge.

Pas de McGinty.

Il considéra l'autre porte. Un léger bruit lui parvint de l'autre côté du battant, à peine audible. Il s'approcha à pas feutrés. Le bruit cessa. Il posa la main sur la poignée, prêt à tirer, bloquant sa respiration avant de donner l'assaut.

En un seul mouvement, il tourna la poignée, ouvrit tout grand, tomba à genoux, visa... Il entrevit à peine l'éclair de la détonation. Le chambranle de la porte explosa en une volée de bois pourri. Il partit en arrière et se reçut sur son épaule blessée. Ignorant la douleur, il se releva en position accroupie. La pièce était plongée dans l'obscurité.

La femme et le boucher s'avancèrent en pointant leurs doigts accusateurs sur la porte. McGinty. Il était là, tapi dans l'ombre.

« Il n'a plus de munitions », dit Fegan.

La femme sourit et hocha la tête en berçant son bébé.

Fegan s'approcha lentement. Il ne distinguait rien à l'intérieur, sauf des masses confuses qui oscillaient entre le gris et le noir. Il voulut tenir le Walther à deux mains pour assurer son tir, mais impossible de bouger le bras gauche. L'épaule embrasée, il sentit un épanchement tiède le long de son torse.

Les contours des volumes se précisèrent à mesure que ses yeux s'habituaient à l'obscurité. On avait entassé là de vieux meubles, tables, chaises, armoires, coiffeuses, autant de cachettes sous ou dans lesquelles McGinty pouvait se dissimuler. Le plancher craqua lorsqu'il franchit le seuil. La poussière lui donnait envie d'éternuer. Sa gorge le démangeait, il se retint de…

La foudre s'abattit sur sa tête et la pièce tangua dangereusement. Il chancela contre le mur. Le Walther lui échappa des mains, glissa sur le plancher et alla se perdre entre les ombres. McGinty hurla en levant encore le revolver, mais cette fois, Fegan para le coup de son bras et repoussa son adversaire qui s'écrasa sur une table renversée. Il plongea pour le neutraliser, s'écrasant à son tour tandis que McGinty roulait sur le côté.

À peine s'était-il relevé, le ventre et les côtes meurtris par le rebord de la table, que McGinty brandissait à nouveau la crosse de son arme. Il esquiva de justesse et, au moment où McGinty se trouvait déséquilibré dans son élan, lui envoya un coup de poing dans la tempe.

McGinty s'étala de tout son long, menton contre le plancher. Fegan lui sauta sur le dos avant qu'il n'ait le temps de reprendre ses esprits, passa le bras autour de son cou et serra. McGinty se tordit sous le poids qui l'écrasait, battit des jambes, griffa la main de Fegan, mais la prise était solide.

Fegan chercha à glisser la main gauche dans sa poche pour y prendre le .22 de Quigley, mais ses doigts gourds ne trouvaient pas la fente du tissu. Il concentra tout ce qui lui restait de force dans son bras valide et serra plus fort. McGinty essayait de le déloger, avec une frénésie qui touchait au désespoir mais il commençait à s'épuiser.

« Tout le monde paye, Paul, dit-il entre ses dents. Tôt ou tard. C'est ce qu'elle m'a dit. »

McGinty luttait encore, tordu dans un ultime combat pour rester en vie. Ses mains qui s'accrochaient à Fegan et le griffaient au hasard retombèrent mollement.

« Tout le monde paye, répéta Fegan. Tout le monde. Même toi. »

McGinty se raidit en exhalant son dernier souffle. Assis à califourchon sur l'homme immobile entre ses jambes, tandis que son propre corps vrillé par l'adrénaline hurlait sa douleur, Fegan laissa s'écouler de longues minutes qui ressemblaient à une éternité. Lorsque les battements de son cœur s'apaisèrent enfin, il releva les yeux dans l'obscurité, lâcha le cou de McGinty, et posa sans bruit la tête du mort sur le plancher.

L'élancement de son épaule prenait Fegan tout entier et déferlait en ondes d'une cuisante intensité. Une fois debout, il tournoya sur lui-même, seul, complètement seul. Il n'y avait personne ici, sauf…

La femme émergea de l'ombre. Elle avait un visage lisse, inexpressif, et contemplait ses bras, si vides à présent qu'elle ne portait plus son bébé. Puis, ouvrant la bouche, les yeux brillants, elle tendit les mains vers Fegan pour lui montrer combien elles étaient vides.

Vides.

Tellement vides.

Fegan secoua la tête. « Je ne comprends pas. »

Le visage de la femme se durcit. Elle s'approcha plus près, le regard implacable, et appuya les doigts de sa main droite, telle une arme, sur le front de Fegan. Il sentit le froid de son toucher quand elle l'exécuta.

UN

60

« Non », dit Fegan.

La femme appuya plus fort l'arme imaginaire en le fixant de ses yeux brûlants. Ses lèvres imitèrent le bruit de l'explosion tandis qu'elle pressait la détente.

Fegan recula. « Non. J'ai fait ce que vous vouliez. »

Elle ne le lâchait pas, les doigts toujours sur son front.

« Je les ai tous tués. Pour vous. Pour que vous puissiez partir. J'ai fait ce que vous me demandiez. S'il vous plaît, laissez-moi maintenant. »

Ses jambes épuisées se dérobaient sous lui et il dut se retenir au mur pour ne pas tomber. Puis il gagna la porte. Elle le suivit. Il sentait presque les balles le frapper à l'arrière de sa tête.

« S'il vous plaît », dit-il.

La femme lui emboîta le pas, les doigts collés à sa tempe. Il entra dans la salle de bains en titubant sur le linoléum inondé. Un miroir brisé était accroché au-dessus du lavabo. Il regarda son visage creusé, les cernes sous ses yeux.

« Je voulais seulement être en paix. Dormir… C'est tout. »

Dans la glace, il vit le reflet de la femme qui le mettait en joue, les yeux rivés aux siens. « Pourquoi ne pas juste me prendre avec vous ? Pourquoi tout ça ? »

Quand il ouvrit le robinet, des coups sourds ébranlèrent les tuyaux de la vieille maison. Il rinça le sang de ses mains sous un jet brunâtre. Bientôt l'eau devint plus claire. Il s'aspergea le visage, il ne s'était pas rasé depuis plusieurs jours. Puis il but une gorgée qui lui laissa un goût de cuivre dans la bouche.

« Oh, mon Dieu », soupira-t-il. Il referma le robinet et s'essuya les yeux.

Il s'assit sur le rebord de la baignoire, le corps si lourd qu'il n'était plus capable de le soutenir. Au creux de son dos, un objet dur se rappela à lui : le Glock de Campbell.

« S'il vous plaît. » Il leva les yeux vers la femme. « Je peux avoir une vie... »

Elle s'approcha et le visa de nouveau. Il lui prit la main. Une pensée lui traversa l'esprit : la femme l'avait déjà touché, mais lui n'avait jamais essayé. Il lui serra les doigts et la regarda d'un air suppliant.

« Je sais que je ne peux pas rester avec Marie et Ellen, mais je peux être quelqu'un. Un homme sain. Je vous en prie, laissez-moi vivre »

La femme sembla hésiter. Une douceur fugitive passa dans ses yeux.

« Grâce », dit Fegan d'une voix étranglée. Il lui pressa la main, sentit ses os fins et délicats. « Accordez-moi la grâce. »

Il crut un instant qu'il serait possible de la convaincre. Mais elle se déroba et lui appliqua de nouveau son arme impitoyable au milieu du front. Il n'y avait plus ni colère ni haine sur ses traits, seulement de la tristesse.

Fegan ferma les yeux. Il attrapa le Glock dans son dos, saisit la crosse qui se logeait aisément dans sa paume et dégagea l'arme de sa ceinture. Une sensation de froid l'envahit. Le métal heurta le rebord de la baignoire. Il ouvrit les yeux.

« On peut partir maintenant ? » demanda Ellen sur le seuil. La lumière entrant à flots par la porte nimbait ses cheveux d'or. Elle s'avança à petits pas sur le sol détrempé.

« Bientôt. » Il tenait le pistolet derrière lui, dans la baignoire, pour le dérober à son regard d'enfant.

« Pourquoi tu pleures ? demanda-t-elle.

– Je ne sais pas. »

Elle vint s'asseoir sur sa jambe qui tremblait de fatigue. La caresse de ses doigts était chaude et douce sur la joue de Fegan mouillée de larmes, sur son menton à la barbe rêche. Puis elle se pencha à son oreille pour chuchoter.

« Il est où, son bébé ? »

Fegan battit des paupières. « Quoi ?

– La dame qui se cache. Où est son bébé maintenant ? »

Fegan avala péniblement sa salive. « Au Ciel. »

Ellen sourit et laissa aller sa tête contre la poitrine de Fegan. Malgré la raideur extrême de son bras gauche, il réussit à le glisser autour des frêles épaules de l'enfant.

Les yeux de la femme s'animèrent. Elle s'agenouilla, visiblement émue. Ses doigts effleurèrent les mèches blondes d'Ellen, les contours de son visage. Elle regarda Fegan et lui sourit. Un sourire évanescent, triste, d'une douceur infinie. Puis elle se leva et partit lentement vers la porte, silhouette aérienne qui rejoignait la clarté du matin.

Avant de disparaître, elle se retourna une dernière fois.

« La grâce », dit-elle.

61

Les deux marins chinois se disputaient leur quote-part tout en comptant les billets sur le capot de la Clio, entre les énormes conteneurs fraîchement débarqués des cargos. Malgré le froid humide qui régnait dans l'entrepôt de Dundalk Port au petit matin, ils ne pouvaient que se réjouir. Trois mille livres sterling, juste pour planquer un passager mince comme un roseau. N'importe qui aurait sauté sur l'occasion. Les vitres explosées de la voiture, les trous dans la carrosserie, ils ne voyaient là aucun sujet d'inquiétude. Avec leurs mains calleuses et leurs regards pénétrants, affinés par des années de métier, ils savaient qu'on n'aurait rien à craindre d'un homme comme Fegan.

Fegan grimaça de douleur en repositionnant le rembourrage de fortune dont il avait garni sa veste au niveau de l'épaule. Son bras gauche pendait, inerte et lourd comme du plomb. Dans leur anglais approximatif, les marins promirent que le médecin du bord soignerait la blessure, moyennant mille livres de plus. Ils empochèrent l'argent sans poser de questions.

Attachée dans le siège enfant à l'arrière de la voiture, Ellen dormait. Marie s'appuya à la portière du passager en se tenant la tête dans les mains. Le chloroforme la laissait encore étourdie.

« Vous devriez dormir un peu, dit Fegan. Personne ne viendra vous ennuyer ici. Quand vous vous réveillerez, je serai parti, et vous pourrez aller à la police. »

Elle leva les yeux vers lui. « Pour dire quoi ?

– La vérité, répondit Fegan. De toute façon, ça n'a plus d'importance. »

À la ferme, quand Fegan porta Marie jusqu'à la voiture, avec Ellen qui marchait en s'accrochant à lui, le Bull et Malloy avaient disparu. Emmenés sans doute par Quigley, qui, comme Fegan, était sûrement parti vers la frontière sud. Ils atteignirent Dundalk Port moins de quarante minutes plus tard, mais il leur fallut encore une heure pour trouver les deux marins et les convaincre d'embarquer Fegan. Entre-temps, Quigley était peut-être déjà interrogé par la Garda Síochána, la police de la République d'Irlande, quelque part dans un hôpital. Parlerait-il ? De toute façon, on ne tarderait pas à retrouver les corps chez O'Kane. Ce n'était qu'une question de temps.

Et ensuite ?

La vague déferlerait parmi les milieux politiques et les médias. Des accusations, des reproches seraient lancés. Le processus engagé à Stormont, encore une fois, se trouverait menacé. Ou bien, les gouvernements britannique et irlandais accepteraient d'autres concessions afin d'empêcher la dissolution de l'Assemblée. L'Union européenne enverrait des fonds supplémentaires destinés à calmer la population de Belfast. Peut-être les Anglais tenteraient-ils de rejeter la faute sur les dissidents ; lesquels, du reste, ne recueilleraient aucun soutien.

Alors, qu'adviendrait-il ? Fegan l'ignorait. Il savait seulement que le pays n'avait plus la force, ni le désir, de continuer la guerre. Cette soif-là était étanchée depuis longtemps. Les hommes comme lui ne servaient à rien maintenant. Il se sentait épuisé, submergé par une noirceur sans fin.

Il n'y avait pas d'émotion dans les yeux de Marie. Son visage restait fermé, dur comme la pierre. « Où comptez-vous aller ? demanda-t-elle.

– Je n'en ai aucune idée. » Quand bien même il l'aurait su, Fegan n'aurait pas répondu. « Loin d'ici. Je ne reviendrai pas. Jamais. »

Elle hocha la tête. L'espace d'une seconde, elle laissa tomber son masque et se pencha pour l'embrasser sur les lèvres. Un baiser fugace, tiède, dont l'empreinte s'évanouit aussitôt dans le froid du matin. Marie ouvrit la portière du conducteur.

« Si je vous revois ici, je vous dénoncerai. Sans la moindre hésitation. »

Fegan regarda Ellen endormie. Il savait combien sa présence les mettrait en danger, elle et sa mère.

« Je comprends, dit-il. Mais juste une chose…

– Quoi ? »

Il sortit le téléphone de sa poche. L'appareil portait encore des traces de sang. « Si quelqu'un vous menace, si vous avez peur… Vous savez où me trouver. »

Était-ce un sourire qui s'ébaucha sur les lèvres de Marie ? L'espoir d'un sourire… Ce fut si bref qu'il n'aurait pu l'affirmer.

Les marins chinois ramassèrent l'argent sur la Clio et firent signe à Fegan de les suivre. Il rangea le téléphone, se retourna une dernière fois. Marie prenait déjà place au volant.

« Vite ! Venez ! dit l'un des hommes. C'est l'heure. »

Ellen s'éveilla au son de la portière qui claquait et regarda Fegan en se frottant les yeux. Il agita la main. La fillette lui répondit par un geste identique. Il ramassa son sac, puis partit vers les bateaux. Les mouettes tournoyaient dans le ciel au-dessus de l'entrepôt. Sur son visage, la pluie répandait une onde de fraîcheur.

Il n'y avait plus personne derrière lui. Seulement son ombre.

REMERCIEMENTS

Bien des gens m'ont soutenu jusqu'à la parution de cet ouvrage, mais je souhaite exprimer plus particulièrement ma gratitude à certains d'entre eux :

Mon agent, Nat Sobel, et tous les membres de Sobel Weber Associates, Inc, qui m'ont permis de vivre ce bonheur exceptionnel. Nat, je ne pourrai jamais assez te témoigner ma reconnaissance.

Caspian Dennis, et tous les membres de Abner Stein Ltd pour leur excellent travail.

Geoff Mulligan, Briony Everroad et tous les membres de Harvill Secker pour leur expérience professionnelle et la gentillesse dont ils ont fait preuve en réponse à mes questions.

Laura Hruska, chez Soho Press, pour le pari incertain qu'elle a osé prendre.

Betsy Dornbusch, qui m'a accordé sa confiance, son amitié et ses encouragements, sans lesquels ce livre n'aurait pu voir le jour.

Shona Snowden, pour son œil acéré et ses excellentes critiques.

Josephine Damian, pour son enthousiasme et son soutien.

Juliet Grames, pour ses sages conseils.

Mon attachée de presse, Hilary Knight, pour avoir fait passer le message.

Declan Burke et Gerard Brennan, pour leur soutien à la cause.

Les participants actifs à divers forums d'auteurs, qui m'ont prodigué amitié, soutien et conseils. Je ne peux ici les citer tous, mais parmi eux : Adrian McKinty, Chris F. Holm, Cindy Pon, Ellen Oh, Jeremy Duns, J.J. De Benedictis, Moonrat et Nathan Bransford. Avec une mention particulière pour Miss Snark, quelle que soit sa véritable identité ; grâce à ses constantes exhortations, certains d'entre nous ont réussi à franchir la barrière.

Mes amis et ma famille pour… inutile d'expliquer.

Composé par Nord Compo Multimédia
7, rue de Fives, 59650 Villeneuve-d'Ascq

Cet ouvrage a été achevé d'imprimer en juin 2011
sur les presses de Normandie Roto Impression s.a.s.
à Lonrai (Orne)
N° d'imprimeur : 11-2338
Dépôt légal : juin 2011

Imprimé en France